|grafit|

© 2000 by GRAFIT Verlag GmbH
Chemnitzer Str. 31, D-44139 Dortmund
Internet: http://www.grafit.de
E-Mail: Grafit-Verlag@t-online.de
Alle Rechte vorbehalten.
Umschlagillustration: Peter Bucker
Druck und Bindearbeiten: Elsnerdruck GmbH, Berlin
ISBN 3-89425-245-6
2. 3. 4. 5. / 2002 2001 2000

Jacques Berndorf

Eifel-Müll

Kriminalroman

grafit

DER AUTOR

Jacques Berndorf (Pseudonym des Journalisten Michael Preute) wurde 1936 in Duisburg geboren und wohnt – wie sollte es anders sein – in der Eifel. Berndorf kann ohne Katzen und Garten nicht gut leben und weigert sich, über Menschen und Dinge zu schreiben, die er nicht kennt oder nicht gesehen hat. Ist unglücklich, wenn er nicht jeden Tag im Wald herumstreifen kann, und wird selten auf ausgefahrenen Wegen gesehen.

Eifel-Blues (1989) war der erste Krimi mit Siggi Baumeister. Es folgten *Eifel-Gold* (1993), *Eifel-Filz* (1995), *Eifel-Schnee* (1996), *Eifel-Feuer* (1997), *Eifel-Rallye* (1997), *Eifel-Jagd* (1998) und *Eifel-Sturm* (1999).

Eifel-Filz wurde für den Glauser, den Autorenpreis deutschsprachiger Kriminalschriftsteller, nominiert und *Eifel-Schnee* für das ZDF verfilmt. Für sein Gesamtwerk hat Michael Preute 1996 den Eifel-Literaturpreis erhalten.

Bei der Festlegung der Preise darf sich das Übel der Habgier nicht einschleichen. Man verkaufe sogar immer etwas billiger, als es sonst außerhalb des Klosters möglich ist, damit in allem Gott verherrlicht werde.

Benediktregel, Kap. 57

Ich habe vielen Leuten Dank zu sagen, vor allem Christa und Wolfgang Menzel, die mir höchst wertvolle Einsichten in den Alltag von Polizisten vermittelten.

Dank an die vielen Menschen beiderlei Geschlechts, die bereit waren, mich über die dubiosen Praktiken im Müll-Geschäft zu informieren und deren Namen ich aus leicht ersichtlichen Gründen nicht nennen kann.

Und Dank auch an Ulrike Sokul für ihr Gedicht *Vielleicht vielschwer*.

Für Geli.

J. B. im Sommer 2000

ERSTES KAPITEL

Jedes Mal, wenn die kleine Britney Spears mit ganz verruchter Gauloises-Stimme *I can't get no satisfaction* singt, habe ich das Gefühl, mein Eisfach versuche mir klarzumachen, dass es mich hemmungslos liebt.

Also, Britney röhrte durch mein Haus, draußen herrschten blauer Himmel und Schäfchenwölkchen. Ein paar wild gewordene NATO-Krieger spielten in ihren Jets Fangen und mühten sich, die vorgeschriebene Höhe von mindestens dreihundert Metern zu unterschreiten, weil das so schön kreischt.

Pfarrer Eich rollte in seinem dunkelblauen Ford vor dem Haus vorbei und grüßte in mein Arbeitszimmer. Er ist meines Wissens der einzige katholische Geistliche in der Eifel, der es fertig bringt, auf eine viel befahrene Kreuzung zu gleiten und dabei nach allen Seiten zu winken, ohne zu bemerken, dass die andere Seite Vorfahrt hat. Er ist eben liebenswert und hat den Vorteil des Bodenpersonals, dem stets ein Engel auf der Schulter hockt, der sanft bremst.

Es war Juni, der Ginster blühte noch, die Eifel explodierte in Grün – streng nach internationalen Regeln: Irland hat vierzig Sorten Grün, die Eifel fünfzig und Indien tausend. Gisbert Haefs hat das bei der Recherche für seinen Roman *Raja* herausgefunden, seitdem sagen die Eifler: Wir sind weltweit an zweiter Stelle. Dabei grinsen sie diabolisch.

Ich war von Herzen glücklich, was damit zu tun hatte, dass ich allein im Haus war und mir schon nur die Möglichkeit einer unbegrenzten freien Ausdehnung ein massiv zärtliches Gefühl im Bauch bereitete – obwohl es schwierig ist, zwei Lokusse gleichzeitig zu besetzen. Immerhin konnte ich mich rasieren und zwischendurch mit Schaum im Gesicht schnell einmal am Billardtisch versuchen, einen Stoß über drei Banden hinzubekommen. In solchen Situationen gewinne ich grundsätzlich.

Das Leben war klar, fast durchsichtig heiter. Ich dachte pausenlos positiv und hätte in diesem Zustand vermutlich sogar ein Interview mit dem Papst in Rom durchgestanden, ohne auffällig zu werden. Meine Seele spielte unaufhörlich einen langsamen Walzer mit etwa siebenundvierzig Streichern und sechs fantastisch schönen Frauen an goldglänzenden Harfen. Das war morgens gegen elf Uhr.

Irgendwo im Haus jaulte der junge Hund Cisco erbärmlich. Er war jetzt etwa anderthalb Jahre alt und das Versprechen, es handle sich um einen Schäferhund, hatte Mama Natur nicht eingehalten. Nach allgemeiner Ansicht war Cisco eine Mischung aus Schäferhund, Spitz, Dackel, Boxer und einem Eifler Vorstehhund der Marke 1870. Er hatte merkwürdig lange, leicht gekrümmte Beine, einen Ringelschwanz wie ein Ferkel und Augen wie ein Labrador: eisgrau. Er war ein eindrucksvolles Stück Gemüt und wir liebten uns intensiv.

Wenn er jetzt jaulte, hieß das nicht, dass er verzweifelt um sein Leben bettelte. Er bettelte vielmehr, dass der Hausherr kommen möge, ihn zu kraulen. Gehorsam latschte der Hausherr die Treppen hoch und fand Cisco im Dachgeschoss auf seiner Wolldecke liegend, Bauch nach oben, Läufe anmutig angewinkelt, Schnauze zur Seite, Augen geschlossen. Ich hockte mich neben ihn, murmelte »Guten Tag« und kraulte wie befohlen. Er seufzte aus tiefster Seele und schlief wieder ein. Vor etwa dreizehn Uhr war mein Cisco nicht lebensfähig.

Ich ging in den Garten, um am Teich ein paar Züge zu rauchen und mir zu überlegen, ob ich auf Willis Grab einen besonders schönen Stein legen sollte. Willi, mein Kater, hatte unlängst das Zeitliche gesegnet, war einfach im hohen Gras umgefallen wie jemand, der todmüde ist. Infarkt bei Katzen gibt es, hatte mir jemand lakonisch erklärt. Ich hatte Willi unter dem Apfelbaum begraben, der in diesem Jahr die ersten Blüten angesetzt hatte.

Die Kater Paul und Satchmo waren mir geblieben. Die beiden lagen dicht an der Efeuhecke, Arsch in der Sonne, Kopf im kühlen, schattigen Gras. Edelrentner gewissermaßen, die träge durch den Tag taumelten und nicht einmal nach der Fliege schlugen, die ihnen auf der Nase tanzte.

Die Amseln, die hoch unter meinem Dach, am Fuß des Sattels einen sicheren Platz für ihr Nest gefunden hatten, führten ihre zwei Jungen ins Freie, um ihnen beizubringen, wie Amseln überleben. Sie machten einen Heidenlärm, weil sie so aufgeregt waren, und im Geiste hörte ich die Mutter streng tschilpen: »Ich habe gesagt: Vorsicht! Vorsicht habe ich gesagt!«

Gegen zwölf Uhr etwa setzte mein positives Denken aus, denn mich erreichten in kurzen Abständen drei Anrufe. Der erste kam von der Bank. Ein durchaus freundlicher Mensch teilte mir mit, ich müsste gelegentlich etwas für mein Konto tun, weil man sich sonst außerstande sähe, mich weiter mit Bargeld zu versorgen.

Der zweite Anrufer war eine Frau. Sie sagte etwas atemlos, ohne ihren Namen zu nennen oder sich sonst wie kenntlich zu machen: »Darf ich dir heute Abend auf den Geist gehen?«

Sicherheitshalber fragte ich: »Kennen wir uns irgendwie?«

»Irgendwie schon«, behauptete sie. »Ich bin Vera und du hast behauptet, eine zweite Vera kennst du nicht.«

»Vera«, murmelte ich. »Was ist los?«

»Nichts Besonderes«, antwortete sie tonlos. »Ich bin nur beurlaubt worden, praktisch bin ich nun arbeitslos.«

»Du bist doch Kriminalbeamtin«, widersprach ich matt.

»Das ist richtig. Aber beurlaubt wurde ich trotzdem.«

»Und warum?«

»Wenn ich dir das sage, glaubst du es nicht.«

»Versuch es doch einmal«, schlug ich vor.

»Ich habe mit einem Mörder geschlafen«, sagte sie, geriet aus der Fassung und begann zu schluchzen.

»Du hast was?«

»Ich habe mit einem Mörder geschlafen!« Jetzt schrie sie.

Auf derartige Aussagen fällt mir nie etwas Intelligentes ein. »O Gott! Wo bist du denn?«

»In Mainz, in meiner Wohnung. Mir fällt die Decke auf den Kopf. Ich will ja nicht … O Scheiße, Baumeister, vergiss es.«

»Nein, nein«, sagte ich hastig. »Komm her! Setz dich in dein Auto und komm her.«

»Ich habe kein Auto mehr.«

»Wieso?«

»Das hat der Mörder genommen und ist damit gegen einen Baum gefahren.«

»Kannst du dir kein Auto pumpen?«

»Das könnte ich«, sagte sie nach einer Weile. »Eine Kusine von mir arbeitet in der Nähe, die könnte ich fragen. Ich störe dich wirklich nicht?«

»Nein. Lass uns reden. Komm her!«

Ich hatte kaum die Leitung freigegeben, als es wieder klingelte. Ich dachte automatisch, es wäre noch mal Vera, aber es war ein Mann. Mit unnatürlich hoher, heiserer Stimme fragte er: »Spreche ich mit Siggi Baumeister?«

»Ja«, antwortete ich brav.

»Kennen Sie Mannebach?«

»Den Ort oder den Mann?«

»Den Ort. Rechts neben der B 410, zwischen Kelberg und Mayen. Fahren Sie dorthin.«

»Und was soll ich da?«

»Das werden Sie dann schon sehen.« Es klang so, als habe er das Ende seiner Botschaft erreicht.

»Moment mal«, ich wurde hastig, »ich kann doch nicht nach Mannebach segeln, nur weil Sie glauben, das könnte interessant sein.«

Eine Weile herrschte Ruhe.

»Es ist sehr interessant«, behauptete er dann mit Überzeugung. »Auf einem Feldweg linker Hand steht ein Streifenwagen und Normalsterbliche dürfen da gar nicht hin. Da liegt nämlich eine tote Frau mit einem Loch im Kopf.« Er machte eine Pause und setzte dann arrogant hinzu: »Ist das interessant genug, Euer Ehren?« Eine Sekunde später hatte er eingehängt.

Eines war sicher: An diese Stimme würde ich mich erinnern – für den Fall, dass er mich verulken wollte. Eine fiese Stimme, von der ich den Eindruck hatte, ich würde den Inhaber auf keinen Fall mögen.

Ich machte die Haustür auf und pfiff, so grell ich konnte. Cisco fegte die Treppen herunter, als ginge es um sein Le-

10

ben. Er rannte an mir vorbei und hockte sich neben das Auto. Das hieß: Niemand verlässt das Haus – außer uns.

Ein Gewitter lag in der Luft, vom Süden her hatten sich gewaltige Wolkentürme in den Himmel geschoben, wunderbare Weiß- und Grautöne, gerahmt von einem satten Eifelblau.

»Ich möchte nicht, dass du gleich hysterisch wirst, wenn es kracht«, belehrte ich meinen Hund.

Er hockte auf der hinteren Sitzbank, legte den Kopf schräg, das linke Ohr hing herab wie ein nasser Waschlappen, das rechte stand steil in Habt-Acht-Stellung. Er antwortete nicht, er antwortet selten – braucht er auch nicht, bei den Augen.

Ich fuhr sehr schnell und hatte auf der B 410 neben dem Gewerbegebiet etwa 160 km/h drauf, was keiner Sache förderlich ist.

»Angeblich gibt es eine Leiche«, informierte ich meinen Hund. »Angeblich weiblich, angeblich mit einem Loch im Kopf. Und angeblich steht da ein Streifenwagen. Damit wir nicht aus der Übung kommen.«

Auf der Höhe von Boxberg legte das Gewitter los. Es knallte recht ordentlich, der Regen kam wie aus Eimern, der Himmel war in Sekunden schwarz. Mein Hund war längst mit der Geschwindigkeit einer Rakete von der Rückbank geschossen und steckte den Kopf unter meinen Sitz. Es war unglaublich, wie platt er sich machen konnte, wenn ihn Furcht erfüllte. Ab und zu wimmerte er leise und ich sprach ihm Mut zu und versicherte, gleich sei alles vorbei und die Sonne nehme wieder ihren Platz ein, und wenn er ein tapferer kleiner Hund sei, würde ich ihm glatt hundert Gramm Gehacktes schenken und obendrein ein Puddingteilchen.

Ich fuhr durch Kelberg, der Regen ließ nach, mein Hund tauchte wieder auf, die Ampel zeigte Grün und ich querte die Schnellstraße zum Nürburgring. Es ging durch das Gewerbegebiet, dann auf die lange, langsam steigende schnelle Gerade nach Hünerbach. Nun hatte ich zwei Möglichkeiten: die erste Abfahrt Richtung Bereborn und Retterath nach rechts oder die zweite Abfahrt direkt nach Mannebach.

Ich nahm die zweite und tauchte in eine sanfte hügelige Landschaft mit Viehweiden und großen Wäldern. Mannebach und Bereborn liegen genau wie Retterath in weiten Senken und sind noch heute Paradebeispiele für heimelige Dörfer, die wie Spielzeug mit der Landschaft verschmelzen, uralte Siedlungen, deren Geschichte über viele Jahrhunderte ungeschrieben bleibt, weil zu wenig Zeugnisse vorhanden sind. Aber sie hatten Spuren hinterlassen. Überall gab es die Familiennamen Mannebach, Retterath und Bereborn oder Berborn, an der Mosel wie in Luxemburg, in Köln wie in Koblenz und Aachen.

Ich fuhr nun langsamer. Linker Hand steht ein Streifenwagen, hatte der Mann gesagt. Ich konnte Mannebach schon erkennen, sah auch rechts schon das große Holzkreuz auf einem Wiesenhügel. Da war der Streifenwagen. Er funkelte in der Sonne, vielleicht hundert Meter von der schmalen Landstraße entfernt vor dem Dunkel eines prächtigen Hochwaldes.

»Du bleibst im Wagen«, beschied ich meinem Hund. Die Vorstellung, dass er an einer toten Frau herumschnüffelte, machte mich etwas unsicher.

Ich wollte in den Feldweg einbiegen, stoppte aber, weil die Polizeibeamten den Weg mit einer rot-weißen Plastikstrippe abgesperrt hatten. Also parkte ich vor dem Band, nahm die IXUS aus dem Handschuhfach, schloss den Wagen ab und marschierte gemächlich los, während mir Cisco todunglücklich nachstarrte.

Einer der beiden Streifenbeamten kam mir entgegen, ein bulliger, untersetzter Kerl mit einem Kaiser-Wilhelm-Schnäuzer. Als ich ihm ins Gesicht schaute, wusste ich: Ich habe ein Problem.

»Sie können hier nicht durchgehen«, sagte er ohne jede Betonung und setzte hinzu: »Tut mir Leid.«

»Durchgehen wollte ich auch nicht«, erklärte ich freundlich. »Jemand hat mich angerufen und mir erzählt, hier liegt eine Frau mit einem Loch im Kopf.«

Nun hatte er ein Problem. »Wer war denn das?«, fragte er sachlich.

»Das weiß ich nicht. Der Mann hatte eine relativ hohe, heisere Stimme, nannte keinen Namen, sagte nur, ich solle hierher fahren, und legte dann auf.« Ich machte eine Pause von zwei Sekunden. »Ich nehme an, es war die gleiche Stimme, die euch Bescheid gegeben hat.«

Er starrte in die Luft über meinem Kopf. »Da wird man doch nachdenklich«, murmelte er. »Aber ich kann Sie wirklich nicht durchlassen.«

»Das habe ich verstanden. Ich nehme an, die Frau liegt da unten am Steilhang im Wald. Und Sie warten auf die Mordkommission.«

Er sah keine Aggression in meinen Augen und nickte: »Das ist eine blöde Situation. Das Stück Plastikband dahinten ist die einzige Absperrung, die wir machen können. Ich kann Sie unter Gefahr im Verzug buchen und Ihnen jede Annäherung verbieten.«

»Das können Sie«, stimmte ich zu.

Jetzt kam der zweite Beamte herangeschlendert. »Schwierigkeiten, Klaus?« Er war hager, drahtig, rotblond und trug eine Frisur wie eine Wichsbürste.

»Nein«, antwortete der mit dem Schnäuzer. »Ich glaube, der Mann ist ganz freundlich und höflich.«

»Das bin ich«, bestätigte ich. »Wenn ich jetzt da den Steilhang im Wald runtergehe, treffe ich da auf einen Bach oder einen Weg?«

»Auf einen Bach. Hier sind viele Quellen. Ein Weg ist da unten nicht.« Der Hagere seufzte. »Sie wollen fotografieren, nicht wahr?«

»Nicht unbedingt. Ich will die Frau nur sehen. Vielleicht kenne ich sie ja.«

»Das wäre gut möglich«, sagte der mit dem Schnäuzer. »Sie sind doch dieser Journalist aus Brück, nicht wahr?«

Ich nickte.

Der Hagere ergänzte: »Sie arbeiten immer mit Rodenstock zusammen, dem pensionierten Kripomann, oder?«

»Ja«, sagte ich. »Aber er weiß noch nichts von dieser Sache, seine Frau liegt im Krankenhaus und er kümmert sich um sie.«

»Na ja«, meinte der mit dem Schnäuzer. »Wenn Sie uns Ihren Fotoapparat geben, können Sie gucken. Geht doch, Egon, oder?«

»Geht«, nickte der Hagere.

Ich gab die IXUS ab. »Danke für die Hilfe.«

Wir spazierten gemeinsam den harten Fahrweg zwischen Wald und Wiese entlang.

»Sieht nicht gut aus«, sagte der Hagere. »Sieht sogar beschissen aus.«

»Oberbeschissen«, ergänzte der mit dem Schnäuzer. »Richtig fies. Ich frage mich, wer so was macht.«

»Die Schweine sterben nicht aus«, murmelte der Hagere. »Aber Sie dürfen nicht zu ihr runter!«

»Klare Sache«, versprach ich.

Wir gingen an ihrem Streifenwagen vorbei, das Funkgerät plärrte blechern.

»Da ist es«, zeigte der mit dem Schnäuzer. Seine Stimme klang so, als habe er keine Luft mehr. »Trampeln Sie nicht rum, kann sein, dass da Spuren sind. Der Abdruck da ist von mir, in den können Sie treten.«

Ich trat in den Abdruck seines rechten Schuhs und bewegte mich nicht mehr. Ich will erwähnen, dass ich auch nicht imstande war, mich zu bewegen, ich fühlte mich gelähmt.

Die Frau befand sich etwa sechs Meter unter mir am Steilhang zwischen den hochragenden Buchenstämmen. Sie war nackt, lag mit leicht gespreizten Beinen auf dem Rücken. Sie ruhte auf altem braunroten Buchenlaub, weshalb ihr langes brünettes Haar wie das i-Tüpfelchen in einer perfekten Bühneninszenierung wirkte. Hinzu kam, dass sie zwischen den grünen Stämmen der großen Buchen in einem Teich aus Sonnenlicht schwamm. Die Sonne drang zwischen den hohen grünen Kronen der Bäume durch und konturierte die Frauenfigur, hob sie scharf hervor. Die Umgebung verschwamm in einem verwirrenden Spiel aus Schatten und Licht.

Müll lag herum, alte Fässer und alte Möbelteile. Typisch für die Eifel, typisch für jede waldreiche Provinz, in der die Bewohner seit Generationen bestimmte Stellen in der Landschaft benutzen, um Dinge loszuwerden, die sie nicht mehr gebrauchen konnten.

Merkwürdigerweise nahm ich neben dem Kopf der Toten die hohen Halme eines Büschels von Nickendem Perlgras wahr. Das verwirrte mich zunächst, bis ich begriff, dass die Grashalme die einzige Bewegung in diesem brutalen Stillleben darstellten – irgendwie mahnend, unübersehbar, eine Friedhofsidylle.

Um die Stille zu durchbrechen, sagte ich: »Mein Gott, sie ist so jung!«

»Neunzehn«, erklärte der Hagere mit rauer Stimme. »Sie ist genau neunzehn Jahre alt geworden.«

Sie musste in der letzten Zeit an der Sonne gewesen sein und einen winzigen Bikini getragen haben. Die Streifen ihres Fleisches an den Brüsten und neben der Scham waren aufdringlich weiß.

»Hat er ihr …? Ist sie vergewaltigt worden?« Ich fragte das, um die Situation zu versachlichen.

»Nein«, sagte der mit dem Kaiser-Wilhelm-Schnäuzer. »Ich war unten bei ihr, ich glaube nicht.«

»Wieso reden wir eigentlich von einem Mann?«, meinte ich aggressiv.

»Eine Frau?«, bemerkte der Hagere. »Eine Frau tut so was nicht!«

»Da würde ich nicht drauf wetten«, antwortete ich.

»Eine Frau knallt einer anderen nicht mit dem Revolver einen Schuss in den Kopf.«

Das Loch in ihrem Kopf befand sich über dem linken Auge, ziemlich nah am Haaransatz. Blut war in einer dünnen Bahn über den äußeren Augenwinkel auf die Wange und dann quer zum Kinn gelaufen, ein schwarzes Rinnsal, ein Rinnsal des Todes.

»Ob sie da wohl abgelegt worden ist? Mag ja komisch sein, aber mich erinnert das an ein Menschenopfer.«

»Mich auch«, sagte der Hagere lebhaft.

Nach einer Weile meinte der mit dem Schnäuzer: »Da ist noch was. Deshalb liegt auch der Kopf so schief. Sie hat ein gebrochenes Genick.«

Ich trat zurück, um die Frau nicht dauernd anstarren zu müssen. »Das Genick? Ist es möglich, dass sie da runtergeworfen wurde und dass der Bruch daher stammt?«

»Ausgeschlossen«, sagte der mit dem Schnäuzer. »Wenn Sie da hinuntergeworfen worden wäre, hätte der Körper Bahnen im alten Laub gezogen, du verstehst schon. Außerdem müssten dann auf der Körperoberseite Spuren zu sehen sein. Blätter, Erdkrumen und so was. Da ist aber nichts. Er muss sie da runtergetragen und hingelegt haben … Warum bloß?«

»Wie aufgebahrt«, überlegte der Hagere, als spräche er mit sich selbst.

»Keine Kleidung, nichts? Keine Handtasche oder so was?«

»Nichts. Nur die nackte Person.«

»Uhr, Schmuck, Ringe, Armbänder?« Wenn ich nicht redete, dröhnte die Stille.

Der mit dem Schnäuzer schüttelte den Kopf. »Aber sie hat Ringe getragen. An beiden Händen. Deutlich zu sehen. Genauso wie eine Uhr, ein Armband und etwas um den Hals. Und dann ist da die Sache mit dem Bauchnabel.«

»Was ist mit dem Bauchnabel?«, fragte ich.

»Guck mal genau hin«, sagte er freundlich.

Ich machte also wieder zwei Schritte nach vorn. »Bauchnabel? Ach so, jetzt sehe ich es. Blut, ist das Blut?«

»Eine Wunde, nicht groß. Da hat er, also der Mörder, etwas rausgerissen. Piercing, du weißt schon.«

»Das Schwein«, sagte der Hagere. »Wann kommt endlich diese verdammte Kommission? Ich habe die Schnauze voll.«

»Die lassen sich Zeit«, antwortete sein Kollege bissig. »Die lassen sich doch immer Zeit. Leichen laufen schließlich nicht weg. Das ist denen doch egal.«

Ich dachte: Der alte Hass zwischen den Schupos und den Kriminalern, nichts ändert sich. Und die uralte Verstörung von Polizisten angesichts der nackten Brutalität. Sie sind angetreten, diesem Staat zu dienen und die Gesellschaft freundlich kontrollierend auf dem rechten Weg zu halten. Und dann stehen sie vor einer solchen Szenerie und müssen begreifen, dass ihre Arbeit nichts fruchtet, gar nichts. Verbrechen, Gnadenlosigkeit, Brutalität und Gewalt nehmen zu, nehmen überhand.

Ich trat wieder zurück auf den Weg. »Wenn ihr genau wisst, wie alt sie ist, dann wisst ihr doch auch, wer sie ist, oder?«

»Sicher«, sagte der mit dem Schnäuzer heftig. »Verdammt, so ein Leben konnte nicht gut gehen!« Er war zornig, wütend, vielleicht sogar gekränkt.

Der Hagere war eine Spur gelassener. »Das ist Natalie, wir nannten sie Nati. Ein wilder Feger ...«

»Wieso das?«

»Na ja, sie nahm alles mit. Wenn ich alles sage, meine ich alles. Weiß der Geier, mit wem sie alles rumgejuckt hat und ...«

»Heh, Junge«, unterbrach der Hagere hastig und mahnend, »Natalie liegt da, sie ist tot!«

»Ach, Scheiße, ist doch wahr. Sie nahm alles und jeden. Machen wir uns nichts vor, war doch alles Scheiße.«

»Sie war was Besonderes«, murmelte der Hagere mit leeren Augen.

»Das ist also Natalie«, sagte ich. »Und weiter?«

»Natalie Cölln«, sagte der Hagere tonlos. »Mit einem C und zwei L.«

»Woher kommt sie?«

»Aus Bongard«, antwortete der mit dem Schnäuzer. »Da lebte sie mit ihrer Mutter. Komisches Haus.«

»Das weißt du doch gar nicht genau«, wandte der Hagere mit leichter Empörung ein.

»Wenn man Natalie kannte, weiß man das«, zischte der mit dem Schnäuzer zurück. Er griff mit zitternder Hand in die Brusttasche seiner Uniformjacke und zog eine Zigarettenschachtel heraus. »Mich macht das alle, ich habe das satt.«

»Hast ja Recht«, meinte der Hagere versöhnlich.

»Was war sie von Beruf?«

»Sie hat mal als Model gearbeitet. Aber nur hier in der Region. Koblenz oder Trier. Jedoch nur so zum Spielen.

Taschengeld, verstehst du. Beruf? Sie hatte noch keinen Beruf. So ein Scheiß – wird umgelegt, bevor sie einen ordentlichen Beruf hat.« Der Hagere fuhrwerkte jetzt ebenfalls Zigaretten hervor und zündete sich eine an, paffte, als habe er noch nie im Leben geraucht.

Ich stopfte mir gemächlich eine Jahrespfeife von Schneidewind und zündete sie an. »Heißt das, sie ist noch zur Schule gegangen?«

»So ungefähr«, nickte der mit dem Schnäuzer. »Abitur im vorigen Jahr. Sie machte nun so eine Art Belohnungsurlaub, ein Jahr lang. Sie wollte nach Kuba, in der Tourismusbranche jobben. Hat sie jedenfalls rumerzählt. Bis dahin hat sie für ihre Mutter gearbeitet. Keine schöne Arbeit, sage ich.«

»Du weißt aber viel«, stellte der Hagere leicht erstaunt fest.

»Ja und?«, reagierte sein Kollege giftig. Dann wandte er sich an mich. »Was fällt dir eigentlich an der Leiche noch auf?«

»Muss mir, von all der Scheußlichkeit mal abgesehen, denn irgendwas auffallen?«

»Müsste«, nickte er. »Schau sie dir an.«

»Das tue ich die ganze Zeit. Was meinst du?«

»Ihre Augen«, sagte er knapp.

Jetzt bemerkte ich es. »Er … der Mörder hat ihr die Augen geschlossen.«

»Das ist komisch, nicht wahr?« Der Polizist lächelte. »Und dann noch was: Mich erstaunt, dass du gar nicht fragst, was da so alles rumliegt.«

Der Hagere ergänzte genüsslich: »Genau. Und das, wo du doch Journalist bist.«

Bauten sie mich als Gegner auf, um mit ihrem Frust fertig zu werden? Da war eindeutig Arroganz auf ihren Gesichtern. »Was wollt ihr mir verklickern? Warum macht ihr das so spannend? Ich darf nicht da runter zu ihr, habt ihr gesagt. So kann ich aber nicht genau erkennen, was da alles rumliegt. Eine wilde Kippe ist das, wie es sie in jedem Eifeldorf gibt.«

»Das schon«, sagte der mit dem Schnäuzer mit satter Befriedigung. »Aber erkennen kannst du es trotzdem. Guck mal erst auf Natalie und dann … Na ja, neben Natalie.«

»Neben ihr … neben ihr ist nichts. Altes Gelump. Was soll ich da sehen? Habt ihr ein Kondom gefunden? Wollt ihr mich verarschen? Lieber Himmel, nun lasst euch doch nicht alles aus der Nase ziehen.«

Der Hagere meinte: »Ob der Himmel mit dir ist, weiß ich nicht, aber das ist wirklich eine wilde Müllkippe.« Dann lächelte er freundlich. »Du kannst ganz ruhig sein, uns ist das auch erst später aufgefallen. Was haben wir denn da? Nun, erst mal ein altes, dunkelrotes Sofa, einen alten Couchtisch, drei alte dunkelrote Sessel, eine Stehlampe mit dunkelroter Stoffbespannung. Und dann zwölf Fässer. Genau, es sind zwölf.«

»Du musst nicht gucken wie ein Karnickel«, beruhigte mich der mit dem Schnäuzer. »Da hat jemand sein ganzes altes Wohnzimmer hingeworfen. Und zwölf Fässer. Und die Fässer sind zugeschweißt, ziemlich alt, mit Eisenringen, aber die blaue Lackierung ist frisch. Kein Aufdruck, keine Einprägung. So, wie Natalie da liegt, siehst du das alles nicht, weil du eben nur Natalie siehst. Aber es gibt große Unterschiede zwischen wilden Kippen, nicht wahr? Und weil du ein kluger Journalist bist, erwarte ich jetzt die einzig logische Frage.« Er lächelte so süffisant, dass er plötzlich ein Ohrfeigengesicht hatte.

»Du bist ein guter Beobachter«, dachte ich laut nach. »Du warst unten neben der Leiche und damit neben den Fässern und den alten verschlissenen Möbeln. Die Möbel und die Fässer liegen zu beiden Seiten der Leiche jeweils vielleicht zwei Meter entfernt. Okay? – Heiliges Kanonenrohr, jetzt weiß ich, was ihr meint!« Ganz unwillkürlich stöhnte ich verblüfft. »Das ist eine neue wilde Kippe, eine ganz neue! Kann sein, dass das alles zusammen abgeladen wurde. Natalie, das alte Wohnzimmer, die Fässer. Und außerdem sehe ich jetzt auch, dass an den Fässern und den Möbeln kein Laub klebt. Alles ist frisch in den Wald geworfen worden. Weil ich also ein kluger Journalist bin, frage ich: In welcher Reihenfolge landeten die Dinge dort unten unter uns?«

»Der Kandidat hat einhundert Punkte und gewinnt ein Wasserschloss am Niederrhein«, sagte der Hagere ehrlich erfreut. »Nicht schlecht, wirklich nicht schlecht.«

»Die Frage war gut«, nickte der mit dem Schnäuzer langsam und starrte auf den Boden vor seinen Schuhen. Er sprach jetzt ganz leise. »Ich bin ja nicht die Mordkommission und von Spurensuche und Analyse und so habe ich als einfacher Polizist null Ahnung. Aber weil ich einen Onkel habe, der oben im Kylltal eine Jagd hat, und weil der mir so was mal beigebracht hat, behaupte ich Folgendes: Als Erstes wurde das Wohnzimmer in den Wald geschmissen. Dann die Fässer und zuletzt Natalie. Die Fässer sind so weit oben am Hang liegen geblieben, weil sie gleichzeitig abgekippt worden sind, wahrscheinlich von einem LKW mit einer Hebehydraulik. Ein Fass behinderte das andere und sie wurden von den Baumstämmen aufgehalten, so dass sie nicht weit rollen konnten. Können Sie folgen, junger Mann?«

»Sauberer Vortrag, saubere Gehirnleistung.«

»Kein altes Laub auf den Fässern, nichts auf den Möbeln, kein altes Laub auf Nati. Das alles ist gleichzeitig hier entsorgt worden oder höchstens im Abstand von ein paar Stunden. Ein paar Fässer sind gegen die Buchen geknallt, man sieht noch deutlich die Spuren des Aufpralls und Risse in der Baumrinde.«

»Du solltest in die Mordkommission wechseln«, lobte ich.

»Kein Interesse«, antwortete er heftig und schnell.

Es war ruhig. Von ganz weit her hörten wir meinen Hund jaulen, wahrscheinlich fühlte er sich elend einsam und hatte sich schon im Wagen verewigt, weil ich ihn so schnöde im Stich gelassen hatte.

»Könnt ihr mich denn jetzt noch darüber aufklären, was es mit dem Haus in Bongard auf sich hat? Wieso ist das ein ›komisches‹ Haus?«

Der Hagere sagte energisch: »Das musst du schon selbst herausfinden.« Es war ihnen eingebrannt worden, keinerlei Details – von was auch immer – an die Presse zu geben. Und schon gar nicht Meinungen öffentlich zu äußern.

»Du hast doch schon oft Tote gesehen«, wandte ich mich

an den Schnauzbärtigen, ich wollte nicht mehr auf dem Haus herumhacken. »Wie lange liegt Nati hier?«

»Ich schätze seit vergangener Nacht«, antwortete er.

Der Hagere schaute auf die Uhr und zündete sich eine neue Zigarette an. »Hast du Kaffee bei dir? Nein, wohl nicht. Ich schlafe gleich im Stehen ein.«

»War irgendwo Kirmes, dass ihr so kaputt seid?«

Der Hagere schüttelte den Kopf. »Das ist die zweite Schicht ohne Pause, wir sitzen seit gestern Nachmittag in der Karre. Keine Minute Schlaf.«

»Wie kann denn das?«

Der mit dem Schnäuzer erklärte: »Das Übliche. Personalmangel.« Sein Gesicht war verschlossen.

»Nun sag es schon«, schlug der Hagere vor. »Er erfährt es doch sowieso.« Er räusperte sich. »Es ist so, dass Nati die zweite Leiche in unserer Schicht ist.«

»Wie bitte?« Ich sah den Schnäuzer an. »Heißt das, dass noch jemand ermordet worden ist?«

»Das wohl nicht«, war die Antwort. »Ein junger Mann hat sich totgefahren. Sven Hardbeck. Genauso alt wie Nati. Kennst du die schmale Straße von Darscheid nach Steiningen? Die führt unter der A 48 Koblenz–Trier her. Da ist Sven mit seinem Golf gegen die Brückenwand geknallt ... Er hat nicht gebremst, keinen Zentimeter gebremst. Dabei hat er schon mal Rallyes gefahren und eigentlich ... Vielleicht war er betrunken. Gerochen haben wir aber nichts.«

»Ist das der Hardbeck von *dem* Hardbeck? Von diesem Müllunternehmer?«

»Richtig«, nickte der Hagere müde. »Das ist das, was die Leute nicht wissen: Wir sind die, die zu den Eltern müssen, um ihnen zu sagen ... Svens Eltern sind durchgedreht, richtig durchgeknallt.« Er warf beide Arme nach vorne. »Sven war ihr einziger Sohn, muss man wissen, ihr ... Na ja, wir haben ihn immer den Kronprinzen genannt. Die Mutter rannte dauernd die Treppe rauf und runter, einfach so, rauf und runter. Und der Vater saß im Wohnzimmer in einem Ledersessel, sprang plötzlich wie von der Biene gestochen auf, nahm einen Aschenbecher und knallte ihn durch die

Fensterscheibe in den Garten. Anschließend schrie er dauernd ›Nein!‹ und mischte das Wohnzimmer auf. Wir haben ihn nicht aufgehalten, wir wissen, wie das ist. Er hat nichts heil gelassen … Als wir bei denen ankamen, war es drei Uhr nachts, als wir wegfuhren, war es sechs Uhr. Mein Gott, es war wirklich schlimm. Als wir den Bericht dann irgendwann geschrieben hatten und Schluss machen wollten, kam der Chef und sagte: ›Ihr müsst noch mal raus, es gibt eine Leiche.‹ Deshalb sind wir so im Arsch.«

»Und Sven Hardbeck hatte gerade einen Job gekriegt, einen wirklich guten Job. Er wollte nach dem Abi was Nützliches machen.« Der Schnauzbärtige wischte sich mit einem Papiertaschentuch durch das Gesicht. »In Südamerika gibt es doch so Hilfsprojekte, landwirtschaftliche und soziale. Und Sven hat dort über das katholische Bistum Trier eine Zivildienststelle gekriegt. In zwei Monaten sollte er antreten, in Peru, glaube ich. – Scheiße, dieser Beruf.«

»Das ist immer noch nicht alles«, sagte der Hagere hohl. »Denn Sven hatte was mit Nati. Die beiden waren zuammmen bei uns im Dorf beim Junggesellenfest und haben geknutscht, als wären sie Adam und Eva.«

»Waren sie denn in der gleichen Abiklasse?«

»Ja!«, seufzte der Schnauzbärtige. »So war das. Du kannst dir an zwei Fingern ausrechnen, was das bedeutet: Sven tot, dann Nati tot. Oder halt, nein, eigentlich andersrum. Erst Nati tot, dann Sven tot.«

Die beiden Polizisten standen nebeneinander und schauten mich an, als wollten sie sagen: Los doch, du weißt doch jetzt, was du wissen musst!

Ein sanfter Wind strich durch die Baumwipfel und bog die Gräser am Weg. Erneut war Ciscos Jaulen von weit her zu hören. Ich sah in die beiden Gesichter und begriff eine Winzigkeit mehr, wie Polizisten denken. Zugleich begriff ich aber auch ihre Unsicherheit. Sie wussten von den kleinen Begebenheiten ihres eigenen Alltags, dass diese beiden Toten eine Liebesgeschichte miteinander gehabt hatten. Und sie hatten verstanden, dass diese junge Frau sehr schön gewesen war und dass Schönheit dieser Art auch immer massive Unwägbarkeiten mit sich brachte – vornehmlich für den, der sie liebte. So schlossen sie: Es hatte zwischen den Liebenden Krieg gegeben. Sven drohte der Verlust dieser Frau. Und er tötete sie, weil er das nicht ertragen konnte. Und weil er auch die Tötung nicht ertragen konnte, entschloss er sich, ebenfalls zu sterben.

Dieser mögliche Ablauf der Geschichte verunsicherte die beiden Polizisten, denn im Grunde ihrer Wesen sehnten sie sich wie jeder andere nach positiven Gefühlen und einer harmonischen Form von Zusammengehörigkeit und Zweisamkeit – zugleich konnten sie der grausamen Brutalität nicht ausweichen. Sie wollten nicht eintauchen in so eine brutale Welt, aber genau das war ihre Pflicht als Polizeibeamte.

»*BILD* würde titeln ›Drama unter Abiturienten‹. – Dieser Sven saß allein im Auto?« Ich hatte einen trockenen Mund.

»Ja.« Der Hagere rieb sich die Augen. »Nicht mehr viel von ihm übrig, würde ich sagen.«

»Wenn Sven Natalie getötet hat, dann muss er eine Waffe gehabt haben«, bemerkte ich.

»Hatte er«, wusste der mit dem Schnäuzer. »Zumindest hatte er Zugang zu Waffen. Der Vater ist Jäger. Nach der Wunde in Natis Kopf zu urteilen, könnte es eine Walther PPK gewesen sein. Gängiges Kaliber 7.65.«

»Aufgesetzt?«

»Fast. Es sind Schmauchspuren da. Schwach, aber erkennbar. Der Schuss kam vielleicht aus acht bis zehn Zentimetern Entfernung.«

»Du solltest wirklich zur Mordkommission gehen. – Ich mache mich jetzt vom Acker. Keine Sorge, ich informiere niemanden, keine Kollegin, keinen Kollegen. Darf ich euch anrufen, falls ich noch was wissen möchte?«

Sie nickten.

Ich sah die Ränder unter ihren Augen und die Erschöpfung in den tiefen Linien um ihre Münder. Wenn die Mordkommission erschien, würden sie sicherlich noch einmal zwei bis drei Stunden hart arbeiten müssen. Verhöre unter Polizisten sind ekelhaft, genau und sehr brutal.

Ich warf einen letzten Blick auf Natalie und machte mich dann auf den Weg.

Ich trödelte zurück und mein Wagen war ein ärgerliches Hindernis für alle LKWs. Als ein Bauer mit einer Fuhre Futtergras vor mir war, blieb ich hinter dem tuckernden Traktor, starrte in die sonnendurchflutete Landschaft und hing meinen Gedanken nach.

Hatte dieser Sven Natalie getötet? Hingerichtet? War dann ziellos durch die Landschaft gerast und hatte sich entschlossen, selbst zu sterben, Schluss zu machen? Dann musste er es gewesen sein, der ihr ein Kettchen, einen Ring, einen Brillanten oder was auch immer geschenkt hatte, das sie im Bauchnabel trug. Nun gut, warum nicht? War Sven eifersüchtig? Bei schönen Frauen ist immer Eifersucht im Spiel. Gab es einen dritten Mann, einen heimlichen Mann? Traf sie ihn dort, wo sie gefunden worden war? Der schnauzbärtige Polizist war zornig gewesen, hatte so etwas wie öffentliche Moral gespielt, Natalie einen wilden Feger genannt. Hatte es zu viele Männer in ihrem Leben gegeben? Hatte sie die Kontrolle verloren? Oder – ganz anders gedacht – war sie Zeugin von etwas gewesen? Beispielsweise von etwas, was die geheimnisvollen Fässer betraf?

Eines war gewiss: Wenn Sven vor Natalie gestorben war, stellte sich ein schwieriges Rätsel; war er nach ihr gestorben, schien das Rätsel lösbar. Zunächst waren also die Gerichtsmediziner gefragt, die die traurigen Reste untersuchen mussten, um Klarheit zu gewinnen.

Cisco hatte nicht in den Wagen gepinkelt, ich lobte ihn und ließ ihn in der Einmündung eines Waldweges kurz vor meinem Dorf eine Weile laufen. Dann fuhren wir heim und er suchte sich dabei auf dem Beifahrersitz eine Position, in der sein Kopf auf meinem Oberschenkel liegen konnte.

Am Teich war alles in Ordnung, die dicke Kröte namens Isabell hatte den Weg aus dem Steintunnel gefunden, den ich ihr gebaut hatte, hockte im Schlamm und ließ nur den Kopf sehen. Sie war eine gemütliche alte Tante, nur wenn ihr einer der extrem räuberischen Koikarpfen zu nahe kam, blies sie sich auf wie ein Luftballon und ließ zischende Laute hören. Aus der Tatsache, dass sie nun schon das zweite Jahr hier war, ließ sich schließen, dass sie keine natürlichen Feinde hatte – Störche landen bei mir nicht.

Ich ging ins Haus, draußen war es zwischen den Schauern und Gewittern einfach zu schwül. Bald würde Vera eintreffen. Mir war leicht übel, wobei ich aus alter Erfahrung wusste, dass das etwas damit zu tun hatte, dass ich den Tag über nichts gegessen hatte. Ich entschloss mich zu Spiegeleiern à la Gloria Gaynor. Ich denke, das muss ich erklären.

Es gibt eine ›Club-House‹-Ausgabe von Gaynor-Songs, auf der auch *How high the moon* zu finden ist. Das Fett in der Pfanne muss bei den ersten Takten heiß sein, dann werden die Eier aufgeschlagen und exakt bis zum Ende des Songs gebraten. So erhalten sie jene Konsistenz, die ich bevorzuge. Gloria Gaynor kennt diesen Trick natürlich nicht, sie kommt ja auch so selten in die Eifel.

Mein Handy klingelte und ich musste es suchen. Reinhard Hübsch vom *SWR 1* war dran und sagte leichthin: »Es betrifft nicht mein Ressort, werter Kollege, aber die Spatzen pfeifen es mir. Stimmt es, dass bei dir in der Nähe zwei Jugendliche zu Tode gekommen sind?«

»Das stimmt. Wie hieß denn der Spatz, der es Ihnen gepfiffen hat?«

»Informanten sind namenlos«, erklärte er heiter. »Die aktuelle Redaktion ist schon unterwegs. Die Kollegen vom Fernsehen übrigens auch. Ich wünsche einen guten Resttag.«

Der nächste Anrufer war Kalle Adamek von *Radio RPR*. Er begann: »Hallo, Alter. Ich habe die Geschichte schon, ich will nur fragen, was du davon hältst.«

»Das weiß ich noch nicht. Das Mädchen Natalie wurde umgebracht. Es war eine Art Hinrichtung. Genick gebrochen und Kopfschuss, doppelt gemoppelt sozusagen. Sven Hardbeck knallte mit seinem Golf gegen Beton. Das kann Selbstmord gewesen sein, muss aber nicht. Hast du andere Informationen?«

»Nein. Aber wenn das das Ende einer Liebe war, dann ist das eine Riesengeschichte. Und wahrscheinlich gibt es dann einen dritten Mann, der die ganze Geschichte kennt.«

»Da könntest du Recht haben.«

»Kannst du mir den Tatort beschreiben? Diesen Fundort der Toten?«

»Ich glaube, das ist tatsächlich nur der Fundort. Natalie wurde dorthin gebracht, ordentlich hingelegt.« Ich beschrieb ihm, wie die wilde Müllkippe in Mannebach aussah, und er bedankte sich, stellte aber noch eine Frage.

»Die beiden haben doch zusammen Abitur gemacht. Im vorigen Sommer. Und ich weiß, dass es an dem Gymnasium einen Pauker gibt, der besonders gut mit den Jugendlichen umgehen kann. Ich habe den schon mal interviewt, der tritt immer als Spezialist für Jugendfragen auf, komme aber nicht auf seinen Namen. Weißt du, wen ich meine?«

»Ach, stimmt. Das ist der Oberstudienrat Detlev Fiedler.«

»Richtig, so war der Name. Mach es gut, mein Alter, bis demnächst.«

Was würde mein alter Freund Rodenstock mir nun raten, was zu tun sei? Ich dachte angestrengt darüber nach. Zuerst einmal würde er klarstellen: Es gibt keine Mörder, es gibt nur Menschen, die zu Mördern werden. Dann vielleicht mahnen: Geh immer zurück an den Anfang. Was weißt du? Was weißt du wirklich, was steht außer Frage? – Also gut: Natalie (19) tot, zweifelsfrei ermordet. Die Leiche nackt. Ein Schmuckstück aus dem Bauchnabel gerissen. Brutal. Liebesgeschichte. Liebesgeschichte? Wissen wir nicht. Sven (19), Mitschüler, Mit-Abiturient, rast gegen eine Betonwand. Tot. War das vor oder nach Natalies Tod? Wissen wir nicht. Was musst du unter diesen Umständen als Erstes in Erfahrung bringen? Antworten finden auf eine Frage, die ich beiden stellen würde: Wann hast du dein elterliches Haus verlassen und was hast du den Tag über getrieben? Eine simple Frage.

Geh zurück zum Anfang, pflegte Rodenstock zu sagen. Und sei niemals ungeduldig. Aber ich war ungeduldig. Rodenstock, du könntest dich längst gemeldet haben! Sonst meldest du dich dauernd, wieso …? Ich kam mir plötzlich schäbig vor.

Ich wählte seine Handynummer.

Er meldete sich sofort, düster und hohl: »Ja, bitte?«

»Ich bin's, Siggi. Wie geht es Emma?«

»Nicht gut. Sie schläft. Ich hocke hier an ihrem Bett in diesem fürchterlichen Krankenhaus, in dem alle Bediensteten ständig den Eindruck zu machen versuchen, sie hätten alles im Griff. Warte mal, ich gehe auf den Flur.« Es gab irgendwelche Geräusche, dann sagte er: »Jetzt können wir reden. Sie haben ihre Bauchspeicheldrüse in Verdacht. Die Ärzte sagen mit Falten im Gesicht: Da stimmt was nicht. Sie haben eine Biopsie gemacht, Entnahme von Lebendgewebe, du weißt schon. Es ist dieser ganze Kokolores, der dem Patienten Angst macht, nichts als Angst.«

»Es besteht also Krebsverdacht?«

»Ja«, bestätigte er. »Emma wird … sie wird immer weniger. Scheiße, ich kann nichts machen.« Plötzlich weinte er unverhohlen, schnäuzte sich laut wie eine Trompete. »Und ich muß ihr gegenüber auch noch immer so tun, als hätte sie nicht mehr als einen quersitzenden Furz.«

»Das mußt du nicht. Sie ist doch eine kluge Frau.«

»Genau das ist ihr Problem, genau das.«

»Wie lange wird es dauern, bis man sicher weiß, was ist?«

»Drei Tage. Aber sie muss nicht so lange hier bleiben. Sie kann nach Hause und dort warten. Baumeister, ich weiß nicht … wenn das schief geht, werde ich mich auch verabschieden. Kennst du den Brief, den Raymond Chandler an seinen englischen Verleger geschrieben hat, als seine Frau gestorben ist? Er schrieb: ›Sie war das Licht meines Lebens.‹ Das ist es! Emma ist das Licht meines Lebens. Sobald Emma wach ist, fahren wir nach Hause und warten.«

»Warten ist nicht gut«, sagte ich. Ich hatte einen Kloß im Hals, ich liebte Emma auf eine hilflose Weise. Emma, die Holländerin mit dem großen Herzen und dem scharfen Verstand, den sie noch bis vor kurzem der Polizei in s'Hertogenbosch zur Verfügung gestellt hatte. Es war schlicht unvorstellbar, dass sie plötzlich nicht mehr da sein sollte.

»Uns bleibt nur zu warten«, stellte er fest.

»Gut, aber dann wartet doch hier. Ich habe außerdem Arbeit für euch.«

»Hat ein Eifelbauer seine Frau totgeschlagen, weil sie seine Mastgans mit dem Trecker umgenietet hat?« Er lachte böse. »Ich will, dass Emma lebt, Baumeister. Ich würde in diesem Zustand nicht mal einen Taschendieb mit meiner Geldbörse in der Hand erkennen. Nein, nein, lass uns die Sache ...«

»Jetzt kommt der Heldentenor«, unterbrach ich wütend. »Von wegen: Das müssen wir ganz allein durchstehen.«

»Aber wir haben doch gar keine Kleidung und so, und ...«

»Rodenstock, hör mit dem Scheiß auf! Entscheide es ganz einfach. Kommt her oder kommt nicht her. Aber halt mir um Gottes willen keinen Vortrag darüber, wie sehr du jetzt als ganzer Mann Emmas Händchen halten musst! Wenn es hupt, steht ihr vor dem Haus. Übrigens, Vera wird auch hier sein.«

Eine Weile war es still.

»Ach, Vera«, murmelte er dann. »Das Landeskriminalamt hat sie beurlaubt. Kischkewitz hat mir erzählt, sie habe was mit einem Mörder angefangen. Ich will jetzt mal wieder zu Emma gehen. Danke für deinen Anruf. Und grüß Vera schön. Sag ihr, es wird nichts so heiß gegessen, wie es gekocht wird.«

»Moment, weißt du denn Näheres?«

»Der Mörder behauptet, sie habe sich ihm genähert. Nach alter guter preußischer Beamtensprache hat sie ein Beischlafbegehren geäußert und ...«

»Und? Hat sie es gekriegt?«

»Frag sie doch.«

»Grüß Emma«, verabschiedete ich mich.

Ich döste vor mich hin, bis sich mein Handy wieder meldete.

Die hohe heisere Stimme war wieder da: »Meine Spione berichten mir, dass Sie die tote Frau gesehen haben. Was halten Sie davon?«

»Was soll ich davon halten? Es ist ein Mord, man wird über kurz oder lang den Täter fassen und irgendwann vor Gericht stellen.«

»Haben Sie gewusst, dass das geile kleine Gör was mit dem Hardbeck hatte?«

»Na ja, sie waren Schulfreunde, in der gleichen Klasse, haben zusammen Abitur gemacht.«

»Den Sohn meine ich nicht, ich meine den Vater.«

»Wollen Sie mir nicht endlich sagen ...« Aber er hatte die Verbindung schon wieder unterbrochen.

Was für ein Spiel spielte diese Stimme?

Das Licht der Sonne strömte flach aus Westen und tauchte die Kirche in gleißendes rötliches Licht.

Endlich rollte Vera auf den Hof. Sie fuhr ein Uraltauto der Marke ›Maria hilf und Josef schieb nach‹, es war ein Renault von Anno Tobak, was durchaus für die Marke spricht.

Sie blieb hinter dem Steuer sitzen und rief durch das offene Fenster: »Hi, Baumeister!«

»Hi, meine Schöne. Komm raus und reck dich. Möchtest du etwas trinken?«

»Schnaps. Hast du einen Schnaps?«

»Na, sicher habe ich einen Schnaps. Einen Premium-Brand aus hiesigen Williamsbirnen, Geheimtipp aller einsamen Säufer.«

»Den brauche ich.« Sie machte die Autotür auf und stieg aus. »Schön hast du es hier.« Sie verschränkte die Arme vor der Brust. Sie trug, was junge Frauen in Sommerwärme tragen: Sandalen, blaue Jeans, ein rotes T-Shirt. Alles in allem war sie ein hübscher Anblick, sie passte punktgenau in diesen lauen Sommerabend.

»Ich hole dir den Schnaps, dann hocken wir uns in den Garten.«

In der Küche goss ich ihr einen kräftigen Schluck in ein Wasserglas und nahm mir einen Apfelsaft und zwei gestopfte Pfeifen mit.

»Der Teich macht so ruhig«, sagte sie. »Was treibst du so?« Sie hockte in dem Gartensessel, hatte ein Bein hochgezogen und auf das andere gelegt. Jede ihrer Gesten sagte: Rühr mich nicht an! Komm mir bloß nicht zu nahe!

»Ich treibe, was ich immer treibe. Ich bin Journalist, also schreibe ich Dinge auf, die sich möglicherweise Gewinn bringend verkaufen lassen. Seit heute habe ich eine weibliche Leiche auf dem Programm. Und als Sahnehäubchen eine männliche Leiche obendrauf. Ich weiß noch nicht, was daraus wird. Wie ist es dir ergangen?«

Sie zog eine Packung Marlboro von irgendwo hervor und zündete sich eine Zigarette an. Sie rauchte hastig und sog den Rauch tief in die Lunge. »Wir hatten ein paar schöne Tage damals. Warum haben wir eigentlich nicht mehr daraus gemacht?« Dabei griff sie nach dem Schnaps und trank ihn mit einem Zug aus. »Das brauchte ich jetzt. Tja, warum haben wir nicht mehr daraus gemacht?«

»Du wolltest in Mainz beim Landeskriminalamt arbeiten. Du sagtest, das sei eine Riesenchance für dich. Ich wollte in der Eifel bleiben. So einfach war das.«

»Du hast eine Frau, eine Gefährtin, nicht wahr? Und ich gehe dir auf den Keks.«

»Du gehst mir nicht auf den Keks und ich habe keine Gefährtin. Das passt mir im Moment. Du hast mit einem Mörder geschlafen?« Ich wollte sie provozieren. Sie war gekommen, um etwas loszuwerden.

»Na ja, eigentlich nicht. Aber das ist mittlerweile egal. Ich überlege, ob ich die Polizistenkarriere aufgeben soll. Darf ich die Geschichte erzählen, hast du Platz dafür?«

»Aber ja, leg los.«

»Weißt du«, sie starrte über den Teich in eine unbekannte Ferne, »es ist im Grunde eine selten dämliche Geschichte. Ich habe es vermasselt. Ich habe mich angestellt wie eine Vierzehnjährige … Eigentlich war ich in der Abteilung für Wirtschaftskriminalität. Dann hatten die vom Mord- und Raubdezernat einen schwierigen Fall. Ein dreißigjähriger Malermeister hatte seine Mutter getötet. Wahrscheinlich im Vollrausch. Es gab aber keine Beweise, sie konnten ihn nicht festnehmen, nur beobachten. Ich sollte mich an ihn ranmachen, mal in ihn reinhorchen. Ich wurde also abgezogen zur Mordkommission. Langsam brachte ich mich an den Mann ran, er war sehr misstrauisch, eigentlich ein ekelhafter, schleimiger Typ. In seiner Stammkneipe habe ich Kontakt zu ihm bekommen. Wir hatten in der Nähe ein kleines

Apartment für mich gemietet, das war alles perfekt vorbereitet. Mit der Zeit wurde er warm und begann von sich zu erzählen. Natürlich sagte er nicht: ›Ich habe meine Mutter erstochen.‹ Er erzählte mir aber immerhin, dass er seine Mutter immer gehasst habe. Weil sie Kerle hatte, weil sie furchtbar geizig war, weil sie ständig jammerte. Eines Nachts nahm ich ihn mit zu mir in das Apartment. Ich hatte ihm allerdings gesagt, im Bett läuft nichts bei mir. Wir hockten da und tranken Wein. Und endlich rückte er damit raus, dass er seine Mutter erstochen hätte. Ein verstecktes Tonband lief mit, alles klappte sehr gut. Es gab ein paar Einzelheiten, die nur der Mörder wissen konnte – der Mann war der Mörder. Irgendwann war er sehr betrunken und ich erlaubte ihm, auf dem Sofa zu schlafen. Während er schlief, redete ich mit meinem Dienststellenleiter. Wir beschlossen, ihn gegen Mittag mit meinem Auto zum LKA zu fahren. Aber so weit kam es gar nicht. Gegen Morgen wird der Mann auf dem Sofa wach. Dann knallt meine Schlafzimmertür auf und er steht da, nackt, wie Gott ihn schuf, und höchst erregt. Es ist nichts passiert, außer dass er später, als ich im Bad war, im Wohnzimmer onanierte. Mein Gott, das ist alles so ekelhaft! Ich rief meine Kollegen, sie kamen und nahmen ihn fest. Natürlich bemerkten sie seinen Samen auf einem dunkelroten Sofakissen. Es war schrecklich, sage ich dir! Der Mann wird also in die Dienststelle gebracht und besteht sofort auf einem Anwalt. Der Anwalt kommt, die beiden beratschlagen sich, dann sagt der Anwalt ganz cool, das sei ja wohl eine Riesenschweinerei, was da mit seinem Klienten passiert sei. Geschlechtsverkehr mit einer Kriminalbeamtin, um ein Geständnis zu bekommen, sei doch einwandfrei eine üble Erpressung und habe mit einem Rechtsstaat nichts mehr zu tun. Dummerweise hatte der Mörder sofort begriffen, dass das rote Sofakissen mit seinem Samen ein verdammt guter Grund war, das ganze Geständnis für null und nichtig zu erklären. Der Anwalt erreichte nicht nur, dass er mit seinem Klienten das Haus verlassen konnte, er kündigte auch an, dass er mich anzeigen werde, dass er fantastische Verbindungen zur Presse habe und dass ich damit rechnen müsse, dass er meine Karriere knickt. Mein Dienststellenleiter fragte gar nicht weiter, hat mich nicht vernommen, hat nur gesagt, das Einzige, was er für mich tun könne, sei, mich sofort zu beurlauben. Aber das ist noch nicht die ganze gottverdammte Geschichte! Am nächsten Tag, ob es glaubst oder nicht, kommt mein Mörder seelenruhig in mein Apartment marschiert und erklärt grinsend, dass er was nachzuholen habe. Ich hatte nicht einmal meine Dienstwaffe bei mir. Ich prügelte mich mit ihm, bis er verschwand. Doch er ließ meine Autoschlüssel mitgehen. Er nahm den Wagen und knallte zwei Kilometer weiter gegen einen Baum … Es ist zwar nicht zu fassen, aber er läuft noch immer frei herum! Möglicherweise werden sie ihn nie kriegen.« Vera sprach sehr gelassen, aber diese Gelassenheit wirkte wie die einer Puppe, die etwas auswendig gelernt hat.

»Dein Chef hat dich also zunächst einmal aus der Schusslinie genommen. Das ist doch positiv, oder?«

»Mein Chef ist nicht mein Problem. Mein Problem bin ich. Ich wollte diesen Mann überführen, ich wollte es mit aller Macht. Aber wie ich auf die Schnapsidee gekommen bin, den bei mir schlafen zu lassen, werde ich nicht einmal als Großmutter verstehen.«

»Vielleicht bist du karrieregeil …?«

»Ach, Scheiße, nein. Ich bin einsam. Karrieregeil? Ja, vielleicht schon. Ich bin nach Mainz zum Landeskriminalamt gegangen, weil ich dort mehr lernen kann. Was ich nicht bedacht habe, ist die Tatsache, dass ich eigentlich nicht dazu geboren wurde, ausschließlich und allein für meine Karriere zu leben. Das macht mich auf die Dauer kaputt. Und jetzt weiß ich nicht weiter.«

»Für wie lange bist du beurlaubt?«

»Unbefristet. In der Vereinbarung zwischen mir und dem Amt heißt es, dass ich vorläufig bei voller Bezahlung mindestens sechs Monate aussetze.«

»Dann würde ich die Zeit nutzen.«

»Wozu denn, Baumeister?«, fragte Vera verbittert.

»Um zu erfahren, was du eigentlich willst. Um dich umzugucken, um neue Möglichkeiten zu überdenken.«

»Ich bin Kriminalbeamtin. Ich kann nichts anderes.«

»Das klingt sehr überzeugend, ist aber kalter Kaffee. Du solltest die Zeit nutzen, dich selbst kennen zu lernen. Ja, ich weiß, ich habe leicht reden, ich stecke nicht in deiner Haut. Aber versuch doch mal, es als Chance zu sehen. Wie hieß das in den Siebzigern? Die Krise als Chance. Ich hole dir noch einen Schnaps.«

Sie lächelte matt. »Bring gleich die ganze Flasche mit. Mit so viel Freizeit komme ich nicht klar. Ach du lieber Gott, ich darf ja nicht mal saufen, ich muss ja noch zurück.«

»Musst du nicht.«

»Aber das Auto …«

»Das Auto ist doch scheißegal.«

Als ich zurück in den Garten kam, hatte Cisco auf ihrem Schoß Platz genommen und leckte begeistert ihre Hand.

»Erzähl mir von deinen zwei Leichen«, forderte Vera und begann augenblicklich mit der Bekämpfung ihrer Krise, indem sie ein halbes Wasserglas Williamsbirne in Angriff nahm.

Ich fasste mich kurz, weil es noch nicht viel zu berichten gab und ihre Aufmerksamkeit rapide abnahm. So gegen elf in der Nacht war es so weit, dass sie Begriffe wie ›psychologische Struktur‹ kaum mehr nuscheln konnte.

»Ich bringe dich ins Bett«, entschied ich.

»Das ist aber schön!«, kicherte sie.

Doch mein Handy störte und die hohe heisere Stimme sagte fröhlich: »Haben Sie gewusst, dass die tote Natalie seit mindestens einem Jahr zwischen den geldgierigen Müll-Fritzen hin- und hergeschoben wurde? Und wussten Sie, dass Natalies Mutter ihre Tochter auch reichen Tattergreisen angeboten hat? Und dass es in der Jagdhütte von Hardbeck manchmal ziemlich wild zugeht?« Die Stimme lachte und das klang irre. »Haben Sie schon mal was vom Grafen von Monte Christo gehört? Nein? Sollten Sie aber.«

Dann war die Leitung wieder tot.

ZWEITES KAPITEL

Ich richtete Vera das Bett im Dachgeschoss, zog ihr die Sandalen von den Füßen und beruhigte sie mit dem intelligenten Satz: »Nun schlaf dich aus, und wenn du einen Kater hast, gibt es zur Belohnung Aspirin.«

Sie war jetzt in einem Stadium, in dem sie sich nicht zwischen Heulen und Lachen entscheiden konnte. Sie fabrizierte eine groteske Mischung aus beidem. Mit Erstaunen nahm sie wahr, dass sie ihre Sandalen nicht mehr anhatte, und zog daraus den Schluss, dass es angeraten sei, sich gänzlich auszuziehen. Ich mühte mich nicht damit ab, ihr das auszureden.

Bei dem Versuch, aus der selbstverständlich viel zu engen Jeans herauszukommen, fiel sie zweimal steif wie ein Zinnsoldat um und lachte sich krank über die Tatsache, dass sich ihr Körper steuerlos dem Williams-Christ-Rausch und der Schwerkraft hingab. Sie trug ein winziges rotes Bikiniunterteil, das selbstverständlich mitsamt der Jeans ins Bett fiel. Als sie entdeckte, dass sie hüllenlos war, kicherte sie im Falsett: »Endlich frei!« Ihren Humor besaß sie also noch.

Sie legte sich sogar freiwillig hin, wenngleich sie Schwierigkeiten hatte, mit dem Kopf das Kissen zu treffen. Sie gurgelte und hauchte: »O Gott, das wackelt alles so!« Aber ehe sie wieder aufstehen konnte, schlief sie ein und ich deckte sie zu.

Ich legte eine CD von Christian Willisohn auf und schwelgte in meinem Arbeitszimmer in Blues und Boogie. Mich beschäftigte die Frage: Wer steckte hinter der hohen heiseren Stimme? Logisch war: Er musste als Erster von Natalies Tod erfahren haben. War es der Mörder selbst? Aus irgendeinem Grund gefiel mir die Vorstellung nicht. Aber weiter: Wahrscheinlich war, dass er sie gesehen hatte. Und zwar an Ort und Stelle auf der wilden Müllkippe. Wenn das so war, stammte er dann aus Mannebach oder Bereborn oder Retterath? War er jemand, der Natalie beim Spaziergang gefunden hatte? Wohl kaum, denn dann hätte er der Polizei gesagt, er werde am Fundort warten. Er musste ein Mensch sein, der auf die eine oder andere Weise verstrickt war. Aber in was verstrickt? Er schien erstaunlich viel zu wissen. Das deutete darauf hin, dass er hier in der Gegend zu Hause war. Selbstverständlich konnte er ein ernst zu nehmender Informant sein, aber sein Stil, die Anrufe bei mir, waren eher ein Zeichen, dass er sich wichtig machen wollte. Wie alt mochte er sein? Dreißig, vierzig? Schlecht zu entscheiden. Tatsache war, dass diesem Mann eine Schlüsselrolle zukam. Die Ermittler sollten von seinen Anrufen bei mir wissen.

Ich rief die Kriminalwache in Wittlich an und verlangte jemanden von der Mordkommission: »Am liebsten Kischkewitz.«

»Der ist noch draußen.«

»Dann rufe ich ihn über Handy an.«

»Kollege?«

»Und wie«, log ich.

Tatsächlich erreichte ich ihn und er war schlecht gelaunt. Er war ein alter Freund und Kumpel von Rodenstock und gegen mich hatte er auch nichts einzuwenden, soviel ich wusste. Doch wer kann schon in den Chef einer Mordkommission hineinsehen?

»Ja, Kischkewitz hier.«

»Baumeister. Bevor du zu schimpfen anfängst, hör erst einmal zu. In dem Spiel spielt eine Stimme mit ...«

»Ja, ja, ich weiß schon. Hoch und heiser.«

»Richtig. Der Mann muss etwas wissen. Vielleicht war er der Erste am Tatort. Er sagte ungefähr Folgendes: ...« Ich erklärte es ihm.

»Danke«, seufzte Kischkewitz. »Meine Güte, ich habe hier eine Pressemeute auf dem Hals, gegen die ich keine Chance habe. Die lassen mir einfach keine Ruhe.«

»Beantworte mir noch eine Frage: Was ist mit den Fässern?«

»Zwei sind unterwegs ins Labor. Mach es gut, Baumeister.«

Es war jetzt fast ein Uhr, der Mond eine schmale Sichel

und es war empfindlich kühl geworden. Unten am Briefkasten an der Straße trafen sich die Katzen der Nachbarschaft und fauchten zum Gotterbarmen, wahrscheinlich waren meine beiden dabei und versuchten, eine Hauptrolle zu spielen. Das versuchten sie immer.

Kurz vor drei rollte Emmas Volvo auf meinen Hof. Ich freute mich.

»Hi, Großer«, sagte sie leise, als sie in der Haustür stand. Sie war schmal geworden, viel zu schmal.

»Ich finde dein Haus zum Sterben weitaus besser als unsere Wohnung an der Mosel.«

»Du wirst nicht sterben«, sagte ich und musste schlucken. »Kommt nicht infrage. Tretet ein. Ihr kriegt das Gästezimmer, wie immer. Oben unterm Dach schläft Vera ihren Rausch aus. Sie hat sich furchtbar betrunken. Wollt ihr etwas zu trinken? Tee? Kaffee?«

»Hast du Sekt da?« Emma lächelte mit blutleeren Lippen. »Sekt wäre gut. Und kann ich deinen Bademantel haben, ich habe meinen vergessen?«

»Sicher.«

»Ich trage mal die Koffer hoch«, sagte Rodenstock gepresst. »Entschuldige, dass wir so spät kommen, aber Emma wollte noch nach Hause, um ein paar Sachen einzupacken.«

»Die Hauptsache ist, ihr seid hier. Ich gehe Sekt suchen.«

Ich fand zwei Flaschen, die von irgendeiner Festivität übrig geblieben waren. Ich hatte Schwierigkeiten, mein Wohnzimmer zu betreten – Emma und Rodenstock hockten in ihren Sesseln und sahen so aus, als hätten sie nicht das Geringste miteinander zu tun. Völlig verkrampft und mit einer Welt beschäftigt, von der sie niemandem berichten wollten.

»Ihr seid sicher müde.«

»Nein«, entgegnete Emma. »Eher im Gegenteil. Ich bin putzmunter. Rodenstock war der Meinung, es sei nicht gut, dich zu behelligen.«

Rodenstock sagte nichts, saß da mit steinernem Gesicht, hatte so etwas wie den abwesenden Fernblick.

»Ich finde es gut, dass ihr hier seid«, sagte ich und öffnete die Sektflasche.

»Hast du wieder was mit dieser Vera?« Emma grinste.

»Nein. Mir geht es im Moment ohne Frau ganz gut. Natürlich springe ich ein, falls eine deiner Verwandten auftaucht und versorgt sein will.«

Rodenstock gluckste, sagte aber kein Wort.

»Ich hätte da zwei oder drei Anwärterinnen«, lächelte sie. »Erzähl mir von diesen jugendlichen Toten.«

Ich blickte zu Rodenstock, ich erwartete, er würde protestieren. Aber er schaute mich nur erwartungsvoll an.

»Es ist eine komische Geschichte, die wahrscheinlich zunächst von einem Phänomen beherrscht werden wird, das hier in der Provinz stets eine große Rolle spielt: dem Gerücht. Möglicherweise ist es auch eine ganz dreckige Geschichte oder es ist einfach eine Liebesgeschichte, die zu Ende ging.«

Ich erzählte ihnen, was passiert war. »Nun kommen die Gerüchte: dass der Vater von Sven etwas mit Natalie hatte, dass Natalies Mutter mit ihrer Tochter hausieren ging – ziemlich massive Vorwürfe. Dass in Hardbecks Jagdhaus wüste Dinge passiert sind.«

»Maßgeblich wird sein, in welcher Reihenfolge sie starben«, überlegte Rodenstock. »Hat Kischkewitz den Fall? Gut, wenn es so ist. Er wird eine Reihe von Punkten abarbeiten und wir werden die Ergebnisse erfahren – falls wir überhaupt Interesse daran haben.«

»Das habe ich«, stellte Emma fest. Sie zündete sich einen ihrer ekelhaft stinkenden holländischen Zigarillos an. »Es muss doch eine Menge Leute geben, die über das Verhältnis der beiden gut Bescheid wussten, oder? Liebesgeschichten unter Jugendlichen in der Provinz sind doch so etwas wie öffentliches Wissen. Gibt es nicht irgendeinen Lehrer, der uns was erzählen könnte?«

»Natürlich. Der Mann heißt Detlev Fiedler und soll auf seinem Gebiet hervorragend sein. Der wird dauernd in allen möglichen Jugendfragen von den einheimischen Zeitungen zitiert.«

»Den sollten wir einladen«, sagte sie kühl. »Gleich morgen, was meint ihr?«

»Du willst doch nicht im Ernst einsteigen«, stöhnte Rodenstock etwas außer Fassung.

»Doch, mein Lieber. Genau das will ich. Zu allem anderen komme ich noch früh genug!«

Eine Weile war es unangenehm still.

Emma sah Rodenstock an. »Es ist vielleicht eine Möglichkeit, sich abzulenken, nicht wahr? Und du brauchst Ablenkung, wenn ich das bei Licht betrachte – wie ihr Deutschen immer sagt.« Ihr rechter Mundwinkel zuckte ziemlich heftig und sie sagte: »Oh, da kommt es wieder.« Sie griff in ihre kleine Ledertasche und zog eine Pillendose hervor.

»Du hast Schmerzen«, stellte Rodenstock fest. »Du solltest dich hinlegen. Immerhin ist es mitten in der Nacht.«

»Eigentlich wollte ich nicht mehr schlafen«, sagte sie und schluckte eine dieser Pillen. »Die ollen Lateiner sagten immer: ›Carpe diem‹, nutze den Tag. Ich habe das Gefühl, noch nie gewusst zu haben, wie wertvoll die Zeit ist, die ich habe … noch habe. Ja, du hast Recht, ein wenig hinlegen wäre jetzt gut. Zumindest, bis dieses Zeug wirkt.«

Ich blieb noch eine Weile im Wohnzimmer hocken und dachte mit Fassungslosigkeit über Emmas möglichen Tod nach, malte mir aus, was dann mit Rodenstock geschehen würde. Es war nicht zu begreifen und erfüllte mich mit Trauer und Wut.

Ich schlief schlecht, um neun Uhr stand ich wieder auf und fühlte mich zerschlagen. In der Küche rumorte Vera herum und mühte sich redlich, einen Kaffee zu bereiten.

Hohl sagte sie: »Ich bin eine trübe Tasse, du solltest mich verprügeln. Habe ich das richtig mitgekriegt? Sind Rodenstock und Emma in der Nacht eingelaufen?«

»Das ist richtig.«

»Vielleicht kann ich mit Emma reden.«

»Tu das. Aber sei vorsichtig. Sie kommt frisch aus dem Krankenhaus. Die vermutete Diagnose heißt Krebs.«

Vera wurde blass. »Nein«, murmelte sie nur und setzte sich auf einen Stuhl. Dann fügte sie hinzu: »Emma ist eine der stärksten Frauen, die ich kenne. Wie kann so etwas sein?« Sie wollte keine Antwort, sie starrte hilflos vor sich hin.

Ich hockte mich an den Tisch und trank einen Kaffee. Meine Gedanken suchten Ablenkung. Wen sollte ich zuerst besuchen? Svens Eltern oder Natalies Mutter? Ich entschied mich für Natalies Mutter.

Ich überlegte, dass es keinerlei Sinn machte, Rodenstock mitzunehmen. Er war so auf seine Frau fixiert, dass er wahrscheinlich beleidigt sein würde, wenn ich ihm den Vorschlag unterbreitete. Vera um Begleitung zu bitten erschien mir auch nicht ratsam. Sie war zu sehr in sich selbst und in ihre Krise versunken. So kurios es auch klingen mag: Die Einzige, die wahrscheinlich begeistert mitfahren würde, war ausgerechnet Emma. Aber von der hoffte ich, dass sie noch schlief.

»Ich bin mal eben etwas besorgen«, erklärte ich.

Vera schlürfte Kaffee und nickte nur.

Das schmale Band der uralten Landstraße zwischen Brück und Bongard ist rund dreitausend Meter landschaftliche Schönheit vom Feinsten. Wiesen, in denen Bäche gluckern, tiefe Fichtenwälder, weite Ausblicke. Auf der Höhe oberhalb von Bongard erkennt man die Dreiteilung dieses Dorfes: in der Mitte der alte Kern rund um die Kirche mit ihrem seltsam abgestuften Turm. Rechts und links davon kleine Neubaugebiete, die an den Hängen kleben.

Aus einem Feldweg rollte ein alter Bauer auf einem uralten McCormick heran. Ich stieg aus meinem Wagen und fragte: »Wie komme ich denn zu Frau Cölln?«

Er sah mich mit zusammengekniffenen Augen an. »Ach je, Polizei, was? Da waren schon eine Menge Kollegen von Ihnen. Du fährst links ins Dorf rein, Richtung Nohn. Dann geht es rechter Hand in die Bodendorfer Straße. Die musst du hoch. Wenn das Dorf zu Ende ist, musst du noch ein paar hundert Meter fahren. Dann kommt ein Wirtschaftsweg. An der Abzweigung steht eine kleine Kapelle, oben drauf ein Eisenkreuz. Den Weg rein, dann ist da nach zweihundert Metern rechts das alte Forsthaus. Junge, das war ja eine Scheißnachricht, war das. Ich sage ja, die Zeiten werden immer verrückter. Die Leute auch, und besonders die Jugend. Die Jugend ist auf dem falschen Weg.«

Ich fragte: »Stammen die Cöllns eigentlich aus Bongard?«

Er schüttelte den Kopf. »Nee. Die sind erst vor zehn Jahren hierher gezogen. Damals war ja der Mann noch dabei. Der war später weg.«

»Wieso weg?«

»Na ja«, der Bauer grinste verhalten, »ist irgendwie abhanden gekommen. Weiß man ja nicht, was dahinter steckt. Es heißt, sie sei ein Besen. Aber man weiß ja nicht, ob das wahr ist, man kann ja nicht in die Leute reingucken. So ist sie ganz in Ordnung. Nur ihre Stimme ist schrecklich schrill, wir nennen sie alle nur ›die Sirene‹. Geht mich ja alles nix an. Stimmt das, dass dieser junge Hardbeck sie erschossen hat, also die Tochter, meine ich?«

»Wer sagt denn das?«

»Die Leute«, antwortete der Alte. »Aber die erzählen viel, wenn der Tag lang ist. Es wird ja auch gesagt, dass Natalie den Sven unbedingt heiraten wollte. Aber dieser Hardbeck, der Vater, der wollte das nicht. Und da ist es, na ja, da ist es zu dem Drama gekommen. Das war kein Unfall, sagen die Leute, das war Selbstmord.«

»Wie heißt denn Natalies Mutter mit Vornamen?«

»Die? Das ist die Tina. Beim Feuerwehrfest war Natalie immer die Wildeste. Eigentlich schade, dass die Kleine tot ist. War eine richtig schöne Frau und als solche ja auch schon in der Zeitung. Wer macht so was? Da frage ich mich doch, was das für Zeiten sind. Stimmt es, dass sie erschossen wurde?«

»Nicht nur«, sagte ich, weil ich seinen Redefluss anheizen wollte. »Auch ihr Genick war gebrochen.«

Das fasste er nicht, sagte vage »So, so« und begab sich wieder auf vertrautes Gelände. »Die Kleine soll ja schwanger gewesen sein. Pauls Gitta hat erzählt, sie habe sie noch vor ein paar Tagen beim Frauenarzt in Adenau gesehen. Muss dann ja was dran sein. Weshalb war sie sonst beim Frauenarzt? Aber es gibt ja auch Leute, die meinen, das alles wäre nur passiert, weil der alte Hardbeck sich den Müll-Vertrag unter den Nagel reißen wollte und die Kleine zu viel wusste. Über Gelder, über schwarze Gelder. Sollen ja viele Millionen sein. Da sollen auch Fässer rumgelegen haben, aber da weiß ich nichts von. Unsereiner erfährt ja auch nicht alles. Und Möbel, richtig teure Ledermöbel, eigentlich nix zum Wegschmeißen, oder?«

Ich nickte nur und murmelte: »Ja, ja, ein widerliches Verbrechen.«

Erst jetzt stellte der Bauer den ratternden Diesel ab und setzte sich etwas bequemer in den alten Eisenstuhl. »Was das für Zeiten sind! Nackt soll sie gewesen sein! Und dann die Kleider daneben, ordentlich gefaltet. Was soll das?, frage ich. Wenn wir so mit den Toten umgehen … Das ist eine Sünde und eine Schande. Und dann noch ein Feldblumenstrauß neben dem Kopf. Da wird der Herrgott nicht tatenlos zusehen, da wird Unglück kommen. Stimmt es, dass der Mörder einen Zettel hingelegt hat? Mit den Worten ›Verzeih mir‹?«

»Das weiß ich nicht«, antwortete ich vorsichtig. »Wie geht es denn in diesem alten Forsthaus so zu? Viele Freunde, viele Bekannte?«

»Familie hat Tina hier ja keine. Aber es ist immer viel los da oben. Soweit ich das mitgekriegt habe, sind da oft ziemlich viele Autos von überall her. Richtig teure Autos. Aber unsereiner hat ja für so was keine Zeit.«

»Wovon lebt sie eigentlich, diese Tina?«

»Man sagt, sie kriegt was von Vater Staat dabei, Sozialhilfe. Miete ist ja nicht teuer. Keiner wollte damals das alte Forsthaus. Schönheitstänze sollen die beiden Frauen manchmal gemacht haben.«

»Schönheitstänze?«

»Na ja«, er nahm sich die Lederkappe vom Schädel und kratzte sich das graue kurze Haar. »Ich verstehe ja nichts davon. Schönheitstänze sollen das gewesen sein. Mit wenig an, nur Schleier und so was.«

»Kennen Sie denn jemanden, der dabei war?«

Er schüttelte den Kopf. »Die Leute erzählen so viel. Manche reden sogar davon, das sei so was wie ein … ein Puff.«

»Na so was!«, trompetete ich entrüstet. »Und Tina ist die Puffmutter?«

»Ich muss weiter. Dann fangt den Mörder mal schön. Wäre ja besser, wir hätten noch die Todesstrafe. Nackt auf einer Müllkippe! Und dann noch vergewaltigt, als sie schon tot war. Lausige Zeiten sind das wirklich! Adieu.«

Er ließ den Trecker wieder an, der eine schwarzgraue Wolke in den Himmel blies. Dann hob der Bauer grüßend die Hand und tuckerte die abschüssige Straße hinunter ins Dorf.

Ich rollte die Bodendorfer Straße hoch. Als ich die Abzweigung erreichte, an der die Kapelle stand, hielt ich an und stieg aus. Neben dem kleinen Bethaus war eine weiß lackierte Bank, um die herum das Gras sorgfältig gemäht worden war. In dem Bethaus brannten viele kleine Grableuchten. Hinter einem Gitter erkannte ich eine kleine Statuette der Heiligen Jungfrau und links daneben ein einfaches Holzkreuz mit der Inschrift *Maria hat geholfen*.

Ich blieb eine Weile auf der Bank sitzen. Ich hatte das Gefühl, mich in Ruhe auf das Gespräch mit Natalies Mutter vorbereiten zu müssen. Ein Elsternpaar jagte kreuz und quer über das graue Band der Straße, am Himmel zog schon wieder eine dunkle Regenfront unter die Schäfchenwolken.

Was sollte ich sagen? So was wie: »Entschuldigen Sie die Störung, aber können Sie mir ein paar Auskünfte ...«, oder: »Tut mir Leid, aber ich jage den Mörder Ihrer Tochter ...«, oder: »Ich weiß, der Zeitpunkt ist schlecht gewählt, aber die Gerechtigkeit muss ihren Lauf nehmen ...«

Als ich geschellt hatte und Natalies Mutter die Tür öffnete, begann ich: »Mein Name ist Siggi Baumeister. Ich will Ihnen mein Beileid aussprechen und Sie etwas fragen.«

Sie war eine kleine, schmale, magere Frau mit einem schönen Gesicht. Das Gesicht war ohne Zweifel hart, wenngleich der volle Mund die Härte ein wenig abminderte. Die Zeit hatte Zeichen gesetzt, viele Falten, die allerdings gut überschminkt waren. Sie gehörte zu den Frauen, die in jeder Lebenslage äußerst gepflegt wirken. Sie trug ein einfaches, schwarzes Kleid, keinerlei Schmuck, das kurze, grau durchsetzte Haar war leicht toupiert. Ihr Teint war tiefblass und unter den Augen bemerkte ich dunkelblaue Ringe.

Sie nickte, murmelte: »Ja. Kommen Sie herein.« Und dann: »Sie haben sie gesehen, nicht wahr?«

»Ja, habe ich. Ich bin Ihnen dankbar, dass Sie mit mir sprechen.«

»Ich bin allein«, erklärte sie knapp. »Ich bin froh, dass jemand kommt. Ich habe sie nicht sehen dürfen, sie haben sie jetzt weggebracht. Nach Trier, glaube ich. Die Polizeiärzte … Das ist alles so schrecklich, ich fasse es nicht.« Sie öffnete eine mit Butzenglasscheiben gefüllte Tür, die in ein sehr großes, saalartiges Wohnzimmer führte. »Kann ich Ihnen etwas anbieten? Einen Kognak, einen Whisky, vielleicht ein Bier oder einen Saft?«

Der Bauer hatte mich richtig informiert, ihre Stimme war schrill und es war leicht, sich auszumalen, dass sie gellend sein würde, wenn diese Frau sich aufregte.

»Einen Saft, bitte. Das wäre nett.«

»Nehmen Sie doch Platz.« Sie verschwand.

Für Eifler Verhältnisse war der Raum ungewöhnlich ausgestattet. Zu Luxus haben die Eifler ein sehr gespanntes Verhältnis, was wahrscheinlich darauf zurückzuführen ist, dass sie Jahrhunderte in Armut und Not gelebt hatten, und wissen, dass Luxus ein sehr fragwürdiges Geschenk ist, nichts Notwendiges, um zu überleben.

Der Wohnraum von Tina Cölln war luxuriös. Es gab verschwenderisch gestaltete Ledermöbel in teurem rotbraunen, englischen Design, kostbare Vitrinenschränke, echte Teppiche, darunter einen Seiden-Isfahan, wie ich ihn noch nie größer gesehen hatte. Die Gardinen waren aus reich gerafftem Tüll, wahre Wolken. Der Vorhangstoff sah aus wie Brokat, war wahrscheinlich auch Brokat, und hing an schweren handgeschmiedeten Ringen. Der Raum hatte geschätzt satte einhundert Quadratmeter Grundfläche.

Irritiert dachte ich: Sie bezieht Hilfe von Vater Staat. Was ist das hier?

Ich setzte mich nicht, sondern ging in eine Ecke, in der viele in Silberrahmen gehaltene Fotografien die Wände zierten. Ausnahmslos Fotografien von Natalie in jedem Lebensalter.

»Da bleiben einem nur diese blöden Bilder«, sagte Tina Cölln hinter meinem Rücken und stellte ein Tablett auf einen niedrigen Couchtisch. Sie goss uns ein. »Ich würde Sie bitten … Sie haben sie gesehen. Da, in dem Wald, bei … ich weiß den Ort nicht mehr.«

»Mannebach.«

»Richtig, Mannebach. Natalie ist nie in Mannebach gewesen, sie hat den Ort nie erwähnt. Das wüsste ich. Wie … wie …«

»Sie hat friedlich ausgesehen, Frau Cölln. Sehr friedlich. Sie hatte kein Entsetzen in ihrem Gesicht. Sie war unbekleidet, nun gut. Aber sie schien … unversehrt. Er ist ihr nicht zu nahe getreten.« Mein Gott, was redest du da für einen Blödsinn, Baumeister? »Sagen Sie, war sie mit Sven Hardbeck befreundet?«

»Aber ja. Schon lange. Sie waren … sie waren ein so entzückendes Paar. Sogar sein Vater sagte mal zu mir, er sei stolz darauf, so eine wunderschöne Schwiegertochter zu bekommen.« Ihr Gesicht wirkte jetzt sehr hart und ihre Stimme klang plötzlich gekünstelt. »Man tut alles für die Brut. Und dann das!«

»Darf ich eine Pfeife rauchen?«

»Wie bitte? O ja, selbstverständlich. Ich mag Männer, die Pfeife rauchen. Ich rauche nur Zigaretten. Wenn sie … wenn sie nackt dort gelegen hat, war sie irgendwie … irgendwie schmutzig, voll Dreck?«

»Nein, nein«, antwortete ich schnell. »Sie war sauber … und schön. Sagen Sie, sie hat doch ein Schmuckstück im Bauchnabel getragen. Was, bitte, war das genau?«

»Das war ein Brillant, ein Zweikaräter. Sven hatte ihr den geschenkt. Was ist damit?«

»Nun, möglicherweise hat der Täter den gestohlen. Würden Sie mir erzählen, was Ihre Tochter für Kleidung trug?«

»Sicher. Ganz normale Jeans, weiß. Dann Turnschuhe von Nike, sie trug nur Nike, die waren blau. Ohne Söckchen. Ein Top, ein weißes Top. Von der Unterwäsche weiß ich nichts, aber ich denke einen normalen Slip und einen BH. Wie ist das mit Sven gewesen, ich meine …«

»Er ist von der Straße abgekommen, so etwas passiert. Die Autos sind zu schnell und nicht mehr beherrschbar. Wann hat Ihre Tochter denn vorgestern das Haus verlassen?«

»So gegen elf Uhr, glaube ich.«

»Hat sie gesagt, was sie vorhatte? Oder ist sie im Laufe des Tages zurückgekehrt und dann erneut weggegangen?«

Wieder das harte Gesicht, wieder diese gekünstelte Sprache: »Sie ging nie, ohne mir zu sagen, wohin. Und wenn sie unterwegs war und irgendwo Halt machte, rief sie mich an. Ich sollte immer wissen, wo sie war. Wir … wir hatten ein sehr enges Verhältnis. Sie wollte bei Sven vorbeischauen. Und dann wollten sie nach Trier oder Wittlich, Schuhe kaufen. Nein, zurückgekehrt ist sie nicht. Gegen elf Uhr morgens habe ich sie zum letzten Mal gesehen.«

»Hat sie noch mal angerufen?«

»Nein, aber ich nahm an, sie wäre mit Sven zusammen. Sie waren immer zusammen.«

Ich starrte auf einen gusseisernen Zeitschriftenständer. Es waren ausschließlich Modejournale und Lifestyle-Magazine darin, eine Ansammlung von Hochglanz. »Sind Sie denn nicht unruhig geworden?«

Plötzlich fiel mir auf, was ich in diesem Raum vermisste. Es gab kein einziges Buch.

»Das haben mich die Kriminalbeamten auch gefragt. Nein, war ich nicht. Wenn sie zu Sven fuhr, konnte es sein, dass sie mit ihm hierher kam oder aber bei Sven in dessen Elternhaus schlief. Ich wollte nun wirklich nicht die böse Mutter spielen, die alles kontrolliert. Ich stamme aus einem viel zu guten Stall, um mir so etwas einfallen zu lassen.«

›Brut‹ und ›guter Stall‹ hatte sie gesagt. »Hofften Sie, dass die beiden heirateten?«

»Ja«, nickte sie. »Als Mutter von Natalie hätte ich mir nichts Besseres für sie vorstellen können.« Sie lächelte, als bäte sie um Vergebung. »Mütter sind so, Herr Baumeister, alle Mütter dieser Welt. Und es war ja mehr als Hoffnung, es war ja schon Wissen, es war eine beschlossene Sache.«

»Aber Sven wollte doch nach Südamerika, in einem Hilfsprojekt mitarbeiten. Wollte Natalie ihn begleiten?«

»Wir haben darüber nachgedacht, also Vater Hardbeck und ich. Wir sind aber dann zu der Überzeugung gekommen, dass das für ein so zartes Mädchen einfach zu viel sein würde. Nein, sie sollte nicht mit Sven gehen. Sie wollte eigentlich nach Kuba, um dort im Tourismus zu arbeiten. Tourismus war ihre Leidenschaft.«

»Wenn ich Sie richtig verstehe, dann war Natalie also vorgestern bei Sven und verbrachte den Tag mit ihm, vielleicht auch einen Teil der Nacht.«

»Ja, das habe ich geglaubt. Aber so war das nicht. Sie war gar nicht bei Sven. Walter Hardbeck hat hier angerufen.« Sie zog ein großes rotes Taschentuch unter einem Kissen hervor und schnäuzte sich vornehm die Nase.

»Indiskrete Frage, Frau Cölln. Ist es möglich, dass Natalie schwanger war?«

»Sie war nicht schwanger«, intonierte sie gekünstelt. »Oft ist behauptet worden, sie sei einfach zu schön, um treu zu sein. Aber sie war treu. Sie glaubte an die Liebe, an die Kraft der Liebe. Wenn sie schwanger gewesen wäre, hätte ich das gewusst. Sie vertraute mir alles an, wirklich alles. O Gott, ich brauche einen Kognak.« Sie stand auf und ging an ein Regal, das die halbe Wand einnahm. Es stand voller Flaschen und Kristallkaraffen. Sie goss sich etwas in einen übergroßen Kognakschwenker und trank einen Schluck, ehe sie an den Tisch zurückkehrte und sich wieder setzte.

»Sie haben ein wunderschönes Haus, Frau Cölln. Erstaunlich, was man alles aus einem alten Gemäuer machen kann.«

»Ich hatte es schwer«, stellte sie fest. »Ich kam mit meiner Familie hierher und stand plötzlich allein da. Der Mann, mit dem ich verheiratet war, taugte nichts. Er trank, er trank zuletzt nur noch ...«

»Der hieß Cölln?«

»Richtig, Richard Cölln. Ich habe keine Ahnung, wo er sich aufhält, wahrscheinlich ist er wieder dorthin zurückgegangen, woher wir kamen. Bad Breisig am Rhein, ich weiß nicht, ob Sie das kennen. Kleines, spießiges Nest, ich habe immer gedacht, ich ersticke da.«

Noch ehe ich meinen Einwand bedenken konnte, brachte ich ihn vor. »Aber das ist doch unlogisch. Hier in Bongard ist es viel spießiger. Wieso Bongard?«

»Hier ist es nicht spießig«, erklärte die erstaunliche Frau. Sie wirkte nun kühl, die Stirn zeigte strenge, tiefe Falten. »Das Haus liegt außerhalb und es herrscht in der Eifel die Regel, sich nicht in die Sachen des Nachbarn einzumischen. Und hier habe ich keine Nachbarn. Wenn also jemand behauptet, hier wäre alles klein und eng und spießig, dann stimmt das nicht. Ich komme mit den Leuten im Dorf sehr gut aus, kein Problem, überhaupt kein Problem. Im Gegenteil, ich arbeite sogar in der katholischen Landfrauenbewegung mit.« Sie zündete sich die zweite Zigarette an. »Sicher, anfangs gab es Gerede. Mein Mann saß dauernd in der Kneipe, und wenn die geschlossen hatte, saß er hier vor dem Haus auf der Bank. Die Jugendlichen kamen hier vorbei, weil sie wussten: Da können wir was abstauben! Dann verlor er wegen der ewigen Sauferei den Job. Ich habe ihn so gebeten, sich zu ändern, doch endlich einmal was aufzubauen. ›Wenn du es nicht für dich tust, dann tu es für deine Tochter!‹, habe ich gesagt. Was heißt gesagt, ich habe gefleht!« Sie erzählte mir in diesem Punkt ihre Wahrheit, denn sie wirkte sehr wütend und natürlich. In ihrer Erregung zerbrach sie die Zigarette zwischen den Fingern. Der brennende Teil der Zigarette fiel auf den Isfahan.

Ich bückte mich schnell und griff nach der Glut.

»Du lieber Himmel«, tat ich verblüfft, »was kostet denn dieser Fußabtreter hier?«

Sie lachte ostentativ, daran war nichts gespielt. »Das fragen alle. Ich habe ihn günstig gekriegt. Für achtzigtausend. Das war ein richtiges Schnäppchen.«

Rodenstock, sag mir gefälligst, ob ich jetzt angreifen soll? Oder soll ich weiterhin den Mümmelgreis geben und auf das warten, was an Krumen von ihrem Tisch fällt? Rodenstock antwortete natürlich nicht.

»Darf ich noch einmal indiskret werden? Die Leute erzählen, Sie sind eine allein stehende Frau mit wenig Geld. Der Staat würde etwas dazugeben, damit Sie über den Monat kommen. Doch die Einrichtung dieses Raumes hat wahrscheinlich eine halbe Million Mark gekostet. Woher kommt all das Geld?«

Sie antwortete sofort und ohne lange zu überlegen. »Die Teile hier sind alles in allem rund siebenhunderttausend Mark wert. Der kleine Picasso dahinten zwischen den Fenstern ist echt. Rosa Periode.« Sie dehnte sich etwas. »Ja, die Leute reden viel und wissen natürlich nicht, worüber. Sie sind auch neidisch. Ich nenne dieses Haus ein Konferenzhaus und ich habe Jahre gebraucht, um es aufzubauen. Wenn Männer, die hier in der Gegend eine Jagd haben oder gern in die Eifel fahren, miteinander über Geschäfte und Projekte reden wollen, dann tun sie das in diesem Haus. Und sie zahlen dafür und sie zahlen nicht schlecht. Ich biete den Männern mit diesem Haus so etwas wie ein geschäftliches Zuhause an. Das hätten Sie sowieso rausgekriegt, also erzähle ich es Ihnen. Der große Parkplatz vor dem Haus muss Sie doch gewundert haben, oder? Da stehen abends normalerweise Autos von BMW, Mercedes, Jaguar, Porsche.«

»Und wer bedient diese Männer?«

»Ich. Ich und Natalie. Da kommt mir keine Fremde ins Haus. So geht hier nichts raus. Absolut nichts.«

»Deswegen sagen neidische Männer, das hier sei ein Puff.«

»Ja, das Gerücht mit dem Puff habe ich auch schon gehört. Tausendmal, wahrscheinlich. Es ist natürlich kein Puff. Wenn das hier ein Puff wäre, würden die Bullen einfallen und das Haus schließen.« Sie sprach trotz ihrer Worte wie eine Puffmutter, sehr energisch und sehr resolut. »Ich kann mir keine Fehler erlauben.«

»Wie lange geht denn das schon?«

»Sechs Jahre, schätze ich. Ja, als es losging, war Natalie dreizehn.« Sie seufzte. »Es war ein harter Weg, ein verdammt harter Weg. Und ich bin ihn allein gegangen, niemand hat mir geholfen.«

»Walter Hardbeck, also Svens Vater, hat hier auch Geschäfte besprochen? Das fasse ich nicht.«

»Sicher hat er hier Geschäfte gemacht, und nicht zu

knapp. Wenn er für mehr als eine Million abgeschlossen hatte, gab er eine Party und zahlte alles.«

»Hardbeck gilt als hart, als unbeugsam, als total verschwiegen. Er wird doch hier in diesem Raum keine großen Deals gemacht haben. Das glaube ich einfach nicht!«

»Das müssen Sie auch gar nicht glauben, ich muss Ihnen doch nichts beweisen! Sie sind doch kein Staatsanwalt, oder?«

»Entschuldigung, Sie haben Recht. Aber das alles klingt wie ein Märchen aus Tausendundeiner Nacht.« Setz deinen Gesprächspartnern den Floh ins Ohr, dass du das, was sie erzählen, für Angeberei hältst, für reine Aufschneiderei. Du wirst sehen, sie lassen sich verleiten!

Sie ließ sich verleiten: »Versprechen Sie mir, niemandem etwas weiterzuerzählen?«

»Ich gebe nichts preis, und ehe ich über diesen Fall schreibe, werden Wochen vergehen.« Ich hoffte, ich klang glaubwürdig.

Sie nickte langsam. »Das wird von Ihnen gesagt. Also, Sie wissen von dem neuen Müll-Deal? Der ist gerade über die Bühne gegangen. Müllentsorgung von Trier und dem Vulkaneifel-Kreis. Dazu gehören irre viele Gemeinden und Städte. Ein Generalunternehmer baut ein Werk für den Restmüll, die Aufbereitung und Verbrennung und so weiter. Laufzeit des Vertrages fünfzehn Jahre, Umfang des Vertrages: eine Milliarde Mark. Das Ding ist zum Teil hier in diesem Raum verhackstückt worden. Und ich habe dabei die Getränke serviert. Das heißt, ich und Natalie.«

Das war starker Tobak.

»Die ganzen Müll-Größen waren hier? Walter Hardbeck und Konsorten?«

»Richtig. Walter Hardbeck von hier, Herbert Giessen aus Bad Münstereifel und auch Hans Becker aus Maria Laach. Die haben hier die Millionen auf dem Tisch rumgeschoben wie unsereiner die Bierfilze.« Tina Cölln strahlte mich an, sie war stolz, sie hatte sich in eine Marktlücke manövriert, sie hatte diese Lücke erfunden. Und ganz ohne Zweifel, dachte ich, ist das eine bravouröse Leistung.

»Das ist ja irre«, lobte ich. »Das heißt ja, dass Sie und Natalie mit geradezu gefährlichem Wissen herumgelaufen sind.«

»Das kann man so sagen. Auch die Folgegeschäfte in Sachen Müll sind hier besprochen worden. Aber wir sagen natürlich immer, dass wir nichts von den Gesprächen mitkriegen und dass wir sowieso kein Wort von dem erzählen, was in diesen Mauern vor sich geht. Mein Ehrenkodex ist in der Beziehung aus Gusseisen: Kein Wort raus!« Dann schien ihr die veränderte Situation bewusst zu werden und sie schloss kläglich: »Das alles war einmal. Glauben Sie wirklich, sie hat nicht gelitten?«

»Bestimmt nicht.«

Ich wollte aus diesem Haus heraus, ich konnte diese Atmosphäre aus Selbstgefälligkeit und Mutter-Tochter-Träumen nicht mehr ertragen. Trotzdem fragte ich: »Halten Sie es für möglich, dass Sven Natalie umgebracht hat?«

Sie wurde blass. »Nein«, sagte sie tapfer. »Das ist undenkbar. Jeder, aber nicht Sven.«

»Gab es denn sonst noch Männer, die verrückt nach Natalie waren?«

Tina Cölln presste die Lippen aufeinander, so dass sie nur noch Striche waren. »Wenn jemand so schön und so klug ist wie Natalie, ist das nicht vermeidbar. Ja, so was gab es. Aber da ist kein Irrer drunter, wenn Sie verstehen, was ich meine.«

»Sind Ihnen denn alle heftigen Verehrer bekannt …?«

Sie erschrak, aber den Bruchteil einer Sekunde später war ihr Gesicht wieder nichts sagend.

Ich fuhr fort: »Ich danke Ihnen. Ich muss jetzt gehen.« Doch ich hängte, ganz im Stil Columbos, noch eine Frage an: »Sagen Sie mal, wer ist eigentlich der Graf von Monte Christo?«

Das traf sie. Sie begann mit den Händen zu fuchteln, ihr Mund verzog sich breit, sie senkte schnell den Kopf. »Och, der«, meinte sie lahm und leise. »Das ist so ein Unternehmersohn, nicht wichtig. Er raucht Zigarren, die heißen Monte Christo. Manchmal ist er mit den jungen Leuten zusammen, aber eine Rolle spielt er nicht. Der Vater, nein, der Onkel ist äußerst wohlhabend. Auch so ein Müll-Mensch.

Der Graf ist einfach ein Lebemann.« Das sprach sie aus wie ein Schimpfwort.

Irgendwann in den nächsten Stunden würde sie begreifen, was sie mir alles erzählt hatte, und sie würde auch begreifen, dass es zu spät war für eine Korrektur. Dabei hatte sie längst begonnen, ihre Legenden zu formulieren, und sie würde nicht damit aufhören, bis jedes Detail in ihr verändertes Weltbild passte.

Wir standen vor der Garderobe in dem engen Flur. Hinter ihrem Kopf hingen sechs alte englische Stiche von Reitern und Pferden an der mit beigem Chintz bezogenen Wand – wahrscheinlich waren die Bilder ein Schnäppchen für zweiundsiebzigtausend Mark gewesen. Ich dachte an die Behörden in unserem Staat und daran, ob die wussten, was hier in den Räumen stand und an den Wänden herumhing.

»Darf ich Sie auch noch etwas fragen?«, murmelte sie. »Ich hab ja keine Ahnung im Umgang mit Presse. Aber ich bin angerufen worden. Da kommt gleich ein Mann von einer Illustrierten. Aus Hamburg. Die bieten mir was für meine und Natalies Lebensgeschichte. Können Sie mir da behilflich sein, was soll ich fordern?«

»Nein, da kann ich Ihnen nicht helfen.« Ich war erschrocken. »Ich kann Sie nur warnen.« Dann begriff ich plötzlich ihre Lage. »Sie brauchen Geld, nicht wahr?«

»Na ja, der Betrieb hier wird erst mal aufhören.« Sie fuhr sich mit der Zunge über die Lippen. »Ich habe ein bisschen was zurückgelegt, aber da würde ich nicht gern drangehen. Wieso soll ich das nicht machen?«

»Weil Redaktionen niemals das schreiben, was Sie selbst schreiben würden. Sie müssen das allein entscheiden, ob Sie Ihre Geschichte verkaufen. Das kann Ihnen niemand abnehmen. Aber seien Sie wachsam wie ein Luchs.«

»Bin ich«, versprach sie inbrünstig.

Sie öffnete die Haustür und rief erstickt: »Oh!« In der nächsten Sekunde richtete sie ihr Haar.

Draußen standen, sorgfältig nebeneinander aufgebaut, drei Fernsehteams – vom *SWR*, *RTL* und *VOX*, drei Truppen, die so gekleidet waren, als seien sie hergekommen, um zu grillen. Aber vielleicht wollten sie das später ja wirklich. Der Einfachheit halber streckten sie ihre Mikrofone vor wie Spezialausweise und begannen gleichzeitig zu brüllen.

»Frau Cölln, wie fühlen Sie sich?«

»Frau Cölln, war es Ihr zukünftiger Schwiegersohn?«

»Frau Cölln, dieses Drama um Ihre Tochter wirft die Frage nach der Todesstrafe auf.«

Ich flüsterte ihr zu: »Big brother is watching you. Sagen Sie zwei Dinge: Dass Sie keine Auskunft geben können und dass Sie in Ihrer Trauer allein gelassen werden wollen.«

Ich setzte mich in meinen Wagen und fuhr vom Hof.

Von Nohn her hatte sich die Wolkenwand inzwischen geschlossen, es würde gleich regnen, donnern und blitzen. Das passte mir gut, mir war selbst so. Ich fuhr nach Bodenbach und von dort nach Borler, Spielzeugdörfer von großer Schönheit in einer fast unverdorbenen Landschaft, in der ich alle hundert Meter aussteigen möchte, um einfach nur herumzuschauen.

Regen, Donner und Blitz erwischten mich hinter Borler, ehe ich auf die Verbindungsstraße Nohn–Kelberg kam. Ich hielt an und grinste einem Bauern zu, der auf einem Uralt-Lanz ohne Verdeck in scheinbar mieser Stimmung durch die Fluten ratterte.

Als er mein Grinsen sah, wollte er wütend werden, besann sich aber, stoppte ebenfalls, kletterte von seinem Gefährt, kam zu meinem Auto und setzte sich quatschnass auf den Nebensitz. Er blinzelte mich von der Seite an und meinte: »Das ist aber nett von dir.«

»Ich habe heute meinen sozialen Tag«, erwiderte ich.

»Du warst sicher bei Tina«, fuhr er nahtlos fort. »Ich kenn dich doch, du schreibst doch immer solche Sachen. Das ist eine furchtbare Sache! Glaubst du, sie fangen das Schwein?«

»Bestimmt. Tina ist noch immer wie besoffen. Sie hat noch gar nicht kapiert, was passiert ist. Jetzt sind die Fernsehfritzen da. Kannst du mir was erzählen?«

Er überlegte und schüttelte schließlich den Kopf. Er zog ein Päckchen aus der Tasche seiner Arbeitsjoppe und drehte sich eine Zigarette. »Ehrlich, Jung, ich weiß nichts. Ich höre nur immer. Dauernd ist was im Radio und heute Abend wird jede Menge im Fernsehen sein. Der Sohn von dem Hardbeck soll ja in der gleichen Nacht tödlich verunglückt sein. Ist das wahr?«

»Ja. Der ist hinter Darscheid, wo es unter der Autobahn durchgeht, gegen die Betonwand gefahren. Keine Bremsspur, war wohl sofort tot.« Ich stopfte mir die Rondo von Stanwell und wir pafften vor uns hin.

»Das muss man sich mal vorstellen. Beide tot, beide in derselben Nacht. Da ist doch irgendwas nicht in Ordnung, oder?«

Der Wagen beschlug von innen und sehr bald saßen wir im Nebel.

»Ich frage mich, was so ein reicher Mann wohl durchmacht«, murmelte der Bauer. »Da stirbt der Erbe und all dein Geld nutzt dir nichts mehr. Alles im Arsch …«

»So wird es sein«, nickte ich.

»Schreibst du drüber?«

»Nein, erst mal nicht. Es ist ja noch keine Story. Bis jetzt gibt es nur dieses tote Paar, sonst ist noch nichts sicher.«

»Da wird viel rauskommen«, sagte er nachdenklich. »Es ist komisch, dass es ausgerechnet die beiden erwischt hat. Wo doch hinten im Forsthaus immer diese Runde tagte, diese Geldfritzen. Und der Walter Hardbeck auch.«

»Weißt du was über die?«, fragte ich schnell.

»Nichts«, erwiderte er. »So was ist nichts für unsereinen. Du weißt schon, Schuster bleib bei deinen Leisten.« Er wechselte das Thema, murmelte: »Schöner Frühsommer. Wir hatten das beste Frühjahr seit vielen Jahren. Kein Bodenfrost. Alles steht gut, die zweite Mahd ist schon bald vorbei und sie war verdammt reich.«

»Hast du noch viel?«

Er schaute mich an und schüttelte den Kopf. »Nä. Hat auch keinen Zweck mehr. Die kleine Zugmaschine da, zwei Schweine, zwei Rinder pro Jahr. Ein Acker Kartoffeln, zwei Acker Wiesen. Den Rest habe ich verpachtet und ich habe noch Schwein, dass ich überhaupt einen Pächter gefunden habe. Die Frau ist mir vor sechs Jahren weggestorben, sie sollte eine neue Hüfte kriegen, hat das aber nicht gepackt. Ich hatte eine gute Frau.« Er starrte auf die nebelige Windschutzscheibe. »Sie hat unheimlich viel gearbeitet, sogar mehr als ich. Und sie hat den Sohn großgezogen. Aber der ist ja nun weg. Lebt in Stuttgart, ist Computermann. Hat auch Familie, zwei Kinder. Kommt mich besuchen. Immer zu Weihnachten.« Er begann sich eine neue Zigarette zu drehen. Der Regen draußen ließ nach, das Grummeln klang entfernter, Blitze waren keine mehr zu sehen.

»Wie alt bist du?«

»Achtundsiebzig. Bis jetzt war ich immer gesund. Na klar, mal zieht es im Kreuz und die Beine wollen auch nicht mehr so. Aber ich kann mich nicht beklagen, mir geht es gut. Ich muss nun weiter, denke ich. Dein Leben lang hast du malocht.« Er lächelte etwas melancholisch. »Du solltest irgendwann mal über die Renten der deutschen Bauern schreiben. Das ist ein Thema, sage ich dir! Mach es gut.«

»Ja, gleichfalls.«

Er stieg aus und warf die Tür zu. Ich drehte die Fenster herunter, damit Frischluft hereinkam und die Scheiben wieder klar wurden. Der Bauer tuckerte davon. Ich ließ mir Zeit, knabberte an einer Vermutung herum, die Tina Cölln betraf. Sie hatte behauptet, dass alles in ihrem Leben höchst ehrenwert sei, dass ihre Tochter sie liebte und sie ihre Tochter liebte. Dass alle Gerüchte, die das Wort ›Puff‹ betrafen, gänzlich falsch seien. Ich ahnte, dass etwas daran gelogen war und dass Tina Cölln sich selbst gar nicht bewusst war, dass sie log.

Ich rief Matthias in seiner Praxis in Wittlich an, ein Seelenarzt würde wissen, was zu vermuten war.

Er durfte nicht gestört werden, würde aber in fünf Minuten zurückrufen. Also blieb ich in der Wieseneinsamkeit sitzen und bemerkte rechts neben dem Auto ein paar Teufelskrallen in ihrer violetten Pracht. Unten am Bach blühte gelber Hahnenfuß in Fülle, daneben hochragende Vergissmeinnicht und, verborgen im hohen Gras, tatsächlich gelbe Schwertlilien. Ein Bussard flog von hinten heran, zog über dem Wagen eine scharfe Wende, stellte sich einige Sekunden lang aufrecht in den Gegenwind, schrie hoch und gellend und stürzte dann wie ein Stein zu Boden.

Mein Handy intonierte Beethoven, ich drückte die Taste und Rodenstock fragte: »Wo bist du? Gleich kommt dieser Oberstudienrat, du weißt schon.«

»Wie geht es Emma?«

»Erstaunlich gut. Sie ist ... sie ist sogar fröhlich. Wo bist du?«

»Ich komme gleich und bringe eine Menge Neuigkeiten. Ist Vera besser drauf?«

»Sie ist gar nicht mehr hier, sie ist abgehauen, um irgendjemandem das Auto wiederzubringen. Ich habe ihr gesagt, sie soll wiederkommen. In Mainz kann sie keinen Abstand gewinnen.«

»Das ist gut, bis gleich.«

Es dauerte noch zwei Minuten, ehe Matthias sich meldete. Er sagte mit leichter Heiterkeit: »Ich nehme an, es geht um diese beiden jugendlichen Toten. Man wird ja förmlich zugedröhnt von dieser Nachricht.«

»Richtig. Und ich habe eine Frage, von der ich nicht weiß, ob sie nicht dämlich ist. Die Mutter der toten Neunzehnjährigen hat für sich eine Art Marktnische erfunden. Sie stellt ihr Haus für Konferenzen zur Verfügung. Für Konferenzen von Männern, die viel Geld haben, neue Projekte ersinnen, neue Firmen gründen und so weiter und so fort. Und sie hat diese neunzehnjährige Tochter in dieses Geschäft integriert. Sie selbst und diese Tochter bedienen die Gäste. Die Frau sagt, das sei ihr Leben. Sie sagt auch, dass sie vor allem für diese Tochter lebt und alles sei vollkommen ehrenhaft. Aber sie hat einen Seiden-Isfahan im Wohnzimmer liegen, der schlappe achtzigtausend Mark gekostet hat, und die Ehrenhaftigkeit ist damit für mich höchst zweifelhaft. Ich will der Mutter gar nicht unterstellen, dass sie lügt. Doch es scheint, dass sie ihre Tochter ... Na ja, ich weiß nicht, wie man das formuliert. Sie hat für diese Tochter gelebt. Immer ...«

Matthias unterbrach mich und meinte trocken: »Das nennt man ›narzisstische Abtretung‹. Weißt du, woher diese Mutter kommt, wie sie aufgewachsen ist?«

»Nein. Aber sie betonte, sie sei aus einem ›prima Stall‹. Und sie bezeichnete ihre Tochter als ›Brut‹. Deshalb bin ich misstrauisch geworden.«

»Richtig so.« Er lachte. »Du wirst wahrscheinlich herausfinden, dass das mit dem Stall nicht so weit her ist. ›Narzisstische Abtretung‹ bedeutet, dass ich jemanden stellvertretend für mich leben lasse. Wenn er es gut macht, bin ich glücklich. Bei Vätern und Söhnen gibt es das häufig. Das klassische Beispiel ist ein zwanghafter Oberregierungsrat, der sich nicht traut, Sexualität zu genießen. Er hat einen Sohn, dem er mit aller Gewalt aufs Pferd hilft. Der Sohn wird meinetwegen ein hochrangiger Militär, wird vielleicht sogar General. Dieser Sohn darf dann alles tun, was Vater sich nie zu tun traute. Darf sogar wilde Weibergeschichten haben, Sex genießen, sich richtig ausleben. Wenn der Sohn das richtig macht, ist Papi glücklich. Bei Müttern und Töchtern funktioniert das genauso. Alles, was sie sich niemals traute und niemals trauen wird, soll die Tochter aufs Heftigste tun und genießen. Könnte das so gelaufen sein?«

»Ich denke, ja. Und weiß die Tochter, dass sie stellvertretend lebt?«

»Wenn sie jung ist, weiß sie es nicht. Wenn sie älter wird und über das eigene Leben zu reflektieren beginnt, ist es möglich, dass sie etwas ahnt. Wenn sie jemanden hat, mit dem sie sich besprechen kann, einen Außenstehenden, wird sie es wissen. Ein kritischer Punkt übrigens.«

»Stell dir eine Runde höchst ehrenwerter Geschäftsleute mit viel Geld vor. Sie tagen im Haus der Mutter. Alles ist vom Feinsten, von der Einrichtung bis hin zu den angebotenen Speisen und Getränken. Alles ist abgeschirmt. Jeder der Beteiligten weiß: Hier guckt niemand durch die Fenster, hier bin ich sicher. Mutter und Tochter bedienen. Die Tochter ist hübsch und überdies wahrscheinlich sogar klug. Falsch, ich muss sagen, die Tochter ist eine bildschöne Frau mit starker erotischer Ausstrahlung. Wenn nun jemand der anwesenden seriösen Herren Lust auf dieses junge Fleisch bekommt, wie werden die Frauen darauf reagieren?«

»Die Mutter würde das möglicherweise sogar fördern. Bei

der Tochter ist das nicht sicher. Dazu müsste ich mehr über sie wissen. Die Mutter wird in aller Unschuld sagen: ›Das gehört dazu.‹ Außerdem spielt dabei Dankbarkeit eine Rolle. Ich will damit sagen, dass die Mutter ständig betont: ›Das alles, mein Kind, hast du mir zu verdanken. Ich lebe für dich, ich arrangiere dein Leben. Wir leben gut, wir leben luxuriös, das alles basiert auf meinen Lebenskünsten.‹ Dahinter steht ein bedrückender Satz, der lautet: Sei mir gefälligst dankbar!«

»Welche Rolle spielt in dieser Konstellation ein junger Mann, der die Tochter liebt?«

»Die Rolle eines armen Schweines. Ist er sensibel, wird er unentwegt durch die Hölle gehen. Er wird maßlos unter seiner Eifersucht leiden. Niemand teilt ihm Konkretes mit, niemand sagt: ›Deine Freundin schläft mit den anwesenden älteren Herren, deine Liebste ist eine Nutte!‹ Aber seine Fantasie wird ihm das sagen und ihn pausenlos quälen. Und er wird phasenweise immer wieder hassen. Du hast dann klassisch das, was sämtliche Rundfunksender zurzeit von diesem Paar behaupten: Du hast die klassische Tragödie. Darauf willst du doch hinaus, oder?«

»Das weiß ich noch nicht so genau. Ich will nur verstehen, was alles passiert sein kann. Auch der letzte Riesendeal im Bereich der Müllentsorgung scheint in der Tragödie eine Rolle zu spielen. Wenn an diesem Riesendeal etwas faul ist, dann hat es die tote junge Frau vermutlich gewusst.«

»Du hast ein Problem am Hals«, stellte Matthias trocken fest. »Eigentlich nicht ein Problem, sondern ein ganzes Bündel. Entschuldige, mein nächster Patient wartet.«

Ich startete und rollte langsam heimwärts.

Nehmen wir einmal an, nicht Sven hatte Natalie getötet. Nehmen wir an, es war jemand, der unbedingt wollte, dass sie schweigt. Weil sie etwas wusste, was diesen Jemand in Gefahr bringen kann. Was konnte sie erfahren haben? – Wie hatte Tina Cölln das formuliert: ›Sie schieben die Millionen hin und her wie ich die Bierfilze.‹ War es vielleicht einfach um Geld, um Bargeld gegangen? Nehmen wir an, jemand aus der höchst ehrbaren Runde sagte: ›Da fehlen uns aber noch rund drei Millionen.‹ Nehmen wir einmal an, ein anderer antwortete: ›Das ist ein Klacks, die muss ich nur holen.‹ Und ein Dritter schlug vor: ›Dann hol sie!‹ Der zweite sagte: ›Kein Problem, aber die Kohlen sind rabenschwarz.‹ Und der Dritte stellte fest: ›Das interessiert doch niemanden, hol es!‹

So konnte es gewesen sein, wegen des Wissens um so eine Sache konnte Natalie getötet worden sein. Aber warum war dann ihre Mutter nicht getötet worden, die doch von den gleichen Dingen wusste? Stimmte das? Wusste Mutter Cölln immer genau das, was auch die Tochter wusste? Nein, Natalie konnte durchaus etwas in Abwesenheit der Mutter erfahren haben, was sie dann auch nicht weitergab. Passte denn dazu die merkwürdige Art der Aufbahrung auf der wilden Müllkippe? Ja, durchaus. Es passte sogar hervorragend. Man stelle sich vor, ein älterer, seriöser Mann, der Natalie eigentlich von Herzen mochte, ist gezwungen, sie ein wenig zu töten …

Zwischen Bongard und Brück gab ich Vollgas. Ich ärgerte mich, weil diese ganzen Konstruktionen, diese ach so großartigen Kombinationen ausschließlich auf Annahmen beruhten. Annahmen, Annahmen, Annahmen! Bis jetzt war nichts wirklich sicher, nichts geprüft. Außer einer Tatsache: Die beiden jungen Menschen waren tot, der eine war ermordet worden, der andere vielleicht einem Unfall zum Opfer gefallen, vielleicht in selbstmörderischer Absicht … Nicht einmal die zweite Todesursache war sicher.

DRITTES KAPITEL

Emma und Rodenstock saßen am Gartentisch und wirkten gelassen. Rodenstock telefonierte.

Emma winkte mir zu. »Wenn der Mann pünktlich ist, kommt er in zwanzig Minuten. Er scheint im Moment ein gefragter Mann zu sein, er hat schon zwei Fernsehsendern Auskunft gegeben. – Du siehst irgendwie zerquält aus.«

»So viele Annahmen, so viele Theorien. Dann stimmt dieses nicht, dann stimmt jenes nicht. Zum Schluss weißt du gar nichts mehr. Du versinkst in einem Sumpf von Gerüchten. Ich weiß, das ist jedes Mal so, aber jedes Mal ärgert mich das. Wie geht es dir?«

»Ich bin schmerzfrei.«

»Das ist gut. Was ist mit Vera?«

»Sie durchlebt eine klassische Krise. Diese blödsinnige Sache mit dem Muttermörder war nur das Vehikel, um die Krise sichtbar zu machen. Ich kenne das von mir, ich habe das auch erlebt. Du fragst dich, was du eigentlich auf dieser verdammten Welt sollst. Du hast Neuigkeiten, sagte Rodenstock.« Sie flüsterte: »Rodenstock spricht mit Kischkewitz.«

Emmas Gefährte sagte gerade süffisant: »Es ist zu begreifen, irgendwann einmal musste das so laufen. Nichts für ungut, mein Lieber, wenn wir schneller sind als du.«

Dann beendete er das Gespräch, musterte uns mit zusammengekniffenen Lippen und erklärte: »Kischkewitz hat vom Oberstaatsanwalt den großen Maulkorb verpasst bekommen. Keine Meldung darf nach außen, nichts. Und vor allem soll er uns dreien nicht ein Wort sagen. Keine Zusammenarbeit, kein Hinweis in keiner Sache. Es hat Beschwerden gegeben, dass wir in anderen Fällen zu eng einbezogen wurden. Das geht nicht mehr, sagt der Oberstaatsanwalt. Nur noch genehmigte Pressekonferenzen in Anwesenheit der Staatsanwaltschaft.« Er seufzte. »Das bedeutet eine erhebliche Einschränkung, immer vorausgesetzt, wir wollen überhaupt etwas tun.«

»Ich will was tun«, sagten Emma und ich gleichzeitig.

Ich fragte: »Nachrichtensperre – aber vermutlich ist es uns gestattet, Kischkewitz anzurufen, wenn wir etwas erfahren, oder?«

Rodenstock grinste leicht. »Das wird erlaubt sein.« Er rückte den Stuhl zurecht. »Immerhin weiß ich, dass der Fundort der Leiche von Natalie Cölln nichts hergegeben hat. Keine verwertbaren Spuren, kein Fingerabdruck, kein Fuß- oder Schuhabdruck. Kein Reifenabdruck, nichts. Auch an den Fässern sind keine Fingerabdrücke. Es handelt sich um Zweihundert-Liter-Fässer, frisch lackiert mit einer Allerweltsfarbe, Blau. Das ist schier unglaublich, dass da keine

Fingerabdrücke drauf sind. Sie sind mit einer Art Seifenlauge abgewischt worden. Immerhin sind auf den Möbeln Spuren, aber die Prints sind nicht registriert. Im Moment hat die Mordkommission die Ortsbürgermeister in der Mache. Vielleicht weiß einer von denen, in welchem Wohnzimmer diese Möbel gestanden haben.«

»Was ist in den Fässern?«, fragte ich. »Hat Kischkewitz das noch sagen können, bevor der Oberstaatsanwalt zubiss?«

»Hat er, jedenfalls vorläufig. Sie haben eine Art ölige Brühe gefunden, die Dioxin enthält. Eigentlich ist Dioxin ein Gas, aber in der öligen Brühe ist es gebunden und wird niedlich als Verunreinigung bezeichnet. Das reicht, um ganz Frankfurt am Main zu töten. Das Zeug ist wahrscheinlich viele Jahre alt. Mehr konnte Kischkewitz nicht sagen. Und das konnte er auch nur sagen, weil es Thema einer Pressekonferenz sein wird, die er gleich gibt.«

»Ist es denn vorstellbar, dass drei Täter unabhängig voneinander in der gleichen Nacht dieselbe Stelle zur wilden Müllkippe machen? Gibt es so ein Zusammentreffen von Zufällen?« Emma zündete sich einen Zigarillo an.

»Möglich ist alles«, nickte Rodenstock. »Es hat in der Geschichte der Kriminalistik solche Zufälle gegeben. Aber alles in mir sträubt sich dagegen, das zu glauben. Baumeister, wo liegt diese Kippe genau, wie sieht die Umgebung aus?«

»Da ist eine schmale alte Landstraße. Wahrscheinlich verläuft sie auf einer uralten Pferdetrasse. Rechts und links sind abwechselnd Weideflächen und Wälder in einer hügeligen Landschaft. Auf der linken Seite dieser Straße, die von der B 410 abzweigt, liegt ein Hochwald, deutlich sichtbar abfallend in ein relativ steiles Tal. Wenn ich mit einem LKW und zwölf Giftfässern unterwegs bin und wenn ich diese Giftfässer unbedingt loswerden möchte, dann ist das keine Stelle, die ich zufällig wähle. Etwas anderes ist es, wenn ich die Stelle bereits kenne und weiß, dass sie sicher ist. Dabei spielt auch eine Rolle, wie fest der Boden des Feldwegs ist, der an diesem Waldrand entlangführt. Er muss fest genug sein, um keine Spuren meiner Bereifung zurückzulassen und um meinen LKW aufzunehmen. Ich darf unter keinen Umständen riskieren, das Fahrzeug festzufahren. Sicher ist diese Stelle insofern, als dass auf der schmalen Straße kaum Verkehr ist, bestenfalls alle zwei Stunden ein Auto, nachts bestimmt gar keines.« Mir fiel etwas ein: »Vielleicht ist der Fasstransporteur ja einfach auf gut Glück durch die Gegend gefahren und hat die Lage sondiert. Kann es nicht sein, dass er den, der seine Möbel loswerden wollte, beobachtet hat und dann die gleiche Stelle für sein Zeug wählte? Einer der Polizisten am Fundort war sich sicher: Erst sind die Möbel geflogen, dann die Fässer, dann kam die Tote. – Und noch etwas: Diese hohe heisere Stimme muss auch noch in das Bild passen. Was hat der Mann gesehen, vor allem wann?«

»Was meinst du, wie seine geistige Verfassung ist?«, fragte Rodenstock.

»Na ja, er ist intelligent genug, um ein mieses, arrogantes Spielchen zu spielen. Er kennt die Stelle und weiß von einer nackten toten Frau, noch ehe irgendjemand davon weiß. Das bedeutet mit Sicherheit: Er war dort. Das bedeutet ferner: Er könnte der Mörder sein. Aber warum? Er wirkt spöttisch, er wirkt so, als kenne er die Wirkung überraschender Nachrichten ganz genau. Ich vermute, dass er kein Landwirt ist, der zufällig dort mit der Mähmaschine vorbeikam. Es muss irgendetwas anderes gewesen sein, was ihn zu der Kippe führte. Aber was?«

»Wie lange braucht man vom Fundort der Leiche bis nach Mannebach?«, fragte Emma sachlich. »Ich meine zu Fuß?«

»Ein paar Minuten, es sind nur ein paar hundert Meter. Die Straße verläuft in ziemlich vielen Windungen ins Dorf, sicher, man kann den Weg abkürzen. Drei Minuten, vielleicht vier.«

»Die Stimme wird nicht der Mann sein, der die Fässer abgeladen hat. Der Mann, der das tat, muss verdammt kühl und vor allem schweigsam sein. Das aber passt nicht zu der Stimme. Denn die Stimme will ja auch angeben mit dem, was sie weiß, nicht wahr?« Emmas Gesicht war ruhig.

»Zweifellos«, antwortete ich. »Dann waren vielleicht vier Parteien an der Senke. Erst die Personen, die die Möbel dort hinwarfen. Dann der mit den Fässern, dann der Mörder mit Natalies Leiche. Und dann der Mann, der mich anruft. Sie alle sind im Verlauf einer Nacht dort gewesen und gründen eine wilde Müllkippe. Nee, Kinder, das erscheint mir vollkommen unglaublich. Diese Vorstellung stimmt nicht.«

»Was hat dir denn die Mutter von Natalie erzählt?«, wollte Emma wissen.

Ehe ich antworten konnte, rollte ein alter Mercedes-Diesel auf den Hof.

»Der Oberstudienrat«, murmelte Rodenstock. »Seid höflich und nehmt ihn aus.«

Detlev Fiedler war etwa fünfzig Jahre alt, mittelgroß, ein wenig korpulent, recht lässig mit beigefarbenen Jeans und einem Lacoste-Hemd bekleidet. Seine Haarfarbe spielte ins Grau, sein Kopf war beinahe monströs kugelig und mit einem schmalen Schnauzbart geschmückt. Er lächelte, er war ein ständiger Lächler.

Mit modulierender Stimme sagte er: »Ich hoffe, ich bin pünktlich. Zurzeit ist wegen der Geschichte viel los. Ich muss für meine Schüler da sein, sie sind stark verunsichert, haben Angst.« Er sah auf seine Uhr. »Ich habe eine halbe Stunde, nicht mehr. Tut mir Leid.«

»Wovor haben die Schüler denn Angst?«, fragte Emma.

»Ihre irrealen Fantasien machen ihnen Angst. Zum Beispiel vor einem Mörder, der erneut zuschlagen kann. Oder – besonders die Mädchen – vor einem Unbekannten, der ihnen an die Wäsche will. Sie sind alle fassungslos. Natürlich sind auch die Eltern vollkommen hysterisch und schüren die Ängste direkt und indirekt. Ein Vater hat den Vorschlag gemacht, die Kinder zu Hause zu lassen und nachts zu patrouillieren.« Fiedler machte »Ts, ts, ts« und schüttelte sanft den Kopf. »Eine Mutter verkündete, sie würde ihre Tochter nicht mehr zur Schule gehen lassen.«

»So irreal sind die Fantasien doch gar nicht«, mahnte Emma sanft. »Natürlich kann der Täter erneut zuschlagen. Solange wir nicht wissen, wer er ist, so lange können wir keine Fantasie als irreal bezeichnen.«

Fiedler lächelte und antwortete nicht.

»Sie haben doch diese Liebesgeschichte von Sven und Natalie als ihr Lehrer erlebt«, ermunterte ihn Emma. »Was können Sie uns darüber erzählen?«

»Ich weiß gar nicht, ob es eine wirkliche Liebesgeschichte war. Vor allem diese Form der Sexualität ... Na ja, die Leutchen schlafen miteinander und stellen gleichzeitig fest, das ist keine Liebe. Also, ich bin skeptisch, ob es wirklich eine Liebesgeschichte war.«

»Warum das?«, fragte Rodenstock verblüfft. Dann hielt er inne und sagte: »Ich brauche Kaffee, eine Zigarre, einen Kognak und Bitterschokolade. Auch wenn Sie nur eine halbe Stunde Zeit haben. Sie auch, Sie auch einen Kaffee?«

»Gerne«, sagte Fiedler. »Das kommt mir gelegen, ich bin schon müde von der vielen Rederei. Und ständig habe ich das Gefühl, den beiden nicht gerecht zu werden.«

Ich ging in die Küche, beeilte mich, ich wollte seine Geschichte hören. Ich stellte die Kaffeemaschine an und sammelte Rodenstocks Zubehör ein – bis auf die Zigarre. Für Emma öffnete ich eine Flasche Sekt. Ich stellte mir vor, das würde ihr gut tun.

Als ich wenige Minuten später in den Garten zurückkehrte, unterhielten sich die drei entspannt. Fiedler sagte gerade: »Ich bin der Ansicht, dass die Menschen um mich herum, und ich meine nicht nur meine Schüler, sondern alle, nicht fähig sind, das Geschehen zu analysieren, genau hinzuschauen. Das Ganze ist grausame Brutalität. Das reicht ihnen. Und diese grausame Brutalität kann sich ihrer Meinung nach jeden Moment in ihrer unmittelbaren Nähe wiederholen. Sie beachten nicht, dass es Nacht war, dass das Verbrechen viele Kilometer entfernt stattfand, dass es mit dem Gymnasium nicht das Geringste zu tun hat, dass junge Menschen betroffen sind, die die Schule längst verlassen haben, die in ihr Leben einsteigen wollten. Sogar meine kluge Frau sagte, sie werde unsere Kinder nicht mehr allein zur Schule und zur Arbeit gehen lassen, sie werde sie hinfahren. Wir haben zwei Töchter, längst erwachsen und selbstständig.« Fiedlers Augen waren ungewöhnlich hell, hellblau, unter dichten schwarzen Augenbrauen.

»Nun, es gab also keine Liebesgeschichte zwischen den beiden?«, fragte Emma. Dann lächelte sie entschuldigend: »Sie haben nur eine halbe Stunde Zeit.«

»Na ja, ein paar Minuten mehr oder weniger ... Tja, diese Liebesgeschichte ...«

»Einen Augenblick noch«, unterbrach ich ihn. »Waren Sie je bei Natalie oder bei Sven zu Hause?«

»Bei Sven ja, sogar öfter, weil sein Vater ein großer Sponsor der Schule ist. Bei Natalie nie. Aber das ist wohl schon Teil der Geschichte. Ich unterrichte in der Oberstufe Deutsch, Philosophie und Sozialwissenschaften. Ich mag die jungen Leute und habe einen guten Draht zu ihnen ... Sven und Natalie waren schon etwas Besonderes in ihrer Klasse. Sven wohl auch deshalb, weil sein Vater sehr wohlhabend ist und dem Jungen Dinge ermöglichte, über die ein junger Mensch normalerweise nicht so selbstverständlich verfügt – ein eigenes Auto, Reisen in ferne Länder, die Bekanntschaft mit anderen, reichen Familien, die Selbstverständlichkeit, schon mal im Fernen Osten oder in Rio gewesen zu sein. Das sind oberflächliche Dinge, wobei Sven alles andere als oberflächlich war. Er war sehr sensibel, sehr verletzlich und hatte zum Teil erstaunliche Ansichten, was soziale Dinge betraf. Ich habe nur wenige junge Männer gekannt, die ein dermaßen gutes Einfühlungsvermögen in andere Menschen besitzen ...«

»Sie mochten ihn sehr«, sagte Emma leise.

»Ja«, nickte der Lehrer und schloss einen Moment die Augen. »Und dann Natalie. Die war auch etwas Besonderes. Man kann sie am besten als schöne, selbstsichere Frau beschreiben. Das war sie von Beginn an. Sie war es schon, ehe ich die Klasse übernahm, sie war es schon als junges Mädchen von vierzehn. Dabei war sie weiß Gott nicht dumm, war temperamentvoll, manchmal vorlaut. Das, was an ihr erstaunte und manchmal sogar schockte, war ihr Realitätssinn. Ich erinnere mich an eine Klassenfahrt nach London. Meine Klasse war ein wirklich neugieriger Haufen, lebhaft und ungestüm. Wir waren in Diskos und Tanzpalästen und haben uns die Nächte um die Ohren geschlagen. Wir haben diskutiert, ob dieses wilde Leben der jungen Londoner etwas beitragen kann zu der Fähigkeit, das Leben allgemein zu meistern.« Er grinste. »Die Eifel ist ja etwas betulicher als London. Bei der Diskussion kamen wortreiche Meldungen, das Übliche. Aber Natalie sagte: ›Es geht nur ums Bumsen!‹ Ich erwähne das, um ihre Art zu demonstrieren: sehr klar, unmissverständlich und wesentlich abgebrühter als der Rest der Gruppe.« Fiedler starrte auf meinen Teich.

»Kindfrau!«, sagte er dann. »Man könnte vermuten, dass Natalie von ihren Mitschülerinnen gemieden wurde. So viel Erfahrung, so viel Sicherheit. Aber sie war die Queen, gab ihnen Ratschläge für alle Lebenslagen. Das ging so weit, dass sie ihnen genau erklärte, wie weit sie beim Petting gehen durften und wann sie das erste Mal mit ihrem Auserwählten schlafen sollten.« Er lachte kurz auf. »Sie hat mich verblüfft, sie hat mich immer wieder verblüfft.«

»Und Sie mochten auch sie, nicht wahr?«, fragte Rodenstock.

»Unbedingt«, bestätigte er, »unbedingt.« Dann kicherte er. »Sie nicht zu mögen hätte zu viel Energie erfordert.«

»Warum waren Sie bei Svens Eltern zu Gast und nie bei Tina Cölln?«, fragte ich.

Er spielte mit der Zunge an den Lippen, seine Finger trommelten auf dem Tisch. »Das hatte mit ihrer Mutter zu tun, aber wohl auch mit ihr selbst. Ich stehe auf dem Standpunkt, dass ich die Eltern meiner Klasse kennen muss. Schließlich führe ich die Kinder durch das Abitur, ich hebe sie also über eine wichtige Lebensschwelle. Mich der Mutter von Tina zu nähern, war jenseits einer vorsichtig gezogenen Grenze nicht möglich. Die Mutter kam zu Klassenfesten, hielt sich aber sonst zurück. Ich muss hinzufügen, dass es eigentlich auch keinen Grund für einen intensiveren Kontakt gab. Die schulischen Leistungen von Natalie waren in Ordnung. Das war bei Sven übrigens genauso. Sie waren beide Führungspersönlichkeiten und daher war es natürlich, dass sie neugierig aufeinander waren.« Er schmunzelte in sich hinein. »Selbstverständlich habe auch ich das Gerücht gehört, dass Natalies Mutter eine Art, na ja, nennen wir es einmal offenes Haus oder einen Klub betreiben würde.« Er grinste. »Darüber redet die Bevölkerung hier seit vielen Jahren und natürlich war ich immer neugierig. Ich habe Natalie mal gefragt, was ihre Mutter beruflich macht. Und wissen Sie, was sie antwortete? ›Meine Mutter privatisiert!‹, sagte sie. Nähere Erklärungen bekam ich nicht. Wenn Nati fehlte, dann nie, weil sie krank war. Es ist aber vorgekommen, dass die Mutter in der Schule anrief und erklärte: ›Natalie kommt heute nicht, heute Morgen ist es vier Uhr geworden.‹ Ich wusste natürlich von Gesprächen mit Walter Hardbeck, was dort ablief. Weil eben Walter Hardbeck häufig im alten Forsthaus in Bongard war. Er meinte, das Haus schließe eine echte Lücke. Denn die vermögenden Herren misstrauen Hotels und so lag Tina Cölln mit ihrer Geschäftsidee vollkommen richtig.«

»Die Geschichte der beiden«, mahnte ich.

»Richtig, ja. Entschuldigung, ich schweife dauernd ab. Also, sie waren neugierig aufeinander. Das fing früh an, da waren sie sechzehn oder so. Sie haben miteinander geschlafen. Das weiß jeder und sie erzählten das auch in aller Unschuld. Aber – und jetzt kommt ein entscheidendes Aber: Ich glaube nicht, dass Sven Hardbeck Natalies große Liebe war. Ich glaube viel eher, dass sie dankbar war, unter seinen Schutz kriechen zu können. Sie war sicher auch dankbar, dass er sich rührend um sie kümmerte, aber die große, glühende Liebe war es nie. Wir müssen die Sache differenzierter betrachten. Ich weiß, Natalie hoffte auf ihren Märchenprinzen, und ich weiß, das war nicht Sven. Ich habe gehört, die beiden seien verlobt, aber ich weiß hundertprozentig, dass von Natalies Seite aus diese Geschichte nicht für die Ewigkeit war. Und im Grunde habe ich das kleine Luder immer in Verdacht gehabt, dass sie hier und da am Wegesrand naschte. Bei Sven war das sehr schwankend. Zuweilen hing er an Natalie wie eine Klette, dann löste er sich wieder eine Zeit lang. Dann fing sie ihn wieder ein.«

»Wie war es zuletzt?«, fragte Emma dazwischen.

»Zuletzt war er ihr sehr verfallen«, überlegte der Lehrer. »Er wollte ins Ausland gehen, wie Ihnen sicher bekannt ist.

Und irgendwie konnte er sich wohl nicht vorstellen, wie das ohne sie funktionieren würde. Ich denke, deshalb hat er sie auch getötet. Meiner Meinung nach hat er begriffen, dass er sie nicht für immer an sich binden konnte. Da hat er … Tja, da hat er die Notbremse gezogen und ist ausgerastet.« Er sah uns der Reihe nach an. »Das ist meine Überzeugung.«

»Und was ist, wenn er vor ihr starb?«, fragte Rodenstock.

»Das würde nicht viel ändern. Dann hat er sie nicht getötet, aber die Bewertung ihrer Verbindung bleibt die gleiche. Irgendwie war das für Sven aussichtslos.« Er starrte auf seine Schuhe. »Ich bin mir sicher, dass sie zuerst starb. Durch seine Hand. Und dann fuhr Sven gegen die Wand.« Er sah auf die Uhr. »Ich muss. Ich erwarte eine Gruppe Eltern.« Er reichte nacheinander die Hand und ging zu seinem Auto.

»Das alles hat Hand und Fuß«, murmelte Rodenstock, als wir wieder unter uns waren. »Und da wir schon einmal dabei sind: Was hat denn Natalies Mutter dir nun erzählt?«

Ich berichtete so genau wie möglich, vergaß auch nicht, die beiden alten Bauern zu erwähnen und die Wahrscheinlichkeit, dass Tina Cölln ihre Geschichte exklusiv verhökert hatte. Und ich erzählte von Matthias und was er mir von der narzisstischen Abtretung berichtet hatte.

»Wenn ihr mich fragt und wenn ich zusammenfassen darf: Die Liebesgeschichte ist ein wichtiger Punkt. Aber ein mindestens ebenso wichtiger ist das Müllgeschäft. Und darüber würde ich gerne mehr wissen. Ich rufe jetzt Svens Vater an, vorausgesetzt, er ist überhaupt zu sprechen.« Ich konnte es mir nicht verkneifen, hinzuzusetzen: »Und den Besitzer der hohen heiseren Stimme kennen wir noch nicht. Und auch nicht den, der die Möbel in den Wald warf. Und ohne die kommen wir nicht weiter.«

»Vielleicht ist das ein und dieselbe Person«, überlegte Emma. »Ich brauche mal meine Pillen für den Magen, mein Lieber.«

Ich ging ins Haus, um zu telefonieren. Im kühlen, dämmrigen Flur überkam mich das Gefühl, etwas Einfaches übersehen zu haben, aber ich wusste nicht, was.

Im Telefonbuch stand: *Hardbeck, Walter, Unternehmer, Ursula, Sven. Im Höfchen 2.* Kein Wort von Müll. Wahrscheinlich war seine Firma an anderer Stelle verzeichnet. Unter *Hardbeck* war eine der heiß begehrten dreistelligen Nummern angegeben.

»Hardbeck GmbH, das Büro«, meldete sich eine Frauenstimme. »Was kann ich für Sie tun?«

»Mein Name ist Siggi Baumeister, ich bin Journalist und rufe aus Brück an. Kann ich bitte Herrn Walter Hardbeck sprechen?«

»Das wird schwer möglich sein«, erklärte sie unpersönlich. »Er redet nicht mit Journalisten. Grundsätzlich nicht.«

»Ich rufe nicht als Journalist an.«

»Was wollen Sie denn von ihm?«

»Ich möchte etwas von ihm wissen.«

»Was denn, wenn ich fragen darf?«

»Ob er der Meinung ist, dass sein Sohn Sven hoffnungslos von Natalie Cölln abhängig war. Und was er von dem Gerücht hält, das besagt, dass nicht nur Sven Hardbeck etwas mit Natalie hatte, sondern auch sein Vater. Zudem gibt es ein Gerücht, dass Natalie schwanger war, von Sven wahrscheinlich. Zur Klärung der Gerüchte will ich mit Walter Hardbeck reden.«

Eine Weile war es still. Dann hauchte sie: »Moment, ich versuche es.«

Es kam Musik auf. *Freude, schöner Götterfunken*, gesungen von einem Chor mit viel Schmalz.

Dann eine Stimme: »Hardbeck hier. Was kann ich für Sie tun?« Erstaunlich sachlich.

»Ich kläre Gerüchte. Mein Name ist Siggi Baumeister, ich bin Journalist. Seit vielen Jahren hier in der Eifel ...«

»Ja, ja, ich habe von Ihnen gehört. Hören Sie, meine Erfahrungen mit den Medien sind schlecht, und das hat nichts mit dem Tod der Kinder zu tun. Ich gebe kein Interview.«

»Ich will kein Interview. Ich veröffentliche von unserer Unterhaltung zunächst einmal gar nichts. Und wenn ich etwas veröffentliche, kriegen Sie vorher den Text auf den Tisch. Im Moment geht es nur darum, den Täter zu fassen.«

»Das sagt ihr doch alle«, murmelte er wegwerfend.

»Mir ist es ernst damit. Vielleicht kann ich mit Ihrer Frau darüber sprechen?«

»Das geht auf keinen Fall. Sie schläft, sie bekommt Beruhigungsmittel.«

»Entschuldigung, das wusste ich nicht. Ich brauche eine halbe Stunde Ihrer Zeit, nicht mehr.«

»Guter Mann, nein, nicht möglich. Hier stehen sich die Fernsehteams die Beine in den Bauch.«

»Dann kommen Sie doch in mein Haus«, schlug ich vor. »In Brück, neben der Kirche. Rodenstock, ein Kriminalist, ist auch anwesend und …«

»Dann käme ich hier mal raus«, überlegte er plötzlich. »Also gut, ich komme rüber. Aber ich verlange Fairness und kein Wort an Ihre Kollegen.«

»Kein Wort«, versprach ich und unterbrach die Verbindung. Es war wesentlich einfacher gelaufen, als ich befürchtet hatte.

Auf einmal verstand ich, was ich bisher übersehen hatte.

Ich lief in den Garten und rief: »Nehmen wir an, der Polizist hat Recht. Erst fielen die Möbel in den Wald, dann die Fässer, dann Natalies Leiche. Wer kommt auf die Idee, Möbel ausgerechnet dort abzulegen? Und warum?«

»Mach ein Preisausschreiben draus«, rügte Rodenstock sanft. »Lass uns an deiner Weisheit teilnehmen.«

Ich merkte erst jetzt, dass Emma auf der Gartenliege lag, in eine Decke eingewickelt war und schlief.

»Es ist ganz einfach«, erklärte ich leise. »Alle Eifler haben in der Nähe ihres Dorfes ein oder zwei Stellen, wo sie alten Kram abschmeißen, von Grünabfällen über Bauschutt bis hin zu alten Möbeln eben. Jedenfalls war das über Jahrzehnte normal. Bis die wilden Kippen dichtgemacht wurden und man an die Bevölkerung appellierte, alte Möbel zum Sperrmüll zu geben. Warum, um Himmels willen, schmeißt heute noch jemand alte Möbel in den Wald?«

Rodenstock schaute mich an und seine Augen wurden weit. »Weil er es gewohnt ist, weil er überhaupt nicht nachdenkt. Deshalb.«

»Sechs Richtige«, nickte ich. »Und was folgern wir daraus, Schüler Rodenstock? Es ist ganz einfach. Wer immer es war, er schmeißt seine Wohnzimmereinrichtung an der Stelle ab, wo schon sein Vater die alte Wohnzimmereinrichtung versenkt hat. Es ist eine alte Kippe, es ist gar keine neue. Unter dem vielen alten vermodernden Laub werden wir eine fast vergessene Kippe finden, mit allem Scheiß, den man auf Kippen findet.«

»Aber selbst wenn es so ist, es bringt uns nicht weiter.«

»Doch, es bringt uns weiter. Ich gehe jede Wette ein, dass der Müllentsorger ein alter Mann ist, einer, der die Kippe sein Leben lang benutzt hat, einer aus Mannebach. Darauf will ich hinaus.«

»Das heißt, du wirst nach Mannebach fahren.«

»Erraten. Aber erst kommt Hardbeck vorbei, der Vater des toten Jungen.«

»Der kommt? Kannst du zaubern?«

»Er ist froh, mal aus seinem Haus herauszukönnen. Die Fernsehleute haben sein Eigenheim umstellt.«

»Deine Branche ist furchtbar«, murmelte Emma müde und öffnete die Augen nicht, lächelte aber.

Es war wieder schwül, die Hitze staute, von Heyroth her zogen neue Gewittertürme hoch, der Wind frischte in Böen auf und bewegte die Oberfläches des Teiches.

»Da ist Flucht angesagt«, stellte Rodenstock fest. »Komm her, meine Liebe, wir ziehen um ins Wohnzimmer.«

Wenig später rauschte der Regen wie aus Eimern und ging dann in einen ordentlichen Hagelschlag über, so dass die Landschaft vorübergehend winterlich weiß war. Und ebenso rasch, wie es begonnen hatte, verzog sich das nasse Wetter wieder.

Ich stand am Fenster meines Arbeitszimmers und guckte hinunter auf meinen Teich, dessen Wasser nach solchen Duschen immer klar und durchsichtig ist. So konnte ich die Sache mit Thusnelda beobachten.

Thusnelda war eine Goldbrasse, die mir ein eifriger Zierfischverkäufer mit Hilfe von ungeheuren Wortblasen angedreht hatte. Thusnelda zeichnete sich im Chor meiner

Teichbewohner dadurch aus, dass sie immer ein wenig später schaltete als alle anderen. Gab es was zu fressen, kam sie stets zu spät, gab es mittels einer Fontäne frischen Sauerstoff, war Thusnelda die Letzte, die das entdeckte. Wenn eine frische Algenwolke in der Sommerwärme aufstieg und an der Oberfläche schwamm, war Thusnelda der Fisch, der das erst merkte, wenn die anderen schon satt waren. Thusnelda war der typische Verlierer, wobei ich gar nicht wusste, ob sie ein Männchen oder ein Weibchen war. Zumindest war sie trotz allem Stück um Stück gewachsen und verfügte nun über einen goldschimmernden 25-Zentimeter-Leib. Und sie hatte von den Koikarpfen gelernt, sich im Flachwasser in den Schlamm zu legen und möglichst unsichtbar unter blühenden Algen zu ruhen, das heißt: träge zu dösen. Thusnelda war eine große Schläferin vor dem Herrn.

Auch jetzt, im klaren Wasser, sah ich sie goldschimmernd zwischen zwei Wassersalatköpfen unter den Schwimmwurzeln ruhen und selig pennen. Sie musste schlafen, denn Satchmo, mein Kater, hockte etwa zehn Zentimeter entfernt zwischen zwei blauen Iris und betrachtete Thusnelda liebevoll, ohne einen einzigen Muskel zu rühren. Das Wasser über Thusnelda war bestenfalls einen Zentimeter hoch.

Mit einer hysterischen Bewegung riss ich drei Aktenordner von der Fensterbank, dann das Fenster auf und brüllte: »Satchmo! Du Sauhund!«

Satchmo bewegte sich kaum, drehte seinen schönen Kopf unendlich langsam. Er wusste aus Erfahrung: Wenn Herrchen aus dem ersten Stock brüllt, kann er mich. Er blinzelte nicht mal, als er mich so betrachtete. Dann brachte er seinen Kopf in die Ausgangsposition zurück und reckte ihn sanft nach vorn, so dass er eine bösartig lauernde Form einnahm.

Ich schrie noch einmal, wusste aber genau, dass alles zu spät war. Cisco kam um die Hausecke geschossen, um zu sehen, was los war. Aber der Hund griff natürlich nicht ein, weil er genau wusste, wenn er Satchmo jetzt störte, bekam er einen auf die Zwölf und musste drei Tage leiden.

Satchmo stellte sich auf die Hinterbeine und schlug mit beiden Vorderpranken zu. Thusnelda flog glitzernd durch die Luft und landete fünfzig Zentimeter vom Teich entfernt im saftigen Gras. Satchmo war gründlich und schnell, sprang hinterher und warf den Fisch einen Meter weiter. Schließlich stand der Kater mit beiden Vorderpfoten auf der armen Thusnelda und drehte seinen Kopf noch einmal unendlich gelangweilt in meine Richtung. Dann biss er zu.

Als ich ein paar Minuten später zur Beerdigung schritt, war von Thusnelda wenig geblieben. Und das Wenige sah aus wie ein arm gewordener Hering. Ich warf diesen Rest zurück in den Teich. Irgendwo im hohen Gras hockte Satchmo und beobachtete mich. Wahrscheinlich dachte er so etwas Ähnliches wie: Armer Irrer!

Eine Viertelstunde später lenkte Hardbeck seinen Wagen auf den Hof. Er fuhr einen Mercedes-Kompressor, ein Auto, das hundertprozentig zu ihm passte – oder umgekehrt. Er trug schwarze Jeans, ein schwarzes Hemd, schwarze Slipper, er war ein eleganter, schlanker Mann.

Als ich ihm die Türe öffnete, sagte er: »Hallo!« und wischte wieselflink an mir vorbei. »Irgendwelche Leute haben mich wahrscheinlich verfolgt.«

»Kommen Sie herein«, wollte ich sagen, aber er war ja schon drin.

Rodenstock stellte Emma und sich vor und deutete auf eine Flasche Wehlener Wein. »Ein guter Weißer. Wollen Sie?«

»Ja.« Er setzte sich.

Rodenstock goss ein: »Danke, dass Sie gekommen sind. Wir haben ein paar Fragen, weil wir an dem Fall ... Nun, wir arbeiten dran. Nicht zusammen mit der Mordkommission, sondern gewissermaßen privat. Da gibt es Gerüchte, wie Sie wissen. Hatten Sie je ein Verhältnis mit Nati?«

Hardbecks scharf geschnittenes Gesicht unter dem aschblonden Haarschopf war zwar sonnengebräunt, zeigte aber teigige Haut, die Erschöpfung und Schlaflosigkeit verriet. Seine Hände zitterten leicht. Er war ein Mann, der aus seinem Rhythmus geworfen worden war und der mit dem Tod seines einzigen Kindes überfordert schien. Unverhofft hielt er eine Packung Zigaretten in der Hand und erklärte düster:

»Ich habe seit zwanzig Jahren nicht mehr geraucht. Jetzt bilde ich mir ein, es würde mir gut tun.« Seine Hände zitterten so, dass er die Flamme des Einwegfeuerzeuges nicht ruhig an die Spitze der Zigarette halten konnte.

Aggressiv fragte er: »Wollen wir uns wirklich mit so einem Scheiß wie Gerüchten beschäftigen?«

»Aus unserer Sicht müssen wir«, sagte Emma höflich. »Wir können uns nicht erlauben, an Gerüchten vorbeizurecherchieren. Denn manchmal, das weiß doch jeder, ist an Gerüchten auch etwas Wahres.«

»Ach, ist auch egal«, sagte er nach einigen Sekunden des Nachdenkens. »Tja, das mit den Gerüchten ist so eine Sache. Gerüchte gehören zum öffentlichen Leben und die meisten dieser Gerüchte sind zur Hälfte oder zu einem Viertel wahr. Manche Gerüchte, vor allem die, die aus Neid geboren werden, haben nicht einmal einen Kern Wahrheit.« Er strich sich mit der Hand durch das Gesicht. »Nein, ich hatte niemals etwas mit Nati. So etwas ist für mich undenkbar. Ich bin kein Moralbolzen, ich gucke gern schöne Frauen an. Ich freue mich ... ich freue mich an ihrem Anblick. Natalie war für mich immer eine Freundin von Sven. Wir verstanden uns gut, sehr gut sogar.« Hardbeck lächelte. »Wir haben den wildesten Tango in der Vulkaneifel getanzt. Das war so eine Ulknummer, wenn wir gut drauf waren ... O Gott.« Unvermittelt liefen ihm Tränen über die Wangen. »Das ist so eine furchtbare Scheiße.« Fahrig griff er nach dem Weinglas und trank es aus. Er verschluckte sich und begann zu husten. »Scheiße!«, wiederholte er.

»Ich habe auch einen Kognak«, bot ich an.

»Nein, nein, danke, das geht schon. Aber vielleicht haben Sie ein Papiertaschentuch?«

Emma wühlte unter einem Kissen und reichte ihm eine Packung über den Tisch. »Lassen Sie sich Zeit.«

Hardbeck wischte sich über die Augen und drückte dann die Zigarette in den Aschenbecher. »Vielleicht ist es das Beste, Sie stellen einfach Ihre Fragen. Das geht schneller.«

»Wir haben keine Eile«, meinte Rodenstock. »Möchten Sie einen Happen essen?«

»Vielleicht ein Stück Brot? Ich weiß gar nicht, ob ich heute überhaupt schon etwas gegessen habe.«

Mein Hund Cisco stürmte ins Zimmer und bellte fröhlich. Er ging uns gewaltig auf die Nerven und gab erst Ruhe, als er auf meinen Schoß springen und sich dort einrollen durfte.

Emma fuhrwerkte in der Küche herum, Teller schepperten, Besteck klirrte, Rodenstock zündete sich eine seiner gewaltigen Zigarren an, ich stopfte mir eine Pfeife.

Ich sagte: »Das Haus von Tina Cölln erscheint uns rätselhaft. Was lief dort eigentlich wirklich ab?«

»Wir nennen es das Clubhaus. Ich bin der Gründer, wenn man so will, oder der Erfinder. Ich hatte Tina Cölln kennen gelernt und schätzte sie auf Anhieb. Nicht als Frau, sondern mehr als Kumpel. Sie ist der Typ Mensch, der streng auf seinen Vorteil bedacht ist, aber auch bereit ist, dafür zu arbeiten. Wirtschaftlich ging es ihr dreckig. Sie saß in Bongard im alten Forsthaus, der Mann war abgehauen, sie hatte die Tochter und wusste nicht weiter. Da schlug ich ihr vor: Du kannst unser Clubhaus werden, wir brauchen so etwas.«

»Wer ist ›wir‹?«, fragte Rodenstock.

»Wir? Nun, ›wir‹ sind Unternehmer, mittelständische Unternehmer. Früher haben wir uns in unseren Jagdhütten getroffen und dort über Geschäfte geredet. Aber irgendwann hatten wir es satt, immer in feuchten Klamotten in feuchten Hütten herumzusitzen und Spaghetti aus Dosen reinzuschaufeln. In Hotels mochten wir nicht gehen, weil da zu viel Betrieb ist und einem ständig auf die Finger gesehen wird. Kneipen waren auch nicht das Richtige. Da kam Tina gerade recht. Das Haus liegt abseits, kein Mensch kommt dort vorbei, bestenfalls zwei-, dreimal im Jahr Wanderer.«

»Inzwischen ist das eine richtige Luxusherberge«, murmelte ich.

Emma kam mit einem Tablett voll belegter Brote herein und stellte sie vor Hardbeck hin. »Ich hoffe nicht, dass mir viel entgangen ist.«

»Nein«, sagte Rodenstock. »Danke, Liebes. Baumeister hat erzählt, da liegt ein Seiden-Isfahan für achtzigtausend Mark im Wohnzimmer.«

»Ja, das stimmt. Wir wollten es gemütlich haben, wir kauften das alles und haben es Tina geliehen.«

»Geliehen?«, fragte Emma erstaunt.

»Geliehen!«, bestätigte er und lächelte. »Ja, ich weiß, Tina versucht immer den Eindruck zu erwecken, sie habe das alles gekauft. Hat sie auch, aber mit unserem Geld.«

»War das schwarzes Geld?«, fragte Rodenstock nebenbei.

Hardbeck überlegte: »Ich hasse solche Fragen. Wissen Sie, warum? Weil so viel Schwarzgeld auf dem Markt ist, dass die Frage lächerlich ist. Es gibt Bargeldbranchen wie die Vergnügungsszene, Antiquitäten, gebrauchte Autos, sogar Obst und Gemüse im Großmarkt. Waffen, Drogen, Prostitution. Ich kann Ihnen nun wirklich nicht sagen, was genau in Tinas Haus mit Schwarzgeld und was mit blütenreinem Zaster bezahlt wurde. Von mir weiß ich: kein schwarzes Geld. Aber bei denen, von denen ich dieses Geld bekommen habe, weiß ich doch schon wieder nicht, woher das Geld stammt. Die anderen Herren müssen Sie selbst fragen.«

»Wer nahm denn nun an diesen Geschäftsgesprächen im alten Forsthaus in Bongard teil?«, wollte Emma wissen.

»Es gab einen harten Kern und es gab die, die von Zeit zu Zeit dazukamen.«

»Warum gebrauchen Sie die Vergangenheitsform?«, fragte ich.

»Weil das alles Vergangenheit ist. Mit diesen … Todesfällen ist das vorbei.« Er fuhr sich mit der Hand über die Augen. »Machen wir uns nichts vor, wir werden durch den Dreck gezogen werden … in allen Medien. Ich gehe jede Wette ein, dass wir spätestens in drei Tagen die mieseste Presse haben, die man sich vorstellen kann.« Er trank einen Schluck Wein und verschüttete etwas. »Stellen Sie sich das vor – die Schlagzeile der *BILD*: ›Kriminelle Vereinigung von Kaufleuten in einem einsamen Forsthaus in der Eifel‹. Das ist filmreif und genauso wird es kommen.«

Wir sagten nichts dazu, weil er Recht hatte.

»Trotzdem weiter«, meinte Emma energisch. »Ich möchte noch etwas über diese Gesprächsrunden wissen. Was wurde da besprochen?«

»Also, man muss sich das so vorstellen, dass wir alle Unternehmer und Kaufleute sind, die wenig Zeit und Möglichkeiten haben, sich über Probleme auszutauschen. Wir sind ständig mit irgendwelchen Geschäften befasst. In Tinas Haus war es möglich, nicht nur über Geschäfte zu sprechen, sondern auch über alles andere. Familie, Streitigkeiten, gerichtliche Dinge, Steuern. Es war wirklich wie ein Club und wir genossen die lockere Atmosphäre. Wir mussten uns nicht sorgen, dass etwas nach außen drang, weil es kein Personal gab, und Störungen gab es auch nicht.«

»Ich hätte gern ein konkretes Beispiel für ein Geschäft, das dort zustande gekommen ist.« Rodenstock spielte mit seinem Weinglas, drehte es hin und her.

»Gut«, nickte Hardbeck und dachte einen Moment nach. »Da hat jemand eine Beteiligung an einem Kölner Taxiunternehmen. Vierzig Taxis. Das kann er ausweiten auf die doppelte Wagenzahl durch Übernahme einer konkurrierenden Firma. Er will das Geschäft aber nicht allein machen, er will einen Partner. Also fragt er: ›Wer steigt ein? Ich muss meine Kapitaldecke erhöhen, ich will eine halbe Million.‹ Ich überlege mir das und sage ja. Im Grunde geht es einfach oft um irgendwelche Beteiligungen.«

Plötzlich wirkte Hardbeck verunsichert, sah uns an und wurde blass. »Denken Sie, dass das alles etwas mit dem Tod … Das kann doch nicht Ihr Ernst sein! Was soll das damit zu tun haben?«

»Das wissen wir nicht«, entgegnete Emma. »Aber man kann nichts ausschließen, nicht wahr? Schließlich ist es doch wohl ständig um Riesengeschäfte gegangen. Mit Müll. Das ist doch Ihre Spezialität, oder? Ich bin Polizistin. Nach meiner Erfahrung ist vorstellbar, dass Leute etwas über irgendwelche Geschäfte erfahren haben, die nie etwas davon hätten erfahren dürfen. Zum Beispiel die beiden Damen Cölln. Was ist mit Erpressung? Ist es nicht möglich, dass jemand aus dem harten Kern dieser Männerrunde erpresst wurde? Dass er sich wehren musste, dass er keinen Ausweg mehr sah?« Sie sprach sanft, aber sie sprach auch unmissverständlich. Ihre Bemerkungen wirkten wie Peitschenhiebe.

Etwas hatte Hardbeck in helle Aufregung versetzt. Er starrte auf den Tisch und Furcht war in seinen Augen. »Erpressung!«, sagte er tonlos, als habe er soeben etwas begriffen, Zusammenhänge erkannt. Er wiederholte betroffen: »Erpressung. Wie soll das zusammenhängen? Einer von uns wird erpresst. Und dann geht der Erpresste hin und ...«

»Tötet Natalie«, ergänzte Rodenstock sachlich. Er räusperte sich theatralisch. Ich wusste genau, was das hieß. Er wollte das Thema wechseln, wollte die Unsicherheit, die Emma gesät hatte, langsam wachsen lassen. Er wollte das Misstrauen in Hardbeck schüren und gleichzeitig sollte Hardbeck glauben, das Thema sei vom Tisch.

Also gab Rodenstock dem Gespräch eine neue Wendung: »Dieses alte Forsthaus hat bei den Leuten hier als Fixpunkt von Gerüchten eine gewaltige Rolle gespielt. Natalie hat die Gesellschaft bedient, hat der Männerrunde das Leben angenehm gemacht.« Er machte eine kurze Pause. »Wie angenehm, Herr Hardbeck? Ich will Ihnen gerne glauben, dass nichts ... nun, nichts Anstößiges zwischen Ihnen und Natalie vorgefallen ist, aber können wir sicher sein, dass das auch für die anderen Herren gilt? Sie war sehr schön, die Natalie, sie war sicher aufreizend, sie war jung, war fröhlich, nicht wahr?«

Hardbeck nickte betulich und sagte langsam: »Ja, ja.«

Rodenstock fuhr erbarmungslos fort: »Ein weiteres Gerücht besagt, dass Ihr Sohn Sven von Natalie regelrecht abhängig war, dass er fürchtete, sie zu verlieren, dass er sie deshalb tötete und dann nicht mehr die Kraft hatte, weiterzuleben.« Jetzt hatte Rodenstock es geschafft, das Thema so komplett zu wechseln, dass das schlimme Wort Erpressung vom Tisch war und das nächste heikle Thema in aller Breite auf der sauberen Tischplatte lag.

Hardbeck schluckte. »Du lieber Gott, Sven kann sich gar nicht mehr verteidigen. Und wir wissen doch nicht einmal, ob Sven und Natalie sich an dem Tag überhaupt gesehen haben. Warum hätte er sie töten sollen?«

»Das ist doch bis jetzt nur ein Gerücht«, erklärte Rodenstock. »Wie alles andere auch. Wir wissen ja nicht einmal, warum Natalie ausgerechnet auf diesem Müllhaufen lag. Wieso in Mannebach, wieso an diesem Waldrand? Das ist alles sehr beziehungslos.«

»Na ja, das finde ich ja nun nicht«, erwiderte Hardbeck in die Stille und seltsamerweise wirkte er plötzlich arrogant. »Das Gebiet in Mannebach ist meine Jagd. Seit zwanzig Jahren.«

»Das alles wird immer verrückter«, murmelte Emma.

»Das heißt also ... Nein, ich korrigiere mich.« Ich versuchte eine neue Formulierung. »Der Weg, der an dem Waldweg entlangführt, der ...«

»Der Weg läuft unten im Tal direkt auf meine Jagdhütte zu. Die Hütte ist nur fünfhundert Meter weit weg.«

»Kannten sich alle dort aus, die mit Ihnen zu tun haben?«, fragte Emma.

»Alle«, nickte Hardbeck. »Die Hütte wurde aber nur noch selten genutzt. Vor Jahren war da immer der Bär los. Die beiden Kinder waren noch öfter dort. Na ja, sie waren ein Liebespaar, sie nutzten die Einsamkeit. Jeder wusste das, warum auch nicht. Manchmal nahmen sie auch Huhu mit.«

»Bevor wir auf diesen Huhu kommen, habe ich noch eine andere Frage: Tina Cölln hat mir gegenüber so getan, als würde sie den Ort Mannebach nicht kennen. Und ihre Tochter, Natalie, habe ihn auch nicht gekannt. Ist das nicht mehr als merkwürdig?«

Er wirkte erstaunt, das war nicht gespielt. »Verstehe ich nicht. Tina war eine Zeit lang ziemlich häufig in meiner Jagdhütte, Natalie dauernd. Wieso streitet sie das ab?«

»Keine Ahnung. Und nun: Wer, bitte, ist Huhu?«

»Wie soll ich das erklären? Mein Haus liegt an einer stillen Stichstraße. Ich habe das ganze Gelände gekauft, beiderseits der Straße. Dazu gehört ein alter, kleiner Bauernhof. Adele heißt die Bäuerin, der Mann ist längst tot. Von ihr habe ich den Hof samt Grund und Boden erworben. Wir haben einen Vertrag. Adele darf lebenslang auf dem Hof wohnen und wir sorgen nach ihrem Tod für Huhu. Ihr Sohn, das ist Huhu. Er ist geistig zurückgeblieben, immer wenn er etwas für ihn Erstaunliches hört, sagt er: ›Huhuhu-

hu!‹ Deshalb wird er Huhu genannt. Er ist genauso alt wie
Sven. Die beiden waren schon als Kinder ein Herz und eine
Seele. Sie lieben sich wie Brüder. Huhu ist oft bei mir im
Haus. Er wäscht unsere Autos, kehrt den Hof, putzt die
Fenster, er macht einfach alles und er macht es gern. Huhu
gehört zu uns, er ist wie ein Familienmitglied. Im Moment
hockt Huhu Tag und Nacht in der alten Scheune. Seit er von
Svens Tod erfahren hat, hockt er dort und weint. Dabei
müsste er eigentlich zum Arzt, er hat sich irgendwie die
rechte Hand verletzt. Aber er lässt keinen an sich ran.«
Hardbeck presste die Lippen aufeinander.

Wir schwiegen eine Weile, bis Emma fragte: »Warum ist
es für Sie so unwahrscheinlich, dass Sven Natalie getötet
hat?«

Hardbeck sah Emma eindringlich an. »Wenn mein Sven
sie getötet hat, dann muss es irgendwie … unter Zwang
passiert sein, nicht wahr? Es gibt Leute, die behaupten, mein
Sohn sei von ihr abhängig gewesen und Natalie habe sich
von Sven lösen wollen. Das stimmt aber nicht! Machen wir
uns nichts vor: Mein Sven war wirtschaftlich gesehen die
beste Partie, die ein Mädchen in der Eifel machen kann. Und
Mutter Tina hat verdammt darauf geachtet, dass Natalie
niemals etwas tat, was Sven nicht gefallen hätte. Tina ist ein
prima Kumpel, aber auch eine harter Rechnerin. Ihr Traum-
schwiegersohn hieß immer Sven. Natalie wusste das und
hatte das verinnerlicht. Wäre ich jetzt gemein, würde ich
behaupten: Tina und Natalie Cölln waren einfach nur geldgierig. Sie lebten für diese Gier.«

»War es denn ernst mit einer eventuellen Heirat?«, fragte
ich.

Hardbeck schüttelte den Kopf und für den Bruchteil einer
Sekunde lächelte er spöttisch. »Nie. Sven mochte Nati, er
mochte sie garantiert sehr. Aber das Letzte, was er in dieser
Sache zu mir sagte, war: ›Papa, lass dich nicht von Tina
nageln. Ich heirate Nati nicht, nicht in diesem Leben.‹ Er
sagte, Nati sei als Ehefrau nicht gut genug.«

»Kann das nicht eine Laune gewesen sein?«, fragte Emma.
»Junge Menschen sind auf diesem Sektor zuweilen sehr

labil. Die Formulierung, Nati sei nicht gut genug als Ehefrau – ist das nicht ziemlich arrogant?«

Er schüttelte bedachtsam den Kopf. »Nein, so ist das nicht zu verstehen. Sven ist in früheren Jahren mit Nati oft durch die Hölle gegangen. Er ist … er war sehr sensibel. Nati führte in dem Forsthaus ein Leben, das ihn misstrauisch machte. Und Sven war romantisch, er glaubte tatsächlich an Gefühle. Nati war oft viel zu cool und redete übers Ficken wie meine Frau über ein Frühstück. Entschuldigung, aber so war es.«

»Da gibt es nichts zu entschuldigen«, entgegnete Emma. »Was wollten Sie? Wollten Sie Natalie als Schwiegertochter?«

»Nie!«, antwortete er fest. »Die Beziehung der beiden war eine Jugendfreundschaft, von mir aus eine Jugendliebe. Aber als Schwiegertochter hätte ich mir Nati nie gewünscht. Ich hätte sie letztlich akzeptiert, aber ich war heilfroh, als Sven ganz von sich aus sagte, sie sei eine gute Freundin, aber als Ehefrau nicht geeignet.«

»Was meinte er damit?«, fragte Rodenstock.

»Sie war zu attraktiv und Svens Gefühl reichte nicht aus, sie zu heiraten. Sie können sich nicht vorstellen, wie erleichtert ich war. Man muss doch auch sehen, was Sven bei uns, bei seinen Eltern erlebte. Wir sind ein Ehepaar, das sich blind aufeinander verlassen kann. Es gibt Krach, selbstverständlich, aber normalerweise behandeln wir einander mit großem Respekt. Und ich weiß definitiv, dass Sven auch andere Mädchen hatte. Außerdem, um das klarzustellen: Tina Cöllns Haus war ein Clubhaus, für uns Unternehmer gut, bequem und verschwiegen. Aber falls Sie glauben, dass mein Sohn Sven mit Natalie dort so gut wie zu Hause war, irren Sie. Er wurde rausgehalten. Er holte Nati ab, aber eben nur das. Soweit ich weiß, hat er in seinem Leben nie dort geschlafen, nicht ein einziges Mal.«

»Das glaube ich, da wären ihm sämtliche Illusionen den Bach runtergegangen.« Emma sah Hardbeck amüsiert an. »Wie reagierte Natalie auf die anderen Mädchen von Sven?«

»Komisch!«, stellte er harsch fest. »Ihre Reaktion war nicht die eines verliebten jungen Menschen. Sie nahm es hin und war ganz die kleine Brave, Liebende. In dieser Sache war Natalie ferngesteuert von ihrer Mutter. Allein Tina gab Anweisungen und Verhaltensmaßregeln, von Natalie selbst kam wenig. Kinder, ich habe das selbst erlebt, ich war dabei. Tina ging mit Natalie um wie eine Dompteuse.« Er fuchtelte mit beiden Händen, warb um unser Wohlwollen.

»Hatte Ihr Sohn, nein, haben Sie eine Waffe vom Kaliber 7.65? Eine Walther PPK?«, erkundigte ich mich.

»Ja, das wollte auch schon die Mordkommission wissen. Die liegt aber weggeschlossen und unbenutzt in meinem Waffenschrank. Der ist mit vier Schlössern gesichert, außer mir hat niemand Zutritt. Ich habe die Waffe natürlich Herrn Kischkewitz gegeben, damit die Kriminaltechniker prüfen können, ob aus ihr gefeuert wurde. Und da kommt noch so ein merkwürdiges Ding daher. Das ist auch so unglaublich: Dass man meinem Sven zutraut, Natalie *erschossen* zu haben. Sven würde niemals schießen, er hasst Feuerwaffen. Was glauben Sie, warum er Zivildienst machen wollte?«

»Was ist, wenn Ihr Sohn einfach ausgeflippt ist?«, fragte Emma rasch.

»Das hätte ich als Vater todsicher vorher gemerkt!«

»Das muss nicht sein«, murmelte Rodenstock. »Es ist zum Beispiel möglich, dass Natalie ihm etwas Brutales oder Entsetzliches erzählt hat. Und dass er anschließend ausflippte. Innerhalb von Sekunden.«

»Ja ja, so etwas gibt es, aber Sven und Natalie haben sich doch an dem Tag ... an dem Tag ihres Todes überhaupt nicht gesehen. Das gilt garantiert bis zum späten Abend. Ich habe den Tag rekonstruiert und ich bin es leid, das dauernd wiederzukäuen. Ich sage es Ihnen trotzdem: Sven stand morgens ziemlich früh auf. Gegen sieben Uhr. Wir frühstückten zusammen, meine Frau, er und ich. Dann fuhr er nach Mayen, anschließend nach Daun. Er besorgte dort etwas für meine Frau. Anschließend fuhr er für mich nach Trier. Ein Jagdfreund von mir wird in den nächsten Tagen siebzig. Dem habe ich eine Springfield gekauft, das ist ein Gewehr. Am Kolben musste noch etwas geändert werden. Sven rief mich aus Trier an und sagte, er müsse warten, er ginge so lange ins Kino. Dann holte er das Gewehr ab und kam nach Hause. Er war gegen 19 Uhr wieder bei uns. Wir aßen zu Abend, gingen in den Keller und ich schoss die Waffe ein. Darüber wurde es neun Uhr. Bis zu diesem Zeitpunkt hatte Sven Natalie an diesem Tag nicht gesehen, dafür garantiere ich. Er sagte dann, er führe möglicherweise noch zu Tina nach Daun. Das ist eine andere Tina, sie ist die Wirtin einer beliebten Kneipe. Ob er tatsächlich dorthin gefahren ist, weiß ich allerdings nicht. Meine Frau und ich wurden erst wach, als die beiden Polizeibeamten schellten und uns mitteilten, was passiert ist. Verdammt noch mal, wenn man sich Natis Tagesablauf anguckt, muss doch deutlich werden, dass die beiden sich an diesem Tag nicht getroffen haben können!«

»Das ist merkwürdig«, gab ich zu. »Tina Cölln hat keine Ahnung, was Natalie an dem Tag getrieben hat. Sie hat das Haus um elf Uhr morgens verlassen. Tina Cölln sagt, Sven und Natalie wollten Schuhe kaufen. Bis zu ihrem Auffinden in Mannebach ist Natalies Verbleib einfach rätselhaft. Aber vielleicht hat die Mordkommission ja inzwischen was herausgefunden. Eine andere Frage, Herr Hardbeck. Wissen Sie, wie die Müllkippe in Mannebach ausgesehen hat? Nein? Außer der Toten lagen da noch alte Möbel und zwölf Fässer herum.«

»Die Kripo hat das erwähnt. Die haben überhaupt ein Riesenbuhei um den ganzen Müll gemacht. Ich verstehe das nicht. An der Stelle war vor rund zwölf Jahren eine widerliche Müllkippe, das ganze Dorf schmiss da von Bauschutt bis zum alten Fernseher alles hin. Es stank dort wie auf einem öffentlichen Lokus. Dann kamen neue Verordnungen von der Kreisverwaltung. Ich selbst habe den LKW spendiert, der den ganzen Scheiß nach Walsdorf zur Deponie gefahren hat. Das war ein Schandfleck in meiner Jagd, ich war froh, als das aufhörte. Das Wohnzimmer hat bestimmt der alte Warzenbeter Gottfried da hingeschmissen. Das vermute ich deshalb, weil er neulich gedroht hat, er werde die Müllkippe wieder einrichten. Er habe kein Geld, um das Zeug mit dem Trecker nach Walsdorf zu schaffen und auch noch dafür zu bezahlen, dass sie es ihm abnehmen.«

»Warzenbeter?«, fragte Emma erheitert.

»Warzenbeter!« Hardbeck lächelte kurz. »Er betet Leute gesund und Warzen weg. Verrückte Eifel! Es gibt eine Menge Leute, die behaupten, dass es funktioniert. Er ist ein verrückter alter Mann. Und sein Sohn ist noch eine Stufe verrückter.«

Ich hob die Hand und meldete mich wie ein Volksschüler. »Ist dieser Sohn mit einer Stimme gesegnet, die hoch und heiser ist?«

»Richtig«, nickte er. »Der Sohn heißt Martin. Er ist Lehrer, hat also studiert, aber nie als Lehrer gearbeitet. Er behauptet von sich, er sei Kommunist. Er lebt auf dem kleinen Hof des Vaters, bekommt absolut nichts auf die Reihe und verkündet, erst werde der Sozialismus wiederkommen und anschließend der echte Kommunismus wie zu Zeiten des Herrn Jesus. Ein durchgeknallter Typ. Hat der etwa auch damit zu tun?«

»Wahrscheinlich nicht«, meinte Rodenstock. Er räusperte sich wieder, was bedeutete, er würde mit allem Nachdruck auf ein ekliges Thema zurückgreifen. »Noch mal zum Clubhaus, Herr Hardbeck. Sie halten es ja wohl inzwischen auch für denkbar, dass jemand erpresst worden ist. Wer? Welcher Ihrer Freunde kommt als Opfer infrage?«

»Lieber Himmel, das können Sie nun wirklich nicht von mir verlangen. Das geht zu weit!«

Seltsamerweise sagte Emma: »Einverstanden. Aber Sie sichern uns zu, dass Sie selbst nicht erpresst worden sind?«

»Die Garantie gebe ich!«, nickte er.

»Eine andere Frage.« Emma nahm eine Wolldecke und breitete sie über ihre Knie. »Ich stelle mir die Runde in Tina Cöllns Wohnzimmer vor. Da werden nicht nur Geschäfte gemacht, sondern auch Witze erzählt, Anekdoten, Geschichten aus dem wahren Leben. Es wird gegessen und getrunken, und zuweilen herrscht große Fröhlichkeit. Die Damen Cölln huschen durch das Gemäuer und bedienen. Wie war denn Natalie bei diesen Anlässen angezogen?«

Hardbeck hielt den Kopf gesenkt und rieb sich wieder die Hände.

»Peinliche Frage, nicht wahr?«, fragte Rodenstock mit sanftem Spott.

»Peinlich«, bestätigte Hardbeck und hob den Kopf nicht. »Sie trug stets Miniröcke und immer Oberteile, die eine Menge Bauch freiließen und eine Menge Busen. Dazu hochhackige Schuhe.«

»Sexy?«, fragte ich.

»Ja, sexy. Wenn sie sich über den Tisch beugte, sah das immer so aus, als böte sie sich an. Es war ... es war schon nuttenhaft.«

»Und das ist auch der letzte Grund, weshalb Sie sie unter keinen Umständen als Schwiegertochter akzeptiert hätten«, sagte ich.

»Ja.«

»Haben Sie je erlebt, dass sie mit einem der Gäste irgendwohin verschwand?«

»Nein, nie.« Er fuhr sich mit seinen zittrigen Händen über das Haar. »Sicher, sie machte uns an. Auf der anderen Seite war ich der Wunsch-Schwiegervater«, sagte er hohl. »Verdammt, es war eine ewige Schieflage.«

»Ich vermute etwas.« Emma sah ihn lächelnd an. »Und zwar, dass Sie – wenn die Wellen des Vergnügens ganz hochschlugen – die Runde verließen und nach Hause fuhren.«

»Das stimmt«, sagte er verblüfft.

»Ist Ihnen denn nie erzählt worden, was danach im Forsthaus passierte?«, fragte Rodenstock. »Es muss doch grinsende, männliche Bemerkungen gegeben haben.«

Hardbeck sagte eine Weile nichts, stöhnte nur: »Scheiße!«, und dann: »Warum tue ich mir das an?«

»Herr Hardbeck«, sagte ich, »war das so?«

»Es gab manchmal Bemerkungen«, gestand er ein.

»Und Sie haben weggehört«, murmelte Emma. »Das ist zu verstehen. Sie sagten, dass Sie nie erlebt haben, dass Natalie mit einem der Gäste für eine Weile verschwand. Die Frage war falsch gestellt, denke ich. Die Frage muss lauten: Kam es vor, dass alle Männer aufbrachen, aber einer aus der Runde blieb noch?«

»Um Gottes willen, was soll ich darauf antworten? Na, gut. Ich könnte mir vorstellen, dass das vorgekommen ist.«

»Oft?«, fragte Rodenstock. Das klang wie ein Pistolenschuss.

Hardbeck wollte nicht, aber ein Entkommen war nicht möglich.

»Wir werden das alles ohnehin herausfinden«, murmelte ich.

»Oft!«, sagte er endlich.

»Und wer blieb zurück?«, fragte Emma unerbittlich.

»Das weiß ich nicht.« Sein Kopf ruckte nach vorn. »Bis hierher und nicht weiter. Das können Sie nicht verlangen.«

»Wir verlangen gar nichts«, erklärte Rodenstock ruhig. »Ich nehme an, Sie haben der Mordkommission alle Namen von der Runde in Tinas Cöllns Haus gegeben?«

»Habe ich.«

»Würden Sie uns die Namen auch geben?«, fragte ich.

»Das ist ja kein Geheimnis«, stimmte er zu.

»Wenn es eine Erpressung gab«, sagte Emma tief in Gedanken, »was schätzen Sie, um wie viel Geld konnte es dabei gehen?«

»Wenn es um Erpressung geht, geht es immer um die Existenz. Das ist eine Binsenweisheit.«

Ein Handy fiepste. Hardbeck griff in seine Tasche und zog es hervor. »Ja, bitte?« Er hörte zu, bis er uns mitteilte: »Tut mir Leid, ich muss heim. Meiner Frau geht es nicht gut, sie haben den Arzt rufen müssen.«

»Schreiben Sie uns doch bitte noch die Namen des harten Kerns Ihrer Runde auf«, bat ich und legte ein Blatt Papier und einen Kugelschreiber vor ihn hin.

»Klar doch«, nickte er.

Drei Minuten später hatte er vier Namen auf das Papier geschrieben:

Herbert Giessen, Bad Münstereifel, Im- und Export
Hans Becker, Maria Laach, Kaufmann und Unternehmer
Andre Kleimann, Euskirchen, Unternehmer und Finanzier
Dr. Lothar Grimm, Koblenz, Industriebeteiligungen

Hardbeck stand schon in der Haustür, als Rodenstock ihm nachrief: »Und diese Männerrunde macht in Müll? Alle?«

»Ja«, antwortete Hardbeck. »Alle. Sie haben Firmen oder Beteiligungen.«

»Sie entsorgen hier in der Gegend den Müll?«

»Nicht hier«, erklärte er. »Woanders. Müll gibt es überall. Auf Wiedersehen.«

Ich wartete im Hof, bis Hardbeck seinen Wagen gestartet hatte. Dann ging ich zurück.

»Eine wahrscheinlich edle Runde. Kennt ihr einen der Namen?«, fragte ich.

»Ich habe wenig Bekanntschaften im Reich des Geldes«, sagte Rodenstock düster. »Das werden harte Burschen sein. Wie geht es dir, meine Liebe?«

»Nicht so gut. Immer wenn Ruhe herrscht, kommen diese blöden Schmerzen. Ich glaube, ich nehme eine Tablette. Es ist spät geworden, ich bin sehr müde.« Sie lächelte Rodenstock scheu an. »Noch etwa sechsunddreißig Stunden, dann wissen wir es.«

»Ich fahre jetzt zu Gottfried, dem Warzenbeter«, sagte ich. »Ich kann sowieso noch nicht schlafen. Und ich will die Sache vom Tisch haben.«

»Du solltest besser ins Bett gehen«, sagte Rodenstock. »Der Sohn ist vermutlich ein Aufschneider und wahrscheinlich überhaupt nicht wichtig.«

»Ich hasse anonyme Anrufer«, beschied ich ihn. »Ich bin bald wieder hier.«

Es war neun Uhr am Abend, die Sonne hatte sich noch nicht ganz verabschiedet und schickte einen rosa Schimmer, der im Westen in den Himmel kroch und unendlich kitschig wirkte. In den Gärten hockten die Menschen, unterhielten sich träge, grillten oder saßen einfach so beisammen.

Mannebach war schnell erreicht. Es war gleichgültig, wen ich fragte, also steuerte ich das erste Haus an, schellte und fragte artig eine alte Frau, die die Tür öffnete: »Wie komme ich denn zu Gottfried?«

»Drei Häuser weiter links«, erwiderte sie bemüht hochdeutsch und setzte dann im breiten Slang hinzu: »De aale

86

Kabuff!« Ganz eindeutig: Sie war keine Freundin von Gott-fried.

›De aale Kabuff‹ war ein altes kleines Bauernhaus im Stil der Trierer Einhäuser, in denen alles vom Heuboden über das Vieh bis hin zu den Menschen unter einem Dach unter-gebracht ist. Schon die Frontseite verdeutlichte, dass hier kein Geld zu holen war: Der kleine Bauernhof war total verkommen. Vor dem Hauseingang lagen Haufen alter, verrosteter Gerätschaften aus der Landwirtschaft, daneben gammelten vier schrottreife PKW vor sich hin, zum Teil aufgebockt, zum Teil ausgewaidet. Das Ganze war ein chao-tisches Durcheinander, eine klassische Männerwirtschaft.

Gottfried saß klein und zusammengekrümmt auf einer alten Bank neben dem Hauseingang. Er schmauchte zahnlos eine Pfeife und beobachtete mit unverhohlener Neugier, wie mein Wagen ausrollte und ich ausstieg. Ich schätzte ihn auf achtzig und wie viele alte Menschen trug er trotz der som-merlichen Wärme einen Pullover. Sein Gesicht unter dem kurzen, weißen Haar war eine Landschaft voller Falten und Schrunden, voll Leben und voll von einer eindeutigen Lis-tigkeit.

Noch ehe ich ein Wort sagen konnte, murmelte er: »Wat willste dann, Jung?«

»Ich wollte mich bei dir erkundigen, warum du dein Wohnzimmer in den Busch geschmissen hast.«

Er bekam kugelrunde Augen vor Verwunderung. »Muss ich dir das sagen?«

»Nein«, bekannte ich.

»Na siehste«, knurrte er. »Aber ich kann dir das sagen. Es ist die alte Kippe vom Dorf. Ich benutze sie eben. Bist du von der Behörde?«

»Nein, bin ich nicht. Als du dein Wohnzimmer da hinge-worfen hast, lagen da schon die Fässer rum?«

»Nä, die kamen wohl später.«

»Und wie viel Uhr war es, als du das Wohnzimmer ab-geladen hast?«

»So abends um diese Zeit, es war noch genug Licht. Wir haben da immer abgeladen, soweit ich mich erinnern kann.

Als Kind schon. Ich zahl keine Strafe, zahl ich nicht. Ich hab kein Geld.«

»Ich habe nichts mit Strafe zu tun. Wo ist denn Martin, dein Sohn?«

»Hinten im Kabäuschen. Da musste ums Haus herum. Und laut klopfen, er sieht fern, er hört nichts. Er guckt Fußball. Es ist doch Europameisterschaft. Und da guckt er. Von morgens bis abends. Er guckt immer. Hat er wieder Scheiß gemacht?«

»Nein, nein.« Ich machte mich auf den Weg um das Haus. Es gab einen schmalen Trampelpfad und selbst der lag voll Müll.

Die Tür war verschlossen. Ich klopfte dagegen und wiederholte das ein paar Mal, bis sie sich quietschend öffnete.

»Ach so was!«, sagte Martin hoch und heiser und war nicht im Geringsten verlegen. »Der hohe Herr kommt persönlich. Na, war das eine schöne Leiche?«

»Kann ich Sie sprechen? Ich meine, muss das hier draußen sein?«

»Nee, komm ruhig rein.«

Er trug ein einstmals weißes T-Shirt mit einem Riss quer über den Bauch. Dazu Jeans, deren Ursprungsfarbe unklar war, und nichts an den Füßen. Das Gesicht war schmal, hager, lang gezogen mit großen Augen, die nirgendwo Halt zu bekommen schienen. Das Gesicht eines Fanatikers, dachte ich. Er war vielleicht fünfundvierzig Jahre alt, vielleicht ein paar Jahre älter.

Ich trat hinter ihm in den Raum und hatte sofort das Gefühl, eine andere als diese Welt zu betreten. Es stank. Es stank penetrant nach Schweiß und Urin, nach zu lange getragener Wäsche, nach Geschirr, das niemals gespült worden war.

Der Raum hatte kein Fenster, war etwa vier mal fünf Meter groß und durchgehend mit Tigerfellmuster ausgestattet. Die Wände waren mit Tigerfelltapete bekleistert, der Fernseher steckte in einer Hülle aus Plastiktigerfell. Das Sofa lag unter einer Tigerfelldecke und der Stuhl, auf den ich mich setzen sollte, hatte einen Tigerfellbezug. Auf dem niedrigen

88

Couchtisch lag ein Tigerfellimitat. Der Fußboden war aus alten Eichendielen und wenigstens die zierte kein Tigermuster. Zwei Deckenfluter spendeten Licht, unangenehm weißes, durch nichts gedämpftes Licht.

»Ist Tigerfell die Lieblingsmarke?«, fragte ich, um etwas zu sagen.

Er musterte mich und nickte dann. »Der Tiger ist mein Wappentier. Sprungbereit, voller Kraft und niemals berechenbar.«

Ich dachte, er wollte mich verulken, aber dann sah ich seine Augen, sie waren weit offen und starr. Langsam begann ich zu ahnen, dass dieser Besuch Risiken in sich barg.

»Ich habe ein Problem«, sagte ich und ließ mich vorsichtig auf das mir zugewiesene Stück Tigerfell nieder.

Er legte sich lang auf das Tigerfellsofa. »Probleme kann man lösen.«

»Richtig«, nickte ich. »Gottfried, Ihr Vater, hat gesagt, er hat vorgestern gegen Abend seine alten Wohnzimmermöbel da oben zum Waldrand gefahren und abgeladen. Nach seinen Angaben zwischen 21 und 22 Uhr. Kann das stimmen?«

»Das stimmt«, nickte er.

»Wann sind Sie denn dann da oben am Waldrand gewesen? Das muss doch frühmorgens gewesen sein, denn wenig später haben Sie die Polizei angerufen. Und ein paar Stunden später mich.«

»Oh, oh«, warnte er. »Wer behauptet denn da was ohne jeden Beweis?«

»Ihre Stimme ist eindeutig wiederzuerkennen. Ich habe sie auf Band. Soll ich sie Ihnen vorspielen?«

Er wartete mit seiner Antwort, bis er sich meiner vollen Aufmerksamkeit sicher war. »Der Buddhismus gibt mir die Kraft, solche Anschuldigungen nicht bis in meine Seele dringen zu lassen.«

»Ein Buddhist«, staunte ich. »Sieh mal einer an, da wird sich der Gott der Eifler aber freuen.«

»Der Gott der Eifel hat versagt, total versagt.«

»Also mir wäre es lieber, Sie würden mir erzählen, wann Sie am Waldrand waren, wann Sie die Leiche entdeckten.

Mir reicht der ungefähre Zeitpunkt. War es schon hell oder war es noch dunkel? Und noch etwas, guter Mann, was wollten Sie da oben eigentlich? Ihrem Vater nachschnüffeln?« Er brachte mich entschieden auf die Palme.

»Auf ein derart niedriges Niveau begebe ich mich nicht. Niemals!« Er blickte mich nicht an, er sprach mit der Zimmerdecke.

»Aber das Niveau, erst die Polizei und dann mich anonym anzurufen, das haben Sie. Und es ist auch Ihr Niveau, haltlose Gerüchte zu erfinden. Wie zum Beispiel das, dass der Vater von Sven ein Verhältnis mit der Freundin seines Sohnes hatte.«

»Diese Natalie wird in der Dschehenna braten! Sie war eine Sünderin, eine bestialische Frau.«

»Dschehenna? Also haben Sie auch *Durchs wilde Kurdistan* gelesen. Jedenfalls war Karl May ein besserer Lügner als Sie. Wissen Sie was? Ich halte Sie für einen miesen Spanner.«

Er musste das geübt haben, viele Male: Er stemmte sich zwischen Rücken- und Sitzlehne in den Winkel des Sofas, legte die linke Hand auf den Tisch und vollführte dann einen perfekten Seitsprung über den Tisch. Er flog auf mich zu, kam wie ein großer Stein heran.

Schmerzhaft spürte ich den Aufprall und konnte nicht mal mehr die Arme hochreißen. Ich landete parterre, hörte, wie der Tigerfellstuhl unter mir zusammenbrach, irgendetwas ratschte an meinem rechten Bein entlang und ich bekam keine Luft mehr.

Martin war hinter mir und rief geradezu begeistert: »Wow!« Dann war er erneut sichtbar, und zwar über mir. Er trat zu und traf meinen linken Oberschenkel. Als er zum zweiten Mal zutrat, bekam ich seinen Fuß zu fassen, hielt ihn fest und drehte ihn, so weit ich konnte, nach innen. Er schrie und fiel.

Endlich war ich wieder oben und wollte etwas sagen, wahrscheinlich: Lassen wir doch den Quatsch! Doch er lag zwischen meinen Beinen und schnellte hoch. Es tat ekelhaft weh, ich sah dunkle Flecken tanzen und wurde immer wütender.

Ich schrie: »Blöder Hammel! Du Schwein!«, und ließ mich nach vorn fallen, weil er von hinten seine Affenarme um mich geschlungen hatte. Auf der linken Schulter kam ich auf und war zornig genug, den Schmerz nicht zu spüren. Ich drehte mich um und erblickte sein Gesicht vor meinem Gesicht, nicht weiter als ein paar Zentimeter entfernt. Da stieß ich meinen Kopf nach vorn und es gab ein ekelhaftes Geräusch, als ich sein Gesicht in der Mitte traf.

Martin gurgelte und fiel seitwärts auf die Dielen. Dort blieb er liegen, aus seinem Mund und seiner Nase lief Blut.

»Blöder Hund«, sagte ich, aber ich glaube nicht, dass mein Krächzen zu verstehen war. Es gab keinen Fleck an meinem Körper, der nicht schmerzte.

»Wir können reden«, keuchte er.

»Ich red nicht mehr mit dir. Du bist eine zu kleine Nummer in dem Spiel.« Ich steuerte die Tür an und hinkte hinaus. Meine Hose war zerrissen, unterhalb meines rechten Knies war die Jeans durchblutet.

Gottfried auf der Bank kommentierte mit hoher, heiterer Stimme: »War wohl nicht so doll, was?«

»Leck mich am Arsch!«, erwiderte ich.

VIERTES KAPITEL

Wie formulierte Rodenstock immer so prächtig? Schalte so schnell wie möglich alle Nebensächlichkeiten aus. Na prima, dann musste ich nur noch rauskriegen, was in dieser Sache nebensächlich war. Und wie hatte der alte Kriminalist weiter doziert? Du hast einen Tatort und möglicherweise so gut wie keine Spuren, keinen Hinweis auf die oder den Täter. Stell dir trotzdem vor, wie es geschehen sein könnte. Rekonstruiere die Tat, es kann eine Art Röntgenbild daraus werden. Und manchmal entsteht dann in deiner Seele, in deiner Vorstellung so etwas wie ein Fingerabdruck des Täters. Du weißt plötzlich, wer der Täter sein könnte.

Ich wusste im Moment nur, dass ich nichts wusste.

Knapp hinter Boxberg, dort wo die lange Gerade in den

Wald vor Brück führt, wurde mir schlecht. Ich hielt an und übergab mich. Mein rechtes Bein tat höllisch weh, irgendwo im unteren Bereich des Kreuzes saß ein weiterer Schmerz, der nicht weichen wollte, und das Kopfbrummen war so stark, dass Flecken vor meinen Augen tanzten.

Ich rief Rodenstock an: »Kannst du Detlev Horch bitten, mir ein Pflaster zu bringen? Ich habe mich prügeln müssen. Aber ich lebe.«

»Ich habe dir geraten, von dieser Sache abzusehen. Warum glaubst du einem alten Praktiker nicht? Verdammte Hacke!«

»Und du kannst Kischkewitz mitteilen, dass der anonyme Anrufer, der den Mord an Natalie gemeldet hat, Martin heißt und der Sohn vom ollen Gottfried ist, der in Mannebach der Warzenbeter genannt wird. Wie geht es Emma?«

»Wieder besser. Sie hat Farbe gekriegt. Übrigens, ich habe aus etwas zu erzählen. Ein Kamerateam von RTL ist verprügelt worden. Bis gleich.«

Ich musste mich noch einmal übergeben und verspürte absurderweise den Wunsch, jetzt mit Paul zu schmusen oder mein Gesicht im Fell von Cisco zu vergraben.

Als ich endlich wieder aus dem Busch heraustrat und mich meinem Auto näherte, konnte ich kaum mehr laufen. Der Schmerz stach wie ein Messer bis hinauf in meine rechte Hüfte.

Mit Mühen erreichte ich mein Haus. Der Arzt war schon da, saß leicht grinsend im Wohnzimmer und bemerkte: »Ich habe immer etwas von der Vernunft des Alters läuten hören. Das scheint dir nicht beschieden zu sein.« Dann sah er mein rechtes Bein und setzte hinzu: »Oh!«

Emma hockte auf einer Sessellehne neben Rodenstock. Sie sagte: »Das ist aber fein, dass du dich geprügelt hast. Fühlst du dich gut?«

»Fantastisch«, knurrte ich.

»Und wer hat gewonnen?«

»Ist das so wichtig? Wichtig ist, dass es dir besser geht. Du hast ein ganz anderes Gesicht.« Ich sah Detlev an. »Wo, bitte, geht es zum Verbandsplatz?«

»Das Sofa hier ist gut und hart genug. Ich glaube, ich schneide dir erst mal die Jeans vom Leib. Habt ihr eine gute Schere?«

»Ich hole eine«, nickte Emma.

»Ich habe eine Neuigkeit«, platzte Rodenstock heraus. »Es gibt in der Mordkommission jemanden, der mich aus alten Tagen mag. Der hat mir zugeflüstert, die Techniker hätten herausgefunden, dass Sven Hardbeck nicht allein in seinem Auto gewesen ist, als er starb.«

»Wie bitte?« Das war nicht zu fassen.

»Oh, das ist noch nicht alles. Die Todeszeitpunkte sind jetzt annähernd festlegbar. Demnach ist Sven Hardbeck zwischen zwei Uhr und zwei Uhr fünfzehn in der Nacht gestorben. Natalie dagegen starb gegen Mitternacht, also etwa zwei Stunden früher. Sven Hardbeck kommt also durchaus als Mörder von Natalie infrage.«

»Halt doch mal still!«, befahl Detlev ungeduldig. »Tu so, als wäre ich dein Arzt.«

»Horch mal in deinen Bauch, Rodenstock. Was sagt der? Ist es Sven gewesen?« Ich zuckte zusammen, als Detlev begann, die Jeans von meinen Beinen zu schneiden.

»Ich bin nicht sicher«, meinte Rodenstock. »Svens Vater hat überzeugend gewirkt. Aber auch er kann nicht ausschließen, dass Sven plötzlich außer Kontrolle geraten ist. Das bedeutet, wir müssen unter allen Umständen den Ablauf des Tages vor der Tat rekonstruieren. Von Sven wissen wir einiges, aber nichts von Natalie. Und mir ist etwas eingefallen, was wir übersehen haben: Natalies Auto.«

»Halt still!«, wiederholt Detlev. »Das sieht übel aus, ist aber wahrscheinlich nur eine Fleischwunde, wächst nach. Ich spritze dir jetzt ein Betäubungsmittel, es pikst ein bisschen.«

»Was hatte Natalie für ein Auto, weißt du das?«

»Einen Austin Mini, dunkelgrün. Seitdem Natalie morgens damit losgefahren ist, ist das Ding weg.«

Der Piks war so verheerend, dass ich »Scheiße!« brüllte, wenngleich das kein Zeichen von breiter Bildung ist und mit bürgerlicher Zurückhaltung nichts zu tun hat.

»So ist es gut«, sagte Detlev zufrieden.

»Das sieht ja wirklich ekelhaft aus«, murmelte Emma. »Was war denn das?«

»Ein Splitter von einem Stuhl«, erklärte ich. »Von einem Tigerfellstuhl. Wissen wir das Kennzeichen?«

»Ja. DAU-NC 100.«

»Ich mache am besten vier Stiche«, überlegte Detlev. »Hast du sonst noch irgendwo Beschwerden? Blut ist ja genug an dir. Moment mal.« Er schüttelte meinen Kopf, als sei der eine Rumbarassel. »Hier ist ein Schnitt oder eine Platzwunde.«

»Ist mir nicht aufgefallen«, keuchte ich.

»Na ja, da reicht ein Pflaster. Was ist mit deinem Rücken?«

»Der tut weh, aber ob da eine Wunde ist, weiß ich nicht.«

»Dreh dich auf den Bauch, zeig uns deinen schönsten Körperteil.«

»Hihihi«, feixte Emma.

Ich drehte mich auf den Bauch.

»Da ist was«, stellte Detlev hoch befriedigt fest. »Ein Riss. Den können wir auch pflastern.«

»Kannst du uns was über die beiden toten Jugendlichen erzählen?«, fragte ich den Arzt.

»Nein«, sagte er. »Ich befinde mich im Zustand totaler Unschuld. Nach Möglichkeit heile ich Leute, ich töte sie nicht. Hast du noch Gefühl im Bein? Tut das weh, wenn ich dich da kneife?«

»Aua!«

»Dann müssen wir noch ein wenig warten.«

»Ich hätte noch so viele Fragen an Hardbeck gehabt«, sagte Rodenstock nachdenklich. »Diese Müll-Probleme möchte ich verstehen lernen.«

»Was war mit diesem verprügelten Fernsehteam?«, fragte ich.

»Das war wohl so, dass die Fernsehleute den Fundort von Natalies Leiche filmen wollten. Plötzlich fuhren zwei Motorräder vor, auf denen vier Männer hockten. Sie haben kein Wort gesprochen. Sie haben die Helme nicht abgenommen, sind abgestiegen, auf das Team zugegangen und haben zugeschlagen. Mit Holzknüppeln. Eine Reporterin fing an zu schreien und zu schimpfen. Da hat sie eine derartig gewaltige Backpfeife kassiert, dass sie vier Wochen nicht mehr vor die Kamera kann. Es gibt keine Verdächtigen, keine Hinweise, wer die vier waren. Das Fernsehteam hat nicht einmal sagen können, von welchem Hersteller die Motorräder waren.«

»Spürst du das Bein noch?«, fragte Detlev.

In diesem Moment kam Cisco hereingesprungen und gebärdete sich so, als hätte er mich mehrere Wochen lang nicht gesehen. Er jaulte vor Glück und hüpfte auf meinen Bauch, um mich abzulecken.

»Heh«, mahnte Detlev, »das hier ist ein Lazarett!« Er schubste den Hund weg.

»Du kannst anfangen«, gestattete ich daraufhin.

Eine halbe Stunde später war ich genäht, verbunden und verpflastert. Und ich war endlich müde. Detlev war damit einverstanden, mir eine sanfte Beruhigungsspritze zu geben, und kurz darauf lag ich in meinem Bett und schlief.

Einmal erwachte ich, weil jemand die Tür öffnete und dann wieder schloss. Wahrscheinlich war es Emma, die den Hund zu mir hereingelassen hatte. Jedenfalls war er plötzlich da, winselte vor Seligkeit und legte seinen Kopf neben meinen Kopf. Ich versprach ihm: »Ich mache aus dir eine reißende Bestie für alle Martins dieser Welt.«

Ich wurde wach, weil Christian Willisohn und Band inbrünstig *I'm a heartbroken man* jammerten und dabei den Blues so trafen, dass ich fast heulen musste. Ich vernahm viel Bewegung in meinem Haus und ich hoffte, dass wenigstens eine der beiden Toiletten zur Benutzung frei war. Weiter hoffte ich, dass es einen Kaffee gab, vielleicht eine Scheibe Schwarzbrot mit Quark und Erdbeermarmelade und ähnliche lebenswichtige Zutaten.

Ich bequemte mich also in meinen Bademantel und entdeckte bei der Gelegenheit, dass ich etwa zehn Stunden geschlafen haben musste. Es war elf Uhr vormittags und ich bekam augenblicklich ein schlechtes Gewissen nach dem Motto: Heute ist Montag, morgen ist Dienstag, übermorgen ist Mittwoch – die halbe Woche ist schon rum und noch immer hast du nichts getan.

Die Toilette im Erdgeschoss war frei, wodurch ich ungehinderten Zugang zu frischem Wasser hatte. Dann bewegte ich mich vorsichtig in Richtung Küche und fand dort niemanden, allerdings eine wohlgefüllte Kaffeekanne. Cisco fegte um die Ecke und ich erinnerte mich, dass er nachts mein Kopfkissen mit mir geteilt hatte. Wie war der Kerl hinausgekommen? Er gebärdete sich ziemlich verrückt, sprang an mir hoch, bekam den Gürtel vom Bademantel zu fassen und schon glitt das Ding von meiner Schulter und ich stand ›nakkich inne Erbsen‹, wie man im Ruhrpott so schön sagt.

Hinter mir frohlockte jemand Weibliches: »Toll knackig, dieser Hintern!«

»Vera?«

»Ganz recht. Ich bin mit dem Zug über Gerolstein gekommen, Emma hat mich abgeholt. Ich hoffe, ich störe nicht, aber …«

»Du störst mich keineswegs. Wo sind die anderen?«

Noch immer dröhnte Willisohn, diesmal einen Boogie, der den Tag zum Erlebnis machte. Ich zog meinen Bademantel wieder an und Vera fasste mich am Arm. Sie öffnete die Tür zum Wohnzimmer und da wackelten tatsächlich Emma und Rodenstock, eng umschlungen, zwischen meinen Möbeln herum. Wie immer diese Bewegungen hießen, es musste sich um irgendeinen Tanz handeln.

Ich hatte ganz plötzlich ein hohles, glückhaftes Gefühl im Bauch. Ich brüllte: »Also doch nichts Schlimmes! Ich habe es doch gewusst!«

Sie hörten auf zu tanzen und Rodenstock sagte milde: »Wir wissen immer noch nichts, aber wir tanzen schon mal, damit wir nicht aus der Übung kommen.«

Emma keuchte ein wenig atemlos: »Weißt du, ich habe mich eben entschlossen, diese Welt auf keinen Fall zu verlassen!«

»Das ist herausragend gut«, sagte ich und nahm sie in die Arme. Sie fühlte sich warm und lebendig an, und ich dachte bei mir: Alter Mann, wenn du mir die wegnimmst, bekommst du ein erhebliches Problem mit mir!

In Ruhe trank ich Kaffee, während Rodenstock eine seiner berühmten Vorlesungen hielt, die in der Regel mit dem Satz beginnen: Was wissen wir, besser noch: Was wissen wir nicht?

»Wir haben zwei Leichen und sonst nur Vermutungen. Wir haben keine überzeugende Motivation für den Mord an Natalie, keine glaubwürdige Erklärung für den tödlichen Unfall von Sven Hardbeck, es sei denn die des ganz trivialen Unfalls. Ein Selbstmord ist unwahrscheinlicher geworden, nachdem nun bekannt ist, dass ein zweiter Mensch im Wagen neben ihm gesessen hat. Wir haben eine Erklärung für die Wohnzimmermöbel, aber keine für die Fässer. Relativ sicher scheint nur, dass der, der die Fässer in den Wald kippte, den Zustand des Weges gekannt hat, es kann also kein Wildfremder gewesen sein. Die Geschichte kann ein Liebesdrama sein, aber ehrlich gestanden läuft mein Gefühl darauf hinaus, dass es das nicht ist. Ich sehe deutliche Verbindungen zu diesem Männerclub, der im alten Forsthaus tagte. Aber wie sehen die aus? Wir wissen ziemlich genau, was Sven Hardbeck am Tag vor seinem Tod getan hat, wir wissen aber nichts darüber, was Natalie tat, wen sie besuchte, wen sie traf, wo sie tagsüber war. Und das scheint mir der wesentliche Punkt zu sein, den wir als Nächstes klären müssen. Ich will noch einmal mit diesem Oberstudienrat sprechen. Der Mann muss wissen, ob Natalie Freundinnen hatte und wer das ist, wo sie wohnen. Einverstanden?«

»Gut«, nickte ich. »Hat die Mordkommission schon den Mini von Natalie gefunden?«

»Glaub ich nicht«, sagte Rodenstock. »Ich habe zwar keinen direkten Zugang mehr zu derartigen Informationen, aber wenn der Wagen entdeckt worden wäre, hätte mir das wahrscheinlich jemand verraten. Warum?«

»Weil der Stellplatz des Wagens unter Umständen klarmachen würde, wohin Natalie gefahren ist. Denn irgendwo hat sie ihr Auto verlassen und ist in ein anderes eingestiegen. Oder aber sie ist in ein anderes verladen worden, weil sie schon tot war.«

»Wie ist man denn darauf gekommen, dass Sven nicht allein im Wagen saß?«, erkundigte ich mich.

»Wie üblich«, erwiderte Emma. »Die Techniker haben Textilfasern gefunden, die nicht von Sven Hardbeck stammen. Und es gelang ihnen, Blut nachzuweisen, das nicht von Sven stammt.«

Rodenstock hatte sich in eine Ecke zurückgezogen und telefonierte. Er sprach langsam und liebenswürdig und betonte dreimal hintereinander: »Ohne Sie kommen wir nicht weiter!«

Kurz darauf gab er bekannt: »Detlev Fiedler will noch einmal helfen, hat aber keine Zeit zu kommen. Er ruft in zehn Minuten zurück. Hat das Ding einen Lautsprecher?«

»Selbstverständlich«, nickte ich.

Wir verständigten uns, dass nur Rodenstock die Fragen stellen würde, um jede Verwirrung zu vermeiden.

»Herr Fiedler, uns beschäftigt folgende Sache«, begann Rodenstock, als es so weit war. »Die Mutter von Natalie Cölln hat gesagt, dass ihre Tochter an ihrem Todestag gegen elf Uhr das Haus verlassen hat und mit ihrem Auto weggefahren ist. Angeblich wollte sie zusammen mit Sven einkaufen. Das fand aber nicht statt. Mindestens vierzehn Stunden von Natalies letztem Tag sind also nicht rekonstruierbar.«

»Oh, das ist eine lange Zeit«, stellte Fiedler fest. »Erst einmal guten Tag. Hm, meine Erfahrung mit Nati ist die: Sie brauchte immer Betrieb um sich herum, war kein Betrieb da, veranstaltete sie welchen. Es ist also wahrscheinlich, dass sie Freundinnen besucht hat, zum Beispiel ehemalige Klassenkameradinnen. Natürlich kann sie auch verabredet gewesen sein, in einem Café oder …«

»Wir brauchen Namen, Sir«, sagte Rodenstock. »Wir brauchen Namen, sonst agieren wir in einem luftleeren Raum. Mit welchen Mädchen aus ihrer Klasse konnte Natalie denn besonders gut?«

»Hm, besonders gut. Besonders gut konnte sie nur mit einer.« Der Lehrer lachte gedämpft. »Tiefe Freundschaften waren nicht Natalies Ding, wenn ich das richtig beurteile. Besonders gut verstand sie sich mit einer Mitschülerin namens Gerda Landemann. Die wohnt in, Moment, die wohnt in Manderscheid. Sekunde, hier ist die Telefonnummer.« Er gab sie durch. »Versuchen Sie das mal. Wenn nichts dabei herauskommt, melden Sie sich, dann müssen wir weiter überlegen.«

Rodenstock wählte sofort die Nummer von Gerda Landemann. Er erklärte: »Guten Tag, mein Name ist Rodenstock. Ich ermittle im Fall Natalie Cölln und bitte herzlich um Ihre Hilfe. Frage: War Natalie Cölln an dem Tag vor ihrem Tod bei Ihnen zu Besuch, haben Sie miteinander telefoniert oder sonstwie Kontakt gehabt.«

Die Stimme war hoch und kindlich. »Nein, sie war nicht bei mir. Obwohl ich mich darüber gewundert habe, denn sie wollte mit mir zu Mittag essen und dann wollten wir zusammen nach Wittlich fahren, um uns Schuhe anzusehen.«

»War das normal, dass sie sagte, sie kommt, und dass sie dann nicht erschien?«

»Nein, absolut nicht. Sonst war immer Verlass auf sie. Sie hat wenigstens angerufen und abgesagt.«

»Hatten Sie in den Tagen vorher Kontakt zu ihr?«

»Ja. Zwei Tage vorher hatte ich sie gefragt, ob sie mit mir nach Köln fährt. Ich sagte, ich hole dich ab, und sie sagte, ich komme zu dir. Das war immer so. Nie durfte jemand von uns sie zu Hause besuchen, das war irgendwie tabu, wir machten uns schon immer darüber lustig. Dann rief sie zurück und sagte, sie habe doch keine Zeit. Sie habe mal wieder eine Klavierstunde beim Grafen von Monte Christo.«

»Bei wem?«

»Beim Grafen von Monte Christo. Der wird so genannt, weil die Zigarren, die er raucht, so heißen.«

»Und bei dem hatte sie Klavierstunden?«

Gerda Landemann machte eine lange Pause. »Nicht wirklich, das mit den Klavierstunden ist ein Code.«

»Was bedeutet das denn?«

»Jemand wollte mit dem Grafen ins Geschäft kommen, einer von den Männern, die immer im Haus von Natalies Mutter verkehrten. Und dem war sie behilflich. Wie ... also, wie das ablief, hat Natalie nicht erzählt. Sie half ihm eben.«

»Junge Dame«, meinte Rodenstock gemütlich, »sicher hat sie Ihnen nicht erzählt, auf welche Weise sie behilflich war. Aber Sie werden doch einen Verdacht haben, oder? Also, raus damit.«

Wieder eine lange Pause. »Vielleicht war sie einfach nett zu dem Grafen?«

»Nett?«

»Na ja, was man so ... ich kann das wirklich nicht erklären.«

»Hat sie diesen Grafen oft getroffen?«

»In der letzten Zeit ja.«

»War Natalie Cölln zuletzt anders als sonst?«

»Darüber denke ich nach, seit ich erfahren habe, was passiert ist ... Vor vierzehn Tagen waren wir am Gemündener Maar zum Baden. Da war sie anders, ernst und irgendwie zittrig. Sie sagte, die Zeit der Späße sei vorbei, der Ernst habe begonnen. Ich wollte wissen, was sie damit meinte, aber sie wich aus und gab mir keine Antwort.«

»Vielen Dank für die Hilfe«, beendete Rodenstock das Gespräch.

Er sah uns ratlos an.

Eine Weile herrschte Schweigen, dann sagte Vera ein wenig zögernd: »Wenn ich das alles richtig sehe, gibt es zwei Verdachtsfelder. Zum einen die tragisch endende Liebesgeschichte. Zum anderen diese obskure, Geschäfte machende Männerrunde, nennen wir sie mal die Müll-Mafia. Sieht jemand ein drittes Feld?«

»Höchstens, dass es ein Irrer war«, meinte Rodenstock. »Aber der Mord wurde zu präzise durchgezogen, so dass zumindest kein klassischer Neurotiker infrage kommt, denn der hätte einen Fehler gemacht. Ich tendiere dazu, in Richtung Müll weiterzuarbeiten. Ich habe zwar keine Ahnung von diesem Geschäft, aber ich denke, die kann man schnell kriegen.« Er blickte in die Runde. »Wir müssen uns trennen und Erkundigungen einziehen. Eines scheint mir sicher: Wenn die Mitglieder der Müll-Mafia Gespräche ablehnen, liegen wir richtig. Also, wer macht was?«

»Ich übernehme eine Aufgabe, die man telefonisch erledigen kann«, sagte Emma tonlos.

»Hast du wieder Schmerzen?«, fragte Rodenstock beunruhigt.

»Nein, noch nicht«, sagte sie. »Aber sie scheinen zu kommen. Ich werde vorher immer so nervös.«

Das regte Vera auf. »Wieso warten wir nicht, bis die Klinik Bescheid gibt? Mörder hin, Mörder her, Emma ist wichtiger.«

»Das ist sehr nett, Kleines«, lächelte Emma. »Ich möchte aber mitarbeiten, zu allem anderen werde ich noch genug Zeit haben.« Sie klatschte in die Hände. »Ich werde mich um Gespräche mit den Mitgliedern der Müll-Mafia bemühen, und zwar jetzt.«

»Vera?«, fragte ich.

»Ich mache mich bei der Mordkommission schlau. Ich habe da einen Bekannten, der mir möglicherweise was verraten wird. Ich will wissen, ob sie ein Geschoss gefunden haben. Ich will wissen, ob die Walther PPK von Hardbeck tatsächlich nicht benutzt worden ist. Ich will wissen, was genau in den Fässern ist, die im Wald lagen. Und ich will wissen, ob die Mordkommission inzwischen weiß, wer neben Sven Hardbeck im Auto saß.«

»Rodenstock?«

Er warf einen schnellen Blick auf seine Gefährtin. »Ich bleibe hier bei Emma. Wenn du erlaubst, Baumeister, mache ich eine Wand im Arbeitszimmer frei und behänge sie mit Packpapier. Ich werde aufzeichnen, was wir sicher wissen, was wir vermuten und was wir nicht wissen. Dann schälen sich sehr schnell Problemfelder raus. Und ich werde telefonieren, um etwas über Müll zu lernen. Und was machst du?«

»Ich gehe auf die Finanzseite«, entschied ich. »Wenn Nötigung und Erpressung eine Rolle spielen, spielt Geld eine Rolle. Auf den Bankkonten der Damen wird nichts sein, weil es Ärger mit dem Sozialamt geben würde. Irgendwo muss es aber sein.«

»Jeder hat eine Stunde Zeit. Abmarsch in den Garten, frische Luft hilft denken!« Grinsend setzte Rodenstock hinzu: »Einer von uns muss doch mal an preußische Tugenden erinnern.«

Ich nahm mir einen dieser widerlichen braunen Plastiksessel und ließ mich auf der zur Dorfkirche hin abgelegenen Teichböschung gleich neben meine Goldulme nieder, die aus irgendeinem Grund nicht eingehen wollte, aber durchaus auch kein Wachstum zeigte. Es war ein spezieller Platz in meinem Garten, weil ich auf dieser Seite mit Rücksicht auf Schmetterlinge und Falter alles ins Kraut schießen ließ, was wachsen wollte. So hockte ich nun zwischen blühendem Mohn, wilden Möhren, Hahnenfußgewächsen, Brennnesseln, wild wachsendem Rhabarber und fühlte mich wohl. Cisco tapste heran und war entzückt, dass ich noch lebte. Er wälzte sich im Unkraut und hielt mir seinen Bauch hin, wobei er vor lauter Begeisterung hin und wieder einen Stoß Wasser von sich gab – der kleine Ziergärtner und sein Hund.

Ich beobachtete, dass Rodenstock sich in die Hollywoodschaukel setzte und Vera neben der Schnellkomposttonne auf einer Liege Platz nahm. Konzert für drei Handys und eine Feststation.

Der Mann, den ich anpeilte, war einer jener treuen Staatsdiener, die niemals Aufsehen erregen, aber ohne die unser Staat nicht denkbar wäre. Er war Finanzfahnder im Bereich Trier und ein sehr hellhöriger Mensch, der sich äußerst freundlich und unauffällig in dieser Gesellschaft bewegte. Er war in einem höchst netten Einfamilienhaus am Stadtrand von Wittlich zu Hause und signalisierte allen seinen Nachbarn unmissverständlich und unklar, dass er Beamter war. Wofür und wogegen, pflegte er nicht zu erwähnen. Die Nachbarn waren trotzdem zufrieden, weil sein Häuschen so schmuck und so sauber unter der Eifelsonne lag, weil sein Auto immer gewaschen und poliert in der Garage funkelte, weil seine Kinder so nett mit denen aus der Nachbarschaft spielten und weil seine Frau eine stille Vorliebe für die Farbe Blau hegte. Blaue Vorhänge, blaue Strohblumen mit blauen Schleifen, blaues Schild an der Haustür: *Hier wohnen Edith, Karl-Wilhelm, Susi, Kevin und der Hund Strolch.*

Erst einmal nahm ich eine Tablette, die Detlev mir sicherheitshalber dagelassen hatte. Das Bein tat weh und ich hatte den Eindruck, der Schmerz pulsiere im gleichen Rhythmus wie mein Blut. Dann schritt ich zur Tat.

»Hier ist Baumeister«, erklärte ich. »Ich brauche Ihre Hilfe in einer Geschichte, die ich recherchiere. Ich versichere Ihnen, dass Sie das Manuskript zu lesen bekommen, wenn ich die Geschichte irgendwann einmal geschrieben habe. Darf ich Ihnen ein paar Fragen stellen?«

Der Mann wartete ein paar Sekunden. »Solange es nicht um Namen geht und nicht um harte Fakten und Zahlen, bin ich einverstanden. Wie geht es Ihnen?«

»Gut, ich kann nicht klagen. Mein Haus ist voll mit Freunden und manchmal muss ich Schlange stehen, wenn ich meinen Lokus frequentieren will.«

Er lachte. »Warum haben Sie nicht gesagt, dass es um Natalie Cölln und Sven Hardbeck geht? Schließlich lese ich Zeitung und kann zwei und zwei zusammenzählen.« Dann atmete er tief ein. »Das ist ja ein Ding!«

»So kann man es formulieren«, bestätigte ich. »Mich interessiert eine Männerrunde, eine bemerkenswerte Männerrrunde.«

»Zeitweilig zu Hause im alten Forsthaus im schönen Bongard. Richtig?«

»Richtig. Wir verstehen uns ja prächtig.«

»Na ja, Vorsicht. Noch habe ich nichts gesagt. Sie wollen Auskünfte, Sie sollten das Spiel eröffnen.«

Wenn er der Meinung war, es handelte sich um ein Spiel, sollte es mir recht sein. »Ich gehe davon aus, dass die Männer alle Geld mit Müll machen. Mit der Verbrennung von Müll, mit dem Deponieren von Müll, mit dem Transport von Müll. Ist das richtig?«

»Natürlich, aber das weiß schließlich jeder.«

»Ist Müll eigentlich ein gutes Geschäft?«

»Sagen wir mal so: Wenn Sie ein guter Kaufmann und Rechner sind, können Sie sich kaum mit Müll beschäftigen, ohne wohlhabend zu werden.«

»Ich vermute, dass es sich um einen ruhigen Markt handelt, auf dem alle Felder verteilt sind. Eine große Öffentlichkeit hat dieser Markt ja nicht.«

»Müll«, sagte er, als müsse er mich beruhigen, »ist ein Nicht-Thema. Müll ist ein Unthema. Das hat was mit seinem Charakter zu tun. Müll liegt immer auf der Negativseite der Gesellschaft, Müll ist dreckig. Trotzdem ist der Markt selbst niemals ruhig. Im Gegenteil: Es handelt sich um einen der unruhigsten Märkte der Gegenwart – bezogen übrigens auf ganz Europa. Eine Firma, die wir von der Finanzfahndung heute unter die Lupe nehmen, existiert morgen nicht mehr, weil sie von einem anderen Müllunternehmer geschluckt wurde. In den deutschen Markt drängen gegenwärtig Franzosen, Luxemburger, Engländer. Deutsche engagieren sich im europäischen Ausland, lösen die eigene Firma auf und sitzen ab morgen in Portugal oder auf Mallorca und haben ihre Verwaltung in Liechtenstein. Müll ist ein absolut sicheres Geschäft, ganz ähnlich wie das Geschäft mit alten Menschen in Heimen und Altersruhesitzen. Es ist traurig, aber wahr, der Vergleich ist zulässig.« Er schnaufte. »Entschuldigung, dass ich auf ethisch-moralisches Gebiet gleite.«

Ich grinste. »Ich nehme an, dass Sie mich mit philosophischen Aspekten eindecken, weil Sie ahnen, worauf ich hinauswill.«

Ungerührt gab er zu: »So ist es. Also los, Frage eins.«

»Ermittelt Ihre Behörde gegen diese in Bongard tagende Männerrunde?«

»Nicht gegen die Runde!«, erwiderte er.

»Gegen einzelne Teilnehmer der Runde?«

»Kein Kommentar. Nächste Frage.«

»Haben sich Finanzfahnder je mit Konten beschäftigt, die folgenden zwei Frauen zuzuordnen sind: Tina Cölln, Natalie Cölln, beide aus Bongard, Letztere tot?«

»Kann ich nicht beantworten, Datenschutz, Persönlichkeitsschutz und laufendes Verfahren.«

»Danke. Und mitten hinein in den Dschungel: Ich setze mal voraus, dass Ihr Amt Ermittlungen anstellt. Und Sie sind schon vor einiger Zeit tätig geworden, als Natalie Cölln noch unter uns weilte?«

»Das ist richtig. Der Mord als krimineller Akt interessiert uns gar nicht.«

»Aber Sie müssen, der Situation entsprechend, jetzt schneller recherchieren? Weil möglicherweise Zeugen wegen des Mordes auf immer verstummen?«

»Auch das ist richtig.«

»Ich nehme an, dass Erpressung eine Rolle spielt.« Wie weit konnte ich mich vorwagen, ohne ihn zum Verstummen zu bringen?

»Von Erpressung ist mir nichts bekannt. Aber bei der Zusammensetzung der Mitspieler scheint mir das möglich. Haben Sie in dieser Richtung etwas entdeckt?«

»Nichts, mit dem man etwas anfangen könnte. Spielt schwarzes Geld eine Rolle?«

»Das könnte sein, aber das wissen wir nicht. Darf ich jetzt eine Frage stellen?«

»Selbstverständlich.«

»Wie sind Sie darauf gekommen, ausgerechnet die Finanzfahndung anzurufen?«

»Weil ich mir nach einem längeren Gespräch mit Tina Cölln nicht vorstellen konnte, dass die Finanzfahndung ahnungslos und blind an dieser merkwürdigen Runde in Bongard vorbeigeht.«

»Danke für das Kompliment. Und ich erlaube mir zwei kleine Hinweise für Ihre weitere Arbeit, muss aber vorher meinem Auftrag gemäß darauf hinweisen, dass ich erwarte, von Ihnen informiert zu werden, falls Sie auf etwas steuerrechtlich Relevantes stoßen.« Seine Stimme klang fröhlich. »Mein Hinweis Nummer eins: Da sind doch Fässer gefunden worden, von denen man bisher nur weiß, dass sie giftige Substanzen enthalten. Da ich ein hemmungsloser Verfechter der Naturschönheiten der Eifel bin, gebe ich Ihnen den Tipp, sich in einschlägigen … nennen wir es mal: Müllkreisen nach einem Mann namens Ladi zu erkundigen. Das ist allerdings nur eine Vermutung. Hinweis Nummer zwei: Die europäische Szene der Müll-Spezialisten ist ein kaum zu durchschauendes Durcheinander. Da werden Firmen gekauft, neue eröffnet, alte integriert, über Grenzen hinweg Verträge gemacht. Es kommt vor, dass jemand Konkurs anmeldet und wir feststellen müssen, dass dieser Jemand zwei Tage vorher über einen Strohmann mit einem dreistelligen Millionenbetrag in ein italienisches Müll-Konsortium eingestiegen ist. Den speziellen Fall betreffend ist ein Stichwort interessant: das hinterlistige Aufkaufen von Konkurrenten, die so genannte unfreundliche Übernahme.«

»Wer hat wen unfreundlich übernommen?«

»Das kann ich Ihnen nicht beantworten«, lachte er. »Aber erkundigen Sie sich einmal nach einem Mann, der der Graf von Monte Christo genannt wird.« Damit beendete er unser Gespräch.

Ich blieb hocken, starrte in den Himmel und kraulte meinen Hund. Rodenstock redete immer noch, genau wie Vera. Ich beschloss, die Sache sofort zu klären. Ich rief Tina Cölln an und sie meldete sich gleich.

»Hier ist Baumeister. Na, sind Sie glücklich mit der Illustrierten?«

»Nein, Sie hatten Recht, ich habe das Gefühl, die werden schreiben, was sie wollen. Immerhin habe ich das Geld schon bekommen.«

»Bravo! Warum haben Sie mir eigentlich gesagt, Sie kennen Mannebach nicht? Sie waren doch oft in der Jagdhütte von Hardbeck.«

»Stimmt«, sagte sie eifrig. »Ich denke nur immer an die Jagdhütte, nie an dieses Dorf, an Mannebach.«

»Das will ich mal glauben. Sagen Sie mal, ich wüsste gern den Namen, den bürgerlichen Namen vom Grafen von Monte Christo und …«

»Ich weiß nicht, ob ich Ihnen da helfen kann.«

»Sie können, wetten?«

»Das darf ich aber nicht. Alle meine Dinge darf ich nur der Illustrierten erzählen. Ich habe einen Exklusivvertrag.«

»Das gilt aber doch nur für die Geschichte und nicht für bloße Namen. Sie können mir mein Leben erleichtern, nennen Sie mir einfach den Namen. Sonst muss ich ellenlang telefonieren.«

Sie überlegte einen Augenblick. »Na gut, der Graf von Monte Christo heißt richtig Adrian Schminck und wohnt in Boos. Das ist …«

»Ich weiß, wo das ist. War der oft bei Ihnen im Forsthaus?«

»Ein-, zweimal, mehr nicht. Es wird übrigens behauptet, er habe was mit Natalie gehabt. Geben Sie nichts darauf, das stimmt nicht.« Das kam seidenweich und so nebenbei, dass das so sicher gelogen war wie das Amen in der Kirche.

»Dann interessiere ich mich noch für Ladi. Wer ist Ladi?«

»Och, der!« Sie wirkte so, als sei auch Ladi eine vollkommen zu vernachlässigende Größe. »Ladi ist ein Pole. Der war manchmal bei uns, wenn Hans Becker oder Herbert Giessen da waren. Der heißt natürlich nicht Ladi. Ladi ist ein Spitzname, die Abkürzung für Ladislaw. Ich habe ihn schon lange nicht mehr gesehen. Der ist ein lustiges Haus und säuft wie ein Loch. Ist immer für ein paar Witze gut.«

»Hat der auch einen Nachnamen?«

»Ja, klar. Aber … warte mal … ich muss überlegen. Brunski, nein halt, Bronski. Ladislaw Bronski.«

»Und hat er einen Beruf? Handelt er auch mit Müll? Oder transportiert er Müll?«

»Das weiß ich nicht.« Sie machte eine Pause. Dann weinte sie unvermittelt leise. »Wissen Sie, wann ich sie nach Hause kriege? Wann ich sie beerdigen kann?«

Die Trauer kam über sie und begann sie zu überschwemmen.

»Keine Ahnung. Ich würde aber davon ausgehen, dass das noch eine Weile dauert.«

»Ist gut«, sagte sie abrupt. »Wiederhören.«

Ich stand auf und trödelte im Garten herum. Rodenstock und Vera telefonierten pausenlos und Emma war im Haus ebenso beschäftigt. Der Knöterich an der Mauer wucherte wie verrückt und sah mit seinen Blüten wie ein Wasserfall aus Schnee aus. Mitten darin stand die prächtig weiße Blüte einer Schafgarbe. Ich bog den Knöterich beiseite und entdeckte, dass sich die Pflanze in eine Vertiefung zwischen zwei schweren Feldsteinen gesetzt hatte. Sie hatte nicht die übliche Höhe von Schafgarbe – dreißig bis vierzig Zentimeter. Sie war mindestens hundertzwanzig Zentimeter hoch. Der Knöterich hatte sie gezwungen, das Licht zu erreichen, Segen der Konkurrenz.

Vera rief: »Ich habe was!« Es klang optimistisch. »Aus Hardbecks Walther PPK ist nicht geschossen worden. Eindeutig. Das Projektil hat man nicht gefunden. Der Mini von Natalie ist nach wie vor weg und die Mordkommission knabbert genau wie wir an der Frage herum, wo Natalie den ganzen Tag über gewesen ist. Aber sie wissen nun genau, was in den Fässern ist. Alle zwölf Fässer enthalten eine ölige Substanz aus der Chlorchemie. Es ist PCP. Das wird als Kühlmittel verwendet, ist hochgiftig und stark krebserregend. Was das Zeug noch gefährlicher macht, ist eine starke Verunreinigung mit Dioxinen. Und sie wissen noch etwas: die Quelle der Brühe. Es sind die Rheinischen Olefin Werke, kurz ROW. Im Süden Kölns.«

»Weiß man etwas über das Alter des Zeugs?«, fragte Rodenstock.

»Nein, aber die Kommission kümmert sich um Spezialisten, die das ganz genau bestimmen können. Aber das kann dauern.«

»Ich kann beisteuern, dass die Finanzfahndung mit Sicherheit gegen ein oder mehrere Mitglieder der Männerrunde in Tinas Forsthaus tätig ist. Ich sage: tätig ist. Das hat mit den Todesfällen nichts zu tun, aber die Todesfälle zwingen die Fahnder selbstverständlich dazu, ein höheres Tempo vorzulegen. Auch die Frauen, das ist sicher, werden überprüft. Mein Informant nannte das ein bereits ›laufendes Verfahren‹. Und schon wieder bin ich auf den Spitznamen Graf von Monte Christo gestoßen. Daneben gibt es noch einen scheinbar interessanten Mann mit dem Vornamen Ladi. Soweit die Neuigkeiten aus meiner Ecke.«

Rodenstock nickte langsam. »Ich möchte mit meinem Müll-Report warten, bis Emma dazukommt. Er wird ziemlich umfangreich ausfallen und ich als Rentner möchte die Arbeit nicht zweimal machen. Und dann steht da noch die Frage im Raum, ob man hier in diesem Haus etwas zu essen kriegt. Ich habe nämlich Kohldampf.«

»Hast du was im Eisschrank?«, fragte Vera.

»Ich hätte Gehacktes im Gefrierfach für Spaghetti, falls euch so was Ordinäres genügt.«

»Das klingt gut«, sagte Rodenstock erfreut. »Sieh an, da kommt die Mutter der Müll-Mafia.«

Emma schlenderte nachdenklich in den Garten und berichtete: »Misserfolg auf der ganzen Linie. Niemand der großen Geldherren ist zu Hause, alle sind auf Geschäftsreise. Herbert Giessen aus Münstereifel befindet sich angeblich im karibischen Raum, der Euskirchener Andre Kleimann ist in Hongkong und wird erst in der nächsten Woche zurückerwartet, Rechtsanwalt Dr. Lothar Grimm aus Koblenz ist zurzeit in Kolumbien, Hans Becker mit Wohnort Maria Laach ist zur Kur geschickt worden, angeblich nach Acapulco. Man stelle sich einen solchen Scheiß vor! Erreichbar sind nur die Büros, Sekretärinnen oder Geschäftsführer. Sie sind alle sehr freundlich, sie haben alle viel Verständnis, sie würden alle gern behilflich sein und sie alle sind untröstlich, nicht helfen zu können.« Sie lachte.

»Damit mussten wir rechnen«, sagte Vera. »Das kann nicht verwundern. Der ganze Club ist abgetaucht und ...«

»Bis auf Hardbeck«, unterbrach ich schnell. »Der kann ja nicht abtauchen, der muss wegen des Todesfalles hier sein. Ich gehe jede Wette ein, dass die anderen auch alle zu Hause sind.«

»Ich habe eben auch noch mal mit einem Fahnder der Kommission gesprochen«, Rodenstock räusperte sich. »Er sagte, seiner Kenntnis nach sei ein LKW-Fahrer verhaftet worden, ein Pole. Den Namen wusste mein Mann nicht, aber diesen Namen brauchen wir ...«

»Da kann ich behilflich sein«, sagte ich. »Das wird Ladi sein. Er ist von Tina Cölln als Besucher der Männerrunde deklariert worden. Er soll ein lustiges Haus sein, saufen wie ein Loch und hervorragend Witze erzählen können. Erinnert euch, dass wir gesagt haben: Wer immer die Fässer an den Waldrand in Mannebach transportierte – er muss gewusst haben, dass sein LKW nicht versacken konnte, dass der Weg am Waldrand das hohe Tonnengewicht aushält. Und Vater Hardbeck hat erklärt, dass alle, die in der Jagdhütte zu Besuch gewesen sind, diesen Weg kennen. Wenn dieser Mann Gast war, kannte er selbstverständlich auch Natalie. Der

Mann hat sowohl mit Herbert Giessen als auch mit Hans Becker zu tun. Das hat Tina gesagt. Der vollständige Name ist Ladislaw Bronski. Und jetzt will ich etwas über Müll erfahren.«

»Bin noch nicht so weit«, knurrte Rodenstock.

»Aber ich habe noch etwas«, meinte Emma leise. »Ich war noch nicht am Ende meines Berichtes. Ich habe nämlich den ›Besorgte-Mutter-Trick‹ angewandt. Natürlich tauchen diese Leute ab, wenn sie in Gefahr sind. Aber selbstverständlich würden sie niemals abreisen und ihre Häuser verlassen. Du rufst also aufgeregt an und sagst, du möchtest den Chef des Hauses sprechen, du sammelst nämlich Geld für Waisenkinder. Dann antworten sie dir, dass das nicht geht, dass der Chef nicht da ist. Du rufst zum zweiten Mal an und sagst mit leicht veränderter Tonlage langsam und schüchtern: ›Ich vermute, meine Tochter hat unverschämterweise bei Ihnen angerufen, wissen Sie, die will nur Geld, o Gott, ist mir das peinlich, tut mir so was von Leid, dagegen kann ich nix machen, die ist so schrecklich aufdringlich. Geld für wildfremde Kinder, man stelle sich das vor! ...‹ In der Regel sagt die Sekretärin daraufhin beruhigend: ›Ihre Tochter habe ich abgewimmelt, das konnte ich dem Chef nicht zumuten!‹ Und dann wird sie redselig. Also, Herbert Giessen ist zu Hause, Hans Becker auch, Andre Kleimann ist bei Hans Becker, und Dr. Lothar Grimm aus Koblenz auf dem Weg zum Giessen nach Bad Münstereifel.«

»Heiliger Strohsack!«, murmelte Vera bewundernd.

FÜNFTES KAPITEL

Wir bereiteten uns ein spätes Mittagessen, kochten Spaghetti, die wir lustlos in uns hineinschaufelten. Wir waren es müde zu reden, jeder betonte lapidar, er sei nicht ausgeschlafen, das komme wahrscheinlich vom Wetter. Den Rest des Tages versuchten wir irgendwie totzuschlagen.

Tatsächlich waren wir wohl wegen des nur mühsamen Vorankommens melancholisch. Und da war noch etwas,

was uns alle lähmte: Für Emma und Rodenstock würde der kommende Tag ungeheuer wichtig werden. Ein Arzt würde erklären: Es ist Krebs! Es ist kein Krebs!

Zweifel beschäftigten mich. Ich hatte eine wichtige Frage noch nicht gestellt: War das Forsthaus von Tina Cölln eigentlich auch ein Hotel gewesen, eine Übernachtungsmöglichkeit? Ich hätte den prügelnden Martin sanfter behandeln müssen, nicht so beleidigend. Ich hätte ihn fragen können: Was hast du gesehen, als du bei Hardbecks Jagdhütte den Spanner gemacht hast? Aber war die Antwort darauf eigentlich wichtig? Natalie Cölln war ein Produkt ihrer geldgierigen Mutter gewesen, hatte Hardbeck gesagt. Wie weit war sie selbst schon geldgierig gewesen? Wieso diese geradezu groteske Regel, dass der Freund und Geliebte Sven in Natalies Zuhause nicht verkehren durfte? Stimmte das überhaupt? Hatte Natalie mit den Männern im Forsthaus geschlafen? Hatte das zum Service gehört?

Auf der Spitze des langen Kirchenschiffs sang die Amsel ihr Lied zur Nacht. Ein Buchfink setzte sich auf die Fensterbank und putzte sich. Dann gab es ein Rauschen mit abschließendem Geplätscher. Das Wildentenpaar war eingeflogen. Wahrscheinlich würden sie eine Weile schlafen, den Kopf in das Gefieder stecken und anschließend zu ihren Jungen zurückkehren. Wie lange kümmern sich eigentlich Wildenten um den Nachwuchs?

Vor der Tür sprach Rodenstock mit Cisco. »Hör zu, du kannst nicht bei uns auf dem Bett liegen. Verstehst du?«

Cisco verstand kein Wort, japste nur leise und begeistert, weil er wahrscheinlich glaubte, er dürfte Emmas Füße wärmen.

»Lass ihn hier rein«, sagte ich.

Rodenstock öffnete die Tür und Cisco schoss herein und sprang auf mein Bein. Es schmerzte höllisch.

»Ich würde mich gern besaufen«, sagte Rodenstock.

»Tu es nicht«, riet ich.

»Ich kann endlich Dantes Inferno begreifen«, sagte er fast flüsternd. »Aber sie hält sich wirklich außerordentlich tapfer. Ich wäre nicht so«.

»Du wärst auch so«, widersprach ich. »Habt ihr irgendwelche Pläne, wenn die Diagnose Krebs lautet?«

»Natürlich. Erst haben wir gedacht: Wir reisen ganz weit weg. Und da sterben wir dann. Dann haben wir gedacht …«

»Moment mal, du sagst immer ›wir‹.«

»Sicher sage ich ›wir‹. Das alles hat doch keinen Zweck mehr für mich, wenn Emma gehen muss.«

»Das stimmt doch nicht«, hielt ich matt dagegen. »Du wirst noch gebraucht. Ich, zum Beispiel, brauche dich.«

»Ach ja?«, fragte er ganz verwundert.

»Natürlich!«, sagte ich wütend. »Krebs ist eine furchtbare Krankheit, aber nimm dir mal ein Beispiel an anderen. Zum Beispiel an Kati und Klaus hier aus dem Dorf. Kati war sehr mutig und tapfer und hat gekämpft, als hätte sie niemals etwas anderes getan. Doch sie ist gestorben. Aber weil die Welt weiter atmet, macht Klaus sein Restaurant weiter und neben ihm steht seine Tochter. Nichts ist so endgültig, dass nicht irgendjemand sagt: Lass uns weitermachen!«

»Was ist, wenn ich keinen Mut mehr habe?«

»Du wirst immer Mut haben, Rodenstock. Und immer Menschen, die dich mögen.«

»Das sagst du so.«

»Richtig, das sage ich so.«

»Es ist so bedrückend, wenn dir scheißegal ist, ob die Sonne scheint oder nicht. Es ist ziemlich schlimm, wenn Gelächter dich plötzlich anwidert, wenn du weißt, du wirst nicht schlafen können und auf ihren Atem hören. Und wenn du auf den Tag zu warten hast, an dem dieser Atem stirbt. Das ist furchtbar.«

»Das ist Liebe«, sagte ich, weil mir nichts anderes einfiel.

»Das ist es wohl«, nickte er. »Zuweilen ist sie schrecklich und liegt wie ein Alb auf dir. Was grübelst du denn so, wenn du nicht an Emma denkst?«

»Nebensächlichkeiten«, gab ich zu. »Und dass ich nicht weiß, was nebensächlich ist.«

»Schalte das aus. Geh hin, schau es an und schalte das aus. Auf eine Nebensächlichkeit würde ich dich gerne aufmerksam machen.«

»Ich kann es mir denken. Auf diese hohe heisere Stimme namens Martin und auf diesen Mann namens Monte Christo.«

»Das sind mögliche Nebensächlichkeiten«, stimmte Rodenstock zu. »Aber die habe ich nicht gemeint. Ich habe versucht, mich in diesen Sven zu versetzen, nachzufühlen, wie ich damals gefühlt habe, als ich neunzehn war. Er muss seit Jahren hin- und hergerissen gelebt haben. Fasziniert von Natalie und gleichzeitig abgestoßen, beleidigt. Gedemütigt und gleichzeitig umworben.«

»Ja, das kann ich begreifen. Aber das ist doch keine Nebensächlichkeit.«

»Nein, nein, aber da hängt eine dran! Erinnerst du dich an die Erzählung des Vaters Hardbeck? Er sagte, da gebe es diesen Huhu. Wahrscheinlich ist dieser Huhu auch eine Nebensächlichkeit, die uns aber weiterbringt. Geh ihn ansehen, rede mit ihm, wenn das möglich ist. Irre sind gute Seher, Irre waren schon immer gute Propheten.«

»Ja. Das ist eine Idee.«

Rodenstock ging wieder zu seiner Gefährtin.

Bevor ich erneut in Melancholie ertrinken konnte, griff ich zum Telefon und rief bei Hardbeck an.

Eine Frauenstimme meldete sich: »Ja, bitte?«

»Frau Hardbeck? Ist Ihr Mann im Haus? Baumeister hier.«

»Moment«, sagte sie.

Dann war er dran. »Ja, Herr Baumeister. Weiß man schon mehr?«

»Ich glaube nein. Sagen Sie, ist es inzwischen möglich, mit diesem Huhu zu reden?«

»Das kann ich nicht beantworten. Er sitzt immer noch in der Scheune und lässt keinen an sich ran. Man kann nie vorhersagen, was er tun wird und was er nicht tun wird. Er lebt in seiner eigenen Welt. Glauben Sie, er weiß was?«

»Keine Ahnung, das müsste man herausfinden.«

»Mit mir spricht er nicht, mit meiner Frau auch nicht. Er glaubt wohl, wir seien an all dem schuld.«

»Er ist sehr einsam, nicht wahr?«

»Ja, das ist er. Aber wir finden nicht … die Tür zu ihm.«

»Welche Rolle spielen eigentlich Ladi und der Graf von Monte Christo?«

»Ladi ist ein Pole. LKW-Fahrer. Ich habe beruflich nichts mit ihm zu tun. Er ist ein guter Typ, fährt für Giessen und Becker. Manchmal war er da, in der Jagdhütte oder bei Tina Cölln. Er ist ein fröhlicher Mann. Der Graf ist ein Arschloch, einer, der nie im Leben erwachsen wird. Er gehört nicht zur Runde, war aber manchmal dabei. Gibt an wie ein Sack Seife. Den können Sie vergessen. Ja, vergessen Sie ihn.« Das Letzte kam schnell, viel zu schnell.

»Aber er hat Geld, oder?«

»Sehr viel Geld. Er ist von Beruf Erbe.«

»Mir ist zu Ohren gekommen, er hatte was mit Natalie.«

Hardbeck schnaufte. »Kann sein oder kann nicht sein, ich weiß es nicht.«

»Trauen Sie ihm zu, Natalie getötet zu haben?«

Die Frage kam überraschend für ihn, er hatte noch nicht darüber nachgedacht. »Komisch, dass Sie das fragen. Weiß ich nicht. Manchmal nimmt er Koks. Macht Kokain aggressiv?«

»Das kann passieren, aber eher verursacht es eine ausgereifte Paranoia, einen Verfolgungswahn. Kokst er viel?«

»Kann ich nicht beurteilen. Aber ich traue es ihm zu.«

Ich bedankte und verabschiedete mich.

Ich starrte aus dem Fenster und stellte mir vor, wie dieser Mann sich fühlen mochte.

Später, als es schon dunkel war, klopfte es leise und Vera kam herein. Sie trug etwas Dunkles. Als sie sich setzte, spürte ich, dass es ein Trainingsanzug war. Ich machte das Licht auf dem Nachttisch an, das Sportdress war grün und auf der Brust prangte das Wappen der Polizei.

»Ich friere«, meinte sie. »Ich kann machen, was ich will, ich friere.«

»Der Fall ist nicht aussichtslos«, sagte ich zur Beruhigung.

»Das ist es nicht«, murmelte sie. »Es ist mir scheißegal, wer Natalie umgebracht hat. Ich friere, weil Emma vielleicht Krebs hat. Und ich habe ein blödes Gefühl. Was wird sie tun, wenn es so ist? Und was wird Rodenstock tun? Wird Emma sich was antun?«

»Das glaube ich nicht. Sie wird weitermachen und mit uns Mörder jagen.« Du lieber Himmel, was redest du einen Scheiß!

»Das glaube ich nicht«, sagte Vera bestimmt, »und du glaubst das auch nicht. Sie werden gehen, erst Emma, dann Rodenstock.«

»Nicht doch. Hör auf mit diesen Angstträumen.« Ich überlegte, ob sie zu mir ins Bett wollte, und bekam Panik. »Hast du Lust auf einen Ausflug?«

»Wie bitte? Ausflug?«

»Ja, ich will Huhu besuchen. Du weißt schon, dieser geistig zurückgebliebene Junge bei Hardbeck.«

»Ja, gut. Aber doch nicht jetzt? Warum jetzt?«

»Weil es Nacht ist«, erklärte ich. »Und weil ich sowieso nicht schlafen kann. Und weil mich Verrückte schon immer interessiert haben.«

Sie sah mich an und hatte mich erwischt. »Du kannst liegen bleiben, Baumeister. Ich gehe schon wieder.«

»Du kannst mitkommen, du musst nicht gehen.«

»Du bist irre.«

»Natürlich bin ich irre. Lass uns fahren.«

Zehn Minuten später fuhren wir, der Mond war groß und voll und gelb und wirkte ein wenig tröstlich. Aus Kumpanei hatte auch ich einen Trainingsanzug übergezogen, zudem eine Taschenlampe eingesteckt und mich mit Pfeifen und Tabak versorgt.

»Du bist einfach bescheuert«, seufzte Vera und zündete sich eine Zigarette an.

Wir kamen durch Dreis, dann ging es links querab nach Kradenbach hinüber. Ein Fuchs strich vor uns über die Straße und seine Augen funkelten grün und rot.

»Und was machst du, wenn er dich angreift, weil er sich bedroht fühlt?«

»Er wird sich nicht bedroht fühlen. Greif mal hinter dich. Da ist der Verbandskasten. Sieh mal nach, ob der komplett ist.«

Vera schnallte sich ab und kniete sich mit dem Rücken zur Frontscheibe. Sie öffnete des Kasten und sagte: »Da ist alles drin. Willst du ihn etwa versorgen?«

»Natürlich, wenn es stimmt, dass er verletzt ist. Setz dich wieder hin, das macht mich nervös, wenn du nicht angeschnallt bist.«

Als sie sich drehte, um sich zu setzen, spürte ich es und hielt den Atem an. »Du hast deine Waffe nicht abgegeben, nicht wahr?«

»Doch, habe ich. Diese Waffe ist mein Eigentum. Ich habe einen Waffenschein, Baumeister. Und nach dem, was mir passiert ist, gehe ich nachts nicht mehr ohne. Sie ist nicht geladen, ich habe den Rahmen mit der Munition in der Hosentasche.«

»Tut mir Leid, daran habe ich nicht gedacht. Ja, das kann ich verstehen.«

Wir gelangten nach Boverath, hoch in den Ort, in die Kurven, die die uralten Wege vorgaben. Dann kam die Abzweigung nach links mit dem Hinweis Sackgasse.

»Ich bleibe hier«, sagte Vera bestimmt. »Geh erst einmal allein. Einer reicht.«

Rechts lag Hardbecks Haus, links gegenüber der kleine alte Bauernhof. Im Anschluss daran unter dem gleichen Dach die Scheune. Das Tor stand einen Spalt auf. Ich schob es weiter auf und erwartete ein Quietschen, aber der Türflügel lief lautlos in den Scharnieren. Ich schaltete die Taschenlampe ein und richtete das Licht von seitwärts auf mein Gesicht.

»Huhu«, sagte ich, »ich suche nach dir. Ich bin Siggi, ich bin ein Freund, ich will mit dir über Sven reden.«

Es kam keine Antwort.

Ziemlich verloren stand ich in der Dunkelheit. Der Geruch, der alten Scheunen anhaftet – Heu, Stroh, Vieh, Grassamen, Staub aus Jahrhunderten –, stieg in meine Nase. Es roch vertraut, es erinnerte mich an meine Kindheit, als ich im alten Hof meiner Großmutter in Kottenheim bei Mayen auf dem leer geräumten Dachboden schlafen durfte, ein Paradies, in dem man niemals Furcht bekam.

»Huhu, ich bin Siggi. Ich muss mir dir sprechen.« Wahrscheinlich war es besser, wenn ich saß, unten auf dem Boden saß. Also setzte ich mich und ließ das Licht der Taschenlampe weiter auf mir ruhen.

Immer noch war kein Laut zu hören.

Nach ein paar Minuten war die Dunkelheit um mich herum erträglicher. Ich erkannte zumindest grobe Umrisse,
Formen. Rechts von mir, drei Meter entfernt, stand ein alter
Trecker. Daneben der längliche Metallbehälter einer alten
Sämaschine, die schon vor dreißig Jahren eine Antiquität
gewesen sein musste, sowie alte Pflüge, Eggen. Über mir
waren Balken, auf denen irgendetwas lag, was ich nicht
identifizieren konnte. Links von mir befand sich ein großer,
unförmiger Kasten. Erst nach langem Hinstarren begriff ich,
dass es ein aufgebockter PKW war, über den jemand eine
Plane gebreitet hatte. Und dann war da ein neuer Geruch,
etwas Säuerliches. Das kannte ich, das war Schweinestallge-
ruch, diese unnachahmliche Mischung aus gehäckselten
Rüben, saurer Milch und der Zugabe von Mais und Kleie.

Dann sah ich das Licht.

Zuerst dachte ich, das Dach habe ein Loch, durch das der
Mond hineinschien, aber es war nicht der Mondschein. Die
Plane über dem PKW hatte einen Riss oder sie klaffte aus-
einander. Und durch diesen Spalt floss sanftgelbes Licht.

»Huhu«, sagte ich, »ich weiß doch, dass du im Auto sitzt.
Ich will nur reden, nichts sonst.«

»Huhu ist traurig«, sagte er seltsam klar. Er hatte eine tiefe Stimme, einen Bass.

»Ich bin es auch«, sagte ich und war sekundenlang verwundert, weil es wirklich so war. »Nati ist tot und Sven ist
tot.«

»Ja«, sagte er. »Alle tot.«

»Darf ich zu dir kommen? In das Auto?«

»Ja. Aber nicht Arzt.«

»Kein Arzt. Ich bin kein Arzt.« Ich stand auf und ging zu
dem Auto hin. Es waren nur wenige Schritte, aber irgendetwas auf dem Boden ließ mich straucheln und ich fiel
vornüber. Das verwundete Bein schmerzte.

Ich brauchte einige Atemzüge, bis der Schmerz nachließ.

Plötzlich war Huhu neben mir und meinte erheitert: »Alte Fliesen. Da liegen alte Fliesen.« Er griff unter meine Achseln und hob mich mühelos hoch. Dann bugsierte er mich vor sich her auf die andere Seite des Autos.

Dort gab es keine Plane, die vordere Tür des Autos stand offen. Es war ein alter Ford, wahrscheinlich ein Taunus. Der Fahrersitz fehlte, so dass man bequem hineinsteigen konnte. Auf dem Rücksitz war ein Bett hergerichtet, ein richtiges Bett mit rot karierter Bettwäsche. Das Auffälligste aber war eine Petroleumlampe, die Huhu mit einem Draht am Lenkrad festgemacht hatte. Auf dem Beifahrersitz lag ein Holzbrett mit Brot, einer Schachtel Margarine, einer Dose Marmelade und einem Messer.

Huhu kletterte an mir vorbei auf den Rücksitz. Er trug ein bunt kariertes Hemd und Jeans, dazu dicke Wollsocken.

»Essen!«, forderte er mich freundlich auf.

Ich kletterte in das Auto, nahm das Holzbrett und legte es auf den Boden. »Danke«, sagte ich, schnitt mir eine Scheibe Brot ab, strich Margarine darauf und dann Erdbeermarmelade. »Das ist gut.«

Ein Küchenhandtuch war um seine rechte Hand geschlungen.

»Was ist das?«, fragte ich.

»Abgequetscht«, sagte er ohne sonderliches Interesse, nahm aber das blau-weiß karierte Küchentuch ab. Darunter war ein zweites Küchentuch. Er nahm auch das ab und wurde immer vorsichtiger. Dann sagte er erneut mit Stolz in der Stimme: »Abgequetscht«, und hielt mir die Hand hin.

Es stank bestialisch, es stank nach Fäulnis.

Er hatte den kleinen Finger nicht gequetscht, den Finger gab es nicht mehr, er war verschwunden. Und der nächste Finger, der Ringfinger, stand quer in die Hand hinein, als gehöre er nicht dazu. Wahrscheinlich war der Finger gebrochen. Die Wunde war groß, die Hand unförmig geschwollen, die Wundränder zeigten scharfe Rotfärbungen und gelbliche Herde. Die Hand war vollkommen vereitert. Huhu musste bestialische Schmerzen haben.

»Tut das weh?«, fragte ich.

»Weh«, nickte er. »Huhu trinkt das da.« Er wies auf eine Flasche auf der hinteren Ablage – ein Obstler aus der Eifel, 42 Prozent.

»Das ist gut«, lobte ich. »Du kannst Aspirin haben.« Ich fummelte in der Weste herum, die ich über mein Sportdress gezogen hatte, und reichte ihm einen Streifen mit Tabletten.

»Eine?«, fragte er sachlich.

»Vier«, riet ich.

»Vier«, nickte er. Er nahm die Pillen mit einem gewaltigen Schluck aus der Schnapsflasche.

»Du musst das verbinden«, sagte ich. »Du musst deine Hand unbedingt verbinden lassen. Ich habe einen Verbandskasten im Auto.«

Er sah mich misstrauisch an. »Kein Arzt.«

»Kein Arzt«, versprach ich. »Nur meine Freundin. Vera. Sie wartet im Auto. Ich hole den Verbandskasten. Einverstanden?«

»Okay«, nickte er.

Ich bemerkte die Schweißperlen auf seiner Stirn. Er musste Fieber haben, hohes Fieber. Sein Gesicht war von Erschöpfung gezeichnet, aber auch erfüllt von einer unbegreiflichen Ruhe, als könne ihm nichts auf dieser Welt gefährlich werden.

»Ich gehe eben und komme sofort wieder«, sagte ich.

Langsam kletterte ich aus dem Auto, langsam ging ich durch die Dunkelheit der Scheune hinaus auf den Hof. Dann zuckte ich zusammen.

»Beinahe wäre ich reingestürmt«, sagte Vera neben mir. Sie stand breitbeinig an der Mauer und hielt mit beiden Händen die Waffe.

»Hol den Verbandskasten«, bat ich. »Der Junge braucht Hilfe.«

»Wie ist er denn?«

»Wie ein Kind«, sagte ich. »Und er hat Fieber. Aber im Augenblick ist er gut drauf.«

Vera lief davon. Als sie mit dem Verbandskasten in der Hand zurückkam, gingen wir wieder in die Scheune. Ich ließ Vera vor und sie beugte sich in das Auto und sagte: »Hallo, Huhu.«

Er murmelte »Hallo«, achtete aber nicht auf sie, sondern sah mich an. »Kein Arzt.«

»Kein Arzt«, sagte ich. »Wir müssen deine Hand verbinden.«

Ich hockte mich vor das Lenkrad mit dem Gesicht zu ihm, Vera kauerte links von mir auf dem Beifahrersitz.

»Mein Gott«, hauchte sie, »das sieht ja furchtbar aus. Und es stinkt schon.« Sie legte eine Hand auf seine Stirn und er schloss für Sekunden die Augen, als täte ihm die Berührung unendlich gut. »Gibt es irgendwas Steriles da drin?«

»Das wird wenig nutzen«, sagte ich. »Das ist schon entzündet.«

»Das ist scheißegal«, stellte sie resolut fest. »Lass mich mal sehen.« Sie kramte in dem Verbandskasten herum. »Hier sind Brandbinden, scheinbar mit Puder oder so was. Vielleicht nehmen wir die? Huhu? Leg mal deine Hand auf Siggis Knie. Hierher. So ist es gut. Tut es weh?« Sie legte eines der Küchentücher über mein Knie, nahm mit unendlicher Vorsicht die zerstörte Hand und bettete sie darauf.

»Sehr weh«, sagte er zittrig.

»Da machen wir jetzt ganz vorsichtig was drauf«, Veras Stimme war sachlich. »Du bist wirklich tapfer, Huhu, du bist klasse.«

Er lächelte, die Schweißperlen auf seiner Stirn waren mehr geworden und sein Lidschlag wurde länger. Er war auf eine Weise betrunken, wie man es von den Verbandsplätzen der Kriege berichtet hatte: Keine taumelnde und lärmende Trunkenheit, es war der Zustand gläserner Starre, erregter Wachheit und fieberhafter Tätigkeit des Hirns.

Vera arbeitete vorsichtig und konzentriert und verschaffte mir Zeit, mich mit Huhu zu unterhalten, wenngleich seine spärliche Kindsprache immer gedehnter und langsamer wurde. Zwischendurch sagte er immer häufiger erstaunt und angstvoll: »Huhu!« Er sagte das zu sich selbst, es klang wie eine Mahnung, vorsichtig mit diesen Fremden zu sein, es klang aber auch so, als sei er erstaunt, noch zu leben.

120

»Sven war dein Freund, nicht wahr? Dein bester Freund.«

»Ja. Sven Freund, viel Freund. Kein Arzt!«

»Es kommt kein Arzt. Vera macht das gut, nicht?«

Huhu sah sie an und beobachtete, wie sie sanft Mull auf eine eiternde Kante legte. Dann nickte er: »Gut.«

»Und Natalie? Was war Natalie? Eine Freundin?«

Keine Zustimmung, keine Abwägung, keine Sympathie. »Freundin für Sven. Manchmal. Manchmal nicht. Viel Trickitracki.«

»Trickitracki?«

»Ja, Bett.« Dann deutete er erregt auf sein Kopfkissen. »Hier!«

»Auf Normaldeutsch meint er: Geschlechtsverkehr«, murmelte Vera.

»Nati ist tot. Hast du Nati gesehen?«

Er schüttelte erregt und heftig den Kopf. »Nein, nein, nein. Nati nicht gesehen.« Etwas Speichel floss aus seinen Mundwinkeln. »Wo Nati?«

»Das ist weit weg«, sagte ich beruhigend. »In Mannebach, im Wald. Hat Sven Nati gesehen? Tot?«

»Nein, nein. Sven hier gewest.« Er sagte gewest, nicht gewesen, aber er wusste genau, um welchen Punkt es ging. »Huhu mit Sven.«

»Wo seid ihr denn gewesen?«

»Wald, im Wald gewest.«

»Bei Tina, bei der Mutter von Nati?«

»Nein. Im Wald gewest und gefahren. Auto. Weit gefahrt.«

»Ich bin fertig«, murmelte Vera. »Er muss dringend zu einem Arzt, ich habe keine medizinische Sachkenntnis, aber er wird sterben, wenn wir nichts tun.«

»Was willst du denn tun, wenn er nicht will?«

»Er muss wollen«, sagte sie entschlossen und beugte sich vor.

Dann schlug sie mit beiden Händen zu. Es ging so schnell, dass ich ihren Bewegungen nicht folgen konnte. Vera benutzte die Handkanten und traf ihn beidseitig in der Halsbeug›. ᴵHuhu war sofort bewusstlos.

»Ruf deinen Arzt an, sag ihm, wir kommen.« Veras Stimme duldete keinen Widerspruch.

Ich ging hinaus und bat den alten Mann inständig, dass Detlev da sein möge.

Er war da und ich ließ mich auf kein Gespräch ein. Ich sagte ihm, dass wir unterwegs seien, dass es ziemlich schlimm aussehe und dass er seinen Hintern aus dem Bett bewegen solle.

Wir schleppten Huhu keuchend zwischen uns. Er war groß und schwer.

»Wie lange dauert denn so ein K. o.?«

»Weiß ich nicht. Vorsicht, da liegt was auf dem Boden. Jetzt mach die hintere Tür auf, rein mit ihm.«

Es war ein hartes Stück Arbeit, bis wir losfahren konnten.

»Du hast das geahnt, nicht wahr?«, sagte Vera leise.

»Ja. Huhu war bei Sven im Auto, als es geschah. Das ist auch logisch. Sie waren ein Leben lang die besten Freunde.«

»Kischkewitz wird dir dankbar sein für Huhu.«

»Er kann mich mal.«

»Er kann doch nichts für den Maulkorb.«

»Stimmt auch wieder.«

»Warum hat er Huhu nicht längst kassiert? Ahnt er den Zusammenhang nicht?«

»Doch«, widersprach ich. »Kischkewitz wird die Verbindung von Sven und Huhu längst begriffen haben, aber er hält andere Dinge vermutlich für wichtiger. Und ich möchte liebend gern wissen, was das ist.«

»Das Forsthaus in Bongard.«

»Vielleicht, vielleicht auch nicht.« Ich betrachtete im Rückspiegel Huhus Gesicht. Es war ein ruhiges Gesicht.

Mit Vollgas fuhr ich durch die Straßenbaustelle des neuen Gewerbegebietes in Kradenbach.

»Glaubst du jetzt, dass Sven doch der Täter war?«

»Nein, Sven war es nicht. Sven mag schrecklich gelitten haben, aber er war wahrscheinlich nicht in der Lage, Nati zu töten. Das war jemand anderes. Ich glaube Huhu, wenn er sagt, dass er die tote Nati im Wald nicht gesehen hat. Ich denke übrigens, dass Huhu Natalie nicht mochte. Sie waren

122

Konkurrenten. Wahrscheinlich wäre er normalerweise froh gewesen, zu hören, dass sie nicht mehr lebt.«

Ich rauschte durch den Kreisverkehr in Dreis, dann rechts durch den Torbogen. Die Praxisräume waren erleuchtet und wirkten wie die Fenster einer einladenden Herberge. Detlev stand draußen, neben ihm seine Frau – »der Engel meiner Truppe«, wie er immer sagte.

»Was ist mit ihm?«

Ich erklärte es, während wir uns bemühten, Huhu aus dem Auto herauszukriegen.

»Der saß mit Sven Hardbeck zusammen im Auto?«

»Daran ist kaum ein Zweifel.«

»Und er stinkt wie eine Kneipe im Karneval.«

»Er hat auch viel gesoffen. Das war gut so. Warte, bis du seine Hand gesehen hast.«

Wir schleppten Huhu ins Haus und legten ihn auf die Liege im Behandlungszimmer.

»Wie wird er reagieren, wenn er aufwacht?«

»Wahrscheinlich panisch«, sagte ich. »Vera, bleibst du hier? Ich will mit Kischkewitz sprechen. Er sollte Bescheid wissen.« Ich ging hinaus, es war jetzt drei Uhr.

Kischkewitz war nicht erreichbar, es hieß, er schlafe ein paar Stunden.

»Dann seinen Vertreter bitte.«

Der Vertreter war eine Frau, deren Namen ich nicht kannte.

Ich sagte: »Ich habe den Mann, der bei Sven Hardbeck im Auto saß, als er tödlich verunglückte.«

»Aha«, erwiderte sie kühl. »Und was sollen wir mit dem?«

»Himmel!«, fluchte ich. »Was für ein Scheiß!« Ich unterbrach die Verbindung. Dass Mordkommissionen zuweilen einen Maulkorb verpasst bekommen, kann man als Laie begreifen, dass sie unhöflich sind, ist nicht einzusehen.

Nach einer halben Stunde rollte ein Fahrzeug des Roten Kreuzes auf den Hof und Huhu wurde, sanft betäubt, ins Krankenhaus nach Daun geschafft. Vera war auf die gute Idee gekommen, Vater Hardbeck aus dem Schlaf zu holen, damit Huhu im Krankenhaus in den ersten Stunden nicht allein war.

Wir trollten uns nach Hause, meine Hütte lag in tiefer Dunkelheit und es war beruhigend, dass in Emmas Zimmer kein Licht mehr brannte. Doch plötzlich gingen die Scheinwerfer eines Wagens an und ein schwerer BMW schoss von meinem Hof auf die Straße und ging mit quietschenden Reifen auf die Reise.

»Was war das?«, fragte Vera verblüfft.

»Wahrscheinlich hatte Rodenstock Besuch, wir werden es erfahren.«

Im Haus war es stockdunkel. Cisco schlich um meine Beine und winselte.

»Ich lade dich ein«, sagte ich zu Vera. »Immer vorausgesetzt, du machst mir keinen Heiratsantrag.«

»Gut«, grinste Vera, »das kann ich später immer noch erledigen.«

Cisco winselte zum Gotterbarmen und ich murmelte gut gelaunt und fröhlich: »Wieso machen wir nicht einen Dreier? Was spricht dagegen?«

Rodenstock flüsterte von irgendwoher aus dem Treppenhaus in die Dunkelheit, hohl wie ein Gespenst: »Wo seid ihr gewesen?«

Das hatte zur Folge, dass sämtliche kuscheligen Träume nicht umgesetzt werden konnten. Dafür frühstückten wir gegen vier Uhr morgens gemeinsam, wobei Emma uns mit Speckpfannkuchen versorgte und dabei kräftige jüdische Witze zum Besten gab.

Rodenstock hatte das Paketpapier an die Wand meines Arbeitszimmers geheftet und die wesentlichen Punkte in schönen Großbuchstaben niedergeschrieben. Schwarz war das, was wir wussten, rot war das, was ungeklärt war. Die Wand war fast komplett rot.

Ich fragte: »Sollen wir nun nach jemandem suchen, der über eine Waffe des Kalibers 7.65 verfügt?«

»Das kann nicht dein Ernst sein«, widersprach Vera. »Nach offiziellen Schätzungen verfügen die Deutschen über mindestens zehn Millionen nicht registrierter Schusswaffen.«

»Der Fachmann spricht«, lächelte Rodenstock. »Was ist mit Müll? Wollen wir endlich darüber reden?«

»Wir müssen«, sagte ich ohne Begeisterung. »Aber erzähl uns zuerst, wer dich besucht hat.«

»Kischkewitz war hier. Nicht, um große Sensationen zu überbringen, sondern nur um zu reden. Um zehn Uhr ist eine Pressekonferenz in Trier. Und das, was dort bekannt gegeben wird, hat er mir jetzt schon erzählt. Das ist eine Menge. Es gibt einen Hauptverdächtigen – den Mann, der der Graf genannt wird. Der Pole, der LKW-Fahrer, ist entlassen worden. U-Haft war nicht zu rechtfertigen. Er hat wahrscheinlich gewusst, dass er Sauereien transportierte, aber das ist nicht beweisbar. Sein Rechtsanwalt hat ihn innerhalb einer Stunde freibekommen. Und dann ist etwas passiert, was euch die Schuhe ausziehen wird: Die beiden Polizeibeamten, die den Fundort der Toten bis zum Eintreffen der Mordkommission bewachten, sind spurlos verschwunden.«

»Das ist nicht wahr!«, sagte Vera verblüfft.

»Doch, doch«, nickte Emma. »Und sie stehen in einem denkwürdigen Zusammenhang mit der toten Natalie. Das könnte eine richtig schmutzige Geschichte werden.«

»Moment, Moment«, unterbrach ich schnell. »Das geht mir alles zu hastig. Da will die Mordkommission die Welt wohl neu erfinden. Wieso steht plötzlich der Graf unter Mordverdacht? Und dann noch zwei spurlos verschwundene Bullen? Vielleicht sitzen die nur mit Dünnpfiff auf einem Donnerbalken? Bei allen Heiligen, ist diese Kommission verrückt geworden?«

Es herrschte einen Moment Ruhe. »Ist sie nicht«, sagte Rodenstock dann sanft. »Sie ist unter Druck geraten, unter erheblichen professionellen und politischen Druck. Ein paar Oberstaatsanwälte wollen unbedingt Karriere machen. Und es wird heute im *Trierischen Volksfreund* einen Bericht geben, der alles Wissen neu infrage stellt. Zwei Journalisten namens Roland Grün und Stephan Sartoris haben gute Arbeit geleistet … Und jetzt ist der Bär los. Aber, Baumeister hat Recht. Fangen wir am Beginn an.«

Ich war plötzlich sehr erschöpft und wahrscheinlich war ich unfair, aber ich fragte, bevor Rodenstock weiterreden konnte: »Hat die Mordkommission denn inzwischen Natalies Auto gefunden und den Tag vor ihrem Tod rekonstruieren können?«

Emma lächelte. »Du bist ein Ekel. Das hat sie noch nicht.«

»Wieso wird dann dieser ominöse Graf als Mordverdächtiger verkauft?«

»Das hat nun wieder mit Müll zu tun«, erklärte Rodenstock. »Ich sehe ja ein und gebe zu, dass da noch große Beweislücken sind, aber hättest du die Güte, die Schnauze zu halten und zuzuhören?« Nun war er eindeutig verärgert.

»Schon gut, schon gut, ich höre zu.«

Doch sein Handy meldete sich und er sagte knapp: »Ja, bitte?« Dann reichte er es mir herüber.

»Baumeister hier.«

»Kischkewitz. Ich wollte mich bei dir für Huhu bedanken. Wir lassen ihn erst mal im Krankenhaus. Und entschuldige meine Stellvertreterin, aber bei uns geht es etwas wild durcheinander. Sie hat gar nicht verstanden, was du gesagt hast.«

»Ja, ja«, murmelte ich. »Schon gut. Aber jetzt will ich erst einmal von Rodenstock hören, was überhaupt los ist.«

»Viel«, sagte Kischkewitz fröhlich. »Die Kiste ist endlich in Bewegung geraten.« Damit war das Gespräch zu Ende.

Ich saß ganz brav in meinem Sessel und sah Rodenstock wie ein eifriger Sohn an, der erwartet, große Belehrungen zu bekommen. Emma begann als Erste zu grinsen, dann lachte Vera unterdrückt, schließlich Rodenstock – und endlich auch Baumeister.

»Fang schon an, du Übervater!«

»Ich wollte eigentlich mit Müll starten«, sagte er. »Und ich überlege gerade, ob das nicht nach wie vor das Beste ist. Nun gut, fangen wir mit Müll an, weil ja auch der Hauptverdächtige vom Müll lebt. Vergesst mal alles, was ihr bisher über Müll wusstet. Für uns Normalverbraucher ist das der Dreck, der übrig bleibt. Wir schmeißen die Tonnen voll und bezahlen dafür, dass irgendjemand vorbeikommt und sie ausleert. Wir wissen, dass Glas, Papier, Bio-Abfälle und der Restmüll bestimmte Sorten sind, die getrennt behandelt werden. Alein dieser Landkreis hier bringt übrigens insgesamt 30.000 Tonnen pro Jahr auf. 18.000 Tonnen davon sind Restmüll, müssen irgendwie verbrannt, versorgt, deponiert werden. Sie kommen nach Mechernich, Kreis Euskirchen, und pro Tonne werden 260 Mark gezahlt. Unendliche Ströme an Müll rauschen Tag für Tag über unsere Straßen. Der Bio-Abfall aus diesem Landkreis geht nach Sachsen-Anhalt und wird dort kompostiert. Als Normalbürger fragt man: Wieso das denn? Und erfährt dann, dass diese Methode noch die billigste ist. Trotz aller Öko-Ideen geht es letzten Endes immer ums liebe Geld. Machen wir einen kurzen Sprung. Die Unternehmen, die unseren Müll zu Hause abholen und dann zu irgendeiner Verladestation bringen oder direkt zur Deponie, waren in der Regel gesunde Unternehmen mit ziemlich dicker Kapitaldecke. Die konnten fünfzehn Jahre lang in einer Goldgrube arbeiten, bis wegen verschärfter Konkurrenzsituation die Preise sackten. Der Preis pro Tonne halbierte sich fast. Aber immer noch ist das ein gutes, ein Riesengeschäft. Müll gibt es eben immer und es entsteht ständig neuer. Selbstverständlich hat diese Branche Begehrlichkeiten geweckt. Leute mit Geld waren immer schon darauf bedacht, es zu vermehren. Im Laufe der Zeit entstand ein vollkommen unübersichtliches Feld, Firmen kauften regionale Firmen auf, kauften sich in andere ein, übernahmen wiederum andere und es entwickelte sich eine Szene, in der nur noch Spezialisten eine Ahnung davon haben, wer da in Wahrheit den Müll transportiert. Das heißt: Wir sind gewohnt, dass unser Müll von Unternehmen A abgeholt wird. Das ist seit zwanzig Jahren so. Das Unternehmen ist uns bekannt, es sitzt meinetwegen in Mayen oder Koblenz. Wir denken nicht darüber nach. Tatsächlich ist dieses Unternehmen aber bereits vor zehn Jahren zum Beispiel an das RWE verkauft worden, das selbstverständlich, wie andere auch, an diesem lukrativen Geschäft teilhaben wollte. Dann kam ein französisches Konsortium und kaufte nun wiederum dem RWE dieses uns bekannte Unternehmen ab, gliederte es ein und verkaufte es an eine italienische Gesellschaft, die wiederum neu in den Markt drängte. Es hat Fälle gegeben, in denen die Besitzer regionaler Mülltransportunternehmen dreißig Millionen angeboten bekommen haben – und die haben sie auch genommen, hausen auf den Bahamas, während auf den Müllwagen noch immer ihr Name prangt. Diese Branche ist wirklich irre! Ein Regierungsbezirk baut eine Müllverbrennungsanlage, die viel zu groß dimensioniert ist. Die Vertreter der Anlage grasen Deutschland ab: Helft uns, schickt uns Müll! Der Müll reicht aber immer noch nicht, das Werk in die schwarzen Zahlen zu bringen. Und dann kommt es zu einem irren Deal. Der Lebensmittelkonzern Aldi hat zu viel Geld, kauft die gesamte Anlage und least sie an den ursprünglichen Betreiber zurück. So irre ist diese Welt.« Rodenstock schnaufte. »Müll ist also ein Schweinegeschäft und dieses Geschäft ist verwinkelt und verborgen hinter soliden Namensschildern. Und schon sind wir bei unseren seriösen Herren vom Forsthaus in Bongard. Sie waren und sind alle an Müllgeschäften beteiligt. Kischkewitz ist der Meinung, dass die Runde seit etwa zwei Jahren einen leisen, aber sehr coolen Coup vorbereitet hat. Ziel war das Müllunternehmen eines Mannes namens Gustav Sänger. Es bedient Teile von Köln, Hürth, Teile des Landkreises Euskirchen, Teile des Landkreises Bitburg-Prüm. Der Wert des Unternehmens steht heute bei etwa zweihundert Millionen. Gustav Sänger ist ein Patriarch, das Haupt einer Geld machenden Sippe, der absolute Herrscher. Ohne seine Zustimmung konnte nicht einmal eine Rolle Lokuspapier gekauft werden. Vor zehn Jahren ging Sänger an die Börse. Er brauchte viel Geld, um seinen Wagenpark zu erneuern. Der Börsengang war erfolgreich, etwa dreißig Prozent der Aktien ging an Kleinanleger, fünfunddreißig Prozent blieben in Sängers Hand und weitere dreißig Prozent bekam seine Schwester, die ihm bedingungslos folgte und sich selbst für das Geschäft überhaupt nicht interessierte. Diese Schwester sorgte mit ihrer Existenz für bestimmte Steuervorteile, das war alles. Aber dann starb die Schwester sehr plötzlich und hinterließ ihre

Anteile ihrem einzigen Sohn aus einer zerbrochenen Ehe. Diesen Sohn kennen wir als den Grafen von Monte Christo. Und dieser Sohn mochte seinen Onkel Gustav überhaupt nicht und bezeichnete das Oberhaupt der Sippe als einen Dino, der abgeschossen werden müsste. Mit dreißig Prozent der Aktien fand sich der Neffe nun überraschend in einer Schlüsselposition wieder. Und jetzt tauchte am Horizont die Bongard-Gruppe auf. Wir wissen nicht, woher die Information kam, aber die Herren müssen schon früh erfahren haben, dass die Schwester Gustav Sängers sterbenskrank war. Jedenfalls kauften sie heimlich alle am Markt verfügbaren Aktien auf: satte zweiundzwanzig Prozent. Die Frau war noch nicht ganz tot, als ihr Sohn schon von der Bongard-Gruppe ungefähr siebzig Millionen für sein Paket angeboten bekommen hat. Der Patriarch Gustav Sänger konnte seinem Untergang nur zusehen, denn es war klar, dass der Graf von Monte Christo, mit bürgerlichem Namen Adrian Schminck, seine dreißig Prozent jedem verkaufen würde, nur eben nicht dem verhassten Onkel. Die Bongarder Gruppe war um jene bedeutsamen Sekunden, die dieser moderne Markt erfordert, schneller als andere. Um das Geschäft mit Adrian Schminck noch mehr zu beschleunigen und sich abzusichern, warf Hans Becker zusätzlich eine Angel aus. An der hing Natalie Cölln. Trotz Computer, weltweiten Vernetzungen, coolem Geschäftsgebaren: Noch immer gilt, dass junge Frauen von enormer Wichtigkeit sind, eigentlich im menschenkalten Geschäft immer wichtiger werden.« Rodenstock brach abrupt ab und fragte: »Wie spät ist es eigentlich?«

»Es ist kurz nach fünf morgens, mein Lieber«, antwortete Emma matt. »Meine Ärzte liegen noch in den Betten, wir müssen Geduld haben.«

»Ich habe aber keine Geduld mehr«, erwiderte er schroff. Dann lächelte er gequält. »Tut mir Leid, Leute. Weiter im Text. Die Gruppe in Bongard hatte also zweiundzwanzig Prozent der Aktien und wollte die dreißig Prozent des Adrian Schminck, dann konnten sie Gustav Sänger jederzeit überstimmen. Aber das war wohl gar nicht der Wunsch der Truppe, die vier Herren wollten mit dem Geschäft nichts zu tun haben, sondern nur einen Gewinn einstreichen. Es gibt nämlich noch einen riesigen Mischkonzern in dem Spiel, der in das Müllgeschäft einsteigen wollte und den Betrieb von Gustav Sänger gerne übernommen hätte. Doch der Mischkonzern kam zu spät, die Bongarder Herren verkündeten, sie hätten das Geschäft schon gemacht,' boten aber beschwichtigend an: ›Ihr könnt den Betrieb kaufen, aber von uns!‹ Man weiß nicht genau, wie hoch der Gewinn für die Bongard-Gruppe ist, aber er muss immens sein. Darum wird sich die Finanzfahndung kümmern.«

»Wie beurteilt Kischkewitz die Sache?«, wollte Vera wissen.

»Er vermutet, dass etwas ganz Simples passiert ist: Natalie sollte das Leben von Adrian Schminck verschönen, zu einem ständigen Fest machen. Und, wie wohl erwartet, war sie perfekt. Der Mann hat sich ernsthaft in sie verliebt. Als er begriff, was da ablief, hat er sie getötet.«

»Hat Schminck ein Alibi für den Tag, den Abend, die Nacht?«, fragte ich.

Rodenstock schüttelte den Kopf. »Hat er nicht. Er sagt aus, er habe Natalie an diesem Tag nicht gesehen. Und es sei auch nicht vorgesehen gewesen, sich an dem Tag zu treffen. Er habe tagsüber im Büro gearbeitet. Am Abend sei er erst in einer Kneipe in Mayen gewesen. Das ist überprüft, das stimmt. Dann sei er nach Hause gefahren. Seine Hausangestellten gehen immer gegen 18 Uhr heim. Somit hat er für den späten Abend und die Nacht kein Alibi.«

»Wenn ich das richtig sehe, leugnet er die Tat?«, vermutete Vera.

»Vehement«, sagte Rodenstock. »Er wirft der Mordkommission vor, sie wolle der Öffentlichkeit krampfhaft einen Mörder präsentieren. Und da hätte er passend im Regal gestanden.«

»Das hat was!«, nickte ich. »Was ist mit Mikrospuren?«

»Du meinst Spuren von der Kippe in Mannebach? Unter den Schuhen müssten Erd- und Laubreste sein. Genauso wie an seiner Kleidung und in einem seiner Autos. Und das ist komisch: Es gibt offensichtlich keine. Allerdings sind die Untersuchungen noch nicht ganz abgeschlossen.«

»Die Kommission hat doch bestimmt Tina Cölln zu der Geschichte vernommen«, überlegte ich. »Was sagt sie dazu?«

»Sie sagt, sie wüsste von diesem Geschäft nichts. Sie weiß, dass Adrian Schminck hinter ihrer Tochter her war wie der Teufel hinter der armen Seele. Ihr sei das angesichts der Familie Hardbeck schon richtig peinlich gewesen. Sie sagt, sie sei davon überzeugt, dass Natalie mit Herrn Schminck nicht das Geringste gehabt habe. Und sie betont, dass solche Probleme immer mal wieder aufgetreten seien. Das sei ganz natürlich: Die betörend schöne Tochter habe den Männern oft – in aller Unschuld, versteht sich – das klare Bewusstsein geraubt.«

»Puffmutter«, sagte Vera voller Verachtung.

»Was glaubst du: Ist diese Geschichte die Basis für den Mord an Natalie?«, fragte ich.

»Na ja, hier ist ein starkes Motiv«, murmelte Rodenstock. »Stell dir diese ungeheure Masse an Geld vor. Die Männer in Bongard wollten dieses Unternehmen, sie wollten es unter allen Umständen. Eine Übernahme dieser Art ist absolut legal. Sie ist eine moralische und ethische Sauerei, aber kein Richter wird ein Urteil sprechen. Die Männer in Bongard wissen, dass Adrian Schminck auf junge, schöne Frauen abfährt. Und spielen Natalie an ihn heran. Wahrscheinlich hat auch Tina Cölln bei dem Deal ein Schweinegeld abgezockt. Wetten?«

»Ist Schminck unverheiratet?«, erkundigte sich Vera.

»Ja. Nicht geschieden, nie verheiratet gewesen. Ein Goldjunge mit dickem Scheckbuch, einer, der das Leben liebt.«

»Was glaubst du«, fragte ich, »wie lange können sie ihn festhalten?«

»Nicht lange«, antwortete Rodenstock düster. »Bis heute Abend oder morgen Mittag. Er wird den besten Anwalt auffahren, den er kriegen kann. Sie haben keine Handhabe, sie haben ohne verwertbare Spuren nichts. Indizien ja, aber was heißt das schon? Ich möchte nicht mit Kischkewitz tauschen. Er steht unter wahnsinnigem Druck und sämtliche Medien schreien Zeter und Mordio. Es war garantiert nicht seine Idee, heute Morgen in Trier eine Pressekonferenz zu veranstalten. Und dann jetzt noch diese Geschichte mit den verschwundenen Polizeibeamten. Das ist ...«

»Augenblick«, ich hob die Hand. »Ich liebe Neuigkeiten, ich lebe von Neuigkeiten, aber bitte eins nach dem anderen. Kann ich zunächst einmal erfahren, wieso sie diesen Ladislaw Bronski, diesen Giftfässer-Transporteur, entlassen haben? Ich verstehe, dass Kischkewitz unter hohem Druck steht, dass er irgendetwas vorweisen muss. Aber wieso entlässt er diesen Polen? Er hätte diesen Erben Adrian Schminck verschweigen sollen und auf dem Polen beharren müssen, das wäre logischer gewesen, das ...«

»Reg dich nicht auf. Ich weiß, was du sagen willst.« Rodenstock nickte mir freundlich zu wie einem Pennäler, der etwas nicht begreift. »Kischkewitz wollte den Polen retten, verstehst du? Er meint, der Mann ist fremd hier und eigentlich der ideale Verdächtige. Der Mann passt genau in die Vorstellung von einem Verdächtigen. Und er passt auf die Aussage: Ich wusste doch gleich, dass so was nur ein Ausländer tun kann, so was macht keiner aus der Eifel. Der Mann wäre erledigt gewesen. Kischkewitz ist den Mittelweg gegangen: Er hat ihn entlassen und ihm einen Fahnder mitgegeben. Der Pole wird nicht auf den Lokus gehen können, ohne dabei beobachtet zu werden. Ist das jetzt klar?«

»Klar«, nickte ich. »Lebt dieser Pole hier, hat er in Deutschland eine Wohnung?«

»Nein. Er kommt mit seinem Truck und lädt ab. Dann wartet er auf eine Ladung, die in Richtung Polen soll. Er hat eine mickrige Bude in der Nähe des Autohofes in Hürth. Manchmal ist er zwei, drei Tage hier, manchmal eine Woche, manchmal länger. Wer immer in dieser Gegend etwas zu transportieren hat, kann sich an Ladi wenden. Sein Preis liegt bei der Hälfte der deutschen Preise.«

»Was hat er auf die Fragen geantwortet, für wen er die Fässer gefahren, warum er sie in Mannebach abgeladen und wie viel er dafür bekommen hat?«

»Seinen Auftraggeber hat er nicht verraten, sondern die Aussage verweigert. Er hat die Fässer in Mannebach abgeladen, weil er das Gelände dort kannte, gut kannte. Er kannte im Übrigen auch Natalie gut, weiß aber nicht, was sie an dem Tag unternommen hat. Er hat sie angeblich schon ein paar Monate lang nicht mehr gesehen. Seine Bezahlung war erstaunlich: Er hat zwanzigtausend in bar für den Transport genommen. Kischkewitz nimmt an, dass sich der Pole nun mit seinem Auftraggeber in Verbindung setzen wird. Auch deshalb die Überwachung.«

»Sind die zwanzigtausend Mark einbehalten worden?«, fragte ich weiter.

»War nicht mehr möglich. Die sind schon mit einem Kumpel von Ladi nach Polen gereist und bei seiner Frau angekommen. Ausgesprochen gut organisiert.«

»Können wir jetzt mal über die verschwundenen Polizeibeamten sprechen?«, forderte Vera. »Und was heißt eigentlich ›verschwunden‹?«

»Lässt du mich?«, wandte sich Emma an Rodenstock. »Also, das ist eine komische Sache. Die beiden Beamten sind durch die Mordkommission verhört worden und durften dann nach Hause gehen. Am nächsten Tag erschienen sie zur Spätschicht. Dann waren sie erneut zu Hause. Alles ganz normal. Inzwischen passierte Folgendes: Zwei Journalisten, Roland Grün und Stephan Sartoris vom *Trierischen Volksfreund,* recherchierten den Mordfall Natalie. Sie hatten eine gute Idee, wie man den Fall etwas anders darstellen kann, und zwar haben sie ihre Recherche an der Frage aufgehängt: ›Wer hat Natalie bei welcher Gelegenheit kennen gelernt?‹ Ein dankbares Thema, weil in der Provinz ja jeder jeden kennt. Die beiden marschierten zum *Fotostudio Nieder* und ließen sich die unzähligen, dort archivierten Fotos zeigen, die hier im Umkreis auf den Schützenfesten, Sportfesten, beim Karneval und auf den Junggesellenfesten gemacht worden sind. Und da Natalie ein fröhliches Kind war und sich überall sehen ließ, zudem auch sehr gern tanzte, fanden sie sechsundfünfzig Fotos, wo sie drauf war. Vier davon zeigten Natalie in äußerst enger Umarmung mit dem Polizisten namens Egon Förster, dreiundvierzig Jahre alt. Und weil Sartoris und Grün schon mal gerade dabei waren, suchten sie auch noch nach Fotos von Sven Hardbeck. Den fanden sie vierundzwanzig Mal, davon drei Mal regelrecht knutschend mit einer Frau namens Ulrike Benesch. Diese Frau, achtunddreißig Jahre alt, ist die Ehefrau des Polizisten namens Klaus Benesch, ebenfalls achtunddreißig Jahre. Und das war der zweite Polizeibeamte am Fundort der Leiche. Beide Fotosequenzen stammen aus dem vorigen Jahr. In dem Artikel, die die beiden findigen Redakteure daraufhin geschrieben haben, wird ungefähr stehen: ›Kein Mensch wird auf die Idee kommen, die beiden Polizeibeamten mit dem Täter in Verbindung zu bringen, aber dass die beiden toten jungen Menschen ausgerechnet mit diesen beiden Beamten privat zu tun hatten, ist sehr typisch für die Eifel. Hier ist jeder mit jedem verstrickt.‹« Emma zündete sich einen Zigarillo an und blies den Rauch über den Tisch. »Gleich wird jemand die Zeitung in den Briefkasten schmeißen und ihr könnt es lesen. Aber die Geschichte geht weiter: Die beiden Redakteure hatten nun also die Bilder und wollten mit den beiden Polizeibeamten sprechen. Sie fuhren zur Polizeiwache und erfuhren dort, dass die beiden Beamten in Sonderurlaub geschickt worden seien. Wegen der extremen seelischen Belastung nach diesen Todesfällen. Die Redakteure wussten, wo die beiden Beamten wohnten, und fuhren dorthin. Beide Ehefrauen sagten, die Männer seien überraschend zu einem Sonderlehrgang berufen worden. Die Frauen gaben an, keine Ahnung zu haben, um was für einen Lehrgang es sich handle. Die Polizeiwache gab keine Auskunft mehr, weder zu dem angeblichen Sonderurlaub noch zu dem Lehrgang.« Sie schnaufte unwillig. »Du musst zugeben, dass das eine ziemlich verrückte Geschichte ist.«

»Ich ahne Böses«, murmelte Vera düster. »Tatsache ist, dass eine solche Geschichte, einmal an der Öffentlichkeit, in wenigen Tagen die Laufbahn eines Polizisten beenden kann.«

»Richtig«, sagte Rodenstock trocken. »Und da die journalistische Konkurrenz den Bericht lesen wird, müssen wir damit rechnen, auf sämtlichen Kanälen die Story serviert zu bekommen, dass zwei Polizeibeamte aufs Äußerste in diese mysteriösen Todesfälle verstrickt sind. Es werden Fragen gestellt wie: Waren sie die Mörder?« Er schlug mit flachen Händen leicht auf die Tischplatte. »Provinz ist mörderisch!« Dann grinste er mich an: »Ich sehe, dass mein Schüler ein misstrauisches Gesicht macht. Und als vortragender Legationsrat hoffe ich, dass er jetzt imstande ist, die eine wichtige Frage zu stellen, die unbedingt geklärt werden müsste.«

»Moment, Moment«, sagte Emma hell und belustigt. »Ich wette, er stellt die Frage. Vera, hältst du dagegen?«

»Ich denke, es gibt mindestens drei wichtige Fragen. Ja, ich halte dagegen. Einsatz?«

»Eine Flasche Champagner«, sagte Emma. »Richtigen.«

»Einverstanden«, sagte Vera. »Nun stell sie schon, die Frage aller Fragen.«

»Ich möchte mit einer kleinen Flasche Cola beteiligt werden«, begann ich. »Rodenstock hat Recht, eine Frage bleibt in dem ganzen Durcheinander nach wie vor vorherrschend. Gut, Müll spielt die Hauptrolle. Müll und das ganz große Geld, das mit Müll zu machen ist. Wir haben einen Hauptverdächtigen, der anscheinend eng mit Natalie verbunden war und aus dem Bereich Müll kommt. Wir haben den Fasstransporteur, der seinen Auftraggeber nicht verraten will. Und wir haben zwei Polizisten, die verschwunden sind, nachdem sie zumindest randständig mit beiden Toten in Verbindung gebracht werden konnten. Das ist die verzweifelte Lage. Rodenstock sagt immer: Besinne dich auf die Ausgangsposition. Das tue ich und stelle jetzt die Frage: Natalie hat in ihrem dunkelgrünen Austin Mini das Forsthaus in Bongard um elf Uhr morgens verlassen. Wo war sie, bis sie tot in dem Wald bei Mannebach aufgefunden wurde?«

»Das ist die richtige Frage«, nickte Rodenstock. »Emma hat gewonnen. Ohne eine Antwort auf diese Frage kommen wir nicht weiter.«

»Wie schön«, sagte ich. »Ich gehe jetzt ein paar Stunden schlafen.«

»Ich auch«, sagte Vera. »Ich bin ehrlich kaputt.«

»Ich muss etwas gegen die Schmerzen tun«, sagte Emma.

»Ich will nur geweckt werden, wenn Emma den Bescheid bekommen hat, dass sie keinen Krebs hat.« Ich sah sie an.

»Du wirst sehen, der alte Mann da oben will dich noch nicht. Ich habe kürzlich mit meinem Engel gesprochen. Der sagte: Emma können wir nicht gebrauchen, noch lange nicht.«

Ich stiefelte in mein Schlafzimmer. Cisco fegte im Garten herum und schnüffelte, als sei er auf der Spur eines Schwarzen Panters. Das Gartenrotschwänzchen flatterte in den Vogelbeerbaum.

»Es ist so, Baumeister«, murmelte Vera hinter mir. »Du kannst versuchen, dich rauszureden. Aber du kannst auch versuchen, den Mund zu halten. Ich mach dann den Rest.«

Ich hielt den Mund.

SECHSTES KAPITEL

Wir wurden wach, weil Rodenstock irgendwo im Treppenhaus »Ich fasse es nicht! Ich fasse es nicht!« schrie.

Die Tür zu meinem Schlafzimmer knallte auf und donnerte gegen die Wand, als tobe eine Springflut herein. Rodenstock versuchte gleichzeitig mit Cisco das Schlafzimmer zu erobern, was zunächst schief ging, denn Rodenstock stolperte über das Tier und ging zu Boden. Der Hund jaulte entsetzlich und verschwand erst einmal unter dem Bett.

Dann wurde mir bewusst, dass Vera höchst unzüchtig im Stande vollkommener Nacktheit neben mir ruhte. Ich versuchte sie zuzudecken, was sie offensichtlich als Zumutung empfand und zum Zwecke der Abwehr beide Arme ausfuhr. Eine ihrer Fäuste traf mich passgenau am Kinn. Sie brabbelte: »Was issen?« Während ich verzweifelt daran arbeitete, sie irgendwie darauf aufmerksam zu machen, dass wir jetzt zu viert waren, hüpfte Cisco auf das Bett und traf mein kaputtes Bein. Ich weiß nicht, ob ich aufgeschrien habe, aber das alles war auch vollkommen unwichtig, denn Rodenstock stand wie ein Fels vor mir, hatte beide Arme wie zur Kreuzigung ausgebreitet und brüllte: »Sie ist gesund!«

Daraufhin ließ er sich fallen, seine rechte Hand klatschte auf meine Schulter und seine linke Hand landete zielgerichtet auf Veras Busen. Fünf Sekunden herrschten Ruhe, bis wir merkten, dass Rodenstock weinte.

»Ach, du lieber Himmel!«, keuchte Vera und versuchte eine Bewegung.

»Lass es!«, flüsterte ich.

Emma erschien in der Tür und sagte: »Es ist schon merkwürdig: Kaum weiß er, dass alles gut ist, wendet er sich Jüngeren zu. Und das gleich zweigeschlechtlich! Gott der Gerechte!«

Irgendwie lösten wir uns aus den Verknotungen und bei der Gelegenheit stellte ich fest, dass ich die Szene ebenfalls ohne den Hauch eines Bekleidungsstückes durchgespielt hatte.

Vera stammelte ungefähr zehnmal: »Entschuldigung«, ich röhrte: »Endlich mal eine gute Nachricht!«, und kniff dabei die Beine zusammen, als wollte mir jemand an die Unschuld.

Plötzlich fing Rodenstock an zu lachen, Emma prustete auch los und wir konnten wieder ins Leben eintreten. Die ganze Sache hatte wahrscheinlich nicht länger als hundert Sekunden gedauert. Erwachsene sind eine merkwürdige Rasse.

Später im Flur erklärte Rodenstock: »Es ist eine gutartige Geschwulst. Sie muss raus, aber sie ist gutartig. Ich liebe gutartige Geschwulste!«

»Mit so einer Äußerung würde ich vorsichtiger sein«, wandte ich ein.

»Scheiß drauf«, sagte Vera. »Es ist doch nichts passiert, oder? Darf ich mich jetzt besaufen?«

»Du darfst«, nickte Emma. »Was willst du, Baumeister?«

»Würstchen mit Kartoffelsalat«, antwortete ich. »Der Kartoffelsalat muss aber handgeschnitzt sein.«

»Kriegst du«, sagte Emma. Sie griff ein Wasserglas mit heller Flüssigkeit und trank es aus. »Wenn es Krebs gewesen wäre, hätte ich das Gleiche getan.« Auf meinen fragenden Blick hin, gestand sie verschämt: »Es ist Gin, ich habe ihn heimlich ins Haus geschmuggelt.«

»Ich hätte gern einen Whisky«, sagte Rodenstock träumerisch. »Einen großen, steifen Whisky mit nicht zu viel Wasser. Ich liebe dich, Frau.«

Gegen Mittag dieses denkwürdigen Tages fühlte ich mich von Alkoholikern umgeben, die sich lallend darüber verständigten, dass die Welt eigentlich prima sei, die Eifel ganz fantastisch, eine bestimmte Geschwulst geradezu lächerlich und der liebe Gott eine sehr ernst zu nehmende, im Ganzen aber höchst gelungene Einrichtung.

Ich flüchtete. Zunächst in die Wirtschaft von Markus nach Niederehe, der mir tatsächlich Würstchen mit Kartoffelsalat auftischen konnte und der die tote Natalie im eigenen Saal erlebt hatte.

»Ein Klasseweib!«, befand er. »Aber viel zu schön, um bekömmlich zu sein.« Von der Männerrunde in Bongard wusste er nichts, ebenso wenig von den beiden Polizeibeamten. Tina Cölln dagegen kannte er und bezeichnete sie nicht ohne versteckte Anerkennung als ein ›besonders krasses Weib‹, was mir weiter half als jede blumige Beschreibung.

Danach fuhr ich weiter zu Ben, zum *Teller* nach Hillesheim, weil es bei bestimmten Anlässen gut und richtig ist, die Kneipen abzuklappern. Dort aß ich ein Eis mit viel Sahne.

Als ich gerade dachte, ich platze, sagte Bens Frau Andrea nachdenklich: »Ich möchte mal wissen, ob so was Schreckliches wie dieser Mord nicht nur deshalb passieren konnte, weil keiner wusste, wie es der Natalie wirklich ging. Und weil auch keiner das wirklich wissen wollte. Noch nicht mal ihre eigene Mutter.«

Ich antwortete nicht darauf.

Ich zahlte und steuerte langsam auf Daun zu. Ich überlegte, wer mir dazu etwas erzählen könnte, und dachte an den Oberstudienrat Detlev Fiedler. Ich wusste, er wohnte in Pützborn am so genannten Dollarhügel, wo sich Leute mit Geld ihre Häuser bauten und einen besonders schönen Blick auf die Eifel hatten. Als ich tankte, erhielt ich die Auskunft, wo Fiedlers Heim genau lag.

Ich stieg aus dem Wagen, ging die paar Stufen zur Haustür der Fiedlers hoch und klingelte. Vielleicht hatte ich Glück, vielleicht war er da, vielleicht wusste er Neues.

138

Die Frau, die mir öffnete, war schlank, wirkte elegant und leise. Sie trug eine Pagenfrisur, ihr Haar war dunkelbraun, ihr Gesicht wirkte blass und ein wenig verhärmt, die Augen waren umschattet und nichts sagend dunkel. Sie war unsicher. »Ja, bitte?«

»Mein Name ist Baumeister, ich möchte Ihren Mann wegen der Sache mit Natalie Cölln sprechen. Wir kennen uns schon.«

»Ja«, murmelte sie tonlos. »Er ist in seinem Arbeitszimmer.« Sie wusste nicht, was sie mit mir anfangen sollte.

»Ich kann hier warten«, sagte ich hastig.

»O nein, kommen Sie doch herein. Diese Natalie hat alles durcheinander gebracht, nichts ist mehr normal.« Sie lächelte schmal und verschwand in die Tiefen des Hauses.

Ich erreichte das Wohnzimmer. Es war groß, ganz mit rötlichen Toskana-Fliesen belegt und beherbergte, außer einer Unzahl von Bücherregalen, zwei Sitzecken, die eine bunt, die andere in schwarzem Leder. Überall standen Blumen, das Haus war geradezu unheimlich still.

Fiedler kam von irgendwoher hereingesegelt und lächelte sein ewiges Lächeln. »Entschuldigung, ich habe gleich einen Interviewtermin mit *SAT 1*. Was kann ich für Sie tun? Nehmen Sie doch Platz.«

Die Frau im Hintergrund fragte: »Kaffee?«

»Das wäre sehr nett.« Ich setzte mich in einen der Ledersessel. »Darf man hier rauchen?«

»O ja, selbstverständlich. Aschenbecher ... Moment, irgendwo muss einer sein. Svenja! Einen Aschenbecher, bitte.«

Die Frau eilte wieder herein und stellte das Geforderte vor mich hin. »Der Kaffee dauert aber ein paar Minuten«, sagte sie gehetzt.

»Schon in Ordnung«, erwiderte der Lehrer mit der gleichgültigen Höflichkeit eines Patriarchen und wandte sich an mich: »In diesem Haus verkehren seit Tagen nur noch Journalisten, es ist ein richtiger Rummel. Meine Frau kann das nicht gut vertragen.«

Ich stopfte mir die Crown 300, die eine gemütliche Stimmung verbreitete, weil sie so großväterlich gebogen war und so klobig und klein nach betulichem Förster aussah, der gelassen durch sein Reich schreitet. »Ich muss noch einmal auf Ihre Hilfe hoffen. Alles, was ich inzwischen weiß, deutet darauf hin, dass der Mord an Natalie verübt wurde, weil sie zu viel wusste und gefährlich für Geschäftemacher war. Sie war im Weg. Sie werden gehört haben, dass man diesen Erben aus Boos festgenommen hat ...«

»Ja«, meinte er nachdenklich. Er breitete leicht die Arme aus. »Ich denke, dass die Mutter Cölln ihre Tochter in etwas hineingezogen hat, was die Tochter zerstörte. Wenn ein junger Mensch sich tagaus, tagein in der Nähe solch reicher und sicherlich herrischer Männer herumtreibt, kann das nur zur Folge haben, dass er die Realität verliert – wenn Sie wissen, was ich meine.«

»Ich weiß, ich weiß. Hat Natalie eigentlich viel über Geld und Geldeswert geredet?«

»Auffallend häufig«, nickte er. »Natalie vertrat den Standpunkt: Wenn man erfolgreich sein will, muss man den Erfolg anpeilen und alles andere beiseite legen. Ich denke, das ist eine viel sagende Ansicht, das ist die Theorie eines Einzelkämpfers. Es ist auch die Charakterisierung eines gewaltigen Problems in der Gesellschaft. Wir leiden unter Vereinzelung, unter Vereinsamung.«

»Wenn ich Ihnen zuhöre, kann ich nur den Schluss ziehen, dass Natalie mit Svens Engagement in dem Südamerika-Projekt nicht einverstanden gewesen sein kann.«

»Wir haben vor dem Abitur mal darüber diskutiert. Sven erzählte von seinem Vorhaben und Natalie tat das Ganze als romantischen Sozialquatsch ab. Ich kann mich gut an diesen Ausdruck erinnern: Sozialquatsch. Sven war tief gekränkt.«

»Warum, zum Teufel, redet Natalies Mutter dann eigentlich ständig von einer jugendlichen Romanze, die es offensichtlich doch niemals gegeben hat?«

»Weil alle Menschen sich ihr Leben zurechtbiegen, zurechtlügen. Ich habe in den letzten Tagen viel über diese Jugendliebe nachgedacht. Im Grunde lebten die beiden in sehr verschiedenen Welten. Sicher, sie waren fasziniert voneinander und über große Strecken hinweg auch ineinander verliebt. Aber eigentlich gab es keinen Weg zwischen diesen Welten. Ich bin übrigens immer noch der Überzeugung, dass Sven Natalie getötet hat. Dass der Täter den Diamanten aus ihrem Bauchnabel herausriss, der eindeutig von Sven stammte, ist für mich ein großes Indiz.«

»War sie eine Nutte?«

In diesem Moment betrat Fiedlers Frau mit einem Tablett den Raum und setzte es zwischen uns auf den Tisch. Sie stellte Tassen vor uns hin, die Kaffeekanne auf den Tisch, Milch dazu, Süßstoff, Zucker, kleine Löffel.

Starr sagte sie: »Ich bin ja nicht maßgebend, aber natürlich war sie eine Nutte. Und was für eine!«

»Svenja!« In Fiedlers Stimme waren Wut und Hilflosigkeit.

»Ist aber wahr!«, rief sie schrill. »Die hat doch rumgemacht, die hat in der Gegend rum… gefickt!«

»Das Wort wird in diesem Haus nicht benutzt!« Fiedler schrie, stockte, sah mich an. »Tut mir Leid. Bei uns liegen im Moment die Nerven bloß. Dauernd werde ich nach meiner fachlichen Einschätzung gefragt, soll mich objektiv äußern. Aber ich war auch ihr Lehrer und ich hatte eine positive Meinung über Natalie. Es gibt Leute, die mir das jetzt übel nehmen.« Er schaute seine Frau strafend an.

»Tut mir Leid«, murmelte sie und ging davon.

»Da scheiden sich die Geister«, sagte ich. »War sie eine Nutte?«

»Wissen Sie, ich gebe zu, dass ich Schwierigkeiten habe, dergleichen zu beurteilen. Nach Lage der Dinge muss es so gewesen sein. Nach Lage ihrer Seele wurde sie wahrscheinlich ausgenutzt, gesteuert. Und sie redete sich ihre Wirklichkeit schön. Genauso wie ihre Mutter sich die Wirklichkeit schönredete.«

Ich fühlte mich nun unwohl, wollte schnell aus diesem Haus verschwinden, die Stille kam mir eisig vor. »Danke für das Gespräch.«

»Keine Ursache«, nickte Fiedler freundlich. Er begleitete mich bis zur Tür. Dort sagte er leise, als könne jemand Verbotenes hören: »Ich hoffe, Sie sind durch den Temperamentsausbruch meiner Frau nicht irritiert.«

»Nein, nein, das kann ich gut verstehen. Der Tod von Natalie und Sven lässt niemanden unberührt. Nehmen Sie Ihre Frau einfach mal in die Arme.«

Er starrte mich mit eindeutiger Verwunderung an, erwiderte langsam: »Das wäre eine Möglichkeit. Seitdem es passiert ist, bin ich nicht mehr von dieser Welt.« Er blieb in der Tür stehen, bis ich im Auto saß und startete.

Ich war noch nicht in Rengen, als es mir gelang, Kischkewitz zu erreichen. »Ich habe ein paar Fragen. Was haben die Geschäftemacher aus dem Forsthaus gesagt?«

»Vieles und gleichzeitig nichts. Zur Sache haben wir von ihnen keinerlei Aussagen erhalten, die wirklich von Bedeutung sind.«

»Wie schätzt du die Typen ein?«

»Knallhart bis zur Brutalität. Bei denen geht es vierundzwanzig Stunden am Tag um Geld, nur um Geld. Keiner von ihnen will engeren Kontakt zu Natalie gehabt haben. Sie mochten sie, sie betrachteten sie väterlich, aber das ist auch schon alles. Das ist so die Sorte, die ihre eigene Großmutter verkauft und anschließend sagt: ›Sieh mal, meine Großmutter? Das wusste ich nicht.‹ Eine besondere Rolle in der Truppe scheint Hans Becker zu spielen. Der führt den Spitznamen ›der Abt‹. Er ist ein ausgesprochen gelassener, väterlicher bis großväterlicher Typ. Was aber letztlich über seine möglichen kriminellen Handlungen nichts aussagt.«

»Was sagt ihr zu den verschwundenen Polizisten?«

»Das ist eine komische Sache. Die untere Polizeibehörde mauert gegen die obere.« Kischkewitz lachte. »Die von der Polizeiwache haben mir gesagt, dass ich mich nicht darum zu kümmern brauche, weil sich alles leicht erklären lässt. Aber eines werden sie nicht erklären können: Da ist nämlich einem der beiden Polizisten ein Rahmen mit sechs Schuss von einer Walther PPK abhanden gekommen. Und dass die beiden mit Natalie und Sven zu tun hatten, ist aufgrund der Beweislage nicht abzustreiten. Ein gefundenes Fressen für deine Branche.«

»Hast du jemals daran gedacht, dass Walter Hardbeck ein idealer Mörder wäre?«

»Flüchtig«, bestätigte er. »Wie sieht die Motivlage deiner Meinung nach aus?«

»Walter Hardbeck erlebt, dass sein Sohn seit Jahren an dieser Natalie leidet. Der Sohn liebt Natalie, sie liebt angeblich auch den Sohn. Trotzdem lässt sie sich einspannen für alle möglichen Dinge. Sven fantasiert, dass sie ein nuttenartiges Leben führt, und wahrscheinlich liegt er mit seinen Fantasien gar nicht so sehr daneben. Der Vater erfährt das als Teilnehmer der Männerrunde aus einer anderen Warte. Er weiß, dass diese Natalie seinen Sohn seelisch zugrunde richtet. Er tötet sie. Das Einzige, was er dabei an Emotion erkennen lässt, ist das Herausreißen des Brillanten aus Natalies Bauchnabel. Möglicherweise ahnt Sven, was da geschehen ist. Möglicherweise weiß er es. Und er bringt sich um. – Wieso redest du eigentlich mit mir?«

»Weil ich entschieden habe, dass ich allein entscheide, mit wem ich rede«, entgegnete Kischkewitz. »Im Übrigen scheitert deine Überlegung an der Tatsache, dass Svens Vater ein Alibi hat. Er hatte zwei Besucher bis gegen zwei Uhr nachts. Geschäftsbesuch. Sein Alibi ist absolut wasserdicht. Hardbeck kann natürlich den Auftrag zum Mord erteilt haben, zum Beispiel an Ladislaw Bronski. Wir behalten diese Idee mal im Auge. Mach's gut.«

Ich rauschte durch Brück, fuhr aber nicht nach Hause. Tina Cölln war mein Ziel.

Auf der Höhe neben dem Lavabruch hielt ich wieder an und stopfte mir eine Pfeife. Zuweilen tut es gut, einfach stillzuhalten und in die Landschaft zu schauen. Im Himmel über mir rüttelte ein Turmfalke, irgendeine Maus würde dran glauben müssen. Auf einer rosafarbenen Malve saß ein Zitronenfalter und wurde von einem Blutströpfchen umkreist. Dicht daneben leuchtete das dunkle Rot einiger Teufelskrallen. Woher kam der Name? Ich wusste es nicht, ich musste es gelegentlich nachschlagen.

Mein Handy störte die Idylle und Rodenstock fragte vorwurfsvoll: »Wieso lässt du uns in den Stunden des Triumphes so elendiglich allein?«

»Als ich dich zuletzt gesehen habe, hast du auf meinem

Sofa gehockt und blöde vor dich hin gekichert. Du hast gelallt, dass die Götter mit dir seien und dass du an allen niedrigen Problemen dieser Welt nicht mehr das geringste Interesse hättest.«

»Das ist aber doch schon ein paar Stunden her. Wo bist du?«

»Auf dem Weg zu Tina Cölln. Ich bin bald zurück.«

Ich fuhr den Rest des Weges nach Bongard, und als ich vor dem Haus Tina Cöllns anlangte, wollte ich sofort wieder umkehren. Drei Kombis mit Trierer Zulassung standen im Hof und sechs Männer schleppten Akten und Kartons voll mit Papieren aus dem Haus.

Einer der Männer, ein besonders schneidig wirkender, ungefähr vierzig Jahre alt, kam heran und fragte: »Kann ich was für Sie tun?«

»Ich möchte mit Tina Cölln sprechen.«

»Aha. Wohl Presse, wie?«

»Ja. Ist sie zu Hause?«

»Ja, ist sie.«

»Was tun Sie denn hier?«

»Staatsanwaltschaft für Wirtschaftskriminalität.«

»Das ist ein Wort. Ist Tina Cölln drin?«

»Auf der anderen Seite des Hauses.«

»Danke schön.«

Tina Cölln hockte auf der Bank und starrte weinend ins Nichts. Sie hielt ein weißes Taschentuch in der verkrampften rechten Hand und hob nicht einmal den Kopf.

»Die räumen mir die Bude aus, sie meinen, sie finden wichtige Unterlagen.«

»Und? Werden sie was finden?«

Sie schniefte. »Bin ich doof?«

»Nein. Sind Sie nicht. Wie läuft die Sache mit der Illustrierten?«

»Ist seit heute am Kiosk. Der Titel heißt *Frau Cöllns Gewerbe* und es ist eine Geschichte über dieses Haus hier und über mich. Natalie spielt eine Nebenrolle. Ich hätte sie in den Tod gejagt. In der Geschichte sind mindestens sechs schwere Fehler. Die haben mich aufs Kreuz gelegt. Und sie werden dafür zahlen müssen.« Sie schnäuzte sich in das Taschentuch. »Ich hätte auf Ihre Warnung hören sollen. Wollen Sie irgendetwas? Ein Wasser, einen Saft? Obwohl – die da drinen werden glauben, dass ich was aus dem Haus stehlen will.«

»Nein, danke.« Ich wollte sie provozieren: »Ich nehme an, dass Sie wissen, dass Adrian Schminck vorläufig in Haft sitzt?«

»Ja. Aber Schminck war es nicht.«

»Woher wollen Sie das wissen? Er hat Natalie angeblich geliebt.«

»Das haben angeblich viele.«

»Und Sie haben es zugelassen. Sie haben es tatkräftig unterstützt. Wie viel ist Ihnen für diesen Deal geboten worden? Und behaupten Sie bitte nicht, dass Sie nicht wissen, was ich meine.«

»Nichts.« Das kam so nebenbei wie eine Selbstverständlichkeit.

»Das glaube ich Ihnen nicht. Es ging um einen Siebzig-Millionen-Deal. Und Sie haben das gewusst und sich damit einverstanden erklärt, dass Natalie Schminck ein bisschen auf die Sprünge hilft. Was heißt in diesem Zusammenhang eigentlich ›ein bisschen‹? Natalie hat mit ihm geschlafen. Mit wem, zum Teufel, hat sie eigentlich nicht geschlafen? Und warum bescheißen Sie sich ständig selbst? Warum erzählen Sie mir, dass Sie immer genau wussten, was Natalie tat? Sie wussten es nicht. Von dem Tag ihres Todes wissen Sie nichts, nicht wahr? Wo kann sie hingefahren sein?«

»Ich habe keine Ahnung.« Ihr Gesicht war weiß, kalkig weiß.

Ich fuhr in gemütlicherem Ton fort: »Es kommt sowieso raus, Tina Cölln. Irgendwann kommt das alles auf den Tisch. Sie können gar nichts dagegen tun.«

Sie drehte den Kopf zu mir und grinste unter Tränen. »Doch, ich kann etwas tun, ich habe schon etwas getan.«

»Was denn, bitte?«

»Mich in Sicherheit bringen.«

»Nein. Das nutzt nichts.«

145

»Das nutzt doch etwas.« Sie war nun ganz ruhig. »Ich habe schon einen Anwalt. Aus München. Und ich sage nichts mehr.«

»Das wird nichts nutzen, wenn die Staatsanwaltschaft Ihre Konten findet.«

Es war einen Moment ruhig, irgendwo schimpfte ein Spatz, eine Katze strich in einiger Entfernung durch das hohe Gras.

Plötzlich lachte Tina unterdrückt. Es war so verblüffend, dass ich es nicht glauben mochte. Aber es stimmte wirklich, sie lachte in stiller Heiterkeit.

»Hör zu, Junge. Deine Weste hat viele Taschen. Läuft in einer ein Tonband mit?«

»Nein«, antwortete ich.

»Ich habe dir doch erzählt, dass ich diese Runde beherbergt habe. Viele, viele Jahre lang. Da kriegt man vieles mit. Und man bekommt ein gutes Verhältnis zu Bargeld.« Sie zündete sich eine Zigarette an und schwieg.

»Heißt das, du hast …?«

»Richtig, das heißt es.«

»Du hast es nirgendwo eingezahlt?«

»Nie.«

»Mein lieber Herr Kokoschinski!«, staunte ich ehrfurchtsvoll. »Und was ist bei Feuer, Sturm und Wasser?«

»Nichts«, sagte sie zufrieden.

»Wusste Natalie das?«

»Nein, natürlich nicht. Sie hätte es wahrscheinlich gnadenlos geklaut. Wirst du mich verpfeifen?«

»Nein.«

»Was glaubst du, wer Natalie getötet hat?«

»Ich weiß es nicht. Ich ahne nicht einmal etwas. Sven hat sie geliebt, trotz allem, das scheint sicher. Aber hat sie auch den Sven geliebt?«

»Manchmal ja, manchmal nein. Wie das Leben so spielt. Der Junge war hoffnungslos naiv.«

»Hatte sie zu einem aus der Runde eine besondere Verbindung?«

»Ich würde sagen, zu Hans Becker. Dem hat sie am ehesten vertraut. Aber dass Hans Becker ihr etwas zuleide tun konnte, das glaube ich nicht.«

»Hat sie mit ihm geschlafen?«

»Weiß ich nicht.«

Baumeister, zier dich nicht. »Du erinnerst mich an den Zauberer im *Zauberlehrling*. Sie ist dir entglitten, nicht wahr?«

»Schon lange«, flüsterte Tina Cölln. »Seit Weihnachten weiß ich es. Vor anderthalb Jahren. Da tat sie etwas, was sie noch nie getan hatte. Sie versteckte Geld vor mir.«

»Von wem war das?«

»Das weiß ich nicht und sie wollte es mir nicht sagen.«

»Viel?«

»Zehntausend Mark. Sie hatte sie in die Kommode neben ihrem Bett gesteckt. Sie sagte: Das geht dich nichts an.«

»Was hast du kassiert, Tina? Was hast du genommen für das Spiel mit Adrian Schminck?«

»Das ist doch gar nicht gelaufen, da war nichts zu holen.«

»Das ist gelogen«, sagte ich energisch. »Du hast doch immer vorher kassiert, oder nicht? Du bist doch clever. Also, wie viel war es?«

»Achthunderttausend.«

»Etwa auch in bar?«

»Nur in bar.«

»Wie viel davon stand Natalie zu?«

»Eigentlich fünfundzwanzig Prozent.« Tina Cölln heulte Rotz und Wasser.

»Was heißt eigentlich?«

»Na ja, ich habe rausgekriegt, dass sie selbst auch Forderungen gestellt hat. Ohne ein Wort zu sagen.«

»Weißt du, wie viel?«

»Nein. Sie sagte: Wenn ich schon verheizt werde, will ich den Preis selbst bestimmen. Sie … sie hat nicht verstanden, dass ich das alles für sie getan habe. Nur für sie.«

»Und du hast wirklich keine Ahnung, wohin sie fuhr, als sie an dem Morgen hier um elf abhaute?«

»Nein.«

»Wer könnte denn vielleicht etwas wissen?«

»Ich würde Ladi fragen. Ladi ist ein Typ, den sie mochte.«

»Was hältst du von Walter Hardbeck als Mörder?«

Sie war nicht erstaunt. »Warum? Weil Sven sie haben wollte? Fürs Leben? Walter? Ich habe über jeden nachgedacht, ziemlich lange. Auch über Walter. Vergiss ihn.«

»Was hat dich eigentlich so hart gemacht?«

»Das Leben, mein Lieber, das Leben. Wir waren acht Kinder zu Hause. Geld? Geld war nicht. Mein Vater soff, meine Mutter soff. Wir kamen von einem Heim ins andere. Da habe ich beschlossen, nie mehr zu hungern, in keiner Beziehung.«

»Hast du eigentlich auch mit den Männern geschlafen?«

»Ich? Nein. Nie. Dabei habe ich sogar einen Versuch als Bordschwalbe hinter mir. In Bonn, als ich jung war. Ich tauge nicht dafür, das ist nichts für mich.«

»Tina, du fängst an, offener zu werden. Irgendjemand muss dir mal sagen, dass du eigentlich mutig bist. Ich brauche noch eine Information und du solltest noch einmal mutig sein. Wie lief dieser Hotelbetrieb hier genau ab? Wie viel Zimmer hast du dafür benutzt?«

»Drei, zur Not vier, wenn ich das Bügelzimmer ausräume. Na ja, das war so wie üblich. Jemand trinkt zu viel, jemand will nicht mehr Auto fahren. Dann schläft er hier.«

»Und dafür bezahlte er?«

»Selbstverständlich. Wir haben ausgemacht, dass die Nacht mit Frühstück zweihundert Mark kostet. Die Zimmer haben Fernseher, Telefon, Badezimmer und so.«

»Was ist denn an diesem Ladi so Besonderes, dass Natalie ihn mochte?«

»Der ist einfach ein Kumpel, sagte sie immer.«

»Wenn jemand von den Männern hier schlief und etwas von Natalie wollte … Was passierte dann?«

»Darüber will ich nicht sprechen«, erwiderte sie schroff und augenblicklich schienen alle Tränen versiegt.

»Was kostete sie?«

»Baumeister, bitte!«

»Was kostete sie? Ich führe dir nur vor, wie die Fragen aussehen werden, die man dir stellen wird. Stunde um Stunde, Tag um Tag.«

»Natalie … Ich weiß es nicht. Natalie sagte, sie schliefe nicht wirklich mit den Männern. Sie sagte, sie tue nur so.«

»Der alte Nuttenspruch«, stellte ich fest. »Hat sie mit allen geschlafen?«

»Mit allen, außer Hardbeck. Was glaubst du, werden die mich verhaften?«

»Irgendwann ja. Irgendwann haben sie so viel Material gegen dich gesammelt, dass sie dich zu einem etwas längeren Gespräch bitten werden. Und ich würde dir nicht raten, dich zu verdrücken. Sie finden dich.«

Sie nickte. »Ich hab ja Geduld«, murmelte sie. »Baumeister, bitte komm mal wieder vorbei auf ein Schwätzchen.« Sie weinte wieder. »Kein Mensch spricht mehr mit mir.«

Ich trollte mich und dachte über diese Tina nach. Über ihre geradezu unglaubliche Energie, sich aus dem Elend herauszuarbeiten. Und darüber, was sie dabei mit ihrer Tochter gemacht hatte.

Ich hatte jetzt die Wahl: Bronski oder – der Reihe nach – seine Herren und Meister?

Als ich auf meinen eigenen Hof abbog, kam mir Vera entgegen. Sie trug ein Tablett mit Brot, Käse, Wurst, Butter und ähnlichen Dingen.

Sie hielt inne und sagte: »Ich bin verunsichert, Baumeister. Ich weiß nicht, ob das gut war mit uns. Ich denke, es tut dir Leid, oder?«

»Nein, wie kommst du darauf?«, sagte ich. »Und es war gut. Bist du wieder nüchtern?«

Sie strahlte, stellte das Tablett auf das Kopfsteinpflaster und umarmte mich. Sie flüsterte: »Ich war so schrecklich durcheinander. Und ich habe einen fürchterlichen Knutschfleck an einer ganz und gar unmöglichen Stelle.«

»Es gibt keine unmöglichen Stellen, es gibt nur christliche Tabuzonen. Wo ist die Stelle?«

»Das sage ich nicht. Was hast du erlebt?«

»Vieles. Aber ich tausche meine Erlebnisse nur gegen die Nennung der Stelle.«

»Du bist verrückt.«

»Das ist richtig. Ist Emma auch wieder nüchtern?«

»Nicht ganz. Mein Gott, Baumeister, sie ist so glücklich. Hast du den Mörder?«

»Nein, noch nicht. Jetzt lass uns das Zeug in den Garten tragen.«

Die Stimmung war friedlich, richtig gut geeignet, an das Ende des Tages zu reisen. Meine Freunde hockten um den Tisch, aßen und redeten miteinander, als sei das Leben eine Sache ohne Komplikationen.

»Du könntest einen Schluck Sekt darauf trinken, dass ich lebe«, sagte Emma.

»Gib mir ein Glas Wasser«, sagte ich. »Euch hier zu haben ist eine gute Sache.« Ich legte mich auf eine Liege. »Rodenstock, was hältst du von der Idee, dass Tina Cölln die Mörderin ist?«

»Nicht abwegig«, meinte er nachdenklich. »Das Motiv?«

»Die Unfähigkeit einer Mutter, sich von ihrer Tochter zu lösen. Die Angst einer Mutter, dass die Tochter besser ist als sie selbst. Die Unfähigkeit einer Mutter, ohne diese Tochter zu leben, deren Leben sie formte. Das Begreifen einer Mutter, dass sie einen Wust von Peinlichkeiten schuf, dass sie ihre Tochter manipulierte, in kriminelle Handlungen trieb. Das Begreifen auch, dass alles zu Ende sein würde, wirklich alles, wenn diese Tochter fortgehen würde. Und das Begreifen, dass diese Tochter jetzt gerade dabei war, für immer und ewig zu gehen.«

Der Kater Paul hüpfte auf meine Liege und legte sich neben meinen Oberschenkel. Satchmo folgte und ließ sich zwischen meinen Beinen nieder. Sie schnurrten um die Wette.

»Das ist eine gute Überlegung«, sagte Emma. »Da könnte man dran arbeiten.«

»Nicht abwegig«, wiederholte Rodenstock.

»Aber ein Kopfschuss? Eine Frau – ein Kopfschuss?« Vera schüttelte den hübschen Kopf. »Das widerspricht der kriminologischen Erfahrung.«

»Nicht unbedingt«, wandte Emma ein. »Das ist schon vorgekommen. Du spielst auf diesen Hinrichtungsmodus an, nicht wahr?«

»Genau.«

Rechts von mir ergab sich ein zur Heiterkeit führender Anblick. Cisco näherte sich. Nicht jaulend, nicht winselnd, nicht schnell wie der Wind, sondern platt wie eine Flunder, Zentimeter um Zentimeter.

»Ja«, nickte Rodenstock, »das passt. Es passt sogar verdammt gut.«

»Man müsste wissen, was an dem Tag im Forsthaus los war«, murmelte Emma. »Waren die Männer da versammelt?«

»Das wissen wir«, entgegnete Rodenstock. »Es war niemand da, absolut niemand. Tina Cölln hat kein Alibi.«

Cisco war nur noch zwei Meter von mir und meiner Liege entfernt und wurde immer langsamer. Er schnaufte ein bisschen wie ein alter Mann. Wahrscheinlich war das seine Art, meine Kater einzuschläfern.

»Vielleicht hatte sie einen Aussetzer, einen Blackout. Sie hat Natalie getötet und konnte sich hinterher an nichts mehr erinnern«, überlegte Vera.

»Das ist möglich«, sagte Emma. »In Amsterdam gab es mal einen Serienkiller, der grundsätzlich in einen seelischen Rauschzustand verfiel, bevor er tötete. Er konnte sich hinterher nur bruchstückhaft erinnern, an manche wichtige Einzelheit überhaupt nicht mehr.«

»Aber Tina Cölln wäre nicht fähig gewesen, Natalie in ein Auto zu packen, nach Mannebach zu fahren, sie dort auszuladen und dann den Steilhang hinunterzutragen. Mit so einer Last kann eine Frau das nicht schaffen, sie wäre gestürzt, Natalies Körper wäre gefallen. Natalie war gut einen Kopf größer als ihre Mutter und trotz ihrer Schlankheit bedeutend schwerer. Tina hat für den Müll-Deal achthunderttausend Mark erhalten und …«

»Was?«, fragte Vera schrill.

»Nicht so ungeduldig, ich wollte gerade davon erzählen«, sagte ich. »Ja, es stimmt, ihr Lieben, sie hat für diesen Müll-Deal achthunderttausend Mark erhalten. Vermutlich war das Geld rabenschwarzer Zaster. Und da ist schon wieder ein loses Ende. Wer, um Gottes willen, hat einfach mal so achthunderttausend Mark Schwarzgeld herumliegen?« Ich berichtete von meinem Gespräch mit Tina Cölln. Ich endete:

»Also wiederhole ich die Frage: Wer hat mal so eben acht-hunderttausend in bar und schwarz?«

»Eine Menge Leute«, behauptete Rodenstock gelassen. »Ich bin kein Wirtschaftsfachmann, aber alle Geschäfte mit Kunst, mit Antiquitäten, mit Waffen, mit Drogen, mit Pros-titution, mit Gebrauchtwagen enthalten einen hohen Anteil an Barzahlungen. Ich erinnere mich an eine Gruppe Litauer, die sage und schreibe 2,2 Millionen Dollar in bar bei sich hatten, um hier im westlichen Europa gebrauchte BMWs zu kaufen. Durch einen Zufall ist herausgekommen, dass es sich um Subventionsgelder von der Europäischen Gemein-schaft in Brüssel handelte. Ich betone: Diese Erkenntnis basierte auf einem Zufall. Ich frage mich also, wie viele sol-cher Geschäfte laufen, ohne dass sie jemals entdeckt werden. Und ich glaube nach wie vor, dass Natalie getötet wurde, weil sie wahrscheinlich nicht nur Ahnung von dem Müll-Deal hatte, sondern viel mehr von vielen Geschäften dieser edlen Herrenrunde Kenntnis hatte. Etwas ganz Entschei-dendes wissen wir nicht: Warum wurde Tina Cölln nicht getötet, die doch den gleichen Kenntnisstand von den Ge-schäften der Herren besaß? Warum lebt sie noch?« Roden-stock schnaufte unwillig. »Kinder, das, was uns an dem Fall verrückt macht, ist doch, dass wir viele Mosaiksteinchen zusammengetragen haben, aber absolut nichts damit anfan-gen können. Wir haben einen Recherchestau. Und wir haben mindestens vier harte Anwärter auf den Mord an Natalie: erstens Sven Hardbeck, zweitens Vater Hardbeck, drittens Tina Cölln, viertens der Erbe der Müll-Millionen. Es kommt noch schlimmer: Im Grunde kommt jeder der Herrenrunde in Bongard in Betracht. Also weitere vier Männer. Das sind schon acht Verdächtige. Jeder dieser acht war in der Lage, einen anderen zu beauftragen, diesen Mord zu begehen. Unter Umständen kommt sogar noch der Pole Ladislaw Bronski infrage, unter Umständen auch die hohe heisere Stimme aus Mannebach, der Herr namens Martin, der dan-kenswerter Weise Baumeister verprügelt hat.«

»Ha!«, sagte ich. »Er hat's zurückgekriegt. Ich bin der mit Abstand furchtbarste Gegner in der Vulkaneifel.«

Emma lachte. »Nicht zu vergessen zwei Polizeibeamte, die etwas mit den Toten zu tun hatten.«

Der kluge Rodenstock grinste wie ein Wolf. »Das ist die weitere Hemmschwelle, die wir alle hier haben: Es gibt genügend Verdächtige, aber keiner passt uns so richtig in den Kram.« Er schlug sich in plötzlich hochschießender Heiterkeit klatschend auf den Oberschenkel. »Das ist eine Situation, die in Mordkommissionen häufig vorkommt. Wie gut, dass wir keine sind.«

Cisco war jetzt etwa einen Meter von meiner Liege entfernt und ich ahnte eine mittlere Katastrophe, wollte aber abwarten, um unsere Nachdenklichkeit nicht zu stören. Er schob sich nicht mehr Zentimeter um Zentimeter vorwärts, man musste vielmehr in Millimetern rechnen. Selbstverständlich wussten die alten Halunken Paul und Satchmo ganz genau, dass dieses scheußliche Biest namens Cisco sich näherte, und beider Schwänze zuckten gelegentlich und bewegten sich wie Schlangen, während die Kater in unendlicher Mattigkeit die Augen schlossen und ganz langsam wieder öffneten, als sei selbst das eine Anstrengung.

Cisco hatte wieder wenige Millimeter gewonnen. Es reichte nun aus, seine Pfote auf die Liege zu legen und sanft zu winseln. Die Kater waren so ruhig, dass sie nicht einmal mehr ihre Schwänze zucken ließen. Die Hundepfote lag in Höhe meines Kopfes und mir war klar, dass ich möglicherweise als Märtyrer enden konnte. Die zweite Pfote folgte. Dann atmete Cisco puffend aus und schob sich neben meinen Kopf. Langsam, unendlich langsam drückte er sich mit den Hinterläufen vorwärts. Hätte jemand ihn gefragt, was er als Lebensziel ansehen würde, hätte er geantwortet: Einmal mit den Katzen und Herrchen zusammen auf einer Liege, einmal Frieden im Karton!

Also ließ sich Cisco mit einem tiefen Seufzer der Erleichterung neben meinem Kopf nieder, Paulchen stellte sich geräuschlos aufrecht, Satchmo glitt von der Liege und kroch unter ihr her.

»Vorsicht!«, rief Vera heftig.

Aber es war zu spät.

Cisco hatte sicherheitshalber die Augen fest zugekniffen, weil ja schon Kleinkinder wissen: Wenn ich sie zukneife, sind sämtliche Gefahren nicht vorhanden! Infolgedessen entgingen ihm die körperlichen Bewegungen seiner Erzfeinde. Paulchen machte einen kleinen, entzückenden Hüpfer auf meinen Kopf und schlug dann erbarmungslos zu.

Cisco schrie hoch und schrill, zeternd und vollkommen entsetzt. Er ließ sich über die Kante der Liege rollen, was taktisch gar nicht so übel war, aber Satchmo in den Kram passte. Der empfing meinen Cisco mit lautloser Brutalität, während sich Paulchen auf meiner rechten Kopfseite einstemmte und dann sprang.

Cisco bellte empört und versuchte auf die Beine zu kommen. Aber Paul und Satchmo wollten die Sache ein für alle Mal klären, nahmen Cisco zwischen sich und ohrfeigten ihn nach Strich und Faden, wobei sie die Krallen voll ausfuhren. Das bedeutete Blut. Nicht viel, aber immerhin so viel, dass Cisco es wahrnahm und sein Gejaule intensivierte. Dann schoss er davon, unter die Birke, an der Eiche vorbei unter die wilden Rosen und um die Ecke ins Haus.

Meine Kater folgten ihm nicht einen Zentimeter. Für so was waren sie sich entschieden zu schade.

»Der braucht doch Trost!«, sagte Vera, stand auf und wollte ins Haus gehen.

»Lass ihn«, bat ich. »Er muss lernen, dass er gegen die beiden nichts ausrichten kann.«

»Das ist Darwin pur«, sagte Emma leidenschaftslos. »Nur den Juden blieb es vorbehalten, Darwin zu widerlegen. In Arabien.«

Aus dem Haus war großes Geheul zu hören und nach wenigen Sekunden erschien Cisco an der Hausecke – er hatte sich für die Show entschieden. Er heulte zum Steinerweichen, guckte kurz, ob wir auch guckten, und als wir guckten, heulte er eine Oktave höher und strich dabei mit melancholischer Geschwindigkeit an der Hauswand entlang. Dann legte er sich platt ins Gras und starrte uns aus unendlich traurigen Augen an. Es war ein erstklassiger Act, reif für jeden Kulturkanal.

Ich wollte nun doch aufstehen und meinem Hund in seiner schwersten Stunde beistehen, aber ich kam nicht mehr dazu. Irgendein Handy schrillte und Rodenstock hörte eine Weile zu. Dann kappte er die Verbindung, sah uns an und erklärte: »Wir sollten vielleicht starten. Jemand hat Tina Cölln in ihrem Haus überfallen, das Haus verwüstet und angezündet. In Bongard ist die Hölle los.«

»Ich habe kein Make-up und ich bin noch nicht frisiert«, sagte Emma energisch. »So gehe ich nie mehr außer Haus!«

»Wir kommen nach«, grinste Rodenstock.

Vera setzte sich neben mich in mein Auto und starrte durch die Scheibe.

»Du hast etwas vergessen«, bemerkte ich. »Du wolltest die Waffe hier lassen.«

»Wollte ich nie!«, erwiderte sie giftig.

Ich fuhr, so schnell ich konnte, und als wir auf dem Hügel über Bongard ins Tal rauschten, konnten wir die Qualmwolke sehen. Sie war beachtlich.

An das Haus heranzukommen war unmöglich, also parkten wir an der Landstraße nach Bodenbach. Das letzte Stück gingen wir zu Fuß, wobei das schwierig war, denn ständig schnauzten uns Feuerwehrleute an, wir sollten gefälligst die Fliege machen, uns verdrücken, unsere Neugier bezähmen und zusehen, dass wir Land gewännen. Es war ein Hindernisrennen allererster Güte.

Das Haus war nicht mehr zu retten, das Dach eingehüllt in eine Wolke aus schwarzem Qualm, aus dem meterhohe Flammengirlanden schossen. Abseits, ein wenig links von diesem Inferno, saß Tina Cölln auf einer Liege des Roten Kreuzes. Detlev kniete vor ihr und war dabei, ihr etwas zu spritzen.

»Was ist denn los?«, fragte ich. »Was ist geschehen?«

Tina Cölln wirkte erstaunlich entspannt, sie lächelte.

»Mach mal eine Faust!«, bat Detlev mit unglaublicher Geduld.

Sie machte eine Faust. »Das waren Vermummte, das war wie im Fernsehen, wie in den Filmen, von denen man immer sagt, sie sind beschissen, weil sie so unglaubwürdig sind. Sie kamen auf Motorrädern. Vier Mann. Sie schellten ganz freundlich und sagten kein Wort. Einer hielt mich fest und die anderen liefen ins Haus. Dann hörte ich nur noch Scheiben splittern und Vorhänge reißen, Geräusche, die ganz schrecklich waren. Dann stürmten sie wieder raus, setzten sich auf die Motorräder und fuhren los. Und das Haus brannte. Ich konnte nur noch die Feuerwehr rufen.«

»Du hast keine Ahnung, wer das war?«

»Keine.« Sie schüttelte den Kopf, neigte ihn und verlor nun doch die Beherrschung. Sie schluchzte: »Das ist mein Untergang.«

Vera setzte sich neben sie und nahm sie in den Arm.

Ich lief auf die Rückseite des Hauses. Der erste Stock war bereits heruntergebrannt, die Fensterscheiben im Untergeschoss allesamt zertrümmert, das Wasser schoss in breiten Bahnen auf die Terrasse.

»Darf ich in den Wohnraum reinsehen?«, fragte ich.

»Bist du verrückt?«, fragte mich ein junger Feuerwehrmann.

»Ja«, nickte ich und rannte auf die Tür zu.

Er kam hinter mir her und keuchte: »He, stopp, du Irrer!«

»Nur eine Sekunde«, sagte ich.

Der Raum war verwüstet und das erste Bild, das sich unauslöschlich einprägte, war eine Wasserflut, die glasklar über den Isafahan schwappte, Tinas Schnäppchen, auf das sie so stolz war. Kein Bild an der Wand war unzerstört, alle zertrümmert. Aber eindeutig nicht zertrümmert von Wasser oder Feuer. Feuer gab es in diesem Raum noch gar nicht, obwohl das nur eine Frage der Zeit war.

»Mehr wollte ich nicht sehen«, sagte ich dem jungen Feuerwehrmann ins Gesicht.

»Da bin ich aber froh«, entgegnete er furztrocken.

Vera hatte Tina noch immer im Arm und wiegte sie hin und her, wie man ein Kind wiegt.

»Sie haben alles kurz und klein geschlagen«, sagte ich. »Tina, was glaubst du, wie lange sie im Haus waren?«

»Ich weiß nicht. Lange, unheimlich lange, ich dachte, hört das denn nie auf …?«

»Und sie haben kein Wort geredet?«

»Kein Wort. Und sie waren schwarz gekleidet. Ganz schwarz. Und Handschuhe trugen sie, dicke Handschuhe.«

»Tina, hast du deine Tochter getötet?«

Sie wandte den Kopf und sah mich an. Das, was mich am meisten beeindruckte, war, dass sie kein bisschen beunruhigt schien. Sie wirkte im Gegenteil vollkommen gleichgültig, als habe sie schon lange auf diese Frage gewartet.

»Nein. Ich wusste ja, ich bin sie los. Ich wusste lange, dass ich sie los bin. Warum hätte ich sie töten sollen? Kann man das überhaupt? Sie lebt doch da drin.« Und sie deutete auf ihre Brust.

»Und weißt du immer noch nicht, wie viel Natalie für den Müll-Deal als Extrabezahlung verlangte? Für sich persönlich?«

»Wie viel es am Ende war, das weiß ich nicht. Fürs Erste hatte sie hunderttausend Mark Startgeld gefordert. Bevor sie die nicht hatte, wollte sie sich nicht an Adrian Schminck heranmachen.«

»O Gott!«, hauchte Vera. »Und? Hat sie das Geld bekommen?«

Tina nickte langsam, als sei das alles gar nicht mehr wichtig. »Aber ich weiß nicht, von wem.«

»Das glaube ich dir nicht«, entgegnete ich scharf. »Du musst doch wissen, wer bei dem Deal die Feder führte. Wer war der Chef in der Truppe?«

»Hans Becker und Herbert Giessen. Die haben die Oberbonzen gemacht.«

»Wo ist das Geld?«, fragte Vera.

»Keine Ahnung.«

»Vielleicht steigt es gerade zum Himmel rauf«, murmelte ich. »Noch eine Frage. Hat der Deal am langen Ende überhaupt stattgefunden? Ich meine, haben die vier die Aktien von Adrian Schminck gekriegt?«

»Haben sie«, sagte Tina düster. »Die ganzen dreißig Prozent. Nati hat noch gesagt, dass sie das besonders gut hingekriegt hätte. Das war, als sie mir sagte, sie würde erst mal für eine Zeit nach Hollywood gehen.«

»Wohin?«, fragte ich verblüfft. »Wieso denn jetzt Hollywood? Es sollte doch Kuba sein, oder?«

Tina sah mich an, als hätte ich von Töchtern nicht die geringste Ahnung. »Es war Kuba, es war Moskau, es war New York, es war alles Mögliche. Es war immer das, was sie gerade irgendwo aufgeschnappt hatte. In dem Moment war es halt Hollywood.«

»Also nicht ernst zu nehmen?«, fragte Vera schnell.

»Das weiß ich nicht«, antwortete Tina verkniffen. »Wir können sie ja nicht mehr fragen.«

»Verdammte Scheiße«, fluchte ich. »Warum konntest du das nicht eher sagen?«

»Weil ich es nicht wahrhaben wollte«, sagte sie seltsam endgültig.

Es hatte keinen Sinn, weiter auf Tina einzudreschen, ihr ruppige, ekelhafte Fragen zu stellen. Auf eine Weise war sie zerstört und würde nun vermutlich alles aussagen, was sie aussagen konnte. Ich musste grinsen: bis auf eines. Sie würde sicherlich nie offen legen, wo sie ihr Bares versteckt hatte.

Zwei Mercedes der S-Klasse mit Blaulichtern rauschten auf den Hof. Kischkewitz stieg aus und rief laut und unüberhörbar: »Hier wird nur von außen gelöscht, niemand geht in das Haus. Auch kein Brandmeister. Der Oberbrandmeister bitte mal schnell zu mir.«

»Was will er denn?«, fragte Vera.

»Na, ganz einfach. Er muss Spuren sichern. Wenn die Feuerwehr durchgegangen ist, kannst du von Spuren nicht mehr sprechen.«

»Das ist doch alles egal«, murmelte Tina.

Kischkewitz kam herüber zu uns und hockte sich auf einen Stapel Brennholz. »Ich darf wieder mit euch reden. Mein Staatsanwalt ist mittlerweile der Meinung, dass auch eine Mordkommission so etwas wie eine Serviceleistung erbringen muss. Wie geht es euch? Guten Tag, junge Dame. Willst du unter die Privatdetektive?«

»Warum nicht? Da habe ich wenigstens nicht mehr mit Beamten zu tun.« Veras Stimme klang giftig.

»Dein Chef hatte keine Wahl«, antwortete Kischkewitz

gelassen. »Er musste dich aus dem Verkehr ziehen. Wie viele Verdächtige habt ihr?«

»Neun bis zehn«, antwortete ich. »Was hältst du von diesem Schlägertrupp hier? Nach der Beschreibung waren es doch die Gleichen, die das Fernsehteam am Fundort der Leiche Natalies verprügelt haben.«

»Man müsste herausfinden, was das Kamerateam und dieses Haus hier gemeinsam haben oder das Kamerateam und Tina Cölln«, sagte Kischkewitz. »Jetzt muss ich arbeiten. Ich hörte, Emma ist unter den Lebenden?«

»Ja, Gott sei Dank.«

»Knutsch sie bitte von mir.« Er ging davon.

»Moment«, sagte ich hastig. »Wo könnte ich den Polen Ladislaw Bronski finden?«

»Autohof in Hürth. Nicht zu verfehlen. Da ist eine Kneipe. Die wissen immer, wo er ist. Aber Vorsicht, mein Lieber. Der Mann ist Dynamit. Und er lügt und lacht dabei. Das sind die Gefährlichen, wie du weißt.« Kischkewitz ging zu seinen Leuten.

Ich sagte Vera, dass ich heimfahren wollte. »Ich bin einfach hundemüde und will nachdenken.«

»Ich fahre dann später mit Rodenstock«, sagte sie.

Im gleichen Moment kamen Emma und Rodenstock den Weg entlang. Ich konnte ein Grinsen nicht unterdrücken. Emma hatte volle Kriegsbemalung angelegt, trug einen recht kurzen Rock und stöckelte ganz gegen ihre Gewohnheit auf haushohen Absätzen durch die Botanik.

Als sie mich grinsen sah, lachte sie auch. »Chic, was? Rodenstock meint, das sei nicht angebracht, aber ich bin der Meinung, heute ist es sehr angebracht.«

»Da hast du Recht«, sagte ich.

SIEBTES KAPITEL

Mich beschäftigte eine Frage, die Kischkewitz gestellt hatte: Was hatten das Haus von Tina Cölln und ein Fernsehteam gemeinsam? Wo war das Bindeglied? Oder – etwas anders gefragt – was hatte Tina Cölln mit einem Fernsehteam gemeinsam, das sich bemühte, über die Ereignisse zu berichten? War das Fernsehteam auf etwas gestoßen, was jemandem schaden konnte? Hatte Tina Cölln irgendetwas entdeckt, was jemandem schaden konnte? Dem Mörder? Aber schickte dieser Mörder vier Vermummte, die einfach drauflos prügelten? Oder hatte möglicherweise das Verprügeln des Fernsehteams und das Anzünden von Tinas Haus gar nichts mit den Todesfällen zu tun? Aber womit hatte es dann zu tun?

Es war ein gutes Gefühl, nach all dem Wirbel eine kurze Galgenfrist äußerster Ruhe zu haben, allein in meinem Haus zu sein. Die Sonne hatte sich verabschiedet und, wenn mich nicht alles täuschte, war die Ermordung der Natalie vier Tage her, vier endlose, atemlose Tage und Nächte.

Die Mordkommission, so viel war sicher, befand sich in keiner guten Lage. Die Flut der Berichte in allen Medien stellte diese Kommission lautstark als eine Ansammlung von Nichtskönnern dar, die es einfach nicht fertig brachte, Licht in das Dunkel zu bringen. Kischkewitz war ein guter Mann und ein blendender Kriminalist. Aber das war unbedeutend; solange diese Kommission nicht in der Lage war zu behaupten: Der ist es!, so lange würde es keine Ruhe geben. Und schlecht für die Ermittler war, dass vier Tage ohne Ergebnis verstrichen waren – die wichtigen ersten vier Tage, in denen Spuren etwas bringen sollen, ja müssen. Nichts an Spuren, nichts an Ergebnissen, eine im Grunde nicht fassbare Leere.

Ich empfand es wie Hohn, dass es unserem kleinen Team nicht gelungen war, mit den übrigen vier Herren der Runde in Bongard zu sprechen. Zu viele Nebenkriegsschauplätze, zu viel Verwirrung und Verirrung um scheinbar Wichtiges. Jemandem, der nach der Wahrheit sucht, bereitet es ein unangenehmes Gefühl, ständig von einem Herrn Giessen aus Bad Münstereifel oder von Herrn Becker aus Maria Laach, von Herrn Kleimann aus Euskirchen oder Herrn Grimm aus Koblenz zu sprechen – ohne mit diesen Namen eine Stimme und ein Gesicht verbinden zu können.

Ich ging in mein Arbeitszimmer und hörte mein Telefonband ab. Es war nichts Wichtiges aufgelaufen, nur eine Frau, der kleine Männer, die Todesblitze versenden, begegnet waren, hielt mir einen aufgeregten, atemlosen Vortrag.

Zuweilen ist es gut, sich an jemanden halten zu können, der nicht widersprechen kann. Ich nahm Cisco mit in mein Schlafzimmer und er durfte am Fußende liegen und nutzte die Gelegenheit, um einzuschlafen und sanft zu schnarchen.

Ich starrte gegen die Decke und kam mir unzulänglich vor. Wieso hatten wir die Geschichte der beiden uniformierten Polizisten nicht geklärt, wieso wussten wir nicht, was Huhu über den letzten Abend von Sven ausgesagt hatte? Wieso hatten wir noch nicht mit dem Grafen von Monte Christo, dem nunmehrigen Hauptverdächtigen Adrian Schminck, gesprochen, wieso, wieso, wieso. Eine andere Stimme widersprach: Hör auf, herumzuölen, Baumeister. Du bist erschöpft und außerdem hast du zu viele Informationen gesammelt, die dir nun den direkten Weg zu einem möglichen Täter verstopfen. Wir hatten an irgendeinem Punkt den Weg des schnellen, direkten Nachfragens verlassen und waren auf Abstellgleise gelangt, wir steckten fest.

Ich starrte an die Decke, ich überlegte, was denn meine Nachbarn wohl zu diesem Fall sagten, den sie jeden Tag diskutierten. Es war nicht schwierig. In meiner Vorstellung gab ich meinem Nachbarn Rudi Latten eine Stimme: »Hör zu, Siggi, da ist was abgelaufen, was eigentlich mit der Eifel nichts zu tun hat. Die Männer im alten Forsthaus in Bongard, das sind doch Kaufleute, ganz stinknormale Kaufleute, die den Hals nicht voll kriegen und die eigentlich nur hier sind, weil sie genug Geld haben, sich eine Jagd in der Eifel zu pachten. Der Hardbeck, ja, der ist Eifler, aber die anderen? Die sind doch nur aus Zufall hier, die haben doch mit der Eifel nichts am Hut. Aber die *Bildzeitung* schreibt, in Bongard habe eine kriminelle Vereinigung von Wirtschaftsschmarotzern getagt und fiese Pläne geschmiedet. Das hätte doch genauso gut im Hunsrück oder im Westerwald oder in Oberbayern passieren können. Aber passiert ist es hier. Und ich sage dir: Das schadet der Eifel enorm!«

Der Landrat? Würde er die Geschichte kommentieren? Und wie? »Ich sage euch, so Dinge passieren überall auf der Welt, in jeder Stadt, in jeder Region. Was hier passiert ist, verwirrt die Menschen, es macht ihnen Angst. Daher ist es enorm wichtig, ihnen zu sagen: Sie leben in einem sicheren Land und dieser Fall ist die Ausnahme. Aber dazu müsste man erst einmal die Möglichkeit haben, ihnen genau zu erklären, was da eigentlich passiert ist. Solange dieser Schwebezustand herrscht, so lange haben die Menschen hier überhaupt keine Sicherheiten mehr.«

Plötzlich kam mir ein Gedanke und ich sprang wie elektrisiert auf. Ich rannte hinunter zum Telefon und rief Detlev Fiedler an.

»Haben Sie Zeit, auf eine halbe Stunde hierher zu kommen?«

»Ich weiß nicht recht, eigentlich müsste ich mal schlafen. Ach was, hier herrscht sowieso Kriegszustand. Ich komme.«

Als er eintraf, war es Mitternacht und Rodenstock, Emma und Vera waren noch immer nicht aus Bongard zurück. Wahrscheinlich hockten sie irgendwo mit Kischkewitz zusammen und redeten über den Fall.

»Wollen Sie etwas trinken?«

»Einen Schnaps. Haben Sie einen Schnaps?«

»Moment, ich hole welchen.« Ich kramte in der Küche herum und fand eine Flasche Obstler aus dem Gutland bei Bitburg. »Wieso herrscht Kriegszustand bei Ihnen?«

»Meine Frau sagt, ich hätte mich viel zu tief in diesen Fall hineingekniet. Ich könne an nichts mehr denken als an die tote Natalie und würde darüber die Familie vergessen.«

»Stimmt das? Hat sie Recht?«

»Natürlich hat sie Recht. Aber ich denke, ich weiß sehr genau, das eine vom anderen zu unterscheiden.« Er lächelte und trank von seinem Schnaps. »Frauen«, murmelte er, »sind äußerst vernunftbegabte Wesen. Und als solche lassen sie sich ausschließlich von Gefühlen befehligen. Weshalb wollten Sie mich so dringend sprechen?«

»Nun, Sie wissen wahrscheinlich, dass kürzlich ein Fernsehteam am Fundort von Natalies Leiche verprügelt worden ist. Und heute am späten Nachmittag ist das alte Forsthaus von Tina Cölln von einer gleich aussehenden vermummten Schlägertruppe besucht worden. Das Haus brennt immer noch, Totalschaden. Irgendwie habe ich das Gefühl, dass da Leute am Werk sind, denen es darum geht, Abscheu auszudrücken, kurz: die Eifel zu verteidigen. Frage: Kennen Sie junge Menschen, deren Heimatgefühl so ausgeprägt ist, dass sie solche Aktionen planen und durchziehen würden?«

»Sie reden von Eiflern, nicht wahr?«

»Natürlich«, nickte ich.

Fiedler starrte durch die Terrassentür in den dunklen Garten. Paulchen drückte sich an die Scheibe und wollte herein. Da erschien auch Satchmo und maunzte zum Gotterbarmen.

»Die vier Musketiere«, seufzte er. »Das ist komisch und faszinierend, was Ihnen alles einfällt. Mir wäre das so nie in den Sinn gekommen. Ja, ich kenne so Leute. Wir nennen sie die vier Musketiere. Vier junge Männer aus äußerst seriösen Familien. In der zehnten Klasse haben sie sich zu einem Quartett zusammengetan, das bei Schulaufführungen glänzte. Als ›Die vier Musketiere‹ führten sie Parodien und Sketche auf. Sie waren Klassenkameraden von Sven und Natalie. Begeisterte Eifler, ausgesprochen gute Kenner der hiesigen Flora und Fauna. Wollen alle Biologie oder Physik studieren. Ja, denen würde ich so was zutrauen. Ich hatte mit denen übrigens mal Stunk. Und zwar näherten sie sich in ihren Ansichten den REPs an, sehr weit rechts. Die Gefahr ist immer gegeben, wenn es um Gefühle von Zuhause und Heimat geht. Ja, die könnten das gewesen sein. Sie tauchten auf Motorrädern auf, nicht wahr?«

»Ja. Welchen von ihnen kann ich jetzt hierher bitten?«

»Das wollen Sie riskieren?«

»Aber ja.«

»Na ja, ich weiß nicht recht.« Fiedler spitzte die Lippen. »Ich würde sagen, an Elmar Theis müssten Sie rankommen. Das ist ein Zwei-Meter-Mann mit dem Seelchen einer ganz jungen, im Beruf unerfahrenen Kindergärtnerin.« Er grinste. Dann schaute er auf die Uhr. »Der liest viel, der müsste jetzt erreichbar sein. Aber mich müssen Sie entschuldigen, ich kümmere mich wieder um meine Angetraute. Viel Erfolg.«

Er nannte mir aus dem Stegreif die Telefonnummer und Fiedler war kaum aus der Tür, da rief ich schon Elmar Theis an.

Die Stimme war tief und sanft: »Theis hier.«

»Baumeister. Ich habe eine Bitte: Würden Sie schnell mal zu mir nach Brück kommen? Ich habe ein paar Fragen an Sie. Ich bin Journalist und recherchiere im Fall Natalie und möchte Sie als Klassenkameraden interviewen.«

»Jetzt?«, meinte er verblüfft. »Mitten in der Nacht?«

»Warum nicht?«, fragte ich zurück. »Glauben Sie, der Mörder hat gesagt: Jetzt nicht, es ist schon zu spät am Tag?«

Da lachte er unterdrückt. »Also gut, ich komme. Wo wohnen Sie?«

Ich beschrieb es ihm und er versprach, sofort loszufahren. Dann rief ich Rodenstock an.

Er meldete sich, und ehe ich etwas sagen konnte, polterte er los: »Wir haben uns festgefressen und kommen nicht weiter.«

»Möglicherweise habe ich die vier Motorradfahrer«, erzählte ich. »Ich würde euch gern dabeihaben.«

»Kischkewitz auch?«

»Von mir aus«, sagte ich.

»Der muss mal raus aus seiner Kommission«, entschied Rodenstock. »Der sieht ja den Wald vor lauter Bäumen nicht mehr.«

»Wir doch auch nicht.«

Wenige Minuten später kamen sie und sie waren kaum aus Emmas Volvo gekrochen, als der Mann namens Elmar Theis mit einem geländegängigen Motorrad auf den Hof preschte.

»Hereinspaziert«, sagte ich und reichte ihm die Hand. »Ich bin der Journalist und das hier ist eine Runde von Fatalisten, die nicht mehr daran glauben, den Mörder je zu finden. Aber Sie sind eine neue Hoffnung.«

»Wieso ich?«, entgegnete er verunsichert. »Ich weiß doch wirklich kaum was. Na ja, ich höre erst mal zu.«

»Das ist Herr Kischkewitz, der Leiter der Mordkommission, das ist Vera, Kriminalbeamtin, das ist Emma, ebenfalls vom Metier, das ist Rodenstock, Kriminalrat a. D. Und das, ihr Lieben, ist Elmar Theis, Klassenkamerad von Natalie und von Sven.«

Theis machte höflich und ordentlich die Runde und reichte jedem die Hand, dann setzte er sich neben mich.

Cisco wollte unbedingt auf seinen Schoß springen und ich warf ihn kurzerhand hinaus. Hunde sind im Gegensatz zu Katzen aufdringlich und sie können es nicht fassen, wenn man ihnen deutlich macht, dass sie im Moment überflüssig sind.

»Ich darf einmal das Gespräch eröffnen«, sagte ich. »Können Sie sich daran erinnern, was Sie als Erstes dachten, als Sie hörten, dass Natalie ermordet worden ist und Sven tödlich verunglückt?«

»Das Erste, was ich dachte«, antwortete er wie aus der Pistole geschossen, »war: Das darf nicht wahr sein! Irgendwie war das unfassbar. Mit so was rechnet kein Mensch, oder?«

»Was dachten Sie zwei Tage später?«

»Ich hab mit meinen Kumpels drüber geredet, wir haben endlos diskutiert. Dann dachten wir, also dachte ich, dass eigentlich ziemlich viel daran logisch war. Ich meine an Natalies Tod.«

»Logisch?«, fragte ich verblüfft. »Natalies Tod logisch?«

»Ja«, nickte er und weidete sich ein wenig verlegen an der allgemeinen Überraschung. »Wir kannten Natalie und wir wussten, sie musste etwas für ihre Mutter tun.«

Er war ein langer Schlacks mit dunklen Haaren, einem schmalen Gesicht und dunklen, sehr glanzvollen Augen.

»Nun ja«, fuhr er fort, »es war doch klar, dass da im Forsthaus in Bongard was ablief. Und Natalie war mittendrin. Und wir haben das damals so verstanden, dass sie nicht nur mittendrin war, sondern dass sich das Ganze eigentlich auch um sie drehte.«

»Sie waren sicher neugierig?«, wollte ich wissen.

»Klar«, entgegnete er. »Aber Natalie redete nicht drüber.

Sie war so … sie war irgendwie sehr alt, wenn Sie verstehen, was ich meine.«

»Nein, das verstehe ich nicht«, wandte ich ein.

»Also, sie war irgendwie …« Er wusste nicht weiter.

»War sie so etwas wie ein Archetyp, eine Urmutter für Sie?«, fragte Emma sanft.

»Ja, genau. Das war sie. Als wir in der Zehn waren, da war sie noch ganz anders gewesen. Sie war auch schon Natalie, aber noch nicht so … na ja, noch nicht so kühl. Sie zeigte uns …« Er brach ab, er hatte etwas erklären wollen, was ihm zu weit ging.

»Was hat sie Ihnen gezeigt?«, fragte ich nach.

»Ihre Sexualität, ihr … na ja, es war schon verrückt.«

»Was ist da geschehen?« Lass nicht locker, Baumeister!

»Das war … wir waren auf Klassenfahrt in London. Und wir waren ganz heiß auf die Pubs und die Clubs und so. Natürlich wollten wir die Nacht in den Straßen, in einer richtigen Weltstadt erleben. Sie ging mit, sie ging immer mit.«

»Haben Sie sie geliebt?«

»Ja«, erwiderte er. »Wir haben sie geliebt, alle vier. Nicht so, dass wir mit ihr was haben wollten, aber irgendwie war sie unsere Jeanne d'Arc, unser Heilige. Wir waren in einem Schülerheim untergebracht und hockten zusammen in einem Kellerraum. Wir vier. Und sie kam herein und fragte: ›Jungs, was wollt ihr wissen?‹ Einer von uns antwortete: ›Erkläre uns die Frauen.‹ Mein Gott!« Theis strich sich über das Gesicht. »Haben wir gelacht! Aber sie wusste, dass wir es ernst meinten. Und sie zog sich aus, einfach so. Es war … also, es war nicht erotisch, es war irgendwie cool, voll sachlich. Sie … sie erklärte: Das hier sind die großen Schamlippen, solche Sachen eben. Ich weiß noch, dass ich die Augen geschlossen hatte, so verlegen war ich. Aber dann machte ich sie auf und erfuhr zum ersten Mal etwas über Frauen, nicht den Scheiß, den unsere Eltern uns erzählen.« Stille Tränen liefen über seine Wangen und es machte ihm nichts aus, dass wir es sahen.

»Sie war einfach wunderbar, nicht wahr?«, fragte Emma ganz leise.

»Damals war sie wunderbar. Damals noch.« Er schniefte, fummelte in den Taschen seiner schwarzen Jeans rum.

Vera reichte ihm ein Papiertaschentuch. »Das, was Sie erzählen, ist sehr schön. Und das, was daraus geworden ist, hat Sie in Wut versetzt.«

»Ja.« Theis fragte: »Kann ich vielleicht eine Zigarette haben. Normalerweise rauche ich gar nicht, aber …«

»Sicher«, sagte Vera und reichte ihm ihre Schachtel.

Jetzt zitterten seine Hände. Er rauchte nicht genussvoll, er paffte, war aber dankbar, dass seine Hände etwas zu tun hatten. »Ich weiß gar nicht, weshalb ich Ihnen das erzähle.«

»Weil Sie reden wollen, ja, reden müssen«, murmelte Rodenstock. »Kein Wort wird diesen Raum verlassen, wir wissen Ihr Vertrauen zu schätzen.«

»Was veränderte sich?«, erkundigte ich mich.

»Zunächst haben wir das nicht geschnallt. Jedenfalls wurde sie … ja, immer sachlicher. Sie redete plötzlich viel über Geld. Dauernd über Geld. Was was wert ist und so. Und als wir in Philosophie einmal über geistige Liebe sprachen, fragte sie: ›Wie viel, glaubst du, ist mein Unterleib wert?‹ Einmal stand ich allein mit ihr in der Raucherecke und sie sagte: ›Ich bin eigentlich eine Unternehmerin.‹ Ich wusste nicht, was sie meinte. Jetzt weiß ich es.«

»Was denn?«, fragte ich.

»Sie verkaufte sich«, stellte er fest. »Oder nein, so war es wohl nicht. Ihre Mutter verkaufte sie.«

»Was ist aus Ihrer Heiligen geworden?«, fragte Emma in die Stille.

»Sie ist tot«, antwortete er schlicht. »Und das war dann irgendwie logisch, oder? Es musste etwas passieren, das konnte doch nicht so weitergehen, irgendwann musste es mal knallen. Jedenfalls glauben wir das.«

»Können Sie diese Mutter verstehen?«

Er überlegte nicht. »Nein.«

»Wie sind die Lehrer eigentlich mit ihr umgegangen?«, fragte Emma.

»Also, die Männer waren hin und weg von ihr. Die Frauen, na ja, die meisten mochten sie nicht, sie war einfach zu

167

mächtig. Die Männer machten ihre Scherze mit Natalie und mühten sich um sie.« Er lächelte. »Da war wohl kaum ein Unterschied zwischen uns und unseren Lehrern. Sie mochten sie alle.«

»Und wie reagierte Natalie darauf?«, fragte Vera.

»Na ja, gutmütig, so nach dem Motto: Komm her, Junge, ich zeig dir was! Die Männer mochten sie ausnahmslos. Fiedler, unser Klassenlehrer, sagte immer: ›Du verkörperst die Sünde, junge Frau!‹ Und wir lachten. Natalie antwortete dann: ›Es ist die Sünde, die jeder von euch jeden Tag begeht.‹« Theis lächelte wieder in der Erinnerung. »Sie gewann, sie gewann immer.«

»Hatte sie zuletzt etwas Nuttenartiges an sich?«, fragte Vera brutal.

»Eindeutig. Das war es auch, was wir nicht fassen konnten. Wir kauften uns ein Fernglas. Das heißt, erst kauften wir eins, später hatte jeder eins.«

Vor der Tür fiepste Cisco leise. Ich öffnete ihm und er sprang zwischen mir und Vera auf das Sofa, legte sich hin, streckte den Kopf weit vor und sah uns an.

»Würden Sie das bitte erklären?«, sagte Rodenstock.

Veras Hand neben mir kraulte Cisco. Ich griff nach der Hand und spürte, wie Vera den Atem anhielt.

»Na ja, sie gab keine Antworten mehr. Wir konnten sie fragen, so viel wir wollten. Wir wollten wissen, was da in diesem Forsthaus ablief. Und sie erwiderte kalt wie eine Hundeschnauze, das ginge uns überhaupt nichts an. Und wir dachten: Das geht uns wohl was an! Da kam einer von uns auf die Idee, das Forsthaus zu beobachten. Das haben wir dann gemacht, von hinten. Und weil nur wenig zu erkennen war, haben wir uns ein Fernglas gekauft. Zusammen.« Er grinste jungenhaft.

Emma lachte. »Was gab es da zu sehen?«

»Na ja, es ging zu wie in einem Club. Die Mutter rannte um die Männer rum, die trug immer lange Kleider. Und Natalie trug nur Miniröcke, sehr aufreizend. Und manchmal … und manchmal trug sie kein Höschen.«

»Was noch?«, fragte ich beharrlich.

»Manchmal fuhren alle Männer bis auf einen. Der ging dann in einen der Räume nach oben. Und nach einer Weile kam Natalie und zog sich aus und … na ja, sie bediente ihn.« Er stockte. »Das war ein Puff mit einer Nutte.«

»Wie oft haben Sie das beobachtet?«

»Wochenlang. Dann hörten wir damit auf, es … es machte uns irgendwie verrückt.«

»Und sie hat es nicht gemerkt?«, fragte Vera nervös.

»Doch«, nickte er.

»Wie hat sie denn reagiert?«, wollte Rodenstock wissen.

»Wir hatten erwartet, sie beschimpft uns, nennt uns Spanner oder so was. Aber sie sagte nur: ›So ist das Leben!‹«

»Und das klang traurig, nicht wahr?«, meinte Emma.

Er war überrascht. »Ja, genau. Sehr traurig.«

»Sie haben also gesehen, dass sie zu jemandem ins Bett stieg. Wissen Sie genau, zu wem?«

»Aber sicher!«, sagte er. »Wir wollten gründlich sein, wir haben die alle identifiziert.« Er schnaufte. »Das war viel Arbeit. Am schlimmsten war der aus Koblenz. Dr. Lothar Grimm, Rechtsanwalt. Ein Schwein, oh, solch ein Schwein!« Es überwältigte ihn, er machte eine Pause. »Eine geile, rücksichtslose Sau. Einmal war er der Letzte, wollte aber nicht da schlafen. Jedenfalls blieb er unten in diesem riesigen Wohnzimmer. Er rief nach Natalie, hören konnten wir zwar nichts, aber es war irgendwie klar. Er saß nackt an dem Esstisch. Und sie musste niederknien …«

»Aufhören!«, befahl Emma scharf. »Dazu müssen Sie sich nicht zwingen, mein Sohn!«

Ich hatte plötzlich einen furchtbaren Verdacht: »Sie haben Fotos gemacht, nicht wahr?«

Rodenstock ruckte nach vorn, Emma setzte sich aufrecht, Vera ließ meine Hand los, der Hund wurde aufmerksam.

Theis nickte. »Wir haben fotografiert. Wir haben zusammengelegt und eine schwere Nikon mit einem achthunderter Rohr gekauft, uns Filme besorgt, die auf Restlicht ansprechen. Wir haben …«

»O Gott!«, hauchte Emma. »Jetzt einmal langsam. Sie haben vermutlich Fotos von allen. Auch von Svens Vater?«

169

»Auch von dem. Aber der hatte nichts mit Natalie. Alle anderen … alle anderen ja, aber nicht Herr Hardbeck. Wir haben überlegt, ob Herr Hardbeck Natalie getötet hat, weil Sven gelitten hat wie ein Tier. Ich hätte das schon verstanden.«

»Sachlich!«, mahnte Emma kühl. »Sie haben sie alle fotografiert. Alle beim Vögeln?«

»Nein. Das nicht. Das ging nicht, weil die Betten so stehen, dass man das nicht ins Bild bekam. Aber alle nackt mit der nackten Natalie und manchmal auch … also im Stehen, bei …«

»Schon gut«, sagte Rodenstock abwehrend. »Wo sind diese Fotos? Wer hat sie entwickelt? Verstehen Sie mich nicht falsch: Aber nur ein Foto dieser Art kann der Grund dafür sein, dass Natalie ermordet worden ist!«

Theis' Kopf kam hoch, sein Rücken streckte sich, er begann mit den Händen zu wedeln. »Wir haben es geahnt … Also, wir haben eine Nikon mit Motor. Man kann sie so einstellen, dass sie automatisch alle zwei Sekunden ein Bild macht. Dieser Rechtsanwalt aus Koblenz … von dem haben wir einen ganzen Film verknipst, als Natalie vor ihm knien musste. Achtunddreißig Fotos. Jetzt sind es nur noch siebenunddreißig, weil einer von uns, Richie, der hat Natalie ein Foto davon gegeben. Sie bettelte so.«

»Hat sie gesagt, wozu sie es haben will?«, fragte ich.

»Ja. Sie hat gesagt, sie wolle es als Erinnerung. Aber wir denken, sie hat es benutzt, um …«

»Sie haben es begriffen!«, seufzte Emma freundlich.

Ich wollte den Durchbruch. »Ist es nicht empörend, was Presse, Funk und Fernsehen aus der Geschichte gemacht haben?«

Theis kniff die Lippen zusammen, so dass sie eine harte Linie bildeten. »Ja. Keiner hat Natalie wirklich gekannt, aber alle reden und schreiben und filmen über sie. Und keiner berücksichtigt, dass sie früher ganz anders war … Und es ist einfach zum Kotzen, was die Pressefuzzis aus der Eifel machen. Alle Eifler sind blöd und leben hinter dem Mond. Das ist nicht zu fassen!«

Ich schaute Rodenstock an und er nickte aufmunternd.

»Und da haben Sie sich zusammengetan, die alte bewährte Mannschaft, die vier Musketiere. Erst habt ihr das Fernsehteam aufgemischt. Und dann waren gestern Abend Tina Cölln und der entsetzliche Puff dran.«

Er sah mich an und aus seinen Augen sprach unendliche Erleichterung. »Ich wollte es loswerden«, nickte er. »Werden wir in den Knast müssen?«

»Das kann man unter Umständen vermeiden«, sagte Emma rasch.

Kischkewitz hatte die ganze Zeit ruhig und gelassen wie Buddha in seinem Sessel gehockt, kein Wort gesagt, seine Augen nicht von diesem Elmar Theis gelassen, dabei einen ekelhaft stinkenden Stumpen abgebrannt. Jetzt nuckelte er am ausgebrannten Ende herum, das dauernd vom rechten in den linken Mundwinkel wechselte.

»Nun bin ich dran«, nuschelte er. »Sie haben verstanden, wer ich bin? Der Leiter der in dieser Sache zuständigen und ermittelnden Mordkommission. Ich könnte Ihnen den Vorwurf machen, nicht sofort zu uns gekommen zu sein. Ich lasse das mal, weil ich finde, Sie hatten verdammt viel Mut. Aber Sie müssen jetzt begreifen, dass Sie mir einen höchst Verdächtigen genannt haben: Dr. Lothar Grimm aus Koblenz. Ich verlange von Ihnen wohl nicht zu viel, wenn Sie Ihre Kumpane hierher beordern sollen. Und zwar sofort und ohne Wenn und Aber. Wir ersparen Ihnen und den Eltern damit großes Aufsehen. Ist das klar?«

»Selbstverständlich«, sagte Theis. »Und wahrscheinlich brauchen Sie sämtliche Fotos.«

»Genau. Das heißt: Sie rufen jetzt die restlichen Musketiere her. Samt allen Fotos. Und keiner von Ihnen darf auch nur ein Sterbenswörtchen sagen, auch nicht zu den Eltern. Mit denen setze ich mich dann in Verbindung. Ich hoffe, dass ich Ihnen in … na ja, in Ihrem Fall behilflich sein kann. Straffreiheit gibt es auf keinen Fall, Sie haben einen hohen wirtschaftlichen Schaden verursacht … Mal sehen, ob wir da einen freundlichen Blick drauf werfen können.«

Kischkewitz stand auf und ging hinaus. Wahrscheinlich

171

würde er in den nächsten zwanzig Minuten pausenlos Einsatzbefehle an seine Mannschaft in den Hörer bellen und genaue Verhaltensmaßregeln erteilen.

Elmar Theis zog sich in die Küche zurück und telefonierte dort. Rodenstock verschwand und telefonierte vom unteren Bad aus, Vera war plötzlich weg und ich fand sie auf dem Dachboden. Sie telefonierte. Als ich mit einem Seufzer mein Schlafzimmer betrat, hockte dort Kischkewitz auf dem Bett und sagte gerade: »Fahrt mit Blaulicht und kein Pardon. Ich will den Kerl in zwei Stunden in Wittlich haben. Wie, ist mir scheißegal.«

Ich flüchtete zu Emma zurück ins Wohnzimmer. Ihr Anblick schockte mich, sie rauchte eine von Rodenstocks unförmigen kanonenrohrähnlichen Brasilzigarren.

»Meine Zigarillos sind aus und diese Dinger sind einwandfrei furchtbar. Aber sie qualmen.«

Auf dem Flur ließ Cisco ein furchtbares Jaulen hören und Kischkewitz schimpfte erbost: »Köter, nun geh mir endlich aus den Füßen!« Dann betrat er das Wohnzimmer. »Tut mir Leid, dass ich dein Haus mit Beschlag belege, aber leider warst du zu erfolgreich.«

»Mich würde noch etwas interessieren«, meinte Emma. »Als ihr die vier Männer der Runde aus dem Forsthaus das erste Mal verhört habt, haben die doch Alibis vorweisen können, oder? Wie sah das Alibi von dem Rechtsanwalt aus Koblenz aus?«

»Wenn ich mich recht erinnere, war er daheim bei seiner Familie. Das ist ein schmieriger Mann, sage ich euch. Er ist keiner, der Natalie tötet. Aber er ist durchaus jemand, der einem anderen den Auftrag erteilt zu töten. Das wird noch eine schwierige Kiste.«

»Kann der Pole Bronski einen solchen Auftrag erfüllt haben?«, fragte ich.

»Nein«, antwortete Kischkewitz entschieden. »Ich kann das gar nicht beweisen, aber der Pole ist ein Typ, der mit so einem wie Lothar Grimm nicht kann. Auf keinen Fall.«

»Wo ist eigentlich Tina Cölln nun untergekommen?«, fragte Emma.

»Im *Hotel Panorama* in Daun. Sie darf Daun nicht verlassen. Aha, da sind die Motorradrabauken.«

Sie knatterten auf meinen Hof, zogen die Helme von den Köpfen und kamen sehr verlegen in mein Haus.

Einer von ihnen sagte fast flüsternd: »Wir sind bestellt.«

Emma und ich räumten das Wohnzimmer und Kischkewitz begann ein erstes Gespräch mit ihnen.

»Wir rücken Vera auf den Pelz«, entschied Emma.

Vera lag diagonal auf ihrem Bett auf dem Bauch und schnarchte sanft. Sie wirkte sehr entspannt.

»Ich würde gern eine Partie Billard gegen dich gewinnen«, schlug Emma vor.

»Aber dann wecken wir Vera. Außerdem: Seit wann kannst du Billard spielen?«

»Seit ich als kleines Mädchen zwei Sommer in Belgien in einem alten Plüschcafé verbringen durfte. Ich war der Schrecken aller Eingeborenen. Das Risiko, Vera zu wecken, müssen wir eingehen.« Sie trat an die Platte und baute mit affenartiger Geschwindigkeit den Rahmen mit den Kugeln auf. »Wenn du willst, darfst du anfangen«, sagte sie und suchte sich ein passendes Queue aus.

Ich begann, drosch den ersten Stoß auf die Vollen und registrierte nur halb, dass Vera entsetzt in die Höhe schoss. Ich hatte kein Glück, ich versenkte nichts.

»Tut mir Leid, Liebes«, murmelte Emma, »aber ich muss irgendetwas tun, mir die Lebenslust aus dem Muskeln zu blasen. Es ist mitten in der Nacht, ich weiß, aber keiner in diesem Haus nimmt Rücksicht auf die Tageszeit.«

»Hä?«, machte Vera, setzte sich aufrecht hin und rieb sich die Augen. »O Gott, mein Kopf. Ich hab doch gar nichts mehr getrunken!«

Emma kündigte an: »Ich gehe auf die gelbe Eins, dann nach links auf die Neun, nehme die Gebänderte rechts davon mit, lasse sie aber liegen und gehe auf die Sechs. Klar? Kanadische Holzfäller-Regel.«

»Klar«, sagte ich im Angesicht meines Untergangs.

Sie nahm die weiße Kugel hoch und stieß einen Hungerball, der so sanft über Grün rollte, dass er wie ein alter Mann

173

wirkte, der die letzten Schritte seines Lebens tut. Es geschah wie angekündigt, sie versenkte drei mit dem ersten Stoß, rannte dann behände auf eine andere Position, sagte an, stieß zu, entschuldigte sich zwischendurch für ihre Kunstfertigkeit und räumte im dritten Stoß den Rest ab. Dann stand sie nachdenklich vor der Platte und sagte: »Die Acht wird Schwierigkeiten machen, aber ich denke, es geht über zwei Banden.«

Ich erwiderte: »Aha!«, und wartete auf meine endgültige Vernichtung.

»Was macht ihr da eigentlich?«, nörgelte Vera.

»Wir spielen Murmel«, sagte Emma. »Noch eins?«

»Danke, nein«, winkte ich ab. »Ich bring die Billard-Platte zum Trödel.«

Eine halbe Stunde später verließ Kischkewitz mitsamt den vier Jungmannen das Haus und so etwas wie eine vorläufige Ruhe kehrte ein. Rodenstock und Emma verzogen sich in ihr Zimmer, Vera war erneut in leichtes Schnarchen versunken und ich konnte mein Bett erreichen, ohne irgendwelchen Fremden zu begegnen und ihnen erklären zu müssen: »Wissen Sie, eigentlich ist das hier mein Haus.«

Die Herrlichkeit dauerte nicht allzu lange. Als das Tageslicht anbrach und als etwa um kurz vor fünf Uhr feststellbar war, dass der Tag verregnet sein würde, kam Vera samt Cisco in mein Reich und nörgelte: »Könntest du nicht wenigstens Bescheid sagen, wenn du ins Bett gehst?«

Sie plumpste links neben mir auf die Matratze, während der Hund von rechts kam und meinen Lebensraum auf schlanke dreißig Zentimeter begrenzte, wobei er in heller Freude eifrig bemüht war, seine nasse Zunge durch mein Gesicht zu ziehen. Ich beneidete meine Katzen, die jetzt wahrscheinlich ein warmes Plätzchen für sich ganz allein irgendwo im Keller oder im Geräteschuppen gefunden hatten.

Selbstverständlich wurden wir erst gegen Mittag wach und Vera entdeckte auf dem Küchentisch einen Zettel, auf den Emma geschrieben hatte: *Wir versuchen, mit der Ehefrau von Dr. Lothar Grimm in Koblenz Kontakt aufzunehmen. Amüsiert euch schön!*

»Amüsieren wir uns jetzt oder arbeiten wir?«, fragte sie.

»Schmeiß Cisco raus«, sagte ich. »Eine alte Französin hat mal einen Roman mit dem Titel *Liebe – Brot der Armen* geschrieben. Die Frau hatte ja so was von Recht!«

Wir amüsierten uns tatsächlich, denn zunächst knickte der Mittelholm meines Bettes ein und dann, beim Versuch der Reparatur, brachen gleichzeitig beide Krampen aus, die das Fußteil hielten. Das Ausräumen der auf diese Weise unnützen hölzernen Bestandteile des Bettes dauerte eine Weile und zurück blieb eine fantastische Lustwiese, an der nichts mehr zusammenbrechen konnte und die mich an meine Studienzeit erinnerte, was mich außerordentlich rührte.

»Du bist ein richtiger Bodenturner«, lobte Vera.

Gegen 15 Uhr regnete es immer noch in der Art, die von den Eiflern ›auffrischende Feuchtigkeit von Westen‹ genannt wird. Wir zogen uns trotzdem an, ich rasierte mich trotzdem, wir ließen trotzdem unsere Gehirne warmlaufen.

»Was würdest du jetzt klären wollen?«, fragte ich Vera nach der dritten Tasse Kaffee.

»Ich möchte mich mal mit einer der Ehefrauen der Polizisten unterhalten. Ich möchte wissen, ob die beiden tatsächlich was mit Natalies Tod zu tun haben können.« Sie lächelte versunken.

»Das ist gut, es ist auch nicht so weit nach Lind.«

»Die wohnen in Lind?«

»Einer von ihnen wohnt in Lind. Der 43-jährige Egon Förster. Polizeihauptmeister. Das war der mit dem Schnäuzer«, erinnerte ich mich und sah sein Gesicht vor mir, wie er verwirrt und fassungslos auf die tote Natalie starrte. »Einverstanden. Lass uns fahren. Er war richtiggehend wütend auf Natalie, weil sie so ein unsolides Leben geführt hat.«

»Vielleicht ist er jemand, der sich verantwortlich fühlt, wenn seine Mitbürger Mist bauen.«

»Das kann sein.«

»Darf ich fahren?«

»Selbstverständlich. Ab sofort lasse ich nur noch fahren.«

Wir waren noch nicht einmal an der Einfahrt des kleinen Industriegebietes vorbei, als mein Handy sich meldete.

Es war Kischkewitz, der schnell und hastig berichtete: »Der Pole Bronski ist abgetaucht. Der Schatten hat ihn verloren. Er soll Besuch bekommen haben von seinem Bruder und etwa drei oder vier anderen Polen. Wir vermuten, dass Bronski in die Eifel fährt.«

»Warum sollte er das tun?«

Kischkewitz lachte. »Wahrscheinlich glaubt er, er bekommt von den reichen Köppen, für die er arbeitet, alles Mögliche in die Schuhe geschoben. So ganz Unrecht hat er ja nicht. Zum Beispiel wird die Sache mit den Giftfässern an ihm kleben bleiben. Der Bruder übrigens ist ein paar Jahre älter und hat ein Vorstrafenregister von der Länge der Einkaufsliste, die mir meine Frau am Wochenende mitgibt. Der Mann scheint ziemlich brutal zu sein. Schwere Körperverletzung in insgesamt sechs Fällen. Aber kurioserweise niemals verurteilt.«

»Danke dir, dass du angerufen hast. Hat die Sache mit den Geldsäcken was ergeben?«

»Ja. Natalie hat das Foto an Dr. Grimm in Koblenz verkauft. Für fünfzigtausend Mark. Er behauptet, er habe sie nicht getötet, aber was sollte er auch anderes tun. Das Biest war wirklich auf Zack. Mach's gut.«

»Mach's besser.« Ich erklärte Vera: »Bronski ist auf dem Kriegsspfad, mit einer ganzen Meute Landsleute.«

»Wildwest«, sagte sie knapp. »Der Pole wird gewohnt sein, für sich selbst zu sorgen. Diese Sorte wartet nicht, bis die Polizei was regelt.«

Lind ist klein, winzig klein. Die Straße führt ein paar hundert Meter geradeaus, macht eine Rechtskurve den Hang hoch – dann ist Lind schon wieder vorbei. Eine Frau, die mit einem Kinderwagen spazieren ging, gab uns Auskunft: »Die Försters wohnen da den Weg rein, rechter Hand, letztes Haus.«

Vor der Haustür lag Spielgerät herum, ein grüner großer Plastiktrecker, ein paar Sandförmchen, Schippen, ein alter Ball.

Vera schellte und hatte den Klingelknopf kaum losgelassen, als eine junge Frau öffnete, die ein Kopftuch trug und so aussah, als wolle sie das ganze Haus putzen.

»Ja, bitte?« Sie hatte kräftige Hände und ein leicht ge-
bräuntes, sehr hübsches Gesicht. »Wenn Sie meinen Mann
suchen, muss ich Sie enttäuschen. Der ist nicht da.«

»Das wissen wir«, sagte ich. »Ich kenne Ihren Mann, habe
ihn an der Stelle getroffen, an der Natalie Cölln gefunden
wurde. Das hier ist Vera, eine Kollegin von ihm. Wir wollten
Sie bitten, mit uns zu reden.«

Ihr Gesicht wurde augenblicklich schmaler und härter.
»Worüber denn?«

»Darüber, dass Zeitungen und Illustrierte Fotos von Ihrem Mann und Natalie veröffentlicht haben und behaupten,
er und sein Kollege seien tief in die Geschichte verwickelt«,
sagte Vera leichthin.

»Und Sie«, sagte die Frau und sah mich an, »sind wahrscheinlich ein Journalist, den das persönlich interessiert,
was?« Sie war böse.

»Ich bin Journalist, aber ich habe noch kein Wort über den
Fall geschrieben. Wir beide verfolgen Spuren, um sie aufge-
ben zu können. Und Ihr Mann ist wahrscheinlich so eine
Spur. Wo ist er denn?«

»Das weiß ich nicht«, entgegnete sie knapp.

Vera murmelte: »Das glaube ich Ihnen sogar. Geht es ihm
denn wenigstens gut?«

»Das weiß ich natürlich auch nicht«, sagte sie. »Na ja«,
lenkte sie dann ein, »kommen Sie rein. Entschuldigung, hier
sieht es furchtbar aus. Eigentlich hätten die Kinder aufräumen sollen, aber wie das so ist.« Sie ging vor uns her durch
einen schmalen kleinen Flur in ein helles Wohnzimmer mit
Blick auf einen Garten voller Blumen. »Kann ich Ihnen etwas anbieten? Kaffee vielleicht? Ein Wasser?«

»Ein Wasser«, sagten wir.

Sie verschwand für eine Weile und kam mit einem Tablett
wieder.

»Dass ich nicht weiß, wo mein Mann ist, das stimmt«,
murmelte sie, als wolle sie ein für alle Mal klarstellen, dass
an dieser Feststellung nicht zu rütteln war.

»Ist er denn nun auf einem Sonderlehrgang oder im Sonderurlaub?«, fragte Vera.

»Wo tun Sie denn Dienst?«, fragte sie zurück.

»Landeskriminalamt in Mainz«, sagte Vera.

»Tja gut, dann will ich mal erzählen, wie das ablief. Na klar, beide Männer, also mein Egon und Klaus Benesch waren natürlich geschockt. Solche Verbrechen passieren hier doch alle zwanzig Jahre nicht. Aber dass sie deswegen in einen Sonderurlaub geschickt wurden, das war nun wirklich nicht notwendig. Tatsächlich hat mein Egon gesagt, er müsse dringend und ohne Verzug zu einem Lehrgang. Komisch war nur, dass er sagte, er könne mir keine Auskunft geben, was das für ein Lehrgang sei und wo der stattfinde.« Sie kicherte wie ein junges Mädchen. »Ich war immer der Meinung, Männer sind verrückt, aber dieser geheime Lehrgang schießt einwandfrei den Vogel ab. Egon kam ungefähr um drei Uhr nachmittags heim. Als ich um vier Uhr ebenfalls nach Hause kam – ich arbeite in einem Tante-Emma-Laden –, hatte er die Koffer schon gepackt, sah alle paar Sekunden auf die Uhr und war zwei Minuten später samt Auto weg.«

»Darf ich Sie duzen?«, fragte Vera und wartete keine Antwort ab. »Hast du seinen Vorgesetzten angerufen?«

»Sofort natürlich«, sagte sie hell. »Doch der sagte nur, er dürfe mir keine Auskunft geben, aber er könne mir versichern, dass alles seine Ordnung habe. Und ich solle mit niemandem drüber reden. Und dann erschienen die Zeitungen und Illustrierten und ich dachte, mich trifft der Schlag.«

»Warst du dabei, als Egon mit Natalie tanzte?«

»Klar.«

»Erzähl doch mal, wie kam es dazu?«

»Gern. Also Egon ist vereinsmäßig unheimlich stark eingebunden. Sportverein, Freiwillige Feuerwehr, Heimatverein und so weiter. Ständig ist irgendetwas los und er hat auch viele Ehrenämter. Er ackert. Wenn er nicht ackern kann, ist er unglücklich. Einmal im Jahr spielt er sogar die Hauptrolle in einem Schwank, den der Theaterverein auf die Bretter bringt. Und ich finde das richtig, ich mach das genauso. Wenn unsere Dörfer nicht sterben sollen, müssen wir was unternehmen. Unsere Jugend geht in die Städte, dagegen ist nichts einzuwenden. Aber wenn sie ausgelernt haben, sollen sie zu uns zurückkommen. Wenn wir nichts machen, sterben die Dörfer.« Försters Frau wurde richtig eifrig.

»Es war bei einem Dorffest?«

»Ja, ein ganz normales Fest. Ich weiß noch, dass Egon sagte: ›Ich tanze jetzt mit der schönsten Frau im Saal!‹ Wir haben alle gelacht, denn wir wussten ja, wie diese Natalie wirkt. Sie war ja wirklich eine schöne Frau. Dann haben die beiden geschwooft – wie die Kinder. Ja, und der vom *Fotostudio Nieder* hat Bilder gemacht. Ich habe übrigens selbst so ein Bild beim Nieder bestellt.«

»Ich habe Egon neben Natalies Leiche erlebt«, sagte ich bedächtig. »Er war wütend auf sie. Er warf ihr vor, sie habe sich mit allen möglichen Männern eingelassen.«

Sie nickte ernst. »So ist er. So etwas regt ihn wirklich auf. Das hat überhaupt nichts damit zu tun, dass er Polizist ist. Er sagt: ›Man kann seinen Spaß haben, aber man muss wissen, wo die Grenze ist.‹ Ja, so ist er. Und die Natalie hat ja tatsächlich ziemlich heftig gelebt.«

»Das kann man sagen«, nickte Vera. »Hast du denn einen Verdacht?«

»Was mit Egon ist? Wo er ist und so? Nein. Wenn der Chef sagt, alles ist okay, dann wird alles okay sein. Das Ganze mit diesen Fotos, das ist doch idiotisch. In der Provinz ist es eben so, dass jeder jeden kennt, dass jeder irgendetwas vom anderen weiß, dass jeder irgendwie mit jedem zusammenhängt. Bloß weil Egon Polizist ist, ist er doch nichts Besonderes, oder?«

Einen Moment herrschte Schweigen.

»Na ja, etwas Besonderes ist das schon«, sagte ich dann. »Die Gesellschaft geht nicht gut mit Bullen um. Das steht fest. Und Bullen haben nun mal keinen guten Ruf. Das hat was damit zu tun, dass sie mit Verbrechertum aufräumen sollen, während genau das immer weiter wächst. Das muss doch etwas gewesen sein, das auch Egon immer belastet hat, oder?«

»Ja, das ist wohl so«, nickte sie. »An dieser Stelle war Egon irgendwie, ja, traurig. Du mühst dich ab, du redest mit

Jugendlichen, du sagst, die Gesellschaft braucht feste Spielregeln, und fünf Minuten später hauen die Jugendlichen sich die Köpfe ein, als habe es nie Regeln gegeben oder als hätten sie nie eine gekannt. Das ist schwer, das ist verdammt schwer. Gewalt wächst, die Leute werden immer brutaler. Und dann kommt noch das Verrückte hinzu, dass die Leute zu Egon sagen: ›Wieso, um Gottes willen, bist du eigentlich Bulle? Du kannst ja doch nichts dagegen tun.‹ Das klingt irgendwie nach Verachtung. Ja, Egon hat darunter gelitten. Immer schon.«

»Und dann die Scheißbezahlung«, murmelte ich.

»Genau!«, rief die Frau etwas schrill. »Genau! Die meisten haben doch keine Ahnung, was die beim Streifendienst so tun müssen. Nimm doch mal diese verrückte Nacht. Da fährt sich erst Sven Hardbeck tot. Egon und Klaus müssen zu den Eltern. Das ist Stress, das ist haushoher Stress. Und dann verkündet der Chef: ›Wir haben da noch eine Leiche!‹ Die beiden stehen stundenlang, bis die Mordkommission kommt, neben einer Leiche. Und sie haben diese Leiche gekannt, gut gekannt. Das muss man erst mal verkraften. Ich sage, kein Mensch steckt das so einfach weg. Wir hatten das Problem hier im Haus, ich hatte es. Egon kam heim, er redete nicht, konnte gar nicht mehr reden. Er nahm eine Flasche Schnaps und legte sich ins Bett. Mich macht das ganz krank. Er hat die gleichen Träume wie wir alle, muss aber immer die Scheiße aufräumen, die diese Gesellschaft hinterlässt. Wenn die Träume zerbrechen, soll er da sein. Das ist es doch, genau das.« Sie war wütend.

»Wir wollen dich nicht länger stören«, meinte Vera. »Wenn Egon wieder da ist, sag ihm, er macht seine Sache gut.«

Als wir durch Kelberg fuhren, meldete sich Rodenstock aus Koblenz. »Gerade hat sich herausgestellt, dass die beiden verschwundenen Polizisten Förster und Benesch bei Walter Hardbeck den Garten angelegt haben. Keine Schwarzarbeit, 630-Mark-Regelung.«

»Das hilft nicht weiter«, meinte ich. »Polizisten sind auch nur Menschen und sie verdienen zu wenig. Was hat denn Grimms Ehefrau gesagt?«

»Bisher noch nichts. Sie wird erst in einer Stunde wieder zu Hause sein. Wir melden uns.«

»Willst du eigentlich auch noch zu Benschs Frau?«, fragte Vera.

»Nein«, erwiderte ich. »Kein Bedarf. Aber ich würde gern mal mit dem Chef der Wache in Daun sprechen, um die Geschichte abhaken zu können.«

»Gut, dann fahren wir jetzt dahin«, entschied Vera.

»Das können wir auch morgen noch machen. Ich möchte jetzt ins *Stellwerk* nach Monreal, mit dir was essen.«

»So etwas Edles?«

»So etwas Edles! Egoismus spielt da auch mit, ich habe Hunger. Also fahr mal links und dann nach zwei Kilometern rechts ab Richtung Anschau und runter ins Enztal.«

»Darf ich kurz anhalten und dich küssen?«

»In den Gesetzen zur Personenbeförderung ist ein solcher Fall nicht vorgesehen ... Da ist ein Feldweg, der führt in den Wald.«

Erst nach einer geraumen Weile kamen wir wieder auf die Erde zurück und dann mochte Vera nicht mehr fahren. Es ist wirklich etwas ganz Besonderes, von einer jungen Frau im Grünen verführt zu werden, zumal sie anschließend rührend bemüht war, mir sämtliche Naturrückstände wie zum Beispiel trockene Gräser und Moose, kleine Zweige und altes Laub von der Figur zu pflücken.

ACHTES KAPITEL

Wir aßen äußerst genussvoll, die Wirtin Anja umkreiste uns mit der nicht ausgesprochenen Frage: Wer, zum Teufel, ist diese Frau?

Ich verspeiste eine Filetpfanne, Vera mümmelte einen Salat mit viel Lachs, den Abschluss bildete ein Eisbecher vom Format der nördlichen Dolomitengipfel, und erst dann gelang es mir, Anja mit einer einfachen Bemerkung unter Freunden zufrieden aussehen zu lassen. »Vera bleibt ein paar Wochen bei mir – hoffe ich.«

Anja, ganz wohlgeratene Tochter wohlgeratener Eltern, sagte hell: »Ach, wie schön!« Sie lächelte zuckersüß, verschwand für eine Minute und kam dann mit der Gabe des Hauses zurück: »Ein Sekt mit Limettensaft, einen doppelten Espresso. Das Haus wünscht Glück.«

Vera errötete, was ihr gut stand.

»Du interessierst dich doch für diese schreckliche Geschichte mit den beiden jugendlichen Toten. Ich kenne einen der Männer, die da im Forsthaus getagt haben«, erzählte Anja und setzte sich mit halbem Hintern auf den dritten Stuhl. »Dieser Hans Becker aus Maria Laach ist ein häufiger Gast hier. Ein guter Gast und ein richtig netter Kerl. Also, ich kann mir überhaupt nicht vorstellen, dass der irgendwelche krummen Dinger macht, wie es im *Kölner Express* stand. Becker ist ein ganz Lieber.«

»Das mit den krummen Dingern ist so eine Sache«, murmelte ich. »Bisher konnten ihm richtig krumme Dinger gar nicht nachgewiesen werden. War er mit jungen Frauen hier?«

»Nein, nie. Und selbst wenn: Warum denn nicht?«

»Richtig«, sagte Vera bestimmt. »Aber es ist so ein Kuddelmuddel entstanden, verstehst du. Einen Mörder haben wir noch lange nicht parat.«

»Vielleicht«, sagte die Wirtin, »steckt euer Mörder ganz woanders. Vielleicht da, wo ihr noch gar nicht nachgesehen habt.«

Als wir gingen, sang eine Amsel in einem Ahorn ihr Abendgebet, die Enz rauschte in ihrem tief liegenden Bett, es war sehr friedlich.

»Eigentlich«, sagte Vera, »sind wir nicht weit weg von Maria Laach, der Heimat des Kaufmanns und Unternehmers Hans Becker.«

»Stimmt. Man müsste wissen, ob er noch im Gewahrsam von Kischkewitz ist oder bereits entlassen werden musste.«

Ich wählte also Kischkewitz' Büronummer und konnte ihn nicht erreichen, weil er unterwegs war. Aber eine seiner Helferinnen antwortete auf meine Frage: »Ja, Becker ist wieder zu Hause. Muss uns zur Verfügung stehen, hat so was wie Hausarrest. Hat zwar wie wild mit Natalie gevögelt, aber gleichzeitig hat er Geld genug, sich alles zu erlauben.« Das klang zynisch.

»Höre ich da Zorn?«

»Ach ja, verdammte Hacke, diese Geldsäcke kommen doch immer frei.«

»Grüßen Sie Kischkewitz, bitte.«

Wir fuhren durch Monreal, dann auf die Schnellstraße, die an Mayen vorbei in Richtung Maria Laach führt.

»Ich mag Laach«, sagte Vera. »Ich war ein paar Mal mit meinen Eltern hier. Es hat mich immer sehr beeindruckt.« Sie lachte leise. »Ich habe als Mädchen immer gedacht, ich könne hier einem Nonnenorden beitreten, ich wusste nicht, dass hier nur die Benediktiner wohnen. Das waren noch schöne Zeiten damals.«

»Wo leben deine Eltern eigentlich?«

»Sie lebten. Meine Mutter starb vor sechs Jahren. Sie hatte Brustkrebs. Mein Vater starb zwei Jahre später, er wollte ohne sie nicht mehr.«

Ich überlegte. »Ich weiß im Prinzip nichts von dir.«

»Von dir weiß ich auch wenig«, entgegnete sie. »Vielleicht können wir das ein wenig ändern. Du hast Anja gesagt, ich würde eine Weile bei dir bleiben. Geht das denn, kannst du damit leben?«

»Ja, das würde mir gefallen. Was hat dein Vater beruflich gemacht?«

»Er war Polizist«, sagte sie. »Er war der Typ Dorfpolizist, der jeden im Revier kannte, der mit jedem schwätzte, der genau wusste, was jeder beruflich machte, der die Schwierigkeiten der Einzelnen kannte. Er war mein Vorbild, ist es eigentlich immer noch. Kennst du Maria Laach?«

»Was heißt kennen? Ich bin oft da, ich streune herum, denke darüber nach, warum sie das Kloster dort gründeten und nicht einen Kilometer weiter südlich oder westlich. Es ist ein geheimnisvoller Ort.«

»Das vollkommenste Bauwerk der deutschen Romanik«, sagte Vera versonnen. »An den Satz erinnere ich mich, der stammt von meinem Vater. Er hatte wahrscheinlich nicht viel Ahnung von Architektur, aber von deutschen Klöstern wusste er eine Menge. Er kannte sie alle. Ich wusste gar nicht, dass es in Laach auch Wohnhäuser gibt.«

»Gibt es auch nicht, außer eben den zum Kloster gehörenden Gebäuden. Wir werden sehen.«

Wir wurden schlauer, als wir am Empfang des Hotels am Laacher See nachfragten. Eine junge Dame teilte uns mit, Hans Becker residiere im alten Forsthaus jenseits der Straße, die nach Bell hinaufführte. Sie sagte tatsächlich residiert und sie meinte es ernst.

Also fuhren wir weiter und entdeckten das Haus hinter einer Gruppe uralter, hoher Buchen. Wir konnten nur zwei Giebelfenster erkennen, die aus einer Schieferfläche herauszuspringen schienen. Da gab es eine schmale Asphaltstraße, die in einem leichten Linksbogen zwischen die Bäume führte.

»Sieh mal«, sagte Vera, »Kameras, alle sechs bis acht Meter Kameras. Auf den Pfählen im Zaun, siehst du sie? Na, der wird nicht zu sprechen sein.«

»Versuchen wir's«, entschied ich.

Ich lenkte den Wagen auf den schmalen Zubringer und wir landeten vor einem schweren, schmiedeeisernen Tor. Kein Hinweis, kein Schild, kein Name. Nur eine Klingel, eingelassen in einen Steinpfosten. Ich schellte und starrte direkt in die nächste Kameralinse.

Der Lautsprecher tönte blechern. Eine Frauenstimme fragte: »Ja, bitte?«

»Mein Name ist Siggi Baumeister. Könnte ich bitte Herrn Hans Becker sprechen. Es geht um die Geschichte mit Natalie Cölln.«

»Oh. Ich weiß nicht, ob er sie empfangen will. Es ist ja schon spät.« Hinweis der seriösen Reichen, man möge zu christlichen Zeiten kommen, nicht am späten Abend.

Die Stimme eines Mannes war auf einmal zu hören: »Was kann ich für Sie tun?«

»Das kommt darauf an, ob Sie Auskunft geben wollen. Herr Kischkewitz sagte mir, er habe Sie entlassen und ...«

»Er musste mich entlassen!«

»Na gut, er musste Sie entlassen. Aber finden Sie es nicht ausgesprochen unhöflich, dass wir mit Ihnen über diesen Scheißlautsprecher verkehren müssen und Ihnen nicht einmal ins Gesicht blicken können?«

Er lachte unterdrückt. »Kommen Sie herein. Fahren Sie hoch bis zum Haus.«

Nachdem das Tor ein wenig quietschend aufgeschwungen war, fuhren wir den Weg hoch. Das Haus war aus Basalt, ein gigantischer schwarzer Klotz, Furcht einflößend, bedrohlich, vermutlich mit fünfhundert Quadratmetern Wohnfläche, zwei Schwimmbädern und einem Wintergarten für tropische Pflanzen in der Größe eines Einfamilienhauses.

»Ich friere, wenn ich das sehe«, flüsterte Vera.

Sechs Stufen führten hinauf zu einer hohen, zweiflügeligen Tür aus Bronze. Das rechte Türblatt hatte statt einer Klinke oder eines Knaufs einen gewaltigen Brocken aus Amethyst. Das Portal wirkte wie der Eingang zu einem wirtschaftlich besonders gut ausgestatteten Kloster, unnahbar, im Grunde nicht von dieser Welt, mystisch.

Die Tür ging auf und eine Frau stand dort. Sie mochte sechzig sein, vielleicht älter. Sie war hager und schmal. Unter den grauen Haaren, die kurz gehalten waren, fand sich ein scharf ausgeprägtes Gesicht wie das einer Eule. Sie war ganz in Schwarz gekleidet. Langer Rock, schwarze Bluse, schwarze Strickjacke. Sie musterte uns ungeniert und eingehend und sagte dann: »Ich bin die Hausdame. Wenn Sie mir bitte folgen wollen.«

Wir traten in eine beachtliche Halle mit einer irrwitzig großen und breiten Treppe. Die Stufen waren aus schwarzem Marmor, die Wände mit dunkelroter Seide bespannt. Und überall hingen Bilder, Ölschinken mit den Porträts längst vergangener Menschen, die düster mit dunklen, nichts sagenden Augen auf die Szene blickten.

»Die Treppe hinauf«, erklärte die Frau und ging voran.

In der Mitte der Halle schaukelte ein eiserner Kronleuchter mit einem Durchmesser von mindestens zwei Metern, eindeutig ein Stück aus der Klosterschmiede, deren Stil unverwechselbar ist.

»Wen darf ich melden?«, fragte die Hausdame und blieb im ersten Stock stehen.

»Siggi Baumeister. Ich bin Journalist. Die Dame ist meine Freundin.« Ich wollte Veras Profession nicht verraten, es würde nicht gut für sie sein, als Privatdetektivin mit einem aktuellen, Aufsehen erregenden Fall in Verbindung gebracht zu werden.

»Moment bitte.« Die Dame verschwand hinter einem schweren Vorhang, der quer über einen breiten Flur gespannt war. Dann tauchte sie wieder auf und bat uns mit einer Handbewegung, ihr zu folgen. Das Ziel war ein Raum am Ende des Flurs und ich weiß nicht mehr, ob ich nicht erregt aufseufzte, als wir eintraten.

Der Raum war groß wie ein Rittersaal und düster wie das ganze Haus. Sicher lag die Raumhöhe bei vier Metern und bis auf zwei große Fenster waren die Wände vom Fußboden bis zur Decke mit Bücherregalen bedeckt. Es gab eine Sitzecke gewaltigen Ausmaßes aus schwarzem Leder, einen gewaltigen Schreibtisch, auf dem nichts lag, außer etwa zehn Telefonen in verschiedenen Farben. Hinter diesem Schreibtisch stand ein großer hölzerner Sessel, in dem ein Mann saß. Auch der Mann war groß, ein Häuptling Silberlocke, ohne Zweifel eine imposante Erscheinung. Er trug einen Nadelstreifenanzug mit Weste und dunkler Krawatte. Sofort erhob er sich und kam uns entgegen. Er küsste Vera den Handrücken, drückte meine Rechte ziemlich kräftig und stellte sich mit dunklem Bass vor: »Hans Becker.«

Wir waren ganz artig, folgten ihm wie Hündchen zu der Sitzgruppe und ließen uns nieder.

Er setzte sich uns gegenüber in einen Sessel. »Womit kann ich Ihnen dienen?«

»Das wissen wir nicht genau«, lächelte Vera. »Angesichts der tragischen Affäre stürzen Hunderte von Fragen auf uns ein. Wir wissen gar nicht, wo wir beginnen sollen.«

Kein schlechter Anfang, dachte ich automatisch. »Was war das nun eigentlich für ein Kreis im Forsthaus Bongard?«

Becker grinste schmal. »Sie sagen ›war‹, ich sage ›ist‹. Der Männerkreis ist nicht zerstört, er existiert nach wie vor.

Gewiss, wir haben herbe und vollkommen idiotische Kritik über uns ergehen lassen müssen, aber das kann uns nicht aufhalten, nicht auf Dauer. Oder finden Sie es vielleicht normal, dass eine seriöse Runde von Kaufleuten als kriminelle Vereinigung dargestellt wird?«

»Da gab es tatsächlich eine Reihe schriller Töne«, nickte Vera. »Aber das ist ja nur eine Seite der Medaille, nicht wahr? Die andere Seite, also die der Damen Cölln, spricht ja durchaus verständlicherweise die Sensationsgier eines breiten Publikums an.«

»Das ist richtig«, sagte Becker. »Aber wir müssen uns bloß ein paar Wochen, zwei Monate vielleicht, still verhalten und es wird wieder *business as usual* geben.«

»Glauben Sie, Sie finden noch einmal so ein Haus wie das in Bongard?«, fragte ich.

»Selbstverständlich«, antwortete er. »Zweifeln Sie daran?«

»Keine Zweifel«, bestätigte ich ihm. »Nur die weibliche Seite wird nicht mehr zu bekommen sein.«

»Nun, das nicht«, nickte er heiter. »Insofern war Bongard sicherlich einmalig.«

»Ich nehme an«, Vera sprach nicht, Vera schien die Worte zu seufzen, »ich darf Sie nach der toten Natalie fragen? Sie leben doch allein hier, sind etwa sechzig Jahre alt und Junggeselle.«

»Ich bin achtundfünfzig und kein Junggeselle. Meine Familie lebt in meinem Haus in Hamburg. Meine Frau, meine beiden erwachsenen Kinder. Die sind bald mit dem Studium fertig. Wir sehen uns. Nicht regelmäßig, aber wir sehen uns. Ich bin einer der alten Elefanten, die arbeiten müssen, ständig arbeiten. Da geht jedes Familienleben kaputt. Daher haben wir uns schon vor Jahren arrangiert. Selbstverständlich dürfen Sie mich nach der kleinen Natalie fragen.«

Vera, Liebling, bolz ihn an!, dachte ich.

»Sie haben mit ihr geschlafen. Sie könnte Ihre Tochter sein. Was war das für ein Gefühl?«

Die Frage war brutal, aber sie schien Becker nur weiter zu erheitern. »Das war überhaupt kein Gefühl, gnädige Frau. Es sollte einem Mann in meinem Alter nicht passieren, aber

187

es passierte eben, weil ich entschieden zu viel getrunken hatte. Kein Gefühl. Ich bin hinterher zu ihr gegangen und habe mich für meinen Übergriff entschuldigt.«

»Übergriff nennen Sie das?«, fragte Vera schrill.

»Übergriff«, nickte er. »Wie würden Sie das nennen?«

»Unzucht mit einer Minderjährigen«, sagte sie scharf.

Er wurde nicht nervös, brach das Gespräch nicht ab, warf uns nicht aus dem Haus. Kühl retournierte er: »Nun wollen wir aber mal auf dem Teppich bleiben, Leute. Insofern bin ich richtig froh, dass Sie hier aufgetaucht sind. Die kleine Natalie hätte sechzehn sein können und es wäre keine Unzucht mit einer Minderjährigen gewesen. Die Kleine ist eine auf Profit gedrillte Nutte gewesen und keine noch so vornehme Umschreibung darf darüber hinwegtäuschen.«

Erst jetzt fiel mir auf, dass wir auch hier auf einem Seiden-Isfahan saßen, garantiert eigens für diesen Raum gewirkt. Rottöne herrschten vor, eine unglaubliche Fülle an Ornamenten.

»Lassen Sie ein Tonband mitlaufen?«, fragte Becker plötzlich.

»Nein«, sagte ich matt. »So etwas Linkes machen wir nicht. Haben Sie mehr als einmal mit ihr geschlafen?«

»Wenn ich sage, ja, ist das gelogen, wenn ich sage, nein, ist das auch gelogen. Sehen Sie, es ist so, dass wir eine Gruppe von fünf Jagdfreunden sind. Wir fanden dieses Haus in Bongard. Dort konnten wir uns ausruhen, miteinander reden, miteinander auch Geschäfte besprechen und tätigen. Ich lebe sehr viel nachts, Sie haben die Telefone gesehen. Ich bin einer, der mit Geld Geld macht. Internationale Finanzplätze und so. Eigentlich brauche ich dieses Haus nicht mehr zu verlassen, eine Pleite ist nahezu unmöglich geworden. Dieses Leben erschöpft, in Bongard konnte ich mich erholen. Ich kann zugeben, dass ich ein weiteres Mal mit Natalie schlafen wollte. Ich erinnere mich deshalb so gut, weil ich vor lauter Erschöpfung impotent war. Wir haben darüber gelacht.«

Diese Auskunft war das mit Abstand Raffinierteste, was ich in den letzten Jahren gehört hatte. Er stritt nichts ab, täuschte nichts vor, er ging weit in die Selbstanklage hinein und wurde gerade dadurch nahezu unangreifbar. Welcher Mann erliegt denn nicht gelegentlich einer Versuchung? Und, seht her, Leute, ich bin wirklich nichts anderes als ein normaler Mann.

»Warum dieses Leben in diesem einsamen Haus?«

»Das hat etwas mit dem Kloster nebenan zu tun und mit der faszinierenden Geschichte dieses Ortes. Und das hat mit meiner Jugend zu tun. Haben Sie etwas Zeit?«

Als wir beide nickten, fuhr er fort: »Ich stamme aus einer alten Handwerkerfamilie in Bad Breisig, genauer gesagt Oberbreisig. Mein Vater war ein Schuhmacher, er fertigte orthopädische Schuhe an. Wir waren acht Kinder und wir hatten, soweit unsere wirtschaftlichen Mittel das zuließen, eine sehr erfüllte und glückliche Jugend. Ich diente in der Messe in Bad Breisig, in der alten katholischen Dorfkirche gleich an der B 9. Später dann war ich hier im Kloster Messdiener. Ich radelte mit dem Fahrrad her, eine heute kaum glaubliche Vorstellung, zig Kilometer jede Woche bei jedem Wetter. Ich glaube, ich war ein nachdenkliches Kind.«

Er wurde unterbrochen, die Hausdame kam herein mit einem großen Tablett und stellte es auf den Bronzetisch zwischen uns. Sie goss Wasser ein, Wein, Kaffee und verschwand wieder wie ein Schatten, als habe sie es nicht einmal nötig zu atmen.

Becker nippte an seinem Weinglas. »Ich spielte jahrelang mit der Idee, katholische Theologie zu studieren und in den Benediktinerorden einzutreten. Klösterliches Leben faszinierte mich, fasziniert mich noch immer. Aber es kam anders. Ich machte Abitur und anschließend eine Banklehre. Ich begriff sehr früh die Bedeutung der elektronischen Medien und sehr früh kaufte ich mir die ersten Computer. Ich verstand schnell, dass man sich nicht vom Schreibtisch fortbewegen muss, um zu Geld zu kommen. Kennen Sie die Benediktregel aus dem Kapitel 57?«

»Nein«, antwortete ich.

»Nun, die lautet: ›Bei der Festlegung der Preise darf sich das Übel der Habgier nicht einschleichen. Man verkaufe sogar immer etwas billiger, als es sonst außerhalb des Klosters möglich ist, damit in allem Gott verherrlicht werde.‹« Er lächelte zurückhaltend. »Daran habe ich mich mein Leben lang gemessen.«

»Das klingt sehr arrogant«, stellte Vera fest.

»Das mag Ihnen so erscheinen, aber arrogant ist das nicht. Arroganz wird immer bestraft. Es gibt eine andere Benediktregel, ebenfalls im Kapitel 57, eine wichtige Bemerkung über Handwerker im Kloster: ›Sind Handwerker im Kloster, können sie in aller Demut ihre Tätigkeit ausüben, wenn der Abt es erlaubt. Wird aber einer von ihnen überheblich, weil er sich auf sein berufliches Können etwas einbildet und meint, er bringe dem Kloster etwas ein, werde ihm seine Arbeit genommen.‹« Becker setzte hinzu: »Und ich bin nichts anderes als ein Handwerker.«

»Moment«, widersprach ich, »Sie tun so, als seien Sie ein Mönch unter Mönchen. Ihr Spitzname, wenn ich mich recht erinnere, ist sogar der ›Abt‹.«

»Ja, das ist mein Spitzname. Ich arbeite beratend für das Kloster. Ich erstelle Wirtschaftlichkeitsberechnungen, gelegentlich schließe ich im Namen des Klosters Geschäfte ab. Ich werde dafür bezahlt, aber ehrlich gestanden ist das nur ein Hungerlohn. Ich trete meine Arbeitskraft an das Kloster ab, ich erstatte sozusagen meinen Dank für ein erfolgreiches Leben in der Wirtschaft.«

»Mit wie viel Schwarzgeld operieren Sie?«, fragte Vera.

»Zuweilen ist es viel, zuweilen ist es weniger. Wie Sie wissen, gibt es Branchen, die nahezu ausschließlich mit Bargeld arbeiten. Bei manchen Geldern weiß ich nicht, ob sie schwarz sind oder nicht. Ich kann es auch gar nicht wissen, weil der Geschäftspartner mir das nicht sagen würde. Beispiel: Ich habe für das Kloster in Moskau eine Heilige Maria mit Kind aus dem frühen 17. Jahrhundert vermittelt. Ausgemacht war, dass der Verkäufer meine Provision bezahlt. Ich machte das Geschäft, die Abtei bezahlte das Kunstwerk, ich habe den Vorgang vergessen. Eines Tages steht hier einer meiner russischen Partner aus Moskau vor der Tür, reicht mir einen Aktenmappe voll mit Dollarscheinen und sagt trocken, das sei meine Provision. Er hat sie mir nicht gebracht, weil er so ehrlich ist, sondern weil er weiß, dass er möglicherweise an mich weitere besonders wertvolle Stücke verkaufen kann. Purer Egoismus, sonst nichts. Was soll ich mit diesem Geld jetzt machen? Etwa zum Finanzamt rennen? Es ist mein Recht als Kaufmann, darauf zu achten, so wenig Steuern wie möglich zu zahlen. Ich habe das Geld dazu verwendet, mir einen hochwertigen PKW zu kaufen. Den habe ich bar bezahlt und so den Kaufpreis erheblich drücken können. Steuern zahle ich ohnehin genug.«

»Sie haben Natalie Geld dafür gegeben, dass sie sich um den Millionenerben Adrian Schminck kümmerte, dessen Aktien Ihre Gruppe unbedingt erwerben wollte. Stimmt das?«

Ich hatte erwartet, er würde schweigen, mindestens aber ausweichen. Beides tat er nicht. »Jawohl, so ist das gelaufen. Jeder von uns hat Natalie Geld dafür gegeben. Wir haben die Aktien bekommen und das Paket weitergegeben an eine Industriegruppe, die an dem Handel Interesse hatte. Das war ein durchlaufendes Geschäft, sonst nichts.«

»Augenblick!«, sagte Vera wütend. »Sie machen eine Neunzehnjährige scharf auf diesen Erben. Diese Neunzehnjährige weiß: Dafür muss ich mit dem Mann schlafen! Das tut sie auch. Sie kocht ihn langsam weich, sie suggeriert ihm, dass sie möglicherweise bis in alle Ewigkeit bei ihm bleibt. Dann ist das Geschäft gelaufen und der Mann muss plötzlich begreifen, dass Natalie nichts anderes war als eine geschickt agierende Kurtisane, die nichts anderes wollte als das Geschäft und damit die Provision. Und das nennen Sie ein einfaches Geschäft?«

»Selbstverständlich.« Er erheiterte sich an Veras Wut. »Wir wussten, dass Herr Schminck sehr empfänglich für weibliche Reize und Schönheit ist. Also haben wir Natalie gefragt, ob sie vielleicht ein wenig helfen kann. Du lieber Himmel, seien Sie doch nicht päpstlicher als der Papst: Es gibt uralte Regeln auf dem Sektor des Handels. Und eine davon ist die, dass eine schöne Frau an der richtigen Stelle einem Geschäft blitzschnell auf die Beine helfen kann, vorausgesetzt, sie macht ihre Beine breit.«

»Das ist zynisch!«, brauste Vera auf.

»Mag Ihnen so erscheinen«, nickte Becker. »Aber das ändert nichts am Ergebnis. Wir haben das Paket bekommen und mit Gewinn weitergegeben.« Er lachte leise. »Wissen Sie, eigentlich geht es mir überhaupt nicht mehr um Geld, eigentlich geht es mir um das Spiel.«

»Es geht Ihnen um Macht«, stellte ich fest. »Dieses ganze Haus, dieses ganze Ambiente ist nichts als die Inkarnation geballter Macht, schrecklich kalt.«

Er konterte kühl: »Es ist mein Zuhause, nicht das Ihre.«

»Sie wirken sehr souverän. Wahrscheinlich sind Sie sehr souverän.« Ich wählte meine Worte sorgfältig. »Da gibt es doch den Dr. Lothar Grimm. Der scheint mir dagegen eine miese Figur zu sein, die überhaupt nicht zu Ihnen passt. Er ist wesentlich jünger als Sie und scheint fast eine Art, nun ja, ein Sexbesessener zu sein.«

»Sie wirken richtig moralisch«, grinste Becker. »Sehen Sie, ich muss doch mit dem Mann nicht ins Bett. Wir bereiten Geschäfte vor und führen sie durch. Und diesbezüglich ist Grimm ein hervorragender Partner. Es ist mir wurscht, ob er hinter jungen Mädchen hergeiert oder sich mit sechs Huren gleichzeitig amüsiert.«

»Sie instrumentalisieren Menschen, nicht wahr?«, fragte Vera fasziniert.

»Selbstverständlich«, gab er zu. »Das tun wir alle. Die meisten geben es nur nicht zu. Die Instrumentalisierung ist übrigens in der Politik eine ganz hohe Kunst. Der Exbundeskanzler konnte das meisterhaft und führt noch heute das Volk systematisch hinters Licht. Wenn einer geschäftlich so gut ist wie Lothar Grimm, möchte ich ihn zum Bundesgenossen und seine sexuellen Vorlieben interessieren mich nicht im Geringsten.«

»Was haben Sie gedacht, als die Nachricht kam, Natalie sei ermordet worden?«, fragte Vera hinterhältig.

»Eine gute Frage«, murmelte er. »Das Erste war wohl, dass ich nicht entsetzt war, sondern sofort wusste: Das ist das Aus für das Forsthaus in Bongard. Das Zweite war wahrscheinlich, dass es mich nicht verwunderte: Wer wie die Natalie so außerordentlich früh auf den Broterwerb durch den Körper setzt, muss einfach damit rechnen, dass das schief gehen kann. Drittens dachte ich – wahrscheinlich mit einer gewissen Automatik: Da hat es einer ernst gemeint und nicht geschnallt, dass es für Natalie nur ein Geschäft war. Und dann ist er in seiner Verzweiflung hingegangen und hat sie getötet. Wenn Sie mich fragen, war es der Sven vom Hardbeck. Das arme Schwein hat unter diesem Mädchen nur gelitten. Auf keinen Fall war es Adrian Schminck. Der ist viel zu zart besaitet und kann kein Blut sehen. Außerdem wollte der nur kassieren und sich amüsieren.«

»Was halten Sie denn von Herbert Giessen aus Bad Münstereifel?«

»Der spielt in der gleichen Liga wie ich. Kein Zweifel, dass er sich von der Kleinen trösten ließ, aber ebenso kein Zweifel, dass es für ihn eine geradezu absurde Vorstellung wäre, nur auf die Idee zu kommen, Natalie zu töten. Wozu soll man jemanden töten, den man schon gekauft hat? Und den ich nach jedem Frühstück erneut kaufen kann? Von Herbert stammt der Satz: ›Es gibt keinen Verband aus Tausendmarkscheinen, der nicht augenblicklich wirkt.‹«

»Und was, bitte, ist mit diesem Andre Kleimann aus Euskirchen?«, fragte ich weiter.

»Er ist Spezialist in Finanzierungsfragen. Wenn Sie mal zwanzig Millionen für dreißig Tage brauchen und wissen nicht, woher die kommen könnten, fragen Sie Andre und schon haben Sie den Zaster. Er ist in so einer Runde unerlässlich.«

»Dann gibt es noch Hardbeck. Was denken Sie über den?«

»Der ist das arme Schwein bei dem Deal. Gleich aus mehreren Gründen. Erstens hat er unwiderbringlich seinen Sohn verloren und zweitens war er immer schon jemand, der sich mit ein paar Millionen zufrieden gegeben hat und nicht unbedingt bei allen Geschäften dabei sein wollte. Er ist halt ein zurückhaltender Eifler Jung.«

»Nun einmal zu den zwölf Giftfässern und dem Polen Ladislaw Bronski«, wechselte Vera das Thema. »Gaben Sie den Auftrag mit den Fässern?«

»Nein. Damit habe ich nichts zu tun. Ladi war ein Idiot, die Fässer ausgerechnet in Mannebach abzuladen. Aber ich vermute mal, er wollte sich bei der Gelegenheit mit Natalie treffen.«

»Was?«, fragte ich verblüfft.

Seine Antwort war ebenfalls von Verblüffung begleitet. »Ja, wissen Sie denn das nicht? Natalie hatte einen Spruch drauf: ›Der Einzige, mit dem ich gern und freiwillig ins Bett gehe, ist Ladi!‹«

»Wusste Sven davon?«, fragte Vera so schnell, dass sein letzter Satz noch in der Luft hing.

»Keine Ahnung, aber der Sven war bei alldem so etwas wie eine tragische Figur, der Clown im Spiel, der nie eine wirkliche Chance hatte. Ich dachte, das hätten Sie herausgefunden.«

»Nein«, sagte ich. »Niemand hat uns erzählt, dass Ladi und Natalie ein Paar bildeten, auch Tina Cölln nicht. Halten Sie es für möglich, dass Tina die Mörderin ist?«

»Habe ich auch gedacht, dass möglicherweise die Mutter die Notbremse gezogen hat. Natalie zog sich immer mehr zurück, machte sich selbstständiger. Sie wollte auch auf einmal selbst ihre Preise bestimmen und das Geld persönlich in Empfang nehmen. Um auf Ladi zurückzukommen: Ich denke, er ist mit seinen Fässern nach Mannebach gefahren, um Natalie zu treffen. Das ist eigentlich logisch, die beiden mochten sich wirklich. Ladi ist ein Pole mit dem Handicap des Mannes vom Balkan. Aber er benimmt sich vollkommen frei. Und genau das liebte Natalie so an ihm, weil sie selbst irgendwie genauso war. Ich war übrigens hocherstaunt, dass Ladi so schnell wieder aus der U-Haft entlassen wurde.«

Ich sagte: »Er soll angeblich Besuch aus Polen bekommen haben und in die Eifel gefahren sein. Hat er hier noch nicht angerufen?«

»Nein, hat er nicht.«

»Das wundert mich. Er soll gesagt haben, dass er gegen jeden vorgeht, der ihm irgendetwas unterschieben will. Für wen hat er die zwölf Giftfässer transportiert?«

»Nicht für mich. Das sagte ich doch schon. Müll ist nur

mein Ding, wenn ich nichts damit zu tun habe. Ladi ist seit drei oder vier Jahren bekannt dafür, dass er jeden kritischen Transport macht, den er kriegen kann.«

»Er hat für die zwölf Fässer zwanzigtausend Mark erhalten«, murmelte Vera. »Das finde ich nicht schlecht. Wie beurteilen Sie Ladi?«

»Ein ausgesprochen fröhlicher, netter Kerl. Einer zum Pferdestehlen. Immer gut gelaunt.« Becker starrte zu einem der Fenster hinüber. »Er ist irgendwie ein Krieger. Jemand, der nicht fragt, sondern erst handelt und dann fragt.«

»Könnte er Natalie ermordet haben?«, fragte Vera.

Becker überlegte einen Moment: »Nein. Und zwar deshalb, weil Natalie wichtig für ihn war. Ich meine nicht als Bettgenossin, sondern als Mensch. Die beiden waren fröhlich miteinander und sie bezeichneten sich gegenseitig als Piraten. Nein, das scheint mir ausgeschlossen.« Becker sah Vera an und murmelte: »Sie betrachten mich wie ein seltenes Insekt.«

»Ja«, nickte sie. »Es ist komisch und seltsam. Sie sitzen da und erzählen locker, flockig und leicht vom Hocker. Das klingt alles so, als ginge Sie das nichts an. Aber Sie standen eindeutig in der Mitte des Geschehens. Berührt Sie die Geschichte gar nicht?«

»Doch, sie berührt mich und sie macht mich auch wütend. Wütend deswegen, weil wir nicht daran gedacht haben, dass mit zwei so raffgierigen Frauen über kurz oder lang etwas schief gehen musste. Das hätten wir vorhersehen müssen. Aber wahrscheinlich hat die Stille der Eifel uns eingelullt. Und was mich nachdenklich macht, das ist Sven Hardbecks Tod. Der Junge war die traurige Karte im Spiel. Allzu leicht ist man geneigt zu sagen, dass Natalie Schuld an allem trug. Aber so einfach ist das nicht, denn dieses Mädchen wurde nur zu dem, was sie war, weil ihre Mutter sie so gedrillt hatte. Glauben Sie mir, das berührt mich sehr.«

Ich stopfte mir eine Pfeife, ich wollte sie gleich im Auto rauchen, ich wusste, unsere Zeit hier war zu Ende.

»Sie können ruhig rauchen, ich rieche das gern«, meinte Becker nachdenklich.

»Ich denke, wir müssen gehen, Baumeister«, sagte Vera.

»Ja, natürlich«, pflichtete ich ihr bei und stand auf.

Becker war höflich und begleitete uns durch das Treppenhaus bis an die Haustür. »Tut mir Leid, wenn ich Ihnen nicht weiterhelfen konnte. Leben Sie wohl.«

Wir fuhren los, die Nacht war längst gekommen, irgendwo über dem See schrillte hoch und gellend ein Vogel, es klang nach Tod.

Ich sagte: »Tina ist der Auffassung, dass Natalie möglicherweise zu Becker fuhr, wenn sie mit irgendetwas nicht klarkam. Ist er so jemand, dem man vertraut?«

»Unbedingt«, erwiderte Vera. »Ich ärgere mich darüber, dass ich ihm nicht böse sein kann, dass er mit Natalie schlief. Aber er hat die Gabe, alles so darzustellen, als sei das normal, natürlich und liege im Bereich der ganz normalen menschlichen Fehler. Nun würde mich interessieren, ob Bronski an dem Abend Natalie angerufen hat, er habe ein paar Fässer in die Wälder zu schmeißen und käme anschließend auf einen Sprung vorbei …«

Ich kam auf die kleine Kreuzung, von der aus die Straße nach Bell hochführt. Rechts von uns lag die Basilika, die Türme waren gut gegen den grauen Himmel zu sehen. »Wir fahren die Schnellstraße über Kempenich und den Nürburgring, wenn es dir recht ist. Hier rieche ich immer Geschichte, hier fingen im Jahre 1093 Handwerker an, das Kloster zu errichten. Das ist jetzt fast tausend Jahre her. Und du musst dir vorstellen, dass es erst rund 12.000 Jahre her ist, dass der Laacher See entstand. Ein Vulkan ist explodiert. Er explodierte so gewaltig, dass Staub aus Laach noch in Nordafrika gefunden wurde. Die Vulkanasche bedeckte alle Täler von hier bis zum Rhein und erstickte den Urwald, den es damals hier gegeben hat.«

»Du schwärmst ja richtig.«

»Ja, da schwärme ich, das ist Geschichte zum Anfassen. Und die Arschlöcher, die hier aufkreuzen, um fromme Bibelbetrachtungen in Buchform zu kaufen und sich in honigsüßem Katholizismus zu wälzen, haben davon meist keine Ahnung.«

»Jetzt wirst du unfair«, belustigte sich Vera.

»Ja, tut mir Leid. Versuch bitte, Rodenstock zu erreichen. Ich würde gern wissen, ob sie schon zu Hause sind oder sich noch in Koblenz herumtreiben.«

Als ich die Schnellstraße erreichte, gab ich Gas und schaltete in den sechsten Gang hoch.

Vera telefonierte und sagte: »Er ist eigentlich kein schlechter Typ. Und bei euch? Was war bei euch?« Sie hörte zu, dann murmelte sie: »Bis dann.«

Sie berichtete: »Emma und Rodenstock haben ein Hotel bezogen und kommen morgen gegen Mittag heim.«

Es war zwei Uhr nachts, als wir auf meinen Hof rollten, das Dorf lag still, nichts rührte sich. Im Haus winselte Cisco vor Freude, Paul und Satchmo liefen aus dem Garten herbei und strichen um unsere Beine. Vera nahm den Hausschlüssel und schloss auf. Cisco sprang an ihr hoch, dann an mir.

»Schon gut«, sagte ich, »schon gut. Ich liebe dich auch.«

Da bemerkte ich, dass Vera mit geneigtem Kopf in der offenen Tür zum Wohnzimmer stand. Sie starrte hinein und sagte erstickt: »Oh!« Sie schlug nach dem Lichtschalter.

Er saß auf dem zweisitzigen Sofa vor dem Fernseher. Er wirkte sehr ruhig und betrachtete uns neugierig, ein großer Mann mit kurzen, wirren schwarzen Haaren und einem stark gebräunten, breiten, gutmütigen Gesicht. Er brauchte sich nicht vorzustellen, es war klar, wer er war.

»Hallo, Bronski!«, sagte ich.

»Hallo, Baumeister.« Er bewegte sich nicht, hatte beide Hände flach auf den Oberschenkeln liegen, als wolle er demonstrieren, dass er sich an die Regel halte.

Ich hörte Vera neben mir heftig atmen und wollte gerade sagen, sie solle sich ruhig hinsetzen, als sie mit einer wischenden Bewegung ihre Waffe hervorzog und leicht breitbeinig nach vorn wippte. »Die Hände hoch!«, befahl sie ruhig.

»Heh!«, protestierte Bronski.

Sie schoss unmittelbar und die Kugel schlug mit einem hörbaren Pflopp in *Westermanns großen Weltaltas*, knapp zwei Zentimeter an Bronskis Kopf vorbei. Der Atlas kippte zur Seite und schlug dann mit einem lauten Platsch auf die Fliesen.

»Hör zu«, sagte Bronski und brachte beide Hände flatternd nach vorn. Er war erschrocken.

Sie schoss noch einmal und diesmal erwischte sie den Fernseher. Es war mörderisch laut.

Rau wiederholte sie: »Nimm die Hände hoch!«

Er nahm die Hände hoch.

»Baumeister, schau nach, ob er bewaffnet ist. Aber geh hinter ihn, verdeck ihn nicht.«

»Ganz ruhig«, sagte ich zittrig.

Ich tastete ihn ab. Er trug eine Waffe unter der linken Achselhöhle. Ich zog sie heraus. Es war eine Walther PPK, Kaliber 7.65. Ich legte sie auf den Tisch, tastete ihn weiter ab, fand aber sonst nichts mehr. »Ganz ruhig«, wiederholte ich.

»Ich hätte jetzt gern einen Schnaps«, sagte Vera.

»Ich hole einen«, sagte ich.

»Mir auch einen«, sagte Bronski. »Ihr seid eine verrückte Nummer.«

Ich ging in die Küche, goss den Obstler aus der Eifel ein und stellte die Schnapsgläser vor die beiden hin. Vera saß jetzt rechts von Bronski und hatte die Waffe noch immer auf ihn gerichtet.

»Lass es gut sein«, meinte ich. »Er wird uns nicht töten.«

»Woher wollen wir das wissen?«, fragte sie kühl.

Ich wandte mich an Bronski. »Wie bist du hier hereingekommen?«

»Mit einem Dietrich«, sagte er und lächelte flüchtig.

Sein Deutsch war ausgezeichnet, er sprach es hart und klar, der Pole blieb deutlich.

»Und warum bist du hierher gekommen?«

»Ich habe gefragt, wer am meisten weiß. Sie sagen alle: Baumeister. Und ich bin neugierig. Nur reden, verstehst du?«

»Ich bin gerührt, aber ich weiß nichts. Hast du Natalie getötet?«

Er regte sich nicht auf, schüttelte nur gelassen den Kopf.

Veras Waffe lag nun vor ihr auf dem Tisch, sie beachtete

sie nicht mehr. Sie trank etwas von dem Schnaps und stöhnte »Puh«.

»Aber du warst an dem Abend in Mannebach. Du hast die Fässer abgeladen«, sagte sie dann.

»Habe ich.«

»Und du hast vorher mit Natalie telefoniert«, behauptete ich. »Du hast telefoniert und gesagt, du kommst abends. Richtig?«

»Richtig«, nickte er.

»Was hat sie gesagt? Wann hast du angerufen? Und wo war sie, als du sie erreicht hast?«

»Ich habe angerufen aus Köln. Ich habe sie erreicht im Auto. Sie sagte, sie wolle eben mal zu Hans Becker nach Maria Laach. Sie sagte, sie müsse was besprechen.«

Ich sah Vera an, ihre Augen weiteten sich. Sie fragte schnell: »Du bist sicher? Sie war auf dem Weg zu Becker in Laach?«

»Sicher«, erwiderte er etwas gequält. »Wenn ich sage, das war so, dann war das so.«

»Wie spät war es da?«

»Achtzehn Uhr, vielleicht achtzehn Uhr dreißig. Kann auch sein neunzehn Uhr.«

»Wie verlief das Gespräch genau?«, wollte Vera wissen.

»Ich sagte: ›Hallo, Spatz.‹ Ich nannte sie immer Spatz. Habe ich gesagt, ich käme abends auf einen kleinen Transport in die Eifel. Sagte sie, das ist gut. Sagte sie, wir treffen uns am Jagdhaus von Hardbeck in Mannebach. Okay, sagte ich …«

»Habt ihr eine Zeit ausgemacht?«, fragte ich.

»Nein, nicht genau. Habe ich gesagt, so gegen Mitternacht. War egal, ich habe einen Schlüssel gehabt, sie hat einen Schlüssel gehabt. Kein Problem.«

»Woher hattet ihr die Schlüssel?«, fragte Vera.

»Na ja, Hardbeck achtet nicht drauf. Haben wir Schlösser ausgetauscht. Türschlösser und Vorhängeschlösser. Dann hatten wir Schlüssel. Haben wir einen Satz bei Hardbeck aufgehängt, damit er reinkonnte. Aber wollte nie rein, nicht in der letzten Zeit.«

»Moment, hat Natalie dort auch andere Leute getroffen?«

»Kann sein, weiß ich nicht. Glaube ich nicht. «

»Warum glaubst du das nicht?« Vera blieb hartnäckig.

»Weil nichts in der Hütte verändert war. Immer noch dieselben Esssachen im Kühlschrank, Bier und Wein und Schnaps und so. Und die Betten genauso wie vorher.«

»Wie oft hast du dich mit ihr dort getroffen?«

»Nicht oft. Ich denke, vielleicht fünfmal in sechs Monaten oder so. Ich war ja oft auf Tour.«

»Hast du sie nur getroffen, weil du mit ihr schlafen wolltest?«

Er sah Vera an und lächelte schmal. »Nein, nicht schlafen. Wir waren Freunde, gute Freunde. Wir haben viel gelacht und …«

»Aber auch miteinander geschlafen«, beharrte Vera.

»Auch«, bestätigte er. »Natürlich, wir sind völlig normale Leute.«

»Na ja«, murmelte Vera ein wenig von oben herab, als habe sie erheblichen Zweifel an dieser völligen Normalität. »Kannst du erzählen, wie dieser Tag im Ganzen verlief? Von dem Punkt an, bitte, als du aus Köln weggefahren bist. Aber genau.«

»Genau«, murmelte Bronski vor sich hin. Er zog ein Paket Samson aus der Tasche und begann, sich eine Zigarette zu drehen. »Kann ich noch einen Schnaps haben? Polen brauchen Schnaps, um zu leben.« Er grinste wie ein Wolf.

Ich ging wieder hinüber in die Küche, um die Flasche zu holen. Als ich zurückkam, sagte Vera gerade erstickt: »Oh!« Bronski saß grinsend in den Polstern und hatte einen Derringer in der Hand, eine jener allerliebst leichten Handfeuerwaffen, die man dereinst im Land der unbegrenzten Möglichkeiten für Falschspieler und Bardamen gestylt hatte.

»Heh!«, sagte ich mahnend.

»Na ja«, murmelte er gütig und legte die Waffe neben Veras PPK, »ich wollte ja bloß zeigen, dass ihr nicht gut seid. Nicht gut genug für Bronski jedenfalls.«

»Wo hattest du die?«, fragte Vera, erleichtert, dass er nicht mehr daraus machte.

»An der Wade«, antwortete er. »Ganz tief, ganz unten.«

»Die Nacht ist bald rum«, mahnte ich. »Was war nun los an dem Tag, als Natalie starb?«

»Drei Tage vorher war ich aus Warschau gekommen. Mit Laster. War voll beladen mit Plastikteilen für Automobile, viele Tonnen. Ich habe abgeladen und war dann in Hürth auf dem Autohof, habe gewartet auf Ladungen. Kamen keine. Kam stattdessen ein Bekannter und sagte, kann ich für ihn Fässer abladen. Irgendwo. Gut bezahlt …«

»Ja«, sagte ich, »zwanzigtausend, das wissen wir schon. Das Geld ist schon bei deiner Frau und den Kindern.«

»Ist richtig«, sagte Bronski. »Ist gut so, ist guter Preis.«

»Verdammt noch mal, du transportierst Gift durch die Landschaft!«, rief Vera heftig.

»Wusste ich nicht, wusste ich nur: ist faul!« Er lächelte schmal. »Manchmal ist es Gift, manchmal ist es weniger Gift. Macht aber immer Kosten, jede Menge hoher Kosten.«

»Also gut«, seufzte ich. »Du bekommst zwanzigtausend. Was hätte es gekostet, die Fässer legal zu entsorgen?«

»Weiß ich nicht genau.« Er drückte die Selbstgedrehte im Aschenbecher aus. »Ich nehme an, zehntausend pro Fass.«

»O Gott!«, sagte Vera. »Ist das realistisch?«

»Wahrscheinlich«, entgegnete ich. »Es ist PCP plus Dioxine. Ein höllischer Cocktail aus Chemierückständen.«

»Und wer entsorgt so etwas, wenn es legal zugeht?«, fragte Vera.

»Müllverbrennung«, erklärte Bronski lapidar. »Brauchst du aber Spezialbehandlung.«

»Von wem stammte der Auftrag?«, fragte ich. »Ich weiß, du gibst Auftraggeber nicht preis, aber die Mordkommission wird es sowieso herausfinden. Ich kenne Kischkewitz gut. Er wird es niemals vergessen und er wird dir auf die Schliche kommen.«

»Ja, ja«, murmelte er. »Andre Kleimann aus Euskirchen, ihr wisst schon. Er rief an und sagte, er hätte einen Bekannten mit Schwierigkeiten. Zwölf Fässer, keine Ahnung, was drin ist. Bietet zwanzigtausend. Ich wusste: Da ist Scheiße drin! Ich sagte, okay, ich mache das. Aber ich will das Geld vorher. Da kam er mit seinem Porsche und brachte es. Ich holte dann die Fässer.«

»Von wo?«, fragte Vera hastig.

»Poll, Köln-Poll.«

»Wie heißt der Betrieb?«

»Kein Betrieb. Ein Architekt. Baut eine kleine Siedlung.«

»Wie bitte?«, fragte Vera giftig. »Und da liegen zufällig zwölf Fässer mit tödlichem Inhalt auf der Baustelle? Mensch, willst du mich verarschen?«

»Du hast keine Ahnung von Müll«, entgegnete Bronski sanft, aber bestimmt, »du hast wirklich keine Ahnung.«

»Egal«, beschwichtigte ich. Die beiden waren Kampfhähne, sie misstrauten sich. »Das Zeug stammt von den ROW in Köln, das wissen wir schon. Du sollst den Tag schildern. Du holst also die zwölf Fässer.«

»Ich hole die zwölf Fässer. Dann zurück nach Hürth. Ich musste warten, weil du das nur nachts machen kannst. Ich rufe Natalie an. Ich denke, es wäre gut, sie zu sehen ...«

»Und sie zu vögeln!«, unterbrach Vera wieder giftig.

»Hör auf jetzt«, ich wurde zornig. »Du musst dich daran gewöhnen, dass sie sich mochten und miteinander ins Bett gingen. Was du dir selbst zubilligst, musst du auch anderen gönnen.«

»Tut mir Leid, entschuldige«, sagte sie leise.

»Schon gut«, nickte Bronski. »Ich rufe also an und ich erwische sie im Auto. Natalie sagt: ›Ich bin auf dem Weg zu Hans Becker. Ich muss was mit ihm bereden.‹«

»Hat sie gesagt, was? Hat sie irgendeine Andeutung gemacht?«, fragte ich nach.

»Nein, hat sie nicht. Ich denke, irgendetwas Normales.«

»Was ist normal?«, fragte Vera.

»Na ja, vielleicht einen Termin im Forsthaus. Vielleicht wollte er sie sprechen, nicht sie ihn. Was weiß ich. Also, das muss so gegen achtzehn oder neunzehn Uhr gewesen sein. ›Klar‹, sagt sie, ›okay. Wann kommst du?‹ Und ich sage: ›So um Mitternacht an der Hütte.‹ ›Gut‹, sagt sie. Das war alles.«

»Wann bist du mit den Fässern gestartet?«

»So um zehn, denke ich. Ein bisschen hell war es schon noch. Ja, so um zehn. Ich habe mich nicht beeilt.«

»Wie lange bist du gefahren?«, fragte Vera.

»So eine Stunde fünfundvierzig. Ich war um Viertel vor Mitternacht da.«

»Ganz langsam jetzt«, sagte ich. »Was passierte dann?«

»Nichts. Alles war normal. Ich habe auf der Straße nach Mannebach die Scheinwerfer ausgemacht. Das mache ich immer …«

»Wie oft hast du denn da was im Wald abgeladen?«, fragte Vera.

»Noch nie. Aber ich habe keinen PKW. Wenn ich kam, um Natalie zu treffen, nahm ich immer den Truck. Ich mache Scheinwerfer aus und rolle den Waldweg entlang bis runter zur Jagdhütte. Dort ist ein großer Platz, dort kann ich wenden. Diesmal habe ich Halt gemacht am Waldrand und die Fässer abgeladen. Ging schnell, nicht viel Lärm. Dann bin ich weitergerollt bis zur Hütte, bin in die Hütte, habe eine Kerze angemacht und ins Fenster gestellt. War ein Zeichen zwischen uns. Aber sie kam nicht. Ich habe ein, zwei Schnäpse getrunken, ein Bier noch, dann bin ich wieder losgefahren. Habe nichts dabei gedacht. Sie kam nicht, also hatte sie keine Zeit oder so. Habe ich ihre Handynummer angerufen. Aber das war nicht eingeschaltet.«

»Augenblick, Ladi«, sagte ich. »Als du die Fässer abgeladen hast, hast du da vorher in den Wald geguckt?«

»Aber ja. Mit einer Taschenlampe. Da war nur dieser Haufen von Möbeln, rote Bezüge.«

»Und keine Natalie?«

»Keine Natalie!«, sagte er.

»Und als du von der Jagdhütte wieder hochgefahren bist zur Landstraße, hast du nicht angehalten?«

»Nein. Wozu?«

»Du bist nach Köln zurückgefahren?«, fragte Vera.

»Ja. Direkt zurück. Meinst du, sie lag da schon, als ich heimfuhr?«

»Ich weiß es nicht«, sagte ich. »Vielleicht. Auf jeden Fall bist du verdammt nah an dem Mörder dran gewesen.«

»Wenn er es nicht doch selbst war«, sagte Vera verbissen.

»Warum denn?«, fragte der Pole aufgebracht.

»Ich kenne dein Motiv nicht«, erwiderte sie wegwerfend.

Eine Weile herrschte Schweigen.

»Sieh mal, Frau«, murmelte Bronski, »wir haben sogar überlegt, ob Natalie nicht mit mir kommt. Ein, zwei Jahre in Warschau. Anschaffen. Sie wäre reich geworden, nur erstklassige teure Kunden. Warum sollte ich sie töten? Das ist doch verrückt.«

»Die ganze Geschichte ist verrückt«, schnappte Vera.

»Was, verdammt noch mal, macht dich so zornig?«, erregte ich mich.

»Ich bin gar nicht zornig. Ich glaube, ich bin nur traurig.«

»Dann mach hier nicht ständig den Ladi an! Er berichtet uns alles, so gut er kann. Dazu ist er nicht verpflichtet.«

»Ich ... es tut mir Leid.«

»Wie bist du eigentlich darauf gekommen, die Fässer an der Stelle abzuladen?«

»Hardbeck hat mal erzählt, da sei eine alte Müllkippe. Und ist ja auch praktisch. Die Fässer rollen runter und sind einfach weg.«

»Warum bist du eigentlich hier?«

»Weil ich den Mörder suchen muss.« Er sah mich an, er wollte etwas hinzusetzen, aber ich hatte ihn schon verstanden und nickte.

»Erklär mir das«, bat Vera etwas schüchtern.

»Ist einfach«, sagte er. »Guck mal, da wird in der Eifel ein schönes Mädchen umgebracht. Der Mörder wird gesucht. Sie finden mich, den Polen. Ich hätte es tun können. Zeit und Ort: alles stimmt, alles stimmt irgendwie perfekt. Es war kein Eifler, natürlich nicht, es war der Pole, natürlich! Wenn ich den Mörder nicht finde, muss ich damit rechnen, dass sie mich holen. Immer wieder.«

»Wo sind dein Bruder und deine Freunde?«

»Oben, im Wald, einen Kilometer von hier. Sie schlafen im Truck. Sie wollen mir helfen.«

»Wen verdächtigst du?«, fragte ich.

»Ich weiß es nicht«, sagte er und er wirkte sehr überzeugend. »Natalie konnte Männer verrückt machen. Aber du siehst nicht, wer verrückt ist. Verstehst du?«

»Und zu wem willst du nun gehen?«

»Ich gehe zuerst zu Tina Cölln. Sie wird mir sagen, wer es gewesen sein könnte. Sie weiß am besten über alles Bescheid, was mit Natalie passiert ist. Dann gehe ich zu diesem Lehrer, der im Fernsehen war und in den Zeitungen. Der die Klasse geführt hat, in der Natalie und Sven waren.«

»Ach so, ja, Sven. Was glaubst du? War es ein Unfall?«, fragte ich.

»Es war kein Unfall. Keine Bremsspur, verstehst du? Sicher, er war nicht allein im Auto. Aber ich glaube, das war ihm in der Nacht vollkommen egal.«

»Haben die sich gesehen an diesem Tag?«

»Nein. Das hätte Natalie mir gesagt. Vielleicht war sie auf dem Weg zu Becker. Und irgendwas ist dazwischengekommen. Wir werden sehen. Sehen wir uns? Seid ihr hier, wenn ich Fragen habe?«

»Schreib dir meine Handynummer auf.« Ich diktierte sie ihm. »Und sei vorsichtig, Bronski. Es täte mir Leid, wenn wir dich beerdigen müssten. Wir kümmern uns jetzt um Hans Becker.«

Er reichte uns die Hand und ging. Der Pole schritt die Dorfstraße hinauf, langsam und bedächtig. Er wirkte sehr einsam.

»Warum hat Becker uns nicht gesagt, dass sie vor ihrem Tod bei ihm war? Wir müssen Kischkewitz davon erzählen.«

»Wer liefert sich schon gern selbst ans Messer?«, lächelte Vera. »Schau mal, es ist hell und der Himmel ist blau.«

»Das wurde auch Zeit«, sagte ich. »Auf nichts ist mehr Verlass, nicht mal mehr aufs Wetter.«

NEUNTES KAPITEL

Wir wurden wach, als Emma und Rodenstock eintrudelten und offensichtlich fidel und guter Dinge waren. Sie lachten lauthals über irgendetwas.

»Nichts ist schlimmer als gut gelaunte Leute«, knurrte Vera neben mir.

»Es ist fast drei Uhr nachmittags«, bemerkte ich. »Die werden denken, wir feiern eine Orgie.«

»Dann lass sie doch. Dann sind sie wenigstens neidisch.«

Ich besiegte den Schweinehund in mir und wälzte mich vom Lotterbett. Ich taumelte über den Flur ins Badezimmer und Rodenstock mutmaßte in seiner eklig arroganten Art: »Na, sieh mal einer an, der Baumeister bei der Völkerwanderung.« Dann etwas versöhnlicher: »Soll ich vielleicht einen Kaffee machen?«

Emma schrie aus dem Wohnzimmer im höchsten Diskant: »Hier ist der Fernseher zertrümmert worden!«

»Bronski hat ihn auf dem Gewissen, Vera hat ihn abgeschossen.«

»Wen? Etwa Bronski?«

»Nein, den Fernseher«, muffelte ich. »Du könntest tatsächlich mit einem Kaffee einen Orden gewinnen.«

»Kann mir jemand sagen, was hier passiert ist?«, flötete Emma.

Ich machte die Badezimmertür hinter mir zu und nach einigen Versuchen mit kaltem Wasser erkannte ich mich im Spiegel wieder und begann sofort heroisch, mich zu rasieren. An der Kinnpartie schnitt ich mich ungefähr sechsmal und sah aus wie jemand, der gegen einen Schneepflug gelaufen ist. Ich mochte mich nicht, der Tag ließ sich nicht gut an.

Vera kam hereingeschossen und aus mir unerfindlichen Gründen auch Cisco. Vera setzte sich auf den Lokus, erledigte ihre Pinkelei und fragte scheinheilig: »Bist du ausgeschlafen?«

»Nein«, sagte ich.

»Du warst so süß heute Nacht.«

»Was war ich?«

»Schon gut, schon gut.« Sie breitete segnend die Arme aus, bevor sie das Bad im Geschwindschritt wieder verließ.

»Du gehst auch raus!«, befahl ich meinem Hund.

Er wedelte mit dem Schwanz.

»Ich möchte wenigstens morgens im Bad mit mir allein sein. Ohne Hund und ohne ein weibliches Wesen. Das alles ist eine ungeheure Zumutung.«

»Du musst wissen«, sagte Rodenstock in der Tür, »dass sie heute in aller Frühe noch mal Hans Becker kassiert haben. Da soll es einen Widerspruch in seinen Aussagen geben. Vielleicht haben wir ihn jetzt!«

»Das mit Becker wissen wir. Als Natalie am Abend ihres Todes mit Bronski telefonierte, war sie auf dem Weg zu Hans Becker. Und Becker hat das der Kommission verschwiegen. Uns übrigens auch.«

»Wieso Bronski? Ich verstehe das alles nicht.«

»Gleich wirst du es verstehen. Läuft der Kaffee?«

»Der läuft.«

Wenig später versammelten wir uns im Wohnzimmer und ich ließ Vera den Vortritt, die aufgeräumt und widerlich gut gelaunt berichtete, was wir getrieben hatten – von der Frau des Polizisten Egon Förster bis hin zum königlichen Kaufmann Hans Becker. Von der Affäre mit Bronski, der mühelos in mein Haus gelangt und wieder im Dunkel der Nacht verschwunden war, als habe es ihn nie gegeben.

»Höchst interessante Vorkommnisse«, murmelte Emma. »Aber sie alle bringen uns nicht einen Millimeter weiter. Vielleicht haben wir etwas übersehen. Lasst mich erzählen, wie es uns bei der Familie des Herrn Dr. Lothar Grimm in Koblenz ergangen ist. Natürlich wollte die Ehefrau nicht mit uns reden. Sie hatte offensichtlich Angst vor ihrem Mann. Aber wir sagten ihr, der würde nichts von dem Gespräch erfahren, sie solle ihrem Herzen einmal einen Stoß geben. Wir mieteten uns in einem Hotel ein, eine Suite musste es sein, wir wollten protzen, angeben und uns im Luxus der Welt suhlen. Sie brachte dann tatsächlich ihre Kinder irgendwo unter und erschien. Ich sage es gleich und ungern: Mit dem Mord an Natalie hat der Kerl wahrscheinlich nicht viel zu tun, denn er ist ein im Grunde ängstlicher Schleimer, der seine Lebensberechtigung aus der Tatsache zieht, dass er besser bescheißt als seine Konkurrenten. Die Frau behauptet, er habe sie nur geheiratet und ihr zwei Kinder gemacht, um einen ordentlichen gutbürgerlichen Schutzschild vor sich aufbauen zu können. Und sie könne sich an keinen einzigen wirklich guten Aufenthalt mit ihm in ihrem Ehebett erinnern. Ja, aber er hat einen sexuellen Tick. Er kann sich nur mit Frauen abgeben, die er irgendwie beherrscht, alle anderen meidet er, entwickelt sogar Ängste. Er sucht die Unterwerfung der Frau, daher passt das Foto mit Natalie zu ihm. Und er sagte seiner Frau, er werde sich nie scheiden lassen, denn ein solches Verhalten empfinde er als empörend und gesellschaftlich zersetzend. Im Grunde ist der Mann so gut wie nie zu Hause, arbeitet geradezu orgiastisch und lässt sich in kurzen Abständen von einem Puff mit Frischfleisch beliefern, wie er das nennt. Er kriegt Besuch von Nutten.«

»Wie lange kann die Ehefrau das denn noch durchhalten?«, fragte Vera.

»Ich denke, das geht nicht mehr lange gut«, meinte Emma. »Und ich hoffe sehr, sie bearbeitet ihn gründlich mit einem Hackebeilchen und wird freigesprochen.«

»Was hältst du von Bronski?«, fragte mich Rodenstock.

»Er ist zweifellos ein Wilder. Es gehört ja schon eine gehörige Portion Naivität dazu, gleich zwei Revolver am Körper zu tragen und mit einer Hand voll Kumpels in der Eifel zu erscheinen, um einen Mörder zu jagen. Der Mann ist gefährlich, weil er sich so wenig drum schert, was andere tun und denken. Kritisch dürfte es werden, wenn es ihm gelingen sollte, den Mörder zu identifizieren. Dann brauchen wir Räumpanzer mit Schnellfeuerkanonen. Ich habe außerdem das Gefühl, dass er uns nicht alles gesagt hat, dass er noch viel an Hintergrund hat, den wir nicht kennen.«

»Was machen wir falsch?«, fragte Vera. »Wir müssen irgendwas falsch machen.«

»Wir werden es herausfinden«, stellte Emma spöttisch fest. »Spätestens dann, wenn Kischkewitz sagt: ›Hier ist der Mörder!‹«

»Ich gehe eine Weile in den Wald«, sagte ich. »Und damit keiner von euch auf blöde Ideen kommt: Ich möchte allein sein. Ich muss mir frischen Wind um die Nase wehen lassen.«

»Aber es regnet«, sagte Vera.

»Das ist genau das Richtige.«

Natürlich ging ich nicht in den Wald. Ich fuhr nach Daun und ging direkt in die Polizeiwache. Ich bat, den Chef sprechen zu dürfen, sagte, ich sei ein Journalist und es ginge um den Fall Natalie Cölln. Aber ich hätte den Mörder nicht in der Aktentasche dabei.

Der Uniformierte jenseits der dicken Glasscheibe grinste mich breit an und telefonierte dann. Er nickte, legte auf und verkündete durch die Sprechanlage: »Sie können zum Chef. Erster Stock.«

Der Mann war klein, schlank und hatte das Gesicht des Opas, dem man bedenkenlos die eigene Brieftasche anvertraut. Er war nichts als freundliche Neugier. »Schade, dass Sie den Täter nicht in der Tasche haben«, begrüßte er mich.

»Der rasiert sich noch«, entgegnete ich. »Ich bin hier, um Spuren zu tilgen.«

»Zu tilgen?«

»Richtig, zu tilgen. Es gibt in diesem Fall eine Unmenge von Erkenntnissen und ich will die Spreu vom Weizen trennen. Würden Sie sich als einen guten Vorgesetzten bezeichnen?«

»Das hat mich noch niemand gefragt«, erwiderte er nach kurzem Nachdenken. »Wie kommen Sie darauf?«

»Nun ja, meine Kollegen Roland Grün und Stephan Sartoris haben für den *Trierischen Volksfreund* eine Reportage geschrieben und dabei entdeckt, dass die beiden Polizeibeamten Egon Förster und Klaus Benesch verschwunden sind. Diese beiden Beamten haben in der Nacht zuerst Sven Hardbecks Eltern den Tod ihres Sohnes beibringen müssen und wurden dann zum Fundort von Natalies Leiche geschickt, um ihn abzusichern. Knapp achtundvierzig Stunden später sind die beiden Polizeibeamten weg, nachdem veröffentlicht worden ist, dass die beiden Beamten privaten Umgang mit Natalie hatten. Können Sie mir sagen, wo die beiden sind?«

»Nein«, sagte er knapp. Er lächelte nicht mehr.

»Heißt das, Sie wollen es nicht sagen?«

»Richtig.«

»Dann sind Sie ein guter Chef«, stellte ich fest und versuchte neutral zu klingen.

Eine Weile herrschte Schweigen, nur das Ticken einer Uhr an der Wand war zu hören.

»Wie sind Sie darauf gekommen?«, fragte er.

»Ich war bei der Frau von Egon Förster. Sie beschrieb den Aufbruch ihres Mannes als totale Hetze, schwuppdiwupp, weg war er! Sie sagte aber auch, sie habe mit Ihnen gesprochen. Die Frau war überhaupt nicht aufgeregt oder nervös, sie wirkte ziemlich selbstsicher und machte sich um ihren Mann nicht die geringsten Sorgen. Da dachte ich mir: Der muss einen guten Chef haben. Sie haben die beiden aus dem Verkehr gezogen, oder?«

»Wie werden Sie damit umgehen?«

»Eines Tages werde ich daraus eine Geschichte machen. Aber nicht jetzt. Wo sind die beiden?«

»Im Kosovo«, murmelte er. »Internationale Polizeitruppe im Kosovo. Ich hatte keine Wahl, es musste schnell gehen.«

»Sie haben sehr unter der Öffentlichkeit gelitten, nicht wahr? Können Sie die Dinge aus Ihrer Sicht schildern?«

»Und Sie geben es nicht weiter?«

»Bestimmt nicht«, sicherte ich ihm zu.

»Tja, das Ansehen von Polizeibeamten steht nicht gerade hoch im Kurs«, begann er nachdenklich. »Man macht uns ständig klar, dass wir im Grunde versagen. Steigende Brutalität in der Gesellschaft, die starke Bereitschaft zur Gewalt. Wir sind die Buhmänner der Nation. Hier in der Provinz ist es besonders schlimm, weil meine Beamten in einer extremen Schere leben. Auf der einen Seite sind sie die Bullen, die sich überall einmischen, auf der anderen Seite selbst Mitbürger – aber eben mit der Einschränkung, dass sie ein bisschen mehr sind als Mitbürger, sozusagen Polizei-Mitbürger. Im Falle des Unfalltodes von Sven Hardbeck und der Tötung von Natalie Cölln waren beide Male dieselben Beamten tätig. Der Landkreis rauschte ungebremst in das Interesse der Medien. Dann kam die Reportage im *Trierischen Volksfreund*, in der von dem Kontakt der Toten zu den Polizisten berichtet wurde. Jeder, der Provinz kennt, weiß, dass so eine Bekanntschaft unvermeidlich ist. Mir war allerdings sofort klar, dass das Stunk geben wird, das meine beiden Beamten voll in die Scheiße laufen würden, um das einmal deutlich auszudrücken. Es ist vollkommen wurscht, ob die irgendetwas mit dem Tod der Natalie Cölln zu tun haben oder nicht: Wenn in einer Zeitung oder in einem Magazin ein Foto veröffentlicht wird, das meinen Beamten Egon Förster in fröhlichem Tanz mit der toten Natalie Cölln zeigt, ist der Beamte verbrannt. Ich kann ihn zwar versetzen, ruiniere ihn damit aber. Er hat hier Familie und Haus, hier ist seine Heimat. Ich glaube nicht, dass Förster oder Benesch etwas mit dem Mord zu schaffen haben, aber das ist gar nicht von Belang. Die Medien stellen Zusammenhänge her, die es eigentlich nicht gibt. Die Beamten stehen im öffentlichen Fokus, müssen sich rechtfertigen, sie geraten unter Druck. Das macht sie kaputt!«

»Wie sind Sie denn auf den Kosovo gekommen?«

Er lächelte. »Ich habe eine Nachricht vom Innenministerium in Mainz bekommen, wonach Bayern und Rheinland-Pfalz je drei Polizeibeamte in den Kosovo abstellen können. Und da ich den Mann im Innenministerium gut kenne, habe ich ihm gesagt: ›Ich habe zwei für dich!‹ Damit war das gelaufen. Wenn wir den Mörder haben, kann ich die beiden zurückpfeifen. Alles in allem war das die richtige Entscheidung. Jetzt nämlich hat sich herausgestellt, dass Benesch und Förster in einem Nebenjob für Walter Hardbeck gearbeitet haben. Sie haben dessen Garten kultiviert, sie sind nämlich im Nebenberuf auf Gartenbau spezialisiert. Wenn mich ein Reporter fragt, ob ich davon gewusst habe, antworte ich mit Ja. Der Reporter wird trotzdem selbstverständlich andeuten, dass ich davon nichts gewusst habe und nur meine Leute decken will. Die Wahrheit ist, dass beide eine Genehmigung für diesen Nebenjob hatten. Ich selbst habe den Antrag unterschrieben. Das bedeutet, dass die Medien mich fertig machen werden, ohne dass ich gegen eine Verordnung oder gar gegen ein Gesetz verstoßen habe.«

»Sie sind Polizist und Sie kennen Land und Leute. Sie müssen doch einen Verdacht haben?«

»Nein. Leider nein. Das ist eine total verkorkste Geschichte. Wenn ich richtig informiert bin, können wir uns unter mindestens sechs Leuten einen Täter ausgucken. Diese Natalie war ein Satansbraten, Motive wie Sand am Meer. Sogar ihre Mutter hat eines, wenn man genau hinsieht.«

»Was ist mit dem Polen Ladislaw Bronski? Ist der hier schon einmal aufgefallen?«

»Nein, die zwölf Fässer waren die erste Meldung gegen ihn bei uns.«

Ich bedankte mich bei dem Mann und verschwand wieder. Er war einer jener aufrechten Eifler, von denen behauptet wird, sie sterben aus, aber möglicherweise hatte er für Nachwuchs gesorgt.

Ich ließ den Wagen am Behördenzentrum stehen und ging zu Fuß nach Daun hinein. Ich wollte meiner Gier nach einer Currywurst mit Fritten nachgeben. Von Zeit zu Zeit braucht meine Seele das einfach. So steuerte ich das Bistro am Busbahnhof an und schwankte, ob ich nicht lieber Schaschlik nehmen sollte. Dann entschied ich: erst die Wurst, dann das Schaschlik. Oder doch andersherum?

Während ich diese für mein Dasein gravierende Frage wälzte, bemerkte ich sie. Ich verband nicht sofort einen Namen mit ihr, aber das Haar und und die etwas demutsvoll geneigte Nackenlinie erinnerten mich an ein Bild im Wohnzimmer des Detlev Fiedler. Sie hockte geistesabwesend an einem kleinen Tisch und rührte ohne Unterlass in einer Tasse Kaffee herum. Dann sah sie hoch und erkannte mich. Augenblicklich wurde sie nervös, fuchtelte sinnlos mit den Händen auf dem Tisch herum.

»Guten Tag«, sagte ich.

»Ja, guten Tag«, grüßte sie zurück und lächelte verkrampft. Ich erinnerte mich, dass wir als Jugendliche solche Frauen als ›verhuscht‹ bezeichnet hatten.

»Ich glaube, ich muss mich entschuldigen«, stammelte sie. »Nehmen Sie doch Platz. Soll ich Ihnen einen Kaffee besorgen? Nein. Ah, das machen Sie selbst. Na ja, ich war neulich arg angeschlagen. Wissen Sie, seit Natalie tot ist, bin ich mit meinem Mann nicht mehr allein. Dauernd sitzen Journalisten da und wollen wissen, wie Natalie und Sven waren. Dann kommen Fernsehleute und bauen ihr ganzes Zeugs auf, machen ihre Aufnahmen und verschwinden wieder, nur damit die nächsten gleich nachrücken können. Das ist einfach furchtbar! Ich bete immer: Haut doch endlich ab!« Sie wedelte mit den Händen.

»Das kann ich gut verstehen. Aber ich denke, das Schlimmste ist ja nun überstanden.«

»Das hoffe ich auch.«

Der Mann hinter der Theke stellte meinen Kaffee auf die Anrichte und ich holte ihn mir.

»Wie haben Sie eigentlich Natalie erlebt?«

»Unverschämt souverän!«, antwortete sie wie aus der Pistole geschossen. »Ihre Arroganz war gnadenlos. Inzwischen wissen wir ja alle, was ihre Mutter da in Bongard getrieben hat, und wir wissen ja auch, was Natalie … also, wie sie lebte. Ich habe mich immer gefragt: Was ist denn am Leben einer kleinen Nutte so aufregend, dass die sich was drauf einbildet?«

»Haben Sie denn schon vor Natalies Tod gewusst, dass sie sich prostituierte?«

»Jeder, der das wollte, konnte das sehen. Aber Männer sind ja so dämlich. Die sehen das nicht. Sie fanden Natalie einfach süß und berauschend. Wissen Sie was?« Sie beugte sich zu mir herüber: »Die waren nichts als geil! Das waren sie, jawohl!« Sie kicherte wie ein Schulmädchen. »Wenn ich noch an Florian denke! Mein Gott, der war ja fast reif für die Klapsmühle damals!«

»Wer ist Florian?«, fragte ich. »Ein Schüler?«

»Nein, nein. Florian Lampert, ein junger Kollege meines Mannes. Der hat mal für vierzehn Tage die Klasse übernommen, als mein Mann zu einer Weiterbildung musste. Das ist so zwei Jahre her. Damals kam er eines Abends zu mir und sagte: ›Die Frau macht mich an. Und sie macht mich fertig!‹ Sie können mir glauben, der war wirklich fertig. Zwei Tage später passierte Folgendes: Florian hat Pausenaufsicht und kommt mit Natalie ins Gespräch. Und sie sagt, sie hätte nichts dagegen, sich mal mit ihm zu treffen.

›Ja, wo denn?‹, fragt der Idiot ganz begeistert. ›Im Eissalon in Bad Bertrich, da kennt uns keiner‹, antwortet sie. Also fährt Florian abends nach Bad Bertrich. Natalie kommt nicht. Stattdessen erscheinen die vier Musketiere und bestellen schöne Grüße von Natalie. Sie habe es sich anders überlegt. Kennen Sie die vier Musketiere?«

»Ja, Ihr Mann hat mich auf sie aufmerksam gemacht. Was ist nun mit Florian?«

»Der musste die Schule wechseln, er ist jetzt in Wittlich. Ich sage Ihnen, Natalie ist wirklich ein Teufelsbraten gewesen.« Svenja Fiedler wurde deutlich ruhiger, bewegte sich nicht mehr so fahrig.

»Wenn ich so Revue passieren lasse, wer am Gymnasium möglicherweise alles in diese Natalie verliebt gewesen sein kann, kommen ja ganze Kompanien zusammen«, überlegte ich.

»O ja!«, stimmte sie begeistert zu, als habe ich eine Sensation entdeckt. »Das macht dieses Engelsgesicht, wissen Sie. Gott sei Dank war Florian klug genug, ihr wenigstens keine Liebesbriefe zu schreiben. Das haben andere getan, immer wieder. Und diese Verlogenheiten dabei, diese Verlogenheiten!«

»Von welchen Verlogenheiten sprechen Sie?«, fragte ich und tat so, als sei ich nicht sonderlich daran interessiert.

»Na, diese Verlogenheiten in dem Lehrerkollegium. Da wird immer so getan, als handle es sich bei dem männlichen Personal um gusseiserne Seelen, die nie etwas aus der Ruhe bringen kann. Dabei erwischt es jeden mal, denke ich. Und bei den Lehrerinnen kommt das ja auch vor, dass sie sich in einen siebzehnjährigen Schönling verknallen und ihm heimlich Briefe schreiben.«

»Hat Natalie solche Briefe bekommen?«

»Aber ja. Wussten Sie das nicht? Sie hat sie manchmal sogar vor der Klasse vorgelesen. Jedenfalls hat mein Mann das erzählt.«

»Was waren das für Leute, die ihr schrieben?«

»Leute ohne Namen, immer anonym. Schmutzige Anspielungen, manche deutlich. Mein Mann sagte: ›Das sind

Schüler, aber auch Lehrer.‹ Also ich war richtig froh, als Natalie vor Wochen zu meinem Mann kam, um ihn zu fragen, was er denn von dem Hollywood-Plan hält. Aber er hat abgeraten. Sie kennen ihn ja, immer so ironisch. Ist ja auch witzig: aus dem Landkreis Daun direkt nach Hollywood, als ob die drauf warten. Bei wichtigen Dingen fragte Natalie immer meinen Mann. Wahrscheinlich hat ihn ihr Tod auch deshalb so mitgenommen. Kann ich mir vorstellen.«

»Sagen Sie, dieser Florian Lampert, wohnt der auch in Wittlich?«

»Aber ja. Irgendwo im Zentrum, die Adresse steht im Telefonbuch. Der ist über ein halbes Jahr in Therapie gewesen wegen der Geschichte. Aber jetzt hat er es geschafft und ist verlobt mit einer Kollegin, einer ganz reizenden jungen Frau.«

»Sie sind doch eine kluge Frau«, meinte ich, »was glauben Sie, aus welcher Ecke der Mörder kommt?«

»Nach dem Lärm zu urteilen, den die Medien machen, muss der Mord ja mit diesen reichen Kaufleuten aus dem Forsthaus in Bongard zusammenhängen. Die Berichterstattung wird ja wohl auf der Höhe sein. Die brave Natalie-Maus hat diese Leute schlicht erpresst und sich gleichzeitig gegen ein großes Honorar in deren Bett gelegt. Motive über Motive. Ich habe gestern gelesen, dass sogar die Möglichkeit besteht, dass sie ermordet wurde, weil sie wusste, wer diese Giftfässer in die Eifel transportieren ließ.«

»Aber Sie können auch nicht ausschließen, dass auch in der Schule Motive zu finden sind, oder?«

»Nein, natürlich nicht. Aber wenn da was wäre, hätte mein Mann schon längst Wind davon bekommen. Das, was mich nachdenklich macht, ist die Sache mit dem Brillanten im Bauchnabel. Der ist ihr doch förmlich rausgerissen worden. Wenn ich bloß daran denke, wird mir schon schlecht. Der Täter muss doch irgendeine Beziehung zu diesem Stein gehabt haben, oder?«

»Ja, das muss er.«

»Sehen Sie, Sie meinen das auch. Wenn der Mörder sich den Stein zurückgeholt hat, weil er maßlos enttäuscht von ihr war, kann der Mörder nur Sven Hardbeck heißen. Es kann aber auch jemand gewesen sein, der wusste, von wem dieser Stein war, und der gleichzeitig keine Chance bei ihr hatte. Oder?«

»Sie könnten Recht haben«, sagte ich. »Leider muss ich nun weiter. Auf Wiedersehen und grüßen Sie Ihren Mann!«

Es gibt Menschen, die mir Unbehagen bereiten. Die Frau des Detlev Fiedler war so ein Mensch. Ich hatte das Gefühl, sie tanzte auf dünnem Eis, war nicht wahrhaftig, schwamm peinlich verkrampft auf der Oberfläche des Lebens und leugnete die Tiefe unter ihr, hatte panische Angst vor dem Knäuel an Gefühlen, das in ihr war. Sie gehörte zu denen, die ständig beten: Du musst nur positiv denken und schon flutscht das Leben!

Florian Lampert? Wie weit musste ich in die Vergangenheit zurückgehen, um Zusammenhänge zu begreifen? Sollte ich Zeit darauf verwenden, einen weiteren frühen Zeugen aufzusuchen, nur um festzustellen, dass es erneut eine Sackgasse war? Was konnte Florian Lampert erzählen? Was würde er erzählen?

Ich rief im *Hotel Panorama* an und ließ mich mit Tina Cölln verbinden. Ich motzte sie an: »Warum hast du mir die Geschichte zwischen Natalie und dem Polen Bronski verschwiegen?«

»Es gibt keine Geschichte zwischen meiner Natalie und Bronski«, antwortete sie tonlos. »Na klar, die beiden waren sich sympathisch, aber mehr war nicht.«

»Das ist nicht wahr«, sagte ich scharf. »Du lügst. Sie haben miteinander geschlafen. Sie mochten sich sehr.«

Sie schwieg einen Moment. »Das war nur eine wilde romantische Gefühlsduselei. Bronski hat nicht unser Niveau. Er ist ein Prolo und bleibt ein Prolo. Meine Natalie war ein anderes Kaliber.«

»Wann hörst du endlich auf, dich zu bescheißen? Das ist ja unerträglich!« Ich war wütend und hilflos. »Ich kann inzwischen nicht einmal mehr glauben, dass Natalie am Tag ihres Todes dein Haus um elf Uhr verlassen hat. Zwischen achtzehn und neunzehn Uhr hat Bronski sie angerufen. Da war sie auf dem Weg nach Maria Laach und sagte, sie wolle mit Hans Becker reden. Du kannst mir doch nicht erzählen, dass du keine Ahnung hast, wo sie in den rund sieben Stunden dazwischen war. Also, wo war sie?«

»Ich weiß das nicht genau.«

»Ich komme zu dir«, sagte ich drohend.

Ich unterbrach die Verbindung und machte mich auf den Weg den Berg hinauf in den stillen Teil der Stadt. Es tat gut, zu Fuß zu gehen, hier und da ein bekanntes Gesicht zu grüßen und stehen zu bleiben, wenn ein Vorgarten besonders hübsch gelungen war. Ich stopfte mir eine Pfeife und registrierte erstaunt, dass ich stundenlang nicht geraucht hatte.

Tina wohnte im ersten Stock gleich schräg gegenüber dem Lift. Sie trug Schwarz, hatte keinen Schmuck angelegt, die Fingernägel waren farblos lackiert, ihr Gesicht wirkte ledern, ihr Mund wie ein Strich. Unter den Augen dunkelblaue Schatten. Sie machte einen kranken Eindruck, einen herzkranken Eindruck.

»Wie steht die Sache denn?«, fragte sie in dem etwas kindlichen Bemühen, die Szene zu entkrampfen.

»Ich bin nicht informiert. Kannst du bitte zusammenfassen, was du wirklich von dem Tag weißt? Und warum hast du erzählt, Natalie wolle sich mit Sven treffen, um Schuhe zu kaufen? Sie haben sich zu diesem Zeitpunkt doch gar nicht mehr gesehen, ihre Liebesgeschichte war längst kaputt.«

»Ich hatte keinen Einfluss mehr«, sagte sie. »Schon lange nicht mehr. Sie hat das Haus wirklich gegen elf Uhr verlassen und ist mit dem Auto weggefahren. Und ich weiß wirklich nicht, wohin sie gefahren ist.«

»Aber du ahnst etwas, oder?«, fragte ich schnell.

»Ich habe immer wieder darüber nachgedacht. Ich glaube jetzt, dass sie zu Adrian Schminck gefahren ist, um Geld einzutreiben. Und sie wollte mit ihm reden, was er von dem Hollywood-Plan hält. Sie wollte, dass er … na ja, dass er seine schützende Hand weiter über sie hält. Aber ich weiß eben nicht, ob das stimmt. Wir können sie ja nicht mehr fragen.« Sie setzte sich auf das Bett, ließ sich auf den Rücken fallen und weinte.

Ich überlegte. Dann rief ich Rodenstock an.

»Wo bist du denn?«, fragte er säuerlich.

»Ich sammle mal wieder lose Fäden ein«, erklärte ich. »Kannst du dich noch erinnern, welches Alibi Adrian Schminck für den Mordtag hatte?«

»Ja. Er war tagsüber im Büro, gegen Abend in einer Kneipe in Mayen, dann zu Hause.«

»Möglicherweise ist das alles falsch«, sagte ich. »Ich fahre jetzt zu ihm nach Boos. Oder ist er inzwischen in die Südsee geflogen, wie anständige Erben das so tun?«

»Meines Wissens darf er nicht weg«, sagte Rodenstock knapp. »Ich komme auch dorthin.«

Ich ließ Tina Cölln auf dem Bett liegen und ging.

Es hatte wieder zu regnen begonnen und die Leute fragten sich, wann es denn endlich Sommer werden würde. Und sie liebäugelten mit der Idee, einen Last-Minute-Flug zu buchen, um so dem Eifelelend zu entfleuchen.

Natalie, was immer mit dir geschehen ist, ich werde es herausfinden. Nutzen wird es dir nicht mehr. Möglicherweise hockst du auf Wolke sieben und lachst dich kaputt über unsere menschlichen Bemühungen. Möglicherweise hockst du beim Teufel vor dem Rost, flachst mit ihm herum und machst dich lustig über diese blöden Menschlein, die deinen Tod untersuchen wollen und damit nicht zurande kommen.

Der Kreisverkehr in Kradenbach hinter Rengen war immer noch nicht fertig, es gab einen kurzen Stau. Vor mir stand ein lohgelber Truck, dessen Fahrer bei weit offenen Fenstern *Queen* dröhnen ließ: *We are the champions. Queen* macht sich bei Regen immer gut, besonders wenn es in der Ferne blitzt und leiser Donner rollt.

Es ging zügig weiter. In Boos hatte ich nicht viel zu fragen, da in der letzten steilen Rechtskurve neben der Kneipe ein Schild stand, das die Richtung wies: *SCHMINCK*. Ich nahm die schmale Straße nach links, ließ die Häuser hinter mir und hatte den Schminck'schen Bau vor mir, der etwas arrogant über dem Dorf schwebte, als habe er für die menschlichen Niederungen nur Verachtung übrig.

Die Baukörper waren allesamt eingeschossig und wie Bauklötze aneinander gestellt. Rodenstock, Emma und Vera waren bereits angekommen und ich fragte mich, ob es taktisch richtig war, gleich zu viert zu erscheinen. Sie stiegen aus und kamen zu mir herüber.

»Er ist da«, sagte Rodenstock. »Und erwartet uns. Müssen wir noch etwas wissen, bevor wir reingehen?«

Ich informierte sie, weshalb ich mit Schminck reden wollte, dann schellten wir.

Schminck trug ein rot kariertes Holzfällerhemd zu blauen Jeans und hellbraune Wildlederslipper ohne Strümpfe. Er war ein großer Kerl, an die zwei Meter, und sah freundlich auf uns herab. Er wirkte gepflegt und der erste Eindruck war der eines herzlichen Menschen und nicht der eines halb garen Erben, was immer ich mir darunter vorgestellt hatte. Mit breitem Lächeln sagte er: »Herzlich willkommen!«, trat einen Schritt zur Seite und ließ uns vorbeigehen. Dann schloss er die Tür und murmelte: »Wir gehen ins Wohnzimmer, da ist es gemütlich.«

Das Wohnzimmer lag nach hinten hinaus, wir sahen auf einen Waldrand, der nur fünfzig Meter entfernt war, dazwischen befand sich eine Streuobstwiese. Im Kamin brannte ein Feuer und verbreitete Behaglichkeit. Der Raum war nicht sonderlich aufwendig ausgestattet, nur spärlich möbliert und wirkte hoffnungslos spießbürgerlich wegen einer schier verwirrenden Fülle von Grünpflanzen.

Es war unvorstellbar, dass dieser Mann gerade ein Aktienpaket im Wert von zig Millionen verkauft hatte. Ich mahnte mich zur Vorsicht, ich hatte Erfahrung mit meinen Eiflern. Kann sein, dass du einem abgerissenen und unrasierten Penner gegenübersitzt, der dein ganzes Mitleid hat. Du überlegst, ob du ihm einen Zwanziger spendieren sollst. Und plötzlich zückt der das Scheckbuch.

Ich stellte uns vor und sagte: »Ich fürchte, Sie haben von diesem Fall langsam die Nase voll. Wissen Sie eigentlich noch, wie viele Interviews Sie gegeben haben?«

»Ich hab's gezählt«, grinste er. »Seit ich aus der U-Haft raus bin, waren es vierzehn.«

»Fühlten Sie sich gerecht behandelt?«

»Nicht die Spur. Ich hatte den Eindruck, dass die alle nach etwas fragten und sich die Antworten schon vorher ausgedacht hatten.« Sein Augen waren eisgrau und sein Gesicht unter dem dichten dunkelbraunen Haar fröhlich. »Aber jetzt bin ich aus dem Schneider, ich bin unschuldig und ich haue erst einmal für Monate ab in die Sonne. Ich habe meine Leute schon nach Hause geschickt.«

»Wohin soll es gehen?«, fragte Emma freundlich.

»Erst mal in die Karibik, später vielleicht in die Südsee. Es kommt drauf an, wo meine Kumpels sind.«

»Was sind denn das für Kumpels?«, fragte Vera.

»Na ja, das ist ein Haufen von berufsmäßigen Töchtern und Söhnen«, erklärte er schief. »Leute wie ich, die nie arbeiten, die sich für alles Sklaven halten und nach Möglichkeit ausschließlich warm duschen.«

»Da ist aber eine Menge Ironie«, sagte Rodenstock erfreut.

»Mit was kann ich Ihnen denn dienen? Ich war schon der verschmähte Liebhaber. Dann war ich der erfolgreiche Liebhaber. Dann war ich das arme, kleine, reiche Schwein, das endlich mal eine hübsche junge Frau im Bett haben wollte. Dann war ich der ausgebuffte Erbe, der alle übers Ohr haut und die Verwandtschaft unglücklich macht. Dann war ich der junge, unerfahrene Geldsack, der von raffgierigen Kaufleuten um Reichtum, Geld und Ehre gebracht wurde. Dann war ich ein geiler Mörder. Sie können sich was aussuchen.«

»Vermutlich stimmt keines dieser Bilder«, sagte ich.

»Richtig«, nickte er. »Jedes dieser Bilder suggeriert, dass ich statt eines Hirns einen Badeschwamm im Kopf herumtrage. Anfangs ärgert das, aber inzwischen ist es mir scheißegal.«

»Glauben Sie denn, Sie können es über sich bringen, uns Ihre Geschichte zu erzählen?«, fragte Emma.

»Es reicht, wenn wir dieselbe Version hören wie die Mordkommission«, ergänzte Rodenstock.

Er lachte. »Ich merke schon, Sie sind Profis. Tja, die Geschichte. Vergessen Sie mal alles, was Sie bisher zu wissen glauben. Es gibt nämlich keine neutrale Vorgabe. Mal heißt es, Natalie hätte mich über den Tisch gezogen, mal, die Kaufleute hätten mich über den Tisch gezogen, dann habe ich mich an meinem Onkel rächen wollen und so weiter und so fort. Nichts davon ist wirklich stimmig.«

»Wir lauschen«, sagte Emma freundlich und setzte sich aufrecht hin.

»Also, ich bin jetzt achtunddreißig. Vor kurzem starb meine Mutter und ich beerbte sie. Sie hielt dreißig Prozent der Aktien der Firma meines Onkels, also ihres Bruders. Es geht um Mülltransporte. Müll ist ein begehrtes Geschäft, wenn es gut gemacht wird, ein sehr solides, verlässliches Geschäft. Aber es ist auch stinklangweilig. Ich hatte gleich vor, nach dem Tod meiner Mutter das Aktienpaket zu verkaufen. Natürlich wollte ich es nicht an meinen Onkel verkaufen. Ich mag den nicht. Er machte mir ein Angebot, das man nur als schäbig bezeichnen kann – weniger als die Hälfte dessen, was ich jetzt von der Bongard-Gruppe bekommen habe. Die Bongard-Gruppe lud mich ein und machte mir ihre Offerte. Ich hatte zwar keine Ahnung, dass die Gruppe das Aktienpaket sofort weitergeben würde, aber das kann mir letztlich egal sein. Ich hatte vor, mein Kapital in Spielfilme zu stecken, genauer gesagt: in eine Hollywood-Produktionsfirma. Kommt man an die richtigen Leute, ist es eine gute Investition. Und so enttäuschend es sein mag: Ich hasse Nichtstun. Im Forsthaus in Bongard lernte ich natürlich auch Natalie kennen. Damit fing es an.« Er überlegte eine Weile. »Sie war immer schon als wilder Feger bekannt, und längst bevor ich sie kennen lernte, war sie ein fester Begriff für mich. Ich erlebte sie im Forsthaus und muss sagen: Sie war noch viel attraktiver, als ich es mir vorgestellt hatte, sie war umwerfend, sie war, wie wir als Jugendliche immer gesagt haben, ein Wahnsinnsschuss.«

»Können Sie bitte ins Detail gehen?« , fragte Vera.

»Im Forsthaus ging es zu wie in einem Club, jeder benahm sich vollkommen ungezwungen. Natalie und ihre Mutter bedienten. Natalie trug in der Regel Miniröcke, sehr mini. Dazu meistens ein Top, das so tief ausgeschnitten war, dass man mühelos ihre schönen Brüste bewundern konnte.

Und selbstverständlich haushohe Riemchenpumps. Ich fand es verrückt, dass die Mutter Cölln so tat, als sei das alles harmlos, durchaus ehrbar und katholisch. Die Frau wiederholte zwanghaft, das sei alles nur so, damit wir hart arbeitenden Männer relaxen könnten – von Geschlechtsverkehr war nie die Rede. Alles in diesem Haus war verlogen, verstehen Sie, wirklich alles. Die einzig Ehrliche war Natalie. Die sagte, was Sache war, und sie machte kein Trara darum. Ich hatte im Wesentlichen mit Hans Becker und Herbert Giessen zu tun. Beide machten mir schöne Augen und erhöhten ihr Angebot. Ich hatte Zeit, ich sagte, es gäbe noch andere Interessenten. Dann wurde mir Natalie zugeschoben, sachte, aber deutlich. Zu diesem Zeitpunkt war mir längst klar, dass ich an diese Gruppe verkaufen würde. Ihr Angebot war richtig, die Zahlungsweise akzeptabel, der Zeitplan kam mir entgegen. Und, was ich gern zugebe, ich war verknallt in Natalie.«

»Wollten Sie sie heiraten?«, fragte Emma.

Er sah sie erstaunt aus kugelrunden Augen an. »Meinen Sie das ernst?« Er war sehr erheitert, fuhr mit beiden Händen durch sein Haar und bedeckte dann sein Gesicht. »Das ist wirklich komisch. Sie dürfen nicht vergessen, dass ich in England zur Schule gegangen bin und ständig um den Planeten jette. Ich kenne diese Typen wie Natalie. Die sind überall gleich. Und wenn ich sage, ich war in sie verknallt, dann war das genau so, nicht mehr und nicht weniger. Ich hätte sie nie geheiratet, ich hätte nicht einmal im Traum daran gedacht. Letztlich sind diese Frauen schmückendes Beiwerk, leider selten mehr. Und die meisten von ihnen sind egoman. Sie sorgen sich ausschließlich um sich selbst. Du kannst dir den Alltag mit ihnen verschönern, du kannst mal mit ihnen verreisen, aber du darfst niemals eine Kreditkarte rumliegen lassen oder ihnen eine Kontonummer nennen. Das hat mir meine Mutter schon früh beigebracht, da war ich erst vierzehn.«

»Boing!«, hauchte Vera. »Sehe ich das richtig, dann war das zwischen Natalie und Ihnen von Beginn an eine eindeutige Sache?«

»Total«, nickte er. »Nur die alten Knacker waren der Überzeugung, sie würden Natalie einsetzen, um mir die Aktien abzuluchsen. Und hinterher waren sie der Meinung, ihre Taktik sei genial gewesen. Auf meinen Rat hin hat Natalie bei den Herren direkt kassiert, wir zwei haben uns totgelacht.«

Eine Weile war es still, jeder versuchte das Gehörte einzuordnen.

»Und trotzdem«, murmelte ich, »bleiben ein paar Fragen offen. Sie haben der Mordkommission etwas verschwiegen. Sie haben verschwiegen, dass Natalie am frühen Mittag hier bei Ihnen war.«

»War sie nicht. Fragen Sie meine Angestellten.«

Ich lächelte ihn freundlich an. »Ich kann gut verstehen, dass Sie ausgerechnet am Tag von Natalies Tod nicht mit ihr zusammengespannt sein möchten. Und ich gehe jede Wette ein, dass Sie tatsächlich in Mayen in der Kneipe waren. Aber mittags war Natalie hier. Sie kam nicht von der Straße unten im Dorf, sondern von da oben aus dem Wald, nicht wahr? Dort hatte sie ihren Mini abgestellt, dann lief sie über die Wiese zum Haus. Ihre Angestellten im ersten Haus konnten sie nicht sehen. Sie hatten wahrscheinlich Ihren Angestellten die Anweisung gegeben, nicht zu stören, keine Telefonate durchzustellen. Wann ist Natalie wieder gegangen? Und weshalb war sie eigentlich hier? Ihre Mutter sagte mir, sie wollte Geld eintreiben. Stimmt das?«

»Das zu beweisen wird nicht möglich sein.« Schminck grinste schmal. »Gut ausgedacht. Tatsache ist, dass an der Strecke, die von Brücktal nach Kirsbach und Nitz führt, ein gut ausgebauter Weg abzweigt, der bis hierher hinters Haus reicht. Das hat was von Verschwörung, das macht was her.« Sein Stimme war voller Spott.

»Mein lieber Schminck«, meinte Rodenstock fast zärtlich, »machen Sie sich nicht so viel Mühe. An den Reifen von Natalies Mini werden jede Menge Erdreste sein, die beweisen, dass sie da vorne im Wald geparkt hat. Wir sind der Meinung, dass Sie sie nicht umgebracht haben, wir würden allerdings gerne wissen, wann sie Sie verlassen hat. Als der

Pole Ladislaw Bronski Natalie angerufen hat, war sie auf dem Weg zu Hans Becker in Maria Laach. Das war zwischen achtzehn und neunzehn Uhr.«

»Es wird nichts mit den Kumpels in der Südsee, wenn Sie schweigen«, fuhr Vera fort. »Na los, junger Mann, nicht so schüchtern.«

»Sie kam um eins hier an«, gab er endlich zu. »Wir hatten vorher telefoniert. Wir wollten reden, sie kam nicht, um zu kassieren, das hatte sie schon ein paar Tage vorher getan. Es ging um ihre Hollywood-Pläne, sie wollte die Eifel endgültig verlassen, hatte die Nase gestrichen voll. Vor allem war sie es leid, ständig in fremde Betten zu hüpfen, um den Reichtum ihrer Mutter zu mehren. Sie war es auch leid, als die Dauerverlobte von Sven Hardbeck zu gelten. Vor allem aber war sie ihre Mutter leid. Sie nannte sie eine verlogene Maulhure. Wir wollten Termine abstimmen, sie wollte zwei Tage später einen Direktflug nach Los Angeles nehmen, sie hatte gebucht, alles war okay.«

»Was für Termine denn?«, fragte ich.

»Ich wollte nachkommen. Wir hatten bereits eine kleine Wohnung für sie in West-Hollywood gefunden. Ich kenne dort einen Immobilienmann. Sie sollte mein Scout sein, sich umhören, in die Szene gehen, mit Leuten sprechen und so weiter. Darin war sie einsame Klasse.«

»Wollten Sie dort als Paar auftreten?«

»O nein. Als Paar waren wir nicht so gut, aber Partner konnten wir für den Anfang gut sein.«

»Wann verließ Natalie dieses Haus?«

»Das muss nach 17 Uhr gewesen sein, denn ich erinnere mich, dass ich noch zwei wichtige Telefonate erledigte, ehe ich nach Mayen in die Kneipe fuhr.«

»Und sie ist hinterher nicht mehr zurückgekehrt?«, fragte Rodenstock.

»Nein«, sagte Schminck. »Was hat denn Hans Becker gesagt, wann sie bei ihm aufgetaucht ist?«

»Das wissen wir noch nicht«, antwortete Emma in schöner Offenheit. »Wie kann Natalie heimlich eine Reise nach Amerika planen, ihre Sachen packen, Taschen und Koffer voll stopfen, bei ihrer mehr als neugierigen Mutter? Da stimmt doch etwas nicht.«

»Es sollte eine Zahnbürstenreise werden. Sie wollte nichts mitnehmen, außer einer Zahnbürste. Ja, und natürlich ihr Geld.«

»Ihr Geld?«, hakte Emma schnell nach.

»Ihr Geld.« Er stand auf und verließ den Raum. Als er wiederkehrte, trug er eine mittelgroße meerblaue Segeltuchtasche der billigsten Art. Er stellte sie auf den Tisch und erklärte belustigt: »Das ist Natalies Sparkasse. Es sind sechshundertzwanzigtausend Mark drin. Sie war ganz schön raffgierig und genau wie ihre Mutter stand sie auf Bares!«

»Das glaubt Kischkewitz uns nie«, stöhnte Vera. »Er wird denken, wir sind übergeschnappt.«

»Herr Schminck, konzentrieren Sie sich bitte. Hat sie erwähnt, dass sie irgendjemandem von dieser Flucht nach Amerika erzählt hat? Wer war eingeweiht?«

»Sie hat nur diesen Studienrat gefragt, was er von so einem Plan halten würde. Und der riet, sie solle das lassen, so was gehe immer schief. Aber sie hat ihm nicht gesagt, dass der Plan schon beschlossen war und sie jetzt fliegen wollte. Sonst weiß ich niemanden. Das Ticket habe ich von hier aus online gebucht, das war also absolut anonym.«

»Warum hat Natalie Bronski davon nichts erzählt?«, fragte ich verwirrt. »Er war ein Freund, ein Vertrauter. Als sie hier aufbrach, hat sie da gesagt, dass sie zu Hans Becker wollte?«

»Ja, er schuldete ihr noch Geld. Seitdem habe ich sie nicht mehr gesehen. Scheiße, Mensch.« Schminck war ehrlich bekümmert.

Rodenstock stand an einem großen Blumenfenster und telefonierte, Emmas Gesicht war voller Ratlosigkeit, Vera starrte auf ihre Schuhe hinunter.

»Wollen Sie das Geld nach Wittlich zur Mordkommission bringen oder sollen wir das mitnehmen?«, fragte ich.

»Nehmen Sie es mit«, sagte er. »Was glauben Sie, wer sie ermordet hat?«

»Dieselbe Frage wollte ich Ihnen stellen. Haben Sie eine Vorstellung?«

»Nein«, murmelte er. »Ich überlege die ganze Zeit, ob sie über einen Menschen mal etwas Auffälliges erzählt hat. Aber mir fällt niemand ein.«

»Hat sie erwähnt, dass einer ihrer Mitschüler sie verfolgt hat, sie unbedingt haben wollte, oder einer ihrer Lehrer vielleicht?«

»Ja, sie hat so Dönekes erzählt, wenn sie gut drauf war. Dass ihr ein Lehrer zum Beispiel Gedichte geschickt hat und ...«

»Hieß der Florian Lampert?«, unterbrach ich.

»Das weiß ich nicht mehr. Sie hat zwar einen Namen genannt, aber ich erinnere mich nicht mehr an ihn.«

»Schminck, tun Sie uns noch einen Gefallen: Konzentrieren Sie sich auf dieses letzte Treffen hier. War irgendetwas nicht im Lot, wich irgendetwas von der Normalität ab? War sie besonders schlecht gelaunt, war sie besonders gut gelaunt? Hat sie sich auf den Amerika-Trip gefreut? Sind Sie sicher, dass sie auch Sven kein Wort gesagt hat? Als sie da oben aus dem Wald kam und hier zum Haus lief, war da was Außergewöhnliches? War sie aufgekratzt? Oder hatte sie Lampenfieber? Hatte sie ein schlechtes Gewissen, weil sie sich heimlich von der Mutter abseilen würde? Irgendetwas. Das Beste ist, Sie schließen die Augen und lassen die Szene noch mal Revue passieren: Sie kommt da oben aus dem Wald und läuft über die Wiese zu Ihrem Haus ...«

Er schloss tatächlich die Augen. »Da war nichts Besonderes. Doch, halt, sie sagte zur Begrüßung: ›Ich glaube, da hat mich jemand verfolgt!‹ Und dann lachte ich und sagte: ›Wer soll das sein?‹ Und sie antwortete: ›Das weiß ich doch nicht.‹ Wir haben dann nicht weiter darüber gesprochen. Sonst war nichts. Sie war cool, sie freute sich auf Los Angeles.«

»Sie werden zur Mordkommission fahren und Ihre Aussage korrigieren?«

»Ja«, nickte er. »Natürlich.«

Rodenstock kam heran und machte ein verkniffenes Gesicht. »Leute, es gibt ein neues Problem. Natalie wollte von hier nach Maria Laach fahren. Aber Hans Becker war nicht in Maria Laach. Er hatte nicht die geringste Ahnung, dass sie kommen wollte, gibt aber zu, dass er ihr noch ein paar tausend Mark schuldete. Sein Alibi ist wasserdicht. Er war im *Parkhotel* in Düsseldorf, hat an einer Vorstandssitzung einer Siemens-Tochterfirma teilgenommen, zusammen mit sechs anderen höchst ehrenwerten hoch bezahlten Zeitgenossen.«

»Scheiße!«, stöhnte Vera heftig.

»Pass auf, Baumeister«, sagte Rodenstock entschlossen. »Wir müssen jetzt schnell sein. Wir fahren mit Herrn Schminck und dem Geld nach Wittlich. Vielleicht hat Kischkewitz ja auch was Neues.«

»Fahrt ihr mal ohne mich«, erwiderte ich. »Ich sammle weiter lose Fäden auf. Zum Beispiel interessiert mich noch der lose Faden namens Lampert. Und ich versuche Bronski aufzutreiben.« Dann wandte ich mich erneut an Schminck: »Haben Sie je Bekanntschaft mit einer hohen, heiseren Männerstimme gamacht?«

Einen Augenblick lang war er verwirrt. »Hohe, heisere Männerstimme? Ich nicht, aber Natalie. Sie hat von einem Anrufer mit einer richtig miesen, hohen Stimme erzählt. Er habe Telefonsex machen wollen und gesagt, sie soll sich ausziehen und Ähnliches. Das übliche widerliche Zeugs.«

»Wann hat sie das erzählt?«

»Bei ihrem letzten Besuch hier. Der Anruf muss ein paar Abende oder Nächte zuvor erfolgt sein. Kennen Sie den Mann? Meinen Sie, dieser Mann war es?«

»Ich weiß nicht«, sagte ich. »Ich mach mich jetzt auf den Weg.«

Ich verließ das Haus, setzte mich in den Wagen und startete. Nach Bronski konnte ich auch am Steuer fahnden. Ich rief im *Hotel Panorama* an und fragte nach Tina Cölln.

»Baumeister hier. Kannst du mir bitte die Handynummer von Ladi geben? Du musst sie doch haben.«

»Habe ich auch. Warte mal.« Tina legte den Telefonhörer beiseite, dann diktierte sie mir die Nummer. »Und, habe ich Recht gehabt, war sie bei Schminck und hat kassiert?«

»Ja, war sie. Aber Geld wollte sie nicht. Ich melde mich später.«

Mein nächster Anruf galt der Auskunft, die ich bat, mich mit Florian Lampert zu verbinden.

Er hatte eine jugendliche Stimme und klang gut gelaunt.

»Mein Name ist Baumeister. Ich habe mich heute mit Svenja Fiedler unterhalten. Sie hat mir Ihren Namen genannt. Darf ich Sie heute Abend noch besuchen, es ist dringend.«

»Wann wollen Sie denn kommen?«

»Ich muss erst noch woanders hin, daher kann es spät werden. Mitternacht etwa. Es geht um den Mordfall Natalie.«

»Komisch«, kommentierte Lampert trocken, »ich hatte viel eher mit Besuch gerechnet. Gut, kommen Sie.«

Zunächst fuhr ich in die entgegengesetzte Richtung von Wittlich. Mir war ganz plötzlich der Gedanke gekommen, dass in der Eifel gewisse Umstände des Lebens immer gleich gehandhabt werden. Warum sollten für einen Besuch in Maria Laach nicht die gleichen Regeln gegolten haben wie für einen Besuch bei Adrian Schminck in Boos? Hatte Hans Becker nicht mit hoher Wahrscheinlichkeit gemahnt: »Diskretion, meine Liebe, ist oberstes Gebot!«

Ich dachte über Hans Becker nach, der in seinem eigenen Mausoleum hauste und sich dort wahrscheinlich wohl fühlte, weil es ihm Schutz gab. Er hatte sich ein Imperium gebaut, aus Geld, aus Macht. Wahrscheinlich war er wie viele sehr erfolgreiche Männer auf dieser Welt vollkommen eins mit sich selbst: Er machte die Gesetze, nach denen er lebte. Und wahrscheinlich gestand er sich junge Frauen wie Natalie als Belohnung für ein arbeitsreiches Leben zu; er war mit seinem Herrgott vollkommen einig darin, dass dem Zeus durchaus erlaubt ist, was dem Ochsen niemals erlaubt sein darf. Zudem wusste er sich unter dem besonderen Schutz seiner Mutter Kirche, lebte neben einem der berühmtesten Klöster dieses Abendlandes, war sogar Teil dieses Klosters, war wichtig für diesen Hort unablässig aufsteigender Gebete, sicherte Einkünfte, machte Geschäfte zum Lobe des Herrn. War es nicht unmöglich, sich unter diesen Umständen als normaler Bürger zu fühlen?

Ich bog von der Schnellstraße auf die Landstraße nach Bell ein und wurde langsamer. Hier musste irgendwo eine Möglichkeit sein.

Dann sah ich eine.

Der Weg war breit und geschottert, wahrscheinlich diente er zum Holzabfahren. Er führte in einem weiten Linksbogen in den Hochwald hinein und stieg dabei leicht an. Es begann zu nieseln, der Himmel war dunkel. Ich überlegte, ob ich es riskieren konnte, diesen Weg zu befahren, ließ es dann aber sein.

Ich nahm die Taschenlampe und stiefelte los. Nach meiner Berechnung war ich etwa achthundert bis tausend Meter von Beckers Haus entfernt, war mir aber nicht sicher.

Ich schaltete die Taschenlampe nicht ein, weil es nicht notwendig war, das hellgraue Schottergestein bildete einen klaren Wegweiser. Wind kam auf, ein Käuzchen schrie, es war exakt die Stimmung, die man bei Wallace-Verfilmungen versucht hatte zu erzeugen, in denen der unvergleichliche Held Blacky Fuchsberger loszog, um in nebligen Sümpfen und unbeschreiblich geheimnisvollen Lagerhäusern Killermonstren unschädlich zu machen und anschließend mit irgendeiner adligen Enkelin zu knutschen.

Der Regen wurde intensiver, es frischte auf. Nach etwa zehn Minuten erreichte ich eine Gabelung, der Hauptweg führte rechts weiter, die Nebenstrecke führte nach links, schien jedoch in diesem Bereich nicht mehr befahren. Gras wucherte in den alten Fahrrillen, und als ich die Lampe einschaltete, fand ich mich in einem Flecken von Waldweidenröschen. Und es gab jede Menge roter Wegschnecken. Der Weg senkte sich langsam den Hang hinab.

Als ich es sah, wollte ich instinktiv in die Knie gehen, als ob jemand eine Woche lang darauf gewartet hätte, dass Baumeister hier auftauchte. Ich schalt mich einen Narren, war aber nervös. Das Auto stand rechts neben zwei großen Buchenstämmen und nichts deutete darauf hin, dass etwas damit nicht in Ordnung war.

Ehe ich mich dem Wagen näherte, nahm ich das Handy und rief Rodenstock an. Eine automatische Frauenstimme sagte, er sei im Moment nicht erreichbar. Daraufhin versuchte ich es mit Veras Handy, sie meldete sich.

»Ich habe ihr Auto.«

»Wie bitte?«

»Ich habe Natalies Auto. Wo seid ihr?«

»Bei Kischkewitz in Wittlich. Wo ist das Auto?«

»Es steht hinter dem Haus von Hans Becker. Ich schätze, etwa dreihundert Meter dahinter auf einem Waldweg. Hast du einen Zettel? Ich beschreibe dir den Weg. Also ...« Ich diktierte ihr die Route.

»Du mit deinen Alleingängen!«, schimpfte Vera freundlich. »Wie bist du darauf gekommen?«

»Wenn sie sittliche Verfehlungen begehen wollen, sind die Eifler wie alle Provinzler dieser Welt äußerst diskret. Sie kommen immer durch den Hintereingang oder sie treffen sich auf Hawaii.«

Ich beendete das Gespräch und ging auf das Auto zu. Ich leuchtete erst einmal den mit altem Buchenlaub bedeckten Boden ab, ob sich so etwas wie Spuren erhalten hatten. Ich sah nichts.

Das Auto war dunkelgrün mit feinen weißen Streifen an den Absätzen der Radkästen, die Bereifung war neu. Der Mini war abgeschlossen, die Sicherungsknöpfe waren nicht zu sehen, im Inneren herrschte Ordnung. Es gab eine Schachtel Marlboro mit daneben liegendem Feuerzeug, einen Stapel Briefe, alle geöffnet, dann Landkarten, eine kleine Taschenlampe. Auf dem Nebensitz so etwas wie eine Brieftasche, schwarz. Hinten im Wagen zwei schwarze Segeltuchtaschen der Marke *Camel*, beide mit zugezogenen Reißverschlüssen. Ernüchternd klar, ernüchternd wenig. Frage: Warum hatte Natalie ihre Zigaretten und das Feuerzeug im Wagen liegen lassen?

Gut, rede mit mir, Natalie. Du kommst hierher gerollt. Es ist abgesprochen und braucht nicht betont zu werden, dass du an dieser Stelle parkst. Du gehst die paar Schritte bis zum Hintereingang des Hauses zu Fuß.

Ich machte es genauso, ging auf das Haus zu, das schräg links von mir im unteren Teil des Hanges lag. Gelb und fade brannte eine Außenleuchte. Das Grundstück umgab ein hoher, solide gebauter Zaun, der dann in eine etwa zwei Meter hohe hölzerne Sichtblende überging. Inmitten dieser Sichtblende befand sich eine schwere Eisentür, aber keine Klingel.

Wurdest du erwartet? Wer öffnete dir? Die Haushälterin? Wie machtest du dich bemerkbar, ohne Klingel? Moment, natürlich, du hattest einen Schlüssel. Wo ist dieser Schlüssel? Oder konnten sie dich auf den Monitoren im Haus sehen?

Ich trat zwei Schritte zurück. Auf dieser Seite des Hauses waren zunächst keine Kameras zu entdecken. Dann bemerkte ich doch welche, sie waren an die hohen Buchenstämme geheftet, in sicherlich mehr als vier Metern Höhe.

Also gut, du kommst an, steigst aus, nimmst die Schlüssel mit, vergisst deine Zigaretten, läufst zu dieser Tür, schließt auf und gehst hinein. Becker kannst du nicht angetroffen haben, bestenfalls seine Hausdame. Die sagt dir, Becker sei nicht hier, er sei in Düsseldorf im *Parkhotel*.

Vielleicht weist die praktische Hausdame dich auch darauf hin, dass du dir den ganzen Weg hättest ersparen können. »Wenn Sie angerufen hätten, Schätzchen, hätte ich Ihnen sagen können, dass er nicht hier ist. Warum haben Sie nicht angerufen, Schätzchen?«

»So ein Pech!«, sagst du oder etwas Ähnliches, drehst dich um und willst zurück zu deinem Auto.

Und was ist dann passiert? Irgendetwas muss passiert sein. Aber was?

Oder ist etwas ganz anderes geschehen? Hat die Hausdame dich empfangen und dich einfach nicht mehr aus dem Haus herausgelassen? Hat sie dich getötet, weil sie glaubte, du würdest das Leben ihres geliebten Chefs zerstören?

Baumeister, reiß dich zusammen! Wie, zum Teufel, soll das abgelaufen sein? Wie ist Natalie dann auf die Müllkippe nach Mannebach gekommen? Hat sich die Hausdame etwa ein Taxi genommen und den Transport persönlich überwacht?

Es war wirklich grotesk, was meine Unsicherheit an pittoresken Szenarien produzierte. Wahrscheinlich war es besser, schleunigst aus diesem Wald zu verschwinden und sich etwas Realem zu widmen. Florian Lampert zum Beispiel.

ZEHNTES KAPITEL

Ich kam zu spät, viel zu spät. Ich hatte die A 48 schnell erreicht, musste dann aber trödeln, weil ein Alptraum vor mir war: ein Spezialtransporter, der nicht überholt werden konnte.

Lampert war ein hoch gewachsener Mann, mit spärlichem Haarwuchs. Er wohnte unter dem Dach eines zweigeschossigen Hauses mitten in der Fußgängerzone der Säubrennerstadt.

Freundlich murmelte er: »Es kann ja schon mal später werden. Was hat Svenja Fiedler Ihnen denn erzählt?«

»Nicht viel«, sagte ich. »Nur, dass da etwas war, etwas für Sie Gefährliches.«

»Das ist die richtige Formulierung. Kommen Sie herein. Das ist meine Lebensgefährtin Karin. Sie möchte dabei sein und Sie haben hoffentlich nichts dagegen.«

»Nein, natürlich nicht«, sagte ich. Ich reichte Karin artig die Hand. Sie war eine kleine, schmale Frau mit sehr kurzem, hennarot gefärbtem Haar und einem hübschen Gesicht.

»Hallo.« Sie wirkte misstrauisch.

Um von vorneherein Spitzen des Unmuts und des Misstrauens abzubrechen, sagte ich: »Das finde ich sehr gut, dass Sie dabei sind.«

Sie nickte und hockte sich mit untergezogenen Beinen auf das Sofa.

»Tja«, meinte Lampert betulich und setzte sich neben sie, »ehrlich gestanden habe ich mich bei Svenja Fiedler erkundigt. Wir wollten doch wissen, wer Sie sind.«

»Das ist in Ordnung«, murmelte ich. »Darf ich eine Pfeife rauchen?«

»Oh, selbstverständlich«, sagte Karin und begann, sich eine Zigarette zu drehen. »Aber Intimitäten wollen Sie doch nicht wissen, oder?«

»Nein«, log ich tapfer. »Herr Lampert, Sie haben gesagt, dass Sie eigentlich erwartet haben, dass viel früher jemand auftaucht, um Sie zu befragen.«

»Ja.« Er hatte zwei sehr steile, tiefe Falten zwischen den grauen Augen, als habe er Kopfschmerzen. »Natürlich. Ich bin damals da reingerasselt, ich war ein totaler Neuling, hoffnungslos naiv. Ich habe sämtliche Fehler gemacht, die man sich ausdenken kann. Und dann hat eine ältere Kollegin mich auch noch bei der Bezirksregierung angeschwärzt. Ich hatte gar keine richtige Chance. Und ich will auch hier wieder weg, Wittlich ist zu nah an Daun.«

»Wollen Sie erzählen, was damals passiert ist?«

»Ich kam in diese Abiturklasse als jemand, der nur mal so schnuppern sollte. Mir fiel Natalie natürlich sofort auf. Sie fiel jedem auf. Ich war damals allein, wir beide kannten uns noch nicht. Ich verliebte mich, das war sehr schlimm, das war schon ... na ja, es war eine Obsession, eine Besessenheit. Klar, es hieß immer, sie sei ein Biest und würde sich über alle Männer lustig machen. Aber Sie wissen ja, wie das so ist. Ich hörte nicht hin. Obwohl viel geredet wurde. Es gab Kollegen, die gestanden grinsend: ›Mit der würde ich auch mal gern!‹ Andere sagten, das könne sich niemand von uns leisten. Pro Nummer ein Monatsgehalt und solche Dinge.«

»Natalie war also Gesprächsthema im Lehrerzimmer?«

»Ja, aber mir half das alles nichts. Ich hatte immer ihr Bild im Kopf, ständig. Es war wie ... es war wie Krebs.«

»Hat sie das gemerkt?«

»Natürlich!«, sagte Karin hell. »Das war es ja. Sie fing an, Florian lächerlich zu machen. Vor der ganzen Klasse. Und dann verabredete sie sich mit ihm und schickte stattdessen die vier Musketiere. Zum Eisessen.«

Lampert sah mich an. »Als diese vier jungen Burschen in das Lokal kamen, sagte ich mir: ›Die hat sie nur geschickt, weil sie es nicht riskieren will, mich in der Öffentlichkeit zu treffen.‹ Das heißt, ich suchte krampfhaft nach Entschuldigungen für sie, ich hätte niemals zugegeben, dass sie mich einfach nur verspottet. Sie erschien mir nach wie vor wie mein Engel ...«

»Wie lange dauerte dieser Zustand?«

»Das ging so über ein Vierteljahr.«

»Und dann haben Sie Hilfe gesucht?«

»Ja. Ich bin noch immer in einer Therapie. Aber im Prinzip habe ich es überwunden.«

»Ist Ihnen denn auch zu Ohren gekommen, dass Natalie im Grunde eine Hure war?«

»Sicher. Aber ich habe es nicht geglaubt. Detlev Fiedler war ja auch der Meinung, sie sei sich nicht recht bewusst, was sie da tat.«

»Er hat sich um Sie gekümmert?«

»Ja, ganz rührend. Genau wie seine Frau Svenja.«

»Svenja Fiedler meinte, Sie seien immerhin so klug gewesen und hätten Natalie keine Liebesbriefe geschrieben. Aber Sie haben ihr geschrieben, nicht wahr?«

»Ja. Svenja weiß davon nichts. Nur Detlev Fiedler wusste das, mit dem habe ich drüber geredet. Ich musste einfach mit jemandem reden und er hat es verstanden. Doch dann hat mich die Kollegin verpfiffen.«

»Was ist da geschehen?«

»Ich wurde zum Direktor bestellt. Der konnte mein Problem verstehen, das merkte ich genau. Er sagte, vielleicht wäre es besser für mich, vorübergehend an eine andere Schule zu gehen. Er werde mich nicht melden und man könne das so deichseln, dass niemand die Gründe erfährt. Und dann hockte ich abends ziemlich down in einer Kneipe und diese Kollegin kam rein. Wir kamen ins Gespräch. Sie war so ein mütterlicher Typ und ich erzählte ihr, dass ich dummerweise der Natalie ein Gedicht geschickt hätte. ›Oh, mein Lieber!‹, sagte sie ganz betroffen. Am nächsten Tag hatte sie einen Termin bei der Bezirksregierung in Trier. Sie hatte sich für einen anderen Posten beworben. Bei der Gelegenheit hat sie mein Gedicht auf den Tisch geknallt und den Oberen gesagt: ›Wenn ich den Job kriege, werde ich mit derartigen Schweinereien Schluss machen!‹«

»Moment, sie hat Ihr Gedicht abends in der Kneipe mitgenommen?«

»Ja. Ich hatte es ja im Computer und zufällig einen Ausdruck dabei. Sie sagte sogar noch, sie fände das Gedicht wunderschön und sie hätte niemals im Leben so etwas bekommen.«

»Hat sie den Job gekriegt?«

»Aber sicher.« Lampert grinste gequält.

»Ich hole es!«, sagte Karin ostentativ und ging hinaus. Als sie zurückkam, legte sie ein DIN-A4-Blatt vor mich hin.

Das Gedicht hieß:

VIELLEICHT VIELSCHWER

Ich möchte bei dir sein
aber du hängst mein Herz
an die Luft
zum Schaukeln
tippst mich an
und sagst vielleicht
vielleicht auch nicht
du spielst fangen
mit meiner Sehnsucht
und hältst mich warm
an deiner Glut
und wenn du mich kriegst
darf ich dich
noch lang nicht haben.

»Das ist gut«, nickte ich. »Hat Natalie darauf reagiert?«

»Hat sie«, erzählte er. »Als ich die nächste Stunde in dieser Klasse geben musste, stand sie auf und las es vor.«

»Das hat wehgetan, nicht wahr?«

»Ja.«

»Und Sie wurden dann per Dekret hierher versetzt?«

»So war es. Fiedler erreichte, dass ich ein Vierteljahr lang bei vollen Bezügen keinen Dienst tun musste. Ich wäre auch gar nicht dazu in der Lage gewesen.«

»Was denken Sie jetzt über sie?«

»Sie war eine Nutte«, sagte er einfach und es klang trotzdem nach einem Aber. »Deshalb ist sie wahrscheinlich ja auch umgebracht worden. Niemand kann in der Eifel so leben, ohne schweren Schaden zu nehmen. Weiß man endlich, wer es getan hat?«

»Nein«, sagte ich.

»Stimmt das mit diesen reichen Männern und dem vielen Geld und dieser Mutter, die da so eine Art Bordell betrieben hat? Stimmt das alles?«, fragte Karin eifrig.

»Leider stimmt das alles. Wir sind der Überzeugung, dass Natalie etwas erfahren hat, was sie unter keinen Umständen erfahren durfte.«

»Das mit den Giftfässern?«, wollte Lampert wissen.

»Das kann damit zu tun haben, ist aber wohl eher unwahrscheinlich.« Die Frage erinnerte mich an Bronski und ich fragte mich, wo er zurzeit wohl war.

»Wissen Sie, ob andere Lehrer an Ihrer Schule ein Verhältnis mit Schülerinnen oder Schülern haben?«

»Es gibt Gerüchte«, sagte er, »dass mindestens drei Kollegen ein Verhältnis zu Schülerinnen haben. Aber niemand regt sich darüber auf, das wird so hingenommen. Ein Kollege hat ein Verhältnis zu einem Schüler. Solange kein Skandal hochkocht, wird eisern geschwiegen. Alles grinst hinter vorgehaltener Hand.« Lampert seufzte tief auf und murmelte: »Wenn Natalie nur ein Jahr früher Abi gemacht hätte, wäre mir viel erspart geblieben. Sie wäre längst in Hollywood und läge auf irgendeiner Couch mit irgendeinem Regisseur.«

Zuweilen ist Stille laut wie eine Serie von Paukenschlägen. Wahrscheinlich deshalb, weil wir den eigenen Herzschlag hören.

»Sekunde mal«, sagte ich. »Woher wissen Sie das mit Hollywood?«

Er sah mich erstaunt an. »Das ist doch kein Geheimnis gewesen«, erklärte er. »Wir haben uns in der Klasse über Berufschancen unterhalten und Natalie erklärte, sie hätte Ambitionen, nach Hollywood zu gehen, eine Schauspielschule zu besuchen und dort Karriere zu machen. Ich sehe noch Detlev Fiedler vor mir, wie er ganz sarkastisch sagte: ›Na, auf dich haben die gerade noch gewartet!‹ Natalie war wütend und hat geantwortet: ›Der *Playboy* hat ja auch auf mich gewartet!‹ Sie hat da mal als Playmate fungiert, sehr schöne Fotos.«

»Das wusste ich noch gar nicht. Wie hat denn die Schule darauf reagiert?«

»Überhaupt nicht. Es wurde mit Schweigen übergangen. Was nicht sein darf, wird unter den Teppich gekehrt, einfach nicht zur Kenntnis genommen.«

Überall das Gleiche, dachte ich und verabschiedete mich.

Es war zwei Uhr, als ich in meinem Auto saß und wieder losfuhr. Ich war aufgekratzt und nicht im Geringsten müde und stellte mir vor, dass Bronski im Moment entweder eine Flasche Schnaps vertilgte oder aber eine heftige Diskussion mit seiner Truppe führte – wahrscheinlich beides. Ich wählte seine Nummer.

Er meldete sich sofort und an seiner Stimme erkannte ich, dass er tatsächlich hellwach war.

»Wo seid ihr?«

»Zwischen Nohn und Bongard«, gab er Auskunft. »Auf einem Parkplatz. Was kann ich für dich tun?«

»Ich möchte noch mehr über Mülltransporte lernen.«

»Oh, das ist ein weites Feld. Komm her. Wir haben noch ein paar Frikadellen übrig.«

»Hast du etwas erreichen können, weißt du mehr?«

»Ich habe mit Tina Cölln geredet.« Er überlegte ein paar Sekunden, fragte dann: »Wer ist dieser Martin aus Mannebach? Weißt du was über den?«

»Er treibt sich rum, er hat keinen Job, hängt ab. Er war der Erste, der Natalie gefunden hat und es der Polizei sagte. Anonym.«

»Die liebe ich. Anonym! Bis gleich.«

Im Dreieck Vulkaneifel verließ ich die Autobahn, fuhr über Daun in Richtung Dockweiler. Langsam kamen mir Zweifel wegen meiner mich selbst überrollenden Aktivität. War es nicht besser, ein paar Stunden zu schlafen? Meine Mitbürger in Ruhe zu lassen, selbst zur Ruhe zu kommen? Ich schimpfte ein wenig mit mir, aber es änderte nichts an meiner Nervosität.

Als hinter Brück in dem schmalen Tal das Wildschwein-gehege neben mir auftauchte, meldete sich mein Handy.

»Heh, Baumeister«, maulte Vera, »wo treibst du dich he-rum?«

»In der Weltgeschichte«, sagte ich ungehalten. »Schlaf weiter, du verpasst absolut nichts.«

»Kannst du dir vorstellen, Mann, dass es Leute gibt, die sich Sorgen machen? Kannst du das?«

»Ja. Tut mir Leid. War eine blöde Bemerkung. Ich freue mich ... ich freue mich, dass du dir Sorgen machst.«

»Wo warst du und wo bist du?«

»Ich war in Wittlich und jetzt fahre ich zu Bronski.«

»Kann Bronski denn nicht hierher kommen, verdammt noch mal? Ich sitze hier mit Emma rum und wir grübeln darüber nach, ob du in Schwierigkeiten steckst.«

»Ich stecke nie in Schwierigkeiten.«

»Ach, Scheiße, Baumeister! Du redest wie ein präpubertä-rer Teenager.«

»Ich bin etwas neben der Spur«, erklärte ich ihr. »Wir ha-ben etwas falsch gemacht und ich werde nach dem Fehler suchen. Dann gehe ich schlafen.«

»Was hat Bronski damit zu tun?«

»Er weiß etwas über Müll und darüber, wie man ihn los wird. Sei nicht böse. Ich bin bald wieder da. Und dann bitte ich um vier Spiegeleier mit gekochtem Schinken.«

»Du Macho!«, sagte sie.

Durch Bongard durch, die leichte Linkskurve in den Wald hinein. Der Truck von Bronski war weiß und riesengroß und trug eine Aufschrift in Polnisch, mit der ich nichts anfangen konnte. Das Fahrerhaus war mit Vorhängen abgeschirmt. Ich hupte und hinten am Truck schwang ein Flügel weit auf.

Der Anblick war unbeschreiblich, der Lärm auch. Sie la-gerten um eine Art Ofen herum, einen uralten winzigen Kanonenofen, der auf einer Metallplatte stand und eine angenehme Wärme ausstrahlte. Das Rohr führte durch ein Loch in dem Dach nach draußen. Die Männer lagen auf Decken um diese Hitzequelle herum, waren selig, hatten wahrscheinlich die gesamten Schnapsvorräte der Eifel aufgekauft und sangen Lieder, von denen ich annehmen musste, dass die Texte unflätig waren, denn sie sangen sie laut grölend mit großem, grinsendem Vergnügen.

Hinten, zur Fahrerkabine hin, stand ein Grillgerät, auf dem unendliche Mengen Fleisch ihrer Bestimmung entgegenbrieten. Es roch fantastisch gut, es war die schönste Imbissbude, die ich je in meinem Leben gesehen hatte.

»Baumeister, Liebling!«, schrie Bronski mit fettigem Gesicht. »Schließ dich an, iss und trink.«

Ich versorgte mich mit einem Stück Stangenweißbrot und zwei Würsten und hockte mich neben Bronski auf eine alte, etwas streng riechende Pferdedecke. Die Männer grinsten mich an, waren voll kindlicher Heiterkeit und einer sagte kurz etwas in einer gutturalen Sprache und alle grölten los, als sei das ein fantastischer Witz gewesen.

»Was hat er gesagt?«, fragte ich Bronski.

»Er sagt, du bist der mit Abstand hässlichste Mann, den er in der letzten Zeit gesehen hat.«

»Ha!«, rief ich. »Ich hatte nur keine Zeit, Rouge aufzulegen. Der soll mich mal nach zehn Stunden Schlaf sehen. Was willst du mit dieser Truppe? Eifler verprügeln?«

Bronski grinste. »Nein, nein. Mein Bruder hat gehört, ich sei in … in Not. Da kam er her. Wieso willst du was über Müll wissen?«

»Weil Müll eine Rolle spielt und weil Natalie sehr viel über Müll wusste … sehr viel mitbekommen hat.«

»Das ist richtig.« Er nickte lebhaft. »Sie hat mal gesagt: ›Wenn ich alles sage, was ich gehört habe, wandern die alle in den Knast.‹ Aber sie hat übertrieben, sie übertrieb immer.«

»Hast du schon oft illegal Müll in die Eifel gefahren?«

»Nein, nur manchmal. Sie wissen alle: Wenn Bronski hier ist, kannst du ihn haben – für alle Transporte. Ich bin Spezialist für heiße Transporte.«

»Was heißt ›heiß‹?«

»Bringe ich was mit, schaffe ich was raus«, grinste er breit.

»Du meinst Polen–Bundesrepublik.«

»Ja.«

»Was bringst du mit? Und was schaffst du raus?«

»Kleine Dinge rein, manchmal große raus. Kommt drauf an.«

»Bronski, verarsch mich nicht! Was heißt das? Heißt das auch, dass du manchmal Fässer, in denen Scheiße ist, rausschaffst?« Ich musste beinahe schreien, die anderen Männer hatten einen neuen Ohrwurm gefunden, den sie aus vollem Hals intonierten.

»Manchmal Fässer«, nickte er. »Bei uns in Polen ist es ein wenig anders als bei euch. Du kannst viele Dinge tun, wenn du viele Freunde hast.«

»Und was ist das, was du mitbringst?«

»Tja, Revolver, Pistolen, solche Dinge eben.«

»Und die verkaufst du?«

Er gluckste. »O nein, Bronski verkauft nicht, Bronski verkauft niemals. Bronski kriegt einen Auftrag, Bronski erledigt Auftrag, liefert ab, kriegt sein Geld. Aus die Maus.«

»Und der Zoll? Hast du Freunde dort?«

»O ja, gute Freunde. Muss man haben.«

»Was hast du denn für die Männerrunde in Bongard transportiert?«

»Alles Mögliche. Billig-Jeans, Billig-Kleider. Keramik, viel Keramik. Da sind die Polen gut. Und Giessen in Münstereifel kriegt niemals genug davon.«

»Aber das ist doch legal, oder?«

»Du verstehst etwas nicht, Baumeister. Ich transportiere keine Schmuggelware. Nicht nach Polen und nicht nach Deutschland. Die meisten Touren sind sauber und ganz legal.«

»Warum hast du denn die Fässer hier in der Eifel abgeladen? Warum nicht mit nach Polen genommen?«

»Unpraktisch. Der Architekt wollte sie nur loswerden. Und mein Mann beim polnischen Zoll hat zurzeit Urlaub. Ich dachte: Gut, dann sehe ich Natalie.«

»Hast du gewusst, dass sie nach Los Angeles gehen wollte?«

»Ja. Aber niemand wusste, wann sie fliegen wollte.«

»Warum hast du mich nach Martin in Mannebach gefragt?«

»Ich war mit Natalie im Jagdhaus. Da war er am Fenster. Zweimal, dreimal, ich weiß nicht wie oft. Ich will wissen, ob er gefährlich ist oder nur ein Spannerarschloch.«

»Dann war das Fassabladen in Mannebach ein Fehler?«

»Ja, das war ein Fehler. Dumm. Aber manchmal ist Bronski eben dumm.« Er lachte herzlich.

»Dumm war nur, dass du die Fässer abgewaschen hast, um Fingerabdrücke zu vermeiden.«

»Das gehörte zum Auftrag. Das gehört immer zum Auftrag. Außerdem habe ich die Fässer gar nicht abgewaschen. Das hat ein Mann von dem Architekten getan. Ich transportiere, ich wasche nicht.«

»Du hast aber auch illegale Transporte für die Herrenrunde gemacht?«

»Ja, hier und da. Zum Beispiel Ikonen aus Russland oder polnische Gemälde, Antiquitäten und solche Sachen. Sie sind gute Kaufleute, weißt du, wirklich gute Kaufleute. Die machen aus Scheiße Geld.«

»Und Bronski verdient ein bisschen mit, wie?«

»So ist es!«, bestätigte er. »Ein bisschen.«

»Warum sind die denn alle so verrückt auf Müll?«

Er sah mich an. »Sind sie nicht. Müll ist eine Sorte Geschäft. Ein gutes Geschäft. Sie haben auch andere gute Geschäfte.«

»Kommst du oft mit Müll in Berührung?«

»Ziemlich oft, ja. Da will einer Fässer transportiert haben, da hat einer einen Container voll Scheiße und will das Geld sparen für die Entsorgung.« Er grinste. »Ich habe sogar schon mal Erde transportiert.«

»Wie lief das?«

»Es gibt Betriebe, die stehen auf Mist. Der Boden, auf dem sie stehen, ist total giftig. Sagen die Müll-Fachleute: ›Du musst den Boden entsorgen.‹ Sagt der Unternehmer: ›Kann ich nicht, ich gehe Pleite, wenn ich das tue.‹ Also wird getrickst. Er muss zwei Meter abtragen, er hat vierzigtausend Quadratmeter Fläche. Das kostet Millionen. Ich komme mit einer Truppe und zwei Baggern. Wir tragen ab. Aber nicht zwei Meter, sondern vielleicht dreißig Zentimeter. Wir fahren den Mist zur Entsorgung, alles läuft normal. Ich kriege jede Ladung bezahlt, ich stelle alle Ladungen für zwei Meter Tiefe in Rechnung. Rechnung ist falsch, klar. Aber wer will das beweisen? Der Unternehmer hat einen guten Deal, ich habe einen guten Deal, meine Leute haben einen guten Deal, jeder hat einen guten Deal.«

»Wie oft hast du das gemacht?«

»Weiß ich nicht genau. Zehnmal vielleicht.« Er lachte. »Ihr seid doch naiv, ihr Deutschen. Ihr habt überhaupt keine Ahnung, was bei euch los ist. Ich kenne hier in der Gegend Neubaugebiete, die stehen komplett auf einer Müllkippe. Und keiner will es gewusst haben. Du lebst doch hier in den Dörfern, oder? Nun, jedes Dorf hatte einen Schmied. Dann kamen die Trecker und der Schmied reparierte die Trecker. Und dann reparierte er die PKW. Dann geht er mit dem Betrieb Pleite oder er gibt ihn auf. Und seine Erben setzen auf das Grundstück ein tolles großes Haus und die Enkel haben keine Ahnung, dass sie auf reiner Scheiße sitzen. Kontaminierte Erde nennt ihr das hier. Das ist doch Realität! Oder nimm die chemische Industrie. Die benutzt für bestimmte giftige Abgase Filter. Aus Stoff. Unheimlich teure Stofffilter. Da hat sich vor zwei Monaten ein Filterhersteller vertan und die Filter für einen Chemiehersteller zwei Zentimeter zu klein gemacht. Der Chemiebetrieb hat sie trotzdem verwendet und zwei Monate lang reines Gift in den Himmel geblasen. Und was passiert? Nichts! Kein Hahn kräht danach. Am verrücktesten finde ich die Sache mit den angeblich so irre dichten Mülldeponien. Glaubst du im Ernst, die bleiben auf ewig dicht? Na ja, da muss der Bronski manchmal helfen und ein bisschen Dreck irgendwohin fahren.«

»Nehmen wir an, Giessen und Becker sagen dir, du sollst aus Warschau zwei Koffer mitbringen. Sie bieten einen guten Preis. Tust du das?«

»Auf was willst du raus?«

»Auf Schmuggelware«, sagte ich. »Altarbilder aus dem Mittelalter zum Beispiel oder andere Kirchenschätze.«

Er überlegte, dann nickte er. »Ich weiß nie, was in diesen

Koffern ist, verstehst du. Aber: Wenn ich das Geschäft nicht mache, macht es ein anderer. Ganz klar.«

»Hat Natalie das gewusst?«

»Nicht alles, aber das meiste.«

»Hat sie mal versucht, Geld von dir zu kriegen?«

»Wie meinst du das? Für Liebe?«

»Nein, dafür, dass sie schweigt.«

»Nie«, bestritt er heftig. »So lief das nicht zwischen Natalie und Bronski. Niemals.«

»Aber es sieht so aus, als hätte die Männerrunde sie bezahlt. Hat sie dir davon erzählt?«

»Nein. Trotzdem weiß ich, dass sie abgestaubt hat. Ich finde das gar nicht so schlimm, sie brauchte das Geld, um sich selbstständig zu machen. Es ist doch so: Wenn du ein Stück vom Kuchen haben willst, musst du ein Messer in die Hand nehmen. Oder?«

»Hat sie mal erwähnt, dass sie sich bedroht fühlt?«

»Nein. Sie hat nur gesagt, sie hat manchmal das Gefühl, jemand verfolgt sie. Aber sie wusste nicht, wer.«

»Glaubst du, dass Sven Hardbeck sie getötet hat?«

»Nein. Der Junge war zu weich. Und er hätte ihr niemals den Brillanten aus dem Nabel gerissen.«

»Du hast sie sehr gemocht, nicht wahr?«

»Oh, ich mag sie immer noch.« Er lächelte. »Na sicher, sie tanzte total aus der Reihe. Aber wie sie das machte, war schon klasse.«

»Ich verschwinde nun wieder. Feiert schön weiter.« Ich reichte Bronski die Hand und nickte den anderen zu. Sie lächelten zurück und waren eine außerordentlich freundliche Männerrunde.

Endlich fuhr ich heim, legte mich im Wohnzimmer auf das Sofa und starrte durch die Terrassentür in meinen Garten. Der Tag war gekommen und ich war hundemüde. Bevor ich einschlief, ließ ich Cisco zu mir herein und wir stritten uns eine kurze Weile um das beste Kissen. Dann gab er Ruhe und legte seinen Kopf auf meinen Bauch.

Als sich die Katzen wild schreiend und fauchend vor der Terrassentür prügelten, wurde ich wach. Sie hatten wahrscheinlich den Hund und mich entdeckt und tobten jetzt ihren Eifersuchtsfrust aus. Ich quälte mich zur Tür und öffnete sie. »Kommt rein, aber geht bitte vorsichtig mit mir um.«

Sie fauchten kurz in Richtung des Hundes und wollten sich dann trollen. Ich erntete vorwurfsvolle Blicke. Die Tür war zu. Ich erinnerte mich an meinen Kater Willi, der in solchen Fällen locker und leicht auf die Klinke gesprungen war und sich selbst geholfen hatte. Ich öffnete die Tür und sah in Veras Gesicht.

»Wir frühstücken gerade beziehungsweise wir essen die Mahlzeit, die man um diese Tageszeit isst. Also früher Nachmittagskaffee oder so.«

Die drei hockten um den Küchentisch.

»Du warst umtriebig«, sagte Rodenstock. »Das ist kein Vorwurf, aber erzählst du uns, was passiert ist?«

Ich berichtete ihnen und fragte: »Hat die Spurensicherung am Auto etwas gefunden?«

»Wenig.« Rodenstock schüttelte den Kopf. »Das Einzige, was sie entdeckt haben, sind die Reifenspuren von Natalies Auto und die Reifenspuren eines anderen Wagen. Die Abdrücke ergeben aber nichts, außer dass es sich um eine Nullachtfuffzehn-Bereifung handelt, die hier in der Gegend im Frühling dieses Jahres als Schnäppchen angeboten wurde.«

»Was hat Becker gesagt, als er nach Natalies Besuch gefragt worden ist?«

»Er hat ausgesagt, sie habe einen Schlüssel für die Tür im Zaun hinter seinem Haus gehabt, aber sie habe das Haus nicht betreten, weil seine Hausdame sie sofort abgewimmelt hat.«

»Mir kommt es so vor, als ob sich Natalies Lebensrhythmus beschleunigt hat«, sagte Emma versunken. »Als ob sie plötzlich schneller gelebt hat. Sie hatte das Flugticket, sie wollte starten. Vorher wollte sie noch Hans Becker in Maria Laach aufsuchen, weil sie noch Geld von ihm zu bekommen hatte. Alles war normal, bis zu dem Zeitpunkt, an dem sie bei Becker auftauchte. Sie fuhr dort weg, weil Becker nicht da war. Warum fuhr sie weg, warum hat sie nicht auf Becker gewartet? Und vor allem wie? Ihr Auto blieb dort stehen.«

»Ich denke, sie ist nicht in einem anderen Auto weggefahren. Ich denke, sie wurde weggefahren«, unterbrach ich.

Emma überlegte weiter. »Da ist noch etwas, was ich nicht verstehe. Nehmen wir an, die Zeitangabe von Tina Cölln stimmt: Natalie verließ das Haus in Bongard gegen 11 Uhr. Sie taucht aber erst zwei Stunden später bei Adrian Schminck in Boos auf. Was hat sie in der Zeit getrieben, denn Boos konnte sie bequem in einer halben Stunde erreichen. Wo war sie also vorher? Etwa ab 18 Uhr war sie wahrscheinlich in der Gewalt des Mörders …« Nachdenklich wiegte sie den Kopf hin und her. »Natalie wollte weg, hatte aber noch eine Menge zu erledigen. Der Rhythmus wurde schneller. Gleichzeitig musste sie so tun, als fließe das Leben wie immer gemächlich weiter. Was kann passiert sein, dass der Mörder genau jetzt plötzlich zuschlug? Und noch etwas frage ich: Geschah die Tat, weil er sie hasste, oder geschah die Tat, weil er sie liebte?«

»Das sind zwei Gefühle, die dicht nebeneinander liegen«, murmelte Vera. »Vielleicht hat er sie gehasst und geliebt.«

»Moment«, sagte Emma plötzlich erregt. »Vielleicht ist das alles viel einfacher! Wir vergessen, dass wir in der Eifel sind. Was macht ein Eifler Mädchen, das auf Teufel komm raus die Eifel verlassen will? Was macht sie vorher?«

»Sie bringt ihre Sachen in Ordnung … sie verkauft ihr Auto«, antwortete Vera langsam und tonlos. »Sicher, sie verkauft den Mini, sie macht alles zu Geld, was sie nicht mitnehmen kann. O Gott, warum sind wir nicht eher darauf gekommen?«

»Wir waren zu sehr mit dem Müll und seinen Repräsentanten beschäftigt.« Rodenstock lächelte fein. »Hervorragend, meine Liebe. Sie will den Austin Mini verkaufen. An wen?«

»Sie fährt nach Daun, sie klappert die Autohändler ab«, schlug ich vor.

»Nein«, widersprach Emma. »Sie wird sich an jemanden wenden, den sie kennt, dem sie vertraut. Vielleicht an jemanden, der ihr den Kaufpreis bar bezahlt, cash auf die Hand. Das passt zu ihr. Vielleicht jemand von den vier Musketieren?«

»Das haben wir gleich«, sagte Rodenstock hastig. »Wie hieß der Junge, der in der Nacht hier war?«

»Elmar Theis, die Nummer liegt neben dem Telefon im Wohnzimmer«, erklärte ich.

»Würde Detlev Fiedler das Auto kaufen, um Natalie zu helfen?«, fragte Emma kühl.

»Nein«, lehnte ich ab. »Der hielt die Idee mit Amerika für reinen Humbug. Außerdem hat er eine Ehekrise. Wenn seine Frau erfahren würde, dass er Natalies Wagen gekauft hätte, begänne für ihn die Eiszeit.«

»Wir müssen uns fragen: Wenn Natalie in Daun jemanden treffen wollte, um ihr Auto loszuwerden, wo passierte das? In einem Café? In einer Kneipe? In einem Restaurant? War es eine Privatwohnung, haben wir ein erhebliches Problem am Hals.« Vera trommelte mit den Fingern der rechten Hand auf den Tisch.

Rodenstock kehrte in die Küche zurück. »Er schwingt sich auf den Bock und kommt her. Wie weit seid ihr?«

»Keine Spur weiter«, lächelte Emma. »Dazu brauchen wir immer noch dich.«

»Danke für die Blumen«, nickte er ironisch. »Aber ich war nicht sehr toll in diesem Fall. Es gab für mich Wichtigeres. Aber jetzt will ich auch den Mörder, jetzt werfe ich mein Gehirn an. Aber vorher danke ich Gott dem Gerechten, dass es dich gibt.«

»Wow!«, sagte Vera mit leuchtenden Augen.

»Ich gehe die Fische füttern«, entschied ich. »Ich werde meinen Karpfen Zarathustra fragen, ob er eine heiße Spur hat.«

Vera begleitete mich. Ich pfiff und die Fische versammelten sich.

»Guck mal, da sind ganz kleine«, sagte sie.

»Ja, das macht mir Kummer. Denen geht es so gut, dass sie sich unentwegt fortpflanzen. Entweder muss ich ein paar von ihnen an die Katzen verfüttern oder ich muss meinen Teich vergrößern.«

»Als du gestern verschwunden bist, habe ich gedacht, du verschwindest, weil ich dir auf die Nerven gehe und weil du in Wirklichkeit viel lieber allein sein willst und nur zu höf-

246

lich bist, das zu sagen.« Vera wirkte unsicher, sie stand auf einem Basaltbrocken am Teichrand und wippte hin und her.

»Ich bin ja schon groß und kann ohne Einkaufszettel kaufen gehen. Ich will, dass du bleibst.«

»Ich mag dich, Baumeister.« Sie presste die Lippen aufeinander und atmete dann mit einem lauten »Puhh!« aus.

»Das kann ich aushalten«, sagte ich. »Weißt du nun, ob du zur Kripo zurückgehen willst?«

»Nein. Ich kann noch keine Entscheidung treffen, ich habe beschlossen, mir Zeit zu lassen. Aber ich glaube, ich bin als Kripobeamtin nicht schlecht.«

»Bestimmt nicht«, nickte ich.

Die Katzen kamen und rieben sich an meinen Beinen, dann kletterten sie auf die Steine und beobachteten die Fische. Ihre Schwänze zuckten wie erschreckte Schlangen. Das Gartenrotschwänzchen kam über des Nachbarn Haus geflogen, setzte sich an den Teichrand, nahm Wasser auf und verschwand wieder.

»Manchmal denke ich, ich kann es hier nicht aushalten«, erklärte Vera ruhig. »Es ist so still hier. Wenn ich nachts aufwache und absolut nichts höre, kriege ich Beklemmungen.«

»Das ging mir anfangs auch so.«

»Und ich habe so lange gekämpft, bis ich allein leben konnte. Und jetzt die Sache mit dir. Ich weiß nicht, ob ich hier leben will.«

»Das musst du doch nicht«, sagte ich. »Ich warte, bis du dich entscheidest, und ich akzeptiere deine Entscheidung. Selbst dann, wenn sie gegen mich ausfällt. Es ist ziemlich einfach, finde ich.«

»Es hört sich einfach an, ist es aber nicht«, sagte sie. »Baumeister, mein großer Vereinfacher.«

Wir setzten uns nebeneinander auf die Holzbank und starrten auf die Wasserfläche.

»Dein Haus ist so komplett«, murmelte sie.

»Was heißt das? Ist doch gut, oder?«

»Da passe ich nicht mehr rein«, sagte sie. »Und ich habe Möbel und Bilder und vielen Krimskrams. Da ist kein Platz.«

»Als ich es eingerichtet habe, da warst du noch kein

Ernstfall«, meinte ich. »Wir könnten ja zusammenrücken. Ich schmeiße ein paar überflüssige Dinge auf den Müll oder stelle sie in den Keller. Und dann haben wir Platz für deine Sachen. Ich finde, in dem Haus ist noch viel Platz.«

»Ja«, sagte sie ohne sonderliche Betonung, was wohl hieß, dass sie nicht daran glaubte.

»Wir sind schon beachtlich alte Nebelkrähen«, versuchte ich es noch einmal. »Wir sind komplett. Wenn wir es versuchen, sind wir doppelt. Vier Pfannen statt zwei Pfannen, zwei Lokuspapierhalter statt einem. Ach ja, ich habe kein Wiegemesser für Kräuter. Hast du so was?«

»Du bist unmöglich«, sagte sie, lachte aber gelöst.

Elmar Theis knatterte mit seiner KTM auf den Hof. Er machte zwei Schritte durch das Gartentor. »Da bin ich. Gehen wir rein oder raus?«

»Rein«, sagten wir.

Rodenstock führte das Gespräch: »Wenn es um einen gewaltsamen Tod geht, müssen wir das Leben des Opfers möglichst gut kennen lernen. Ich denke, das können Sie nachvollziehen, oder?«

»Sicher«, sagte er. »Das verstehe ich.«

»Nun, Sie haben mit Rücksicht auf Ihre Freundin Natalie nicht die ganze Wahrheit gesagt. Das ist verständlich, niemand hier nimmt Ihnen das übel. Sie haben eindrucksvoll berichtet, wie Natalie Ihnen, also den vier Musketieren, Unterricht am lebenden Objekt erteilt hat.« Er lächelte väterlich. »Sie zog sich aus und zeigte Ihnen ihr Geschlecht. Ist das richtig?«

»Das ist richtig«, bestätigte Theis verlegen.

»Das war auch ein Vertrauensbeweis für Sie, nicht wahr?«, fragte Rodenstock.

»Ja, genau. Ich meine, wir waren wirklich enge Freunde und Natalie war so etwas wie die Mutter der Kompanie.«

»Aber in den letzten zwei Jahren hat sie deutlich zu einem Verhalten tendiert, das man nuttig nennen kann. Wie haben die vier Musketiere darauf reagiert?«

»Sie hat es uns erklärt«, sagte er. »Und wir haben es ihr glauben können.«

»Können Sie uns erklären, was sie Ihnen erklärt hat?«

Theis überlegte. Dann fragte er: »Aber es wird nichts davon veröffentlicht?«

»Es wird nicht veröffentlicht«, versicherte Rodenstock.

»Wir haben ja genau mitgekriegt, was da lief. Anfangs haben wir gedacht: Das geht uns nichts an. Irgendwie ging es uns aber doch was an, weil wir Freunde waren. Natalie begann, verächtlich über Männer zu reden. So nach dem Motto: Alle Männer sind Schweine. Sie hatte auch zunehmend weniger Zeit. Sie sagte, sie müsse arbeiten. Und sie hatte immer mehr Geld.«

»Nun, da gab es ja auch die Geschichte mit Florian Lampert«, fuhr Rodenstock fort. »Wie lief das ab?«

Theis überlegte wieder, verschränkte die Hände ineinander, dann griff er in sein Hemd, zog eine Zigarettenschachtel heraus und zündete sich eine an. »Das war sehr grausam«, sagte er schließlich leise. »Ich kann mich heute nicht mehr verstehen, dass ich da mitgezogen habe.«

»Dieser Lampert war ihr Opfer?«, fragte Emma.

»Ja, genau. Und wir haben mitgezogen, und das war nicht gut. Aber wir konnten nichts mehr machen, da war Lampert schon weg. In Wittlich, glaube ich. Lampert hatte sich verknallt.« Theis lächelte breit in der Erinnerung. »Das kannten wir schon, die ganze Klasse kannte das. Natalie zog immer die gleiche Show ab. Sie zog sich aufreizend an, machte die ersten Knöpfe an der Bluse auf und sagte: ›Na, denn wollen wir mal!‹ Während des Unterrichts stand sie dann langsam auf, stellte sich in den Mittelgang und stellte eine Frage, mit ihrer Lolita-Stimme. Zum Beispiel: ›Wie sollen wir uns denn dem Krieg im Kosovo gegenüber verhalten?‹ Wir sahen den neuen Lehrer an und er war nicht auf die Frage vorbereitet und starrte Natalie an. Es war immer das Gleiche.«

»Wir sind etwas vom Thema ab«, Rodenstock klang ausgesprochen gemütlich. »Eigentlich wollten Sie berichten, was Natalie erzählt hat, als Sie sie gefragt haben, was da jetzt in ihrem Leben los ist, weshalb sie arbeiten muss, was sie arbeiten muss, was da zu Hause mit ihrer Mutter ist.«

»Ach so, ja. Wir haben sie also gefragt. Das war in der

Jagdhütte von Hardbecks. Ich weiß noch, wir hatten drei oder vier Sixpacks Bier bei uns und sie kam mit Champagner, mit echtem Champagner. Ich kann mich an den ersten Satz erinnern, den sie sagte: ›Jungs, bei mir zu Hause, das ist nur noch ein Puff!‹ Natalie litt damals wie ein Tier. Wenn diese Herrenrunde Partner einlud, um mit denen Geschäfte zu besprechen, dann musste Natalie auch für die sorgen. Wir nannten das Forsthaus nur noch das Forsthaus mit dem Verwöhnaroma. Natalie hasste ihre Mutter und sie sagte, sie würde sie am liebsten umbringen. Deshalb haben wir auch gedacht, die Mutter hätte Natalie umgebracht, um … um ihr zuvorzukommen.«

»Sieh mal einer an«, murmelte Vera. »Und? Was glauben Sie nun? War es die Mutter?«

»Nein«, sagte er.

Rodenstock nickte. »Mir fällt auf, dass Sie vor einem Jahr Abitur gemacht haben und jetzt noch zu Hause sind. Ist das normal heutzutage?«

»Nein. Wir jobben im Moment alle, um etwas Kohle zu verdienen. Wir wollen erst in diesem Herbst mit dem Studium beginnen. Das hatten wir schon in der zwölften Klasse miteinander ausgemacht. Wir haben uns vorgenommen: Ein Jahr machen wir blau. Und ich finde das schön, bevor wir alle auseinander gehen.«

»Das ist es auch«, sagte Rodenstock. »Sagen Sie, haben Sie, Sie persönlich, mit Natalie geschlafen?«

»Nein. Und die anderen drei auch nicht. Das hätte zu viel kaputtgemacht.«

»Kannten Sie die Zukunftspläne von Natalie?«

»Sicher. Ihre Fotos waren ja schon mal im *Playboy*. Und sie kam darauf, dass sie aus ihrem Körper mehr Kapital schlagen könnte. Sie sagte: ›Was die Mädchen in *Baywatch* zeigen, habe ich auch.‹ Sie wollte nach Amerika. Ich wäre jede Wette eingegangen, dass sie es geschafft hätte.«

»Das glaube ich auch«, murmelte Emma. »Ihre Erziehung war brutal genug, dass sie überall Erfolg haben konnte. Junger Mann, wann wollte sie Ihres Wissens nach aufbrechen?«

»Wenn sie noch leben würde, wäre sie nun weg«, antwortete er sicher. »Das hat sie mir persönlich erzählt. Sie wollte mir nämlich ihr Auto verkaufen. Das war an dem Tag, an dem sie ... getötet wurde.«

»War sie bei Ihnen?«, fragte Rodenstock.

»Nein, das nicht. Sie rief mich an. Sie sagte, sie würde mir einen Freundschaftspreis für den Mini machen. Zwölftausend und ich hätte ihn. Aber so viel Geld habe ich nicht und so viel wollte ich auch nicht ausgeben.« Theis grinste. »Außerdem bin ich zu lang für den Floh.«

»Von wo aus hat sie Sie angerufen? Von Bongard?«

»Keine Ahnung.«

»Wie spät war es?«

»Morgens gegen neun Uhr.«

»Also von Bongard aus«, sagte Rodenstock und starrte durch das Fenster in den Garten. »Und danach haben Sie nichts mehr von der Sache gehört. Auch nicht von einem Kumpel, dass er das Auto gekauft hat?«

»Nein.«

»Haben Sie mit jemandem darüber geredet, dass Natalie in zwei, drei Tagen wegfliegen wollte?«, fragte Rodenstock.

»Nein, habe ich nicht. Sie sagte, ihre Mutter sollte nichts davon wissen. Sie hatte das Flugticket über irgendeinen Freund geordert. Natalie fürchtete, ihre Mutter würde Theater machen. Na ja, damit hatte sie wohl Recht. Diese Mutter ist ja wirklich abartig.«

»Waren Sie eigentlich häufiger in dieser Jagdhütte?«, fragte ich.

»Immer mal wieder. Erst mit der Familie Hardbeck. Dann ging Vater Hardbeck nicht mehr auf die Jagd und Sven veranstaltete dort Partys oder traf sich mit Natalie. Seit er nichts mehr mit Natalie zu tun haben wollte oder sie mit ihm, war nur noch Natalie da. Wir konnten sie dort treffen und bestimmt hat sie sich dort auch mit anderen Leuten getroffen. Jedenfalls hatten die Hardbecks nichts mehr mit der Hütte im Sinn. In der letzten Zeit war Natalie aber auch nicht mehr so oft da. In der Gegend trieb sich nämlich ein Spanner rum.«

»Würden Sie den wieder erkennen?«, fragte ich.

»Das weiß ich nicht«, sagte er. »Ist das wichtig?«

»Das wiederum weiß ich nicht«, murmelte ich.

»Tja, Leute, noch Fragen an unseren Zeugen?« Rodenstock war nachdenklich.

Niemand hatte mehr eine Frage, wir bedankten uns und Theis knatterte wieder vom Hof.

»Er wird noch unter der Geschichte leiden, wenn er Großvater ist«, stellte Emma fest.

»Jenseits aller Berechnung hat Natalie versucht, den vier Musketieren eine Freundin zu sein.« Vera trommelte wieder mit den Fingern. »Das finde ich ja mal positiv. Bloß, wie kommen wir jetzt weiter?«

»Ich würde vorschlagen, meinem Freund mit der hohen, heiseren Stimme einen Besuch abzustatten. Rodenstock, was ist, kommst du mit?«

Er nickte.

»Wieso nicht wir?«, fragte Vera explosiv.

»Weil wir die Kinder zur Welt bringen und den Herd hüten«, sagte Emma in ihrem widerlichsten Tonfall. »Lass die beiden fahren, dann haben sie eine Chance, als Helden heimzukommen.«

»Wenn du meinst«, grinste Vera.

Wir starteten ein paar Minuten später. Wir nahmen Emmas Wagen.

In Kelberg sagte Rodenstock: »Ich denke, wir werden ein Haus in deiner Nähe kaufen. Das ist besser. Die Mosel ist nicht unser Traum.«

»Habt ihr das auch gut überlegt?«

»Ja. Heute Nacht. Emma meinte plötzlich: Ich muss neben Baumeister wohnen, weil er jemanden braucht, der auf ihn aufpasst. Ich wusste sofort, was das bedeutet. Das, was mich ärgert, ist die Tatsache, dass ich eigentlich auf meine alten Tage so viel Geld nicht mehr ausgeben wollte. Aber jetzt lebt Emma und wird weiterleben. Also, warum nicht.«

»Herzlich willkommen!«

»An der Mosel sind zu viele Touristen.« Rodenstock räusperte sich. »Und was ist mit Vera?«

»Was soll mit ihr sein? Ich mag sie, ich mag sie sehr. Sie ist misstrauisch, ich bin misstrauisch, also passen wir hervorragend zusammen. Ich denke, ich habe begriffen, dass ich nicht allein leben will. Und sie ist eine gute Partnerin. Und wenn sie dann zurück will an die Fleischtöpfe der Kriminalisten, werde ich sie ziehen lassen. So einfach ist das.«

»Sehr einfach«, bemerkte er sarkastisch. »Was soll's, ich mag sie.«

Danach schwiegen wir, bis wir den alten Bauernhof erreichten. Der alte Mann saß nicht auf seiner Bank, er hantierte in der Küche herum, wie wir von draußen sehen konnten. Als er uns bemerkte, kam er an die Haustür.

»Zu Martin, eh?«

»Zu Martin«, nickte ich.

»Dann geht man«, sagte er und verschwand wieder.

Wir umrundeten das Haus und ich polterte an die Tür.

Nach einer Weile riss Martin die Tür auf, sah mich und sagte mit beißendem Spott: »Der Herr Kommerzienrat!« Dann nickte er Rodenstock freundlich zu: »Gehören Sie auch dazu?«

»Ja«, bestätigte Rodenstock.

»Gut, es gibt pro Mann eine Dose Bier. Mehr nicht. Der Abend ist noch lang. Womit kann ich dienen?«

»Mit ein paar Antworten«, sagte ich. »Wir können uns einigen, dass ich dafür bezahle.«

»Wie viel?«

»Versuch es mal.«

»Ein Hunni?«

»Ein Hunni«, nickte ich.

Wir betraten hinter Martin seinen Palast und ich hörte, wie Rodenstock beim Anblick der chaotischen Tigerfellanhäufung den Atem einsog und gleich darauf entsetzt stöhnte. Ich nahm einen Hundertmarkschein aus meiner Geldbörse und legte sie auf den Tisch.

Martin nahm den Schein und steckte ihn in die Gesäßtasche seiner Jeans. »Was soll's denn sein?« Er trug dasselbe Hemd wie beim letzten Mal und wahrscheinlich war auch

die Hose dieselbe. Und er lebte im gleichen Geruch, unge-
waschen, säuerlich, dumpf und ein wenig erdig.

Rodenstock setzte sich nicht, er hatte kein Zutrauen zu
Tigerfell. »Können wir den Fernseher ausmachen?«

»Sicher!«, sagte Martin höflich und schaltete ihn aus.
»Habt ihr den Mörder inzwischen gefangen?«

»Haben wir nicht«, lächelte Rodenstock. Er ging vorsichtig in die Knie und hockte sich auf die äußerste vordere
Kante eines Stuhls. »Haben Sie denn eine Ahnung, wer es
gewesen sein könnte?«

»Nein«, antwortete er. »Ich mach mir auch nicht so viel
Gedanken drum. Die Frau war ja selbst schuld. Bei dem
Leben, das sie führte, musste es früher oder später knallen.
Tja, nun hat es geknallt, nun ist sie aufgewacht und war tot.
Ihr könnt mich ruhig duzen.«

Das hörte Rodenstock nicht, so etwas hörte er nie. »Sie
sind also der Mann, der Natalie gefunden hat?«

»Bin ich«, sagte er nicht ohne Stolz. »Ich habe dann die
Bullen gerufen. Man muss ja als Bürger seine Pflicht tun.«

»Und dann hat er mich angerufen«, warf ich ein.

»Richtig. Die Presse will vertreten sein, wir sind ja eine
Demokratie, da muss die Öffentlichkeit informiert werden.«

»So ist es«, murmelte Rodenstock müde. »Sagen Sie, Sie
machen doch oft Streifzüge durch die Gegend hier, nicht
wahr?«

»Ja, kann man so sagen. Ich muss ein wenig auf meine
Gesundheit achten, ich muss was tun. Ich gehe gern spazieren.« Martin rülpste. »Macht euch eine Dose auf, Leute.«

»Nein, danke«, sagte Rodenstock. »Dabei treffen Sie doch
bestimmt Leute, oder? Zum Beispiel die Jäger in der Hütte
vom Hardbeck.«

»Klar. Die sieht man ja dauernd hier. Ich kann gut mit denen, manchmal habe ich denen was zu essen geholt und zu
trinken.«

»Wie spät war es, als du Natalie gefunden hast?«, fragte
ich.

»Das war so gegen sechs Uhr, glaube ich. Eher ein bisschen später. Ich konnte nicht schlafen, ich habe ein paar

philosophische Fragen gewälzt. In solchen Fällen gehe ich gern spazieren. Da fand ich sie.«

»Und dann haben Sie Natalie den Brillanten aus dem Bauchnabel gerissen!«, sagte Rodenstock schneidend.

Martin hob die Arme und brachte sie vor sein Gesicht. »Nein! So was mache ich nicht. Die Frau war doch tot! Nee, Meister, das mache ich nicht, so was nicht.«

»Also Sie haben sie gefunden und sind dann zurück hier in das Haus?«

»Nein. Ich bin nicht erst ins Haus gegangen, ich hatte das Handy dabei. Und meinen Namen habe ich verschwiegen, weil sofort jeder gedacht hätte: Der war es, der Martin!«

»Das kann ich verstehen«, nickte Rodenstock gemütlich. »Wann haben Sie den Lastwagen entdeckt? Ich meine den Lastwagen, der viele Stunden vorher bei der Jagdhütte stand?«

Er blinzelte. »So was habe ich nicht entdeckt. War da ein LKW?«

»Da war ein LKW«, bestätigte ich. »Der hat die blauen Fässer abgeladen.«

Er schürzte die Lippen und rülpste wieder. »Den habe ich nicht gesehen. Ehrenwort.«

»Hast du eine Waffe, Martin?«, fragte ich.

»Nein, wozu? Ach so, du meinst, ob ich sie erschossen habe? Nein. Du traust mir ja mal wieder eine Schweinerei zu!« Er wurde eindeutig böse.

»Keine Feindschaft!«, warnte Rodenstock.

»Ist gut, alter Mann, ist ja gut«, hob Martin erneut beide Hände.

Rodenstocks Ton war so seidenweich, dass ich wusste, er war stinksauer. »Martin, wissen Sie, wir haben erfahren, dass Sie des Öfteren durch das Fenster der Jagdhütte geschaut haben. Zum Beispiel haben Sie eine Gruppe junger Männer mit Natalie zusammen gesehen, genau gesagt vier junge Männer. Und Sie haben auch einen Polen gesehen, der Ladislaw Bronski heißt. Der hat mit Natalie geschlafen, nicht wahr? Wahrscheinlich haben Sie hier und da noch andere Männer mit Natalie in der Hütte gesehen, wahrscheinlich ebenfalls in intimen Situationen. Ich würde Ihnen dringend raten, uns mitzuteilen, was Sie alles gesehen haben. Sie sind erkannt worden, Martin.« Rodenstocks Stimme klirrte plötzlich. »Es macht keinen Sinn, zu behaupten, Sie seien kein Spanner – Sie sind einer!«

Jetzt machte Martin etwas Dummes. Er stand auf und ließ sich vornüber über den Tisch hinweg auf Rodenstock fallen. Das war deshalb dumm, weil Rodenstock es so gewollt hatte. Er zog schnell beide Beine an und Martin fiel auf seine Knie, was ein dumpfes Geräusch erzeugte und Martin die Luft aus den Lungen presste.

»So was Blödes!«, sagte Rodenstock ärgerlich. Dann schlug er mit beiden Händen zu und traf Martin im Genick.

Einen Augenblick lang hatte ich panische Angst, Rodenstock hätte dem Mann das Genick gebrochen.

Martin rutschte mit einem tiefen Seufzer auf die Tischplatte. Die gab nach und er begrub den Tisch unter sich.

»So was Blödes!«, wiederholte Rodenstock.

»Er hat gelernt, so zu reagieren«, erklärte ich weise. »Bisher hatte er Erfolg damit, jetzt nicht mehr. Alles geht mal zu Ende.«

Wir warteten geduldig, ließen ihn auf den Trümmern seines Tisches liegen. Nach menschlichem Ermessen konnte er nicht lange ohnmächtig bleiben, denn die Bruchkanten des Tisches mussten ihm erheblich ins Fleisch stechen. Tatsächlich dauerte es nur etwa eine Minute, ehe sich Martin seufzend zur Rückkehr auf die Erde entschloss.

»Es ist so«, stellte Rodenstock klar, »Sie haben jetzt die Chance, mit uns zu reden. Nach uns kommt nur noch die Mordkommission.«

Martin schwieg, dann zog er seinen Körper ein wenig zusammen und suchte nach einer Position, in der er schmerzfrei liegen bleiben konnte. Schließlich drehte er sich auf den Bauch und sprach in die Beuge seines rechten Armes. Es klang hohl.

»Ja, ich habe jede Menge Leute dort gesehen. Männer. Frauen nie. Natalie führte ein Lotterleben, sie war eine Hure, eine Hexe, eine Botschafterin des Teufels. Sie trieb es

256

dauernd und mit jedem und manchmal wurde sie bezahlt. Nicht von allen, aber von den meisten.«

»Gab es Männer, die öfter als andere da waren?«

»Aber ja. Mehrere. Auch dieser Pole, dieser ... den sie Ladi nennen. Aber der bezahlte nie. Andere bezahlten. Oder wollten bezahlen. Jedenfalls war es einmal so, dass einer bezahlen wollte, aber trotzdem nicht durfte. Sie sagte, er könne sie am Arsch lecken, er würde niemals so viel Geld haben, um sie bezahlen zu können, niemals im Leben.«

»Haben Sie den gekannt?«

Martin schüttelte müde den Kopf. »Nein, damals kannte ich ihn nicht. Aber ich traf ihn wieder – bei der Jagdhütte. Er machte dasselbe wie ich. Er spinxte, er beobachtete die Hütte, er beobachtete Natalie. Als er mich bemerkte, türmte er.«

»Wer war das?«, fragte Rodenstock nach einer Pause.

»Das war der Oberstudienrat Detlev Fiedler. Fiedler, die Sau, der in den Medien seinen Senf ablassen darf über die tote Natalie und den toten Sven.«

ELFTES KAPITEL

»Das reicht«, bestimmte Rodenstock liebenswürdig. Er stand auf und ging hinaus.

Martin, auf den Trümmern seines Tisches, bewegte sich nicht, blieb einfach liegen.

»Mach es gut«, sagte ich und folgte Rodenstock.

Der stand draußen und telefonierte. Offensichtlich sprach er mit Kischkewitz, denn ich hörte noch: »Du solltest ihn dir vorknöpfen.« Dann sagte er zu mir: »Lass uns fahren.«

Wir gingen den Weg um das Haus zurück. Auf der Bank davor hockte nun der Alte und sah uns finster an, sprach kein Wort und paffte aus einer billigen Pfeife.

»Detlev Fiedler also«, sagte ich.

Rodenstock schwieg, während er den Wagen aus dem Dorf lenkte. Dann stoppte er am Straßenrand.

»Ja, Detlev Fiedler. Aber wir haben nichts gegen ihn in der Hand. Plötzlich ist der ganze Fall sehr logisch, nicht wahr? Aber kein Staatsanwalt wird ihn bei dieser Beweislage festnehmen lassen, kein Richter einen Haftbefehl ausstellen. Wer glaubt diesem kaputten Menschen namens Martin? Jeder Strafverteidiger haut Fiedler in zehn Minuten raus. Selbst wenn er zugibt, dass er bei der Hütte war und den Spanner machte, ist das kein Grund, ihn wegen Mordes anzuklagen. Dass er irgendwann bei der Hütte war, versetzt uns nicht in die Lage zu beweisen, dass er am Tattag am Waldrand gewesen ist oder zumindest dort, wo auch Natalie war. Es ist eine beschissene Situation, Baumeister! Wir können jetzt viele Dinge klären und erklären, aber beweisen können wir gar nichts.«

»Noch eine Menge Arbeit.«

»Ja.« Rodenstock startete wieder und fuhr los. »Und wir müssen uns so vorsichtig heranpirschen, dass er nichts merkt. Das wird schwer sein, sehr schwer. Sag mal, Baumeister, hast du mit so etwas gerechnet?«

»Ich habe mittlerweile erwartet, dass wir in dem Recherchestau stecken bleiben und den Killer überhaupt nicht finden. Zu viele Verdächtige. Was sagt denn Kischkewitz?«

»Er kommt heute Nacht noch rüber nach Brück. Er hat panische Angst, dass etwas durchsickert. Wenn nämlich etwas durchsickert, muss er zu früh und ohne zwingende Beweise losschlagen und Fiedler festnehmen.«

»Glaubst du, dass so ein Mann wie Detlev Fiedler noch einmal zuschlagen wird? Nehmen wir an, Fiedler bekommt etwas mit. Nach der Logik der Sache müsste er erneut töten, und zwar den Martin aus Mannebach. Eventuell sogar auch noch Tina Cölln. Denn wenn wir die erst einmal auf die Spur setzen, wird passieren, was immer passiert: Sie erinnert sich plötzlich in die richtige Richtung ... Du kennst das.«

»Ich weiß nicht, ob solche Täter zur eigenen Absicherung ein zweites Mal töten.« Rodenstock schnaufte. »Eigentlich müssten wir erleichtert sein, aber ich bin nur verkrampft und angespannt.«

Als wir bei mir zu Hause ankamen, ging es auf Mitternacht zu, die Frauen saßen im Wohnzimmer und schauten irgendetwas im Fernsehen an; einer der neudeutschen Jungmänner, die sich Komiker nennen, zählte seine Gesichtsmuskeln durch.

»Seid ihr verprügelt worden?«, wollte Emma wissen.

»Nein«, sagte Rodenstock. »Wir haben nur erfahren, wer Natalie getötet hat. Jedenfalls mit großer Wahrscheinlichkeit.«

»Und wer, bitte?«, fragte sie weiter.

»Der Oberstudienrat Detlev Fiedler.«

Vera drückte auf den Aus-Knopf, Emma richtete sich aus ihrer halb liegenden Position auf. Sie sagten beide nichts und ihre Augen wurden trüb und leer.

Schließlich murmelte Vera: »Scheißbeweislage!«

»Richtig«, nickte ich. »Kann ich trotzdem etwas zu essen haben?«

»Ich haue dir ein paar Eier in die Pfanne«, murmelte Vera. »Obwohl – kannst du das nicht selbst machen?«

»Doch, doch«, antwortete ich eilig, unternahm aber nichts, denn Rodenstock erzählte von unserem Erlebnis und ich wollte nicht versäumen, die Sache durch seine Brille zu sehen.

Er schloss: »Es gibt Aussagen, dass Natalie erwähnt hat, sie fühle sich verfolgt. Wir wissen, dass Fiedler mit ihr schlafen wollte, dass sie ihn aber nicht an sich heranließ. Im Gegenteil, sie sagte ihm, sie sei für ihn nicht zu kaufen. Wir wissen weiter, dass Fiedler in mindestens einem Fall als Spanner auftrat. Dafür gibt es einen Zeugen. Gut, der Zeuge ist wackelig, aber immerhin. Das ist alles, was wir haben.«

»Wir müssen mit Blick auf Fiedler den Tattag rekonstruieren«, murmelte Emma. »Das erinnert mich an einen Fall in Amsterdam. Kindestötung mit anschließender Vergewaltigung. Der Onkel des Kindes rannte verzweifelt zur Polizei und meldete den Vorfall. Wir brauchten drei Wochen, um zu begreifen, dass dieser Onkel es selbst war. Machst du dir Vorwürfe, mein Lieber, dass du nicht eher darauf gekommen bist?«

»Nein«, erwiderte Rodenstock freundlich und gelassen. »Bei so vielen möglichen Verdächtigen … Und dann war da noch die Episode mit meiner Lebensgefährtin. Kennst du meine Lebensgefährtin?« Er grinste.

Die Nacht hatte Einzug gehalten. Cisco lag in einer Ecke des Wohnzimmers und schlief. Meine Kater dösten auf einer alten Decke in der Küche. In drei Stunden etwa würde ihre innere Uhr sie wecken, sie würden sich strecken, die Muskeln durchspielen, dann durch die Katzenklappe im Keller verschwinden und die Jagd beginnen.

Ich holte mir einen Joghurt aus dem Eisschrank und mümmelte lustlos vor mich hin.

Wenn Detlev Fiedler der Mörder war, warum hatte er mir dann in entscheidenden Punkten weitergeholfen? Hatte er, unbewusst vielleicht, gewollt, dass wir ihn als Täter entlarvten? Wie lange schon war Natalie seine unerreichbare Göttin, sein Engel? Was und wie viel wusste seine Frau? Wirkte sie deshalb so neurotisch, weil sie etwas ahnte?

Als Kischkewitz mit einem schweren BMW auf den Hof rollte, war es kurz vor zwei Uhr. Er sah ausgesprochen krank aus. Seine Gesichtshaut hatte einen Stich ins Graue, die Tränensäcke unter seinen Augen hatten beachtliche Ausmaße und eine dunkelbraune Färbung.

»Erzählt mal, ich bin gespannt«, sagte er und ließ sich in einen Sessel fallen.

»Du bist dran«, wandte sich Rodenstock an mich.

Ich berichtete also und Kischkewitz verzog keine Miene. Am Ende sagte er: »Das ist auf jeden Fall der erste brauchbare Hinweis auf einen durchaus glaubhaften Täter. Wir müssen seinen Tagesablauf am Tag der Tat und an dem Tag danach rekonstruieren. Wir müssen seine gesamte Geschichte, seine Lebensgeschichte protokollieren. Wir müssen herausfinden, wie lange die Geschichte mit Natalie lief, und wir müssen herausfinden, was der Stein des Anstoßes für die Tat war. Weshalb hat er sie getötet? Emma, du siehst so aus, als könntest du einen Vorschlag haben.«

»Habe ich auch.« Sie zündete sich einen Zigarillo an. »Wir müssen *business as usual* spielen. Weiterhin mit Hochdruck bei den Kaufleuten recherchieren und weiterhin so tun, als seien wir ratlos. Gleichzeitig müssen wir in Fiedlers Umfeld nach Beweismöglichkeiten suchen. Ich schlage vor, dass die Mordkommission sich dumm stellt, dass diese kleine private Kommission sich noch dümmer stellt und dass wir nach Absprache mal hier und mal da ein paar Stiche ins Wespennest ablassen.« Sie sah Kischkewitz an. »Vielleicht solltest du erwägen, nur den inneren Kern der Kommission zu informieren. Wenn dreißig, vierzig Leute wissen, auf wen wir es abgesehen haben, kann es passieren, dass Fiedler gewarnt wird. Und er ist kein Dummer. Ich glaube nicht einmal, dass er flüchten würde, ich glaube vielmehr, dass er Zugeständnisse macht, aber vehement abstreiten wird, Natalie getötet zu haben. Und dann sitzen wir fest, restlos fest, auf ewig.«

»Das sehe ich auch so«, nickte Rodenstock. »Wir müssen zunächst öffentlich einfache Dinge tun.«

Geschlagene zwei Stunden gingen wir Punkt für Punkt durch und blieben doch immer auf dem gleichen Ergebnis sitzen: Wir waren eine Gruppe, die mit Nagelstiefeln auf rohen Eiern gehen musste, ohne ein einziges davon zu zerbrechen.

Plötzlich sagte Vera in glucksender Heiterkeit: »Ach, guckt mal, Leute.«

Kischkewitz saß in seinem Sessel und schlief tief und fest.

Wir ließen ihn dort und verzogen uns. Möglicherweise würde er mit einem steifen Genick aufwachen, aber er hatte zumindest eine Mütze voll Schlaf nehmen können.

Wir wachten am hohen Mittag auf, Kischkewitz hatte längst das Weite gesucht, Emma Königsberger Klopse gemacht. Das nannte sie »mein Erinnerungsessen« und es war wohl eine sehr schmerzhafte Erinnerung, über die sie bisher kein Wort verloren hatte. Nicht einmal Rodenstock wusste, an was sie dabei dachte.

»Ich würde gern nach Mainz fahren und mir Sachen holen«, bemerkte Vera.

»Nimm meinen Wagen«, bot ich an. »Kein Problem.«

»Nimm mich bitte mit. Ich muss ohnehin etwas einkaufen. Und außerdem brauche ich eine Verschnaufpause.« Emma aß nichts, Emma trank pausenlos Kaffee und starrte Löcher in die Luft.

Sie fuhren gleich nach dem Essen.

»Was machen wir?« Rodenstock hockte vor einem Kognak.

»Ich fahre nach Daun rein, mit Leuten schwätzen, mich harmlos stellen. Ich habe das Gefühl, dass Natalie in den fehlenden Stunden an ihrem letzten Tag dort gewesen sein könnte.«

Nachdem ich mir ein Foto von Natalie aus einer der letzten Ausgaben des *Trierischen Volksfreundes* herausgeschnitten hatte, machte ich mich auf den Weg.

Du wohnst im Einzugsbereich einer kleinen Stadt und bildest dir ein, alles über diese Stadt zu wissen. Wer was zu sagen hat, wer politisch eine Rolle spielt, wer die einflussreichsten Kaufleute sind, wer die Parkuhren aufstellt. Und dann musst du feststellen, dass du im Grunde gar nichts weißt. Du stößt auf Leute, die du bisher nicht wahrgenommen hast, von denen du nicht einmal wusstest, dass es sie gibt. Mich erwartete eine ganze Serie dieser Erfahrungen.

Ich klapperte nacheinander alle Kneipen und Restaurants ab, trank Unmengen Cola und stellte fest, dass Natalie und Sven in jeder dieser Kneipen und Restaurants gewesen waren, dass die Leute hinter den Theken aber im Grunde nichts über die beiden wussten, schon gar nichts über ihren letzten Tag. Sie versicherten: »Eigentlich hatten wir mit denen gar nichts zu tun. Sie waren hier, aber nur selten. Ist ja ein tragischer Fall, ist das.«

Sven und Natalie waren ihr Leben lang hier zur Schule gegangen, wo hatten sie ihr Eis gegessen, wo ihre Fritten gekauft? Hatten sie keine Stammkneipe gehabt?

Einen ersten brauchbaren Hinweis bekam ich in der Marien-Apotheke, als ich mir Schmerztabletten kaufte, weil ich keine mehr im Hause hatte.

Die freundliche Apothekerin erzählte: »Die? Diese beiden die leider tot sind? In der italienischen Eisdiele da vorne sind die oft gewesen. Aber eigentlich ist das nicht so, dass die Pennäler hier häufig in den Kneipen rumhängen. Die sehen eher zu, dass sie mittags nach der Schule so schnell wie möglich nach Hause kommen.«

»Hm«, murmelte ich. »Wenn jemand in Daun jemanden

treffen will und beide möchten nicht, dass das Treffen öffentlich wird, wo verabreden sie sich?«

»Auf einem Parkplatz im Wald«, sagte die Apothekerin lächelnd. »Nein, nein, ich weiß schon, was Sie meinen. Also, ich würde mich auf der Dauner Burg verabreden. Da gehen nämlich die Dauner nicht hin, die haben da Berührungsängste.«

»Ach ja?«, sagte ich unschuldig und verließ den Arzneimittelladen wieder.

Die Apothekerin hatte Recht: Die Dauner Burg war im engen Bezirk als ausgesprochen vornehm und teuer deklariert. Die Dauner fuhren lieber ein paar hundert Kilometer, wenn sie mal gut essen wollten, statt vor der Haustür zu tafeln.

Also hinauf auf die Burg durch die enge Gasse an den uralten Mauern vorbei, die die Grafen von Daun einstmals hochgezogen hatten, um im Laufe der Jahrhunderte in Bedeutungslosigkeit zu versinken.

An der Tür begrüßte mich eine dicke, schwarze Katze und gab nicht eher Ruhe, bis ich sie gestreichelt hatte. Dann krähten zwei Aras in ihrem Käfig ein Begrüßungslied. Sonst war die Empfangshalle leer. Ich hockte mich an den kleinen Tisch gleich gegenüber dem uralten Tresen aus kostbarem Holz und wartete. Ich stopfte mir eine Pfeife und lächelte einer Putzmamsell zu, die schwitzend einen Wagen an mir vorbeischob. Endlich kam ein junger Mann beschwingt herangesegelt, grüßte freundlich und fragte: »Kann ich Ihnen behilflich sein?«

»Ich wäre glücklich, wenn Sie mir einen Kaffee besorgen könnten und vielleicht eine Davidoff«, antwortete ich.

»Aber sicher doch«, sagte er und verschwand wieder.

Als er zurückkehrte, trug er ein Tablett vor sich her mit meinem Kaffee und den Humidor mit den Zigarren. Ich wählte eine aus und der junge Mann hielt mir ein Streichholz dran.

Als die Dame des Hauses erschien, fühlte ich mich sauwohl und hatte entschieden, dass derartige Recherchen wirklich Spaß machten.

»Was kann ich für Sie tun, Herr Baumeister?« Sie setzte sich.

»Das muss ich erst noch herausfinden.«

Sie antwortete mit ihrem trockenen moselanischen Humor: »Das ist Ihr gutes Recht.«

»Sie kennen diese junge Frau?«, fragte ich und legte ihr den Zeitungsausschnitt vor.

»Ja sicher. Wer kennt die nicht?«

»Ich versuche den Tag vor ihrem Tod zu rekonstruieren. War sie hier?«

»Ja, sie war hier. Sie war hier und saß hier, wo wir jetzt sitzen. Und sie trank einen Kaffee und rauchte Zigaretten. Das Einzige, woran ich mich nicht mit Sicherheit erinnere, ist, um wie viel Uhr das war. Wir haben nämlich überlegt, ob wir das nicht der Mordkommission melden sollen. Das muss vor zwölf Uhr gewesen sein, auf jeden Fall vor dem Mittagessen.«

»Was tat Natalie hier? Ich meine, saß sie nur rum? Oder las sie in der Zeitung. Oder traf sie jemanden?«

»Sie traf jemanden. Das ist ja wohl kein Geheimnis. Diesen Studienrat, oder Oberstudienrat, diesen Fiedler, der dauernd als Sachverständiger auftritt.«

»Wie lange waren die beiden hier?«

»Ich schätze mal, eine halbe bis Dreiviertelstunde. Die haben fröhlich miteinander geplaudert.«

»Haben Sie etwas von dem Gespräch mitbekommen?«

»Na ja, ich habe mitgekriegt, dass er ihr einen Scheck ausstellen wollte und dass sie sagte: ›So nicht!‹ Dann ging er kurz weg, kam zurück und gab ihr ein Kuvert. Ich habe nebenan in der Buchhaltung gesessen und Rechnungen geschrieben. Irgendwann sind sie dann gegangen.«

Ich konnte es nicht fassen. Ich war gerade zwei Stunden unterwegs und hatte einen wichtigen Stein im Puzzle gefunden!

Ich bezahlte und mühte mich gleichzeitig ab, gelassen zu bleiben. Artig sagte ich: »Danke schön. Ich will mal weitergehen.«

Draußen vor der Burg rief ich Rodenstock an. »Ich habe

264

ihn. Er hat das Auto gekauft. Aber wir brauchen jetzt eine Bankauskunft. Und die kriegen wir nicht.«

»Wir nicht, aber die Mordkommission«, entgegnete Rodenstock trocken. »Trotzdem müssen wir den Rest von Fiedlers Tag rekonstruieren. Und ich habe keine Ahnung, wie wir das bewerkstelligen sollen, ohne ihn selbst zu fragen.«

»Seine Frau«, schlug ich nicht sonderlich überzeugt vor.

»Völlig unmöglich«, knurrte er. »Dann können wir genauso gut ihn selbst befragen. Das wäre der Tod aller Nachforschungen.«

»Warum hat Fiedler Natalie ausgerechnet an diesem Tag, zu diesem Zeitpunkt umgebracht?«, überlegte ich.

»Das ist doch einfach«, erklärte er. »Sie war seine Sehnsucht, sie war die Frau, die seine Seele besetzt hielt. Sie wollte für immer nach Amerika verschwinden. Und damit konnte er nicht leben.«

»Du bist ziemlich klug.«

»Ein blindes Huhn …«, murmelte Rodenstock.

»Was mag er mit dem Brillanten aus ihrem Bauchnabel gemacht haben?«, fragte ich.

»Möglicherweise hat er ihn einfach weggeschmissen. Der Brillant stammte von Sven und Sven war ein Konkurrent. Vielleicht trägt er ihn auch mit sich herum, hat ihn in der Geldbörse. Wie auch immer, es gehört ziemlich viel Wut dazu, aus einem menschlichen Körper so etwas herauszureißen. Kommst du jetzt heim? Ich mach dir auch Rührei mit Bratkartoffeln.«

»O ja, Papi.«

Auf der Heimfahrt geriet ich in einen kleinen Stau vor Dreis. Der größte Bauer der Gegend trieb seine Rinder über die Straße zu einer anderen Weide.

Gab es einen Trick, mit dessen Hilfe Fiedler zu überrumpeln war? Gab es eine Falle? Konnten wir, zum Beispiel, jemanden als so gefährlich für ihn hinstellen, dass er angreifen und sich verraten würde?

Ich rief Matthias in Wittlich an, weil ich wissen wollte, wie Fiedler einzuschätzen war.

Matthias war nicht da, aber seine Frau Gerlinde, von gleicher Profession, sagte gut gelaunt: »Na, wie ist es so? Matthias treibt sich auf Hiddensee herum, er spannt mal aus.«

»Das sei ihm von Herzen gegönnt. Ich habe ein Problem. Du hast doch sicher auch die Sache mit den beiden toten Jugendlichen verfolgt. Nun gibt es Hinweise, dass ein Oberstudienrat der Täter ist. Die Frau, die er tötete, war wohl seine Obsession und stürzte ihn in eine Art Lebenskrise. Was geschieht, wenn ein solcher Täter plötzlich begreift, dass ein Zeuge ihm gefährlich werden kann.«

»Du willst wissen, ob er diesen Zeugen angreifen und vielleicht sogar ebenfalls töten wird?«

»Genau das.«

»Rezepte der Beurteilung gibt es nicht. Aus dem Bauch heraus würde ich sagen, dass ihr zunächst entscheiden müsst, ob dieser Mann zu einem Mord fähig ist. Das bedeutet: Hat er in einer extremen Notlage gehandelt und bleibt die Tötung für ihn der absolute Sonderfall? Oder ist er jemand, der bei Gefahr immer wieder zu Gewalt greifen würde? Ist er in irgendeiner Weise vorbestraft?«

»Soweit wir wissen, nicht.«

»Das Umfeld ist bürgerlich, nehme ich an.«

»Ja, gutbürgerlich, der Mann ist Beamter.«

»War er in einer Stimmung der Verzweiflung?«

»Das kann ich nicht beurteilen, aber sehr wahrscheinlich war es so.«

»Das heißt, er ist zwischen großer Liebe und äußerstem Hass hin- und hergeworfen worden?«

»So stellen wir uns das vor.«

»Hat er Familie?«

»Ja, Frau und zwei Töchter.«

»Kennst du die Frau? Wie ist sie?«

»Eine schmale, nervöse Figur, sicherlich gebildet, auf die eine oder andere Weise die klassische Hausfrau, die im Grunde alles sein möchte, nur eben nicht Hausfrau.«

»Hast du den Eindruck, dass sie etwas weiß oder ahnt?«

»Das kann ich nicht beantworten.«

»Ist der Mann ein beliebter Lehrer?«

»Nach unseren Erkenntnissen, ja.«

»Würdest du sagen, er hat diese junge Frau getötet, um sich von irgendeinem Zwang zu befreien?«

»Ja.«

»Dann müssen wir davon ausgehen, dass die Tat persönlichkeitsfremd ist. Das heißt, er war in einer Extremsituation und hat bei der jungen Frau mit Tötung reagiert. Das ist aber nicht seine normale Reaktion, in der Regel löst er Krisen anders. Das heißt: Eigentlich ist er nicht gewalttätig, eigentlich ist ihm Gewalt fremd.«

»Und was bedeutet das?«

»Um auf deine Frage vom Anfang zurückzukommen: Es ist relativ unwahrscheinlich, dass er für irgendeinen Zeugen gefährlich werden könnte. Die junge Frau war der absolute Sonderfall. Du kannst möglicherweise sogar davon ausgehen, dass er gefasst werden will, dass er direkt oder indirekt sagt: Ich muss bestraft werden.«

»Er hat uns bei der Aufklärung geholfen, er hat in vielen wichtigen Fragen, die Jugendliche und Schüler betrafen, Hinweise und Antworten gegeben.«

»Das passt«, sagte Gerlinde. »Aber immer daran denken: Es ist kein Urteil, auf das du dich verlassen kannst, es ist nur ein Richtungshinweis.«

Ich bedankte mich, die Rinder hatten inzwischen die Straße passiert, die Karawane konnte weiterziehen.

Rodenstock stand mit einer blumigen Schürze behängt vor dem Herd und briet Kartoffeln. »Die Frauen kommen spät zurück. Sie haben eben Bescheid gesagt, sie wollten noch ins Kino gehen.«

Ich berichtete, was Gerlinde mir erzählt hatte.

»Ich habe mir so etwas gedacht«, nickte Rodenstock. »Das deckt sich mit meiner Erfahrung. Fiedler kann Natalie getötet haben und es war eine einmalige Tat, nicht wiederholbar. Allerdings: Immer, wenn man sich auf so eine Einschätzung verlässt, geht es schief, und ein Mörder schlägt doch noch mal zu. Ich erinnere in diesem Zusammenhang an die Fälle, in denen Straftäter, die in der Psychiatrie sitzen, für ungefährlich erklärt werden. Die entlassen werden, sich umdrehen und das nächste Verbrechen begehen. Wir sollten lieber vorsichtig sein. Der menschliche Faktor ist immer unberechenbar.«

Wir aßen in aller Gemütsruhe und rauchten genüsslich. Da meldete sich Rodenstocks Handy und er hörte wortlos zu. Schließlich nickte er und berichtete: »Bronski hat sich Adrian Schminck geholt.«

»Wann?«

»Kischkewitz sagt, vor etwa einer Stunde. Kischkewitz hat keine Leute mehr, er kriegt so schnell keine Verstärkung. Deshalb bittet er uns herumzuschauen, ob wir Bronski finden können.«

»Was machen wir?«

»Wir fahren los und suchen den Truck. Wir haben gar keine Wahl. Du lieber Himmel, Bronski, zwei Flaschen Wodka und Adrian Schminck!«

Zwei Minuten später saß ich am Steuer des Volvo und wir fuhren los.

»Erst einmal zu Schminck. Wenn er jetzt eine Stunde unterwegs ist, kann der Truck längst auf der A 1 nach Köln oder der A 48 nach Trier oder Koblenz oder auf der A 61 zwischen Koblenz und Brühl sein. Wir können keine Stecknadel im Heuhaufen suchen.«

»Als du neulich nachts bei Bronski warst, wo stand er?«, wollte Rodenstock wissen.

»Hinter Bongard auf der Strecke nach Nohn.«

»Vielleicht fahren wir besser dorthin?«

Ich fuhr also bis Boxberg, dann scharf links in Richtung Bongard.

»Bronski ist raffiniert«, sagte ich. »Er kann in jeden Wald- und Feldweg eingebogen sein, legt dreihundert Meter zurück, ist hinter der nächsten Kurve außer Sichtweite und wir finden ihn nicht in zwei Jahren.«

»Du machst mir richtig Mut. Ich stelle mir gerade vor, dass Bronski Gewalt nicht scheut.«

Ich antwortete nicht, sondern fuhr etwas schneller. Dabei fragte ich mich, wohin sich Bronski wenden würde, wo er sich relativ sicher fühlen konnte. Ich überlegte, wie Bronski dachte: einfach und effektiv. Es gab einen Punkt, an dem man nicht nach ihm suchen würde, weil es ein belasteter Ort war: Tina Cöllns altes Forsthaus.

Die Reifen quietschten, als ich scharf nach rechts abbog. »Wir versuchen es«, sagte ich.

Rodenstock begriff sofort, wohin ich wollte. Er murmelte: »Fahr zu, das könnte richtig sein.«

Und es war richtig. Wir bogen in den Seitenweg, der zum Forsthaus führte, und ich musste auf die Bremse treten, weil der Truck vor der Brandruine stand, groß und unübersehbar.

»Bronski hat überhaupt keine Berührungsängste«, stellte Rodenstock fest. »Er ist ein richtiger Sauhund und als Täter wäre er gnadenlos gefährlich.«

Wir gingen ganz langsam auf den Truck zu und anders als beim ersten Mal war es still. Diesmal sang niemand, niemand grillte, die Stille war bedrohlich.

Ich klopfte gegen die große, zweiflügelige Rückwand des Trucks. Ich schrie: »Heh, Bronski. Lass dich mal sehen, Baumeister ist hier.«

Erst nach unendlich langen Sekunden wurde die rechte Türhälfte geöffnet. Aber nur einen Spalt. Ein Mann streckte seinen Kopf hindurch und sagte: »Bronski hat keine Zeit.«

»Doch!«, sagte Rodenstock scharf. »Hat er!« Er fasste einfach die Tür und riss sie dem Mann aus der Hand.

Die Sonne kam schon aus West und stand uns im Gesicht. Der Laderaum des Trucks war zunächst nichts als ein gähnendes, riesiges Loch. Langsam begannen sich Konturen aus dem Bild herauszuschälen.

Es waren sechs Männer, in der Mitte Bronski, der auf einer Kiste saß. Vor ihm, nur Zentimeter entfernt, hockte Adrian Schminck auf einem blauen Plastikeimer. Er trug nichts außer weißen Boxershorts und hielt seinen Kopf nach vorn geneigt, als sei er nicht fähig, ihn zu heben.

»Das ist Scheiße, Bronski!«, sagte ich. Ich hatte Schwierigkeiten, Luft zu bekommen.

Bronski sah mich an. Er war wütend, sein kantiges Gesicht war schweißüberströmt. »Er hat sie getötet!«, schrie er.

»Hat er nicht!«, schrie Rodenstock neben mir zurück.

Erst jetzt bemerkte ich die großen, roten Flecken auf dem Oberkörper von Adrian Schminck. Es waren Blutflecken. Schminck hob den Kopf. Er hielt die Augen geschlossen, er musste sie geschlossen halten. Bronski hatte sie zugeschlagen.

»Sie war bei ihm. Bevor sie starb!«, sagte Bronski. Er schrie jetzt nicht mehr.

»Das stimmt«, erwiderte ich. »Aber anschließend fuhr sie nach Maria Laach zu Becker. Schminck hat sie nicht getötet.«

»Ha!«, sagte Bronski voll Verachtung.

»Schminck«, rief Rodenstock. »Können Sie mich hören, können Sie mich verstehen?«

Schminck nickte und nuschelte etwas.

»Stehen Sie auf!«, befahl Rodenstock. »Und kommen Sie her.«

»Das geht nicht«, erklärte Schminck undeutlich. »Festgebunden.«

»Binde ihn los, Bronski«, sagte Rodenstock ganz ruhig.

Es war totenstill, die Männer um Bronski schienen nicht einmal zu atmen. Rechts von Bronski lehnte ein Mann an der Wand des Laderaumes. Er wirkte gelassen und den Gesichtszügen nach konnte er der Bruder von Bronski sein. Er war der Einzige, der sich bewegte. Es war eine langsame, schleichende Bewegung, er hob den linken Arm. Er trug ein weißes T-Shirt über einer blauen Jeans und im Gürtel dieser Jeans steckte eine Waffe, eine schwarz schimmernde, schwere Waffe, ich vermutete eine Glock neun Millimeter, das Paradestück amerikanischer Filmhelden, die schwere Zimmerflak, der Killer.

»Nicht doch!«, sagte Rodenstock erstickt neben mir. Er hatte plötzlich eine Waffe in der Hand.

Ich begriff sofort, dass es Emmas Colt war. Ich wollte erstaunt fragen: »Wieso hast du die mitgenommen?«, aber ich brachte kein Wort heraus. Und als Rodenstock schoss, als der Bruder von Bronski unter dem Aufschlag zuckte und dann fiel, sagte ich irrsinnigerweise: »Premiere!«

Der Boden des Laderaums war mit Stahlblechen belegt. Die Waffe des Polen schepperte, als sie aufschlug. Sie rutschte zwischen die Beine Bronskis, der erstaunt den Kopf zur Seite drehte, als habe er damit nicht gerechnet, damit nicht.

»Nicht bewegen!«, schrie Rodenstock. »Keiner bewegt sich.«

Der Bruder Bronskis atmete schwer, er lag auf der linken Seite, das Gesicht zur Wand des Laderaums.

»Hilf ihm, Bronski«, sagte Rodenstock ruhiger. »Wir brauchen einen Arzt. Scheiße, und das in meinem Alter!«

Ich fischte mein Handy aus der Weste und wählte die 110. Ich sagte, was zu sagen war, und achtete dabei auf das, was die Männer im Laderaum vor mir taten. Sie bewegten sich immer noch nicht.

»Bronski, komm raus«, sagte Rodenstock.

Bronski drehte langsam den Kopf, um nach seinem Bruder zu sehen.

Rodenstock schoss in die Decke des Laderaums. Er wiederholte: »Bronski, komm da raus! Alle kommen raus, alle!«

Bronski bewegte sich nun etwas schneller. Er kam hoch, wandte sich zur Seite und kniete dann neben seinem Bruder nieder.

»Raus!«, schrie Rodenstock.

Die Männer kamen auf uns zu.

»So ist es gut«, sagte Rodenstock. »Kommt her!«

Die vier sprangen von der Ladefläche.

Bronski sagte irgendetwas zu seinem Bruder, es klang zärtlich.

Jetzt lieferte Rodenstock ein Kabinettstückchen ab, an das ich mich noch als Großvater erinnern werde. Er musterte die vier Männer, drückte einem den Colt in die Hand und sagte trocken: »Halt mal eben!« Dann stellte er seinen rechten Fuß in einen Tritt und bestieg den Laderaum. Ich werde das vollkommen verblüffte Gesicht des jungen Polen nie vergessen, der ungläubig auf den Colt starrte, den er jetzt in der Hand hielt.

»So ist das Leben«, sagte ich heiter und stieg ebenfalls hinauf.

Schminck hockte zusammengesunken auf dem Eimer, der Kopf fiel fast auf seine Knie, er atmete laut und mühsam. Sie hatten seine Arme mit einer einfachen, festen Paketkordel auf die Oberschenkel gebunden. Die Kordel schnitt tief in sein Fleisch, und als ich daran herumnestelte, zuckte Schminck vor Schmerzen zusammen.

»Entschuldigung, mein Freund«, sagte ich. Ich nahm mein Taschenmesser und durchschnitt die Kordel. »Jetzt aufstehen, aber langsam.«

Er beugte sich vor, wollte aufstehen, doch es funktionierte nicht, er fiel nach vorn und ich fing ihn ab.

»Ganz langsam. Oder wollen Sie sich erst mal hinlegen?«

Er schüttelte den Kopf. Dann stand er auf, es waren die Bewegungen eines alten Mannes. Sein Körper pendelte hin und her. Ich musste ihn festhalten. Schließlich machte er die ersten Schritte und offensichtlich tat ihm alles weh. Sein Gesicht war vollkommen zerschlagen, ich bezweifelte, dass er etwas sehen konnte.

»Kommt her und helft!«, schrie ich die Männer an.

Zwei kletterten herauf auf die Ladefläche und fassten Schminck rechts und links unter den Achseln. Sie bugsierten ihn an den Rand der Fläche, die zwei anderen hoben ihn vorsichtig hinunter.

»Legt ihn erst einmal hin«, sagte ich. »Auf den Rücken.«

Bronskis Bruder war im linken Oberschenkel getroffen worden, die Wunde blutete heftig. Sein Gesicht war grau und offensichtlich hatte er starke Schmerzen.

»Hol mal den Verbandskasten«, sagte Rodenstock. »Los!«

Bronski nickte und verschwand.

»Wieso schleppst du diesen blöden Colt mit dir rum?« fragte ich.

Rodenstock presste die Lippen aufeinander. »Tu ich ja gar nicht. Ich hatte das Ding nur in der Tasche, weil Emma es aus ihrer Handtasche gekramt hat, bevor sie mit Vera nach Mainz fuhr. Ich habe es dann vergessen.«

»Ach du lieber mein Vater«, hauchte ich. »Jetzt brauchen wir nur noch einen Gaul, auf dem du in den Sonnenuntergang reiten kannst, du mein ewiges Vorbild.«

Rodenstock grinste schief.

Bronski kam zurück und versuchte zittrig, den Kasten zu öffnen. Es gelang ihm nicht und ich machte es für ihn.

»Zieh ihm mal die Jeans aus«, sagte Rodenstock. »Oder warte, ich mache das. Rückt zur Seite, macht Platz.«

Bronski kam aus der Hocke hoch, auch ich stand auf. »Du brauchst frische Luft«, sagte ich.

»Scheiße!«, fluchte der Pole und sprang vom LKW hinunter.

Ich folgte ihm und sagte: »Hör zu, Schminck war es nicht. Du musst einsehen, dass Schminck es nicht war. Und das hier ist nicht der Wilde Westen.«

Er antwortete nicht, ging einfach weiter.

»Du kannst hier nicht den Rächer der Enterbten spielen. Du bist auf dem direkten Weg in den Knast. Das weißt du Arschloch genau.«

Er lief immer noch vor mir her, umrundete die Ruine, erreichte die Rückfront. Da stand ein angekokelter, einstmals sicherlich feudaler Sessel mit einem weinroten Brokatbezug. Bronski setzte sich darauf, zog ein Päckchen Tabak aus der Brusttasche seines blau karierten Hemdes und drehte sich mit zitternden Fingern eine Zigarette.

»Was mache ich? In den Knast geht nicht.«

»Das hängt von Schminck ab. Er wird dich wegen schwerer Körperverletzung anzeigen, wegen Entführung, wegen Erpressung, wegen was weiß ich. Warum machst du so etwas Verrücktes? Wieso glaubst du, er hat Natalie umgebracht?«

»Sie war bei ihm. Vor ihrem Tod.«

»Ja, aber anschließend war sie in Maria Laach bei Becker. Und Becker hat sie auch nicht getötet, er war gar nicht zu Hause. Warum hast du mich nicht angerufen?«

»War ich wütend.«

»Du erinnerst mich an den Boxer, der dem Ringrichter den Unterkiefer zerschmettert und dabei schreit: Tut mir Leid, war kein anderer da!«

Bronski grinste matt. »Na gut, geht alles den Bach runter … Habe ich keine Chance, oder?«

»Ich weiß nicht. Du musst dich bei Schminck entschuldigen. Das ist wichtig. Er ist ganz passabel für einen reichen Mann.«

»Er hat ihr das Ticket nach Hollywood gekauft. Stimmt das?«

»Ja. Es ging ihm so wie dir: Er mochte sie sehr.«

»Ha«, sagte er. Dann starrte er das Gras zwischen seinen Schuhen an, machte eine heftige Bewegung mit dem rechten Arm und schlug dabei die Glut seiner Zigarette ab. »Kann ich nicht in den Knast. Ich muss nach Hause.«

»Wieso musst du nach Hause?«, fragte ich aufgebracht. »Du musst erst einmal hier diese Geschichte in Ordnung bringen.«

»Geht nicht«, sagte er dumpf. »Geht überhaupt nicht.«

»Bronski, komm wieder auf den Teppich.«

»Habe ich dich belogen«, murmelte er. »Bronski transportiert alles. Drogen, Waffen, Autos, Antiquitäten, alles illegal. Ich transportiere für Hans Becker, für Andre Kleimann, für Dr. Grimm, für Herbert Giessen. Ist immer ein Teil legal, ist immer ein Teil illegal. Transportiere ich jeden Scheiß, egal, was kommt. Transportiere ich auch Gift nach Polen, schmeiße ich in Wald. Ist billiger, weißt du. Habe ich vorigen Monat Münzen transportiert, alte russische Münzen. Für zweieinhalb Millionen Dollar. Habe ich geklebt auf Sonnenblende. Für Hans Becker. Sage ich: ›Du lebst hier, du wirst der Abt genannt, du bist kriminell.‹« Er schnaufte heftig. »Sagt Becker: ›Alles zum Lobe des Herrn.‹ – Na, ist das Wildwest? Becker schläft mit Natalie und zahlt. Frage ich: ›Fickst du zum Lobe des Herrn?‹ Wird er sauer, sagt er: Das geht dich nichts an, Pollack!‹« Er warf den Rest der Zigarette ins Gras. »Kleimann in Euskirchen hat meinen Truck finanziert. Der sagt: ›Ich finanziere dir den Truck. Du fährst das, was ich gefahren haben will.‹ – Ist das Wildwest? Das ist Wildwest, Baumeister! Und Herbert Giessen, Im- und Export in Bad Münstereifel, sagt: ›Kommt ein Bote nach Warschau, gibt dir ein Pfund rosa Diamanten aus Moskau, du höhlst Kürbis aus und kaufst eine ganze Ladung Kürbis. Wir schmeißen Kürbisse in Abfall und haben die Steinchen.‹ Sage ich: ›Wenn ich erwischt werde, bin ich tot.‹ Sagt er: ›Na und?‹ – Ist das Wildwest? Und Grimm, die Sau. Sagt er: ›Wenn du wieder nach Polen kommst, bring mir eine Frau

mit, ein schönes Schwein.‹ Ich sage: ›Geht nicht.‹ Er sagt:
›Du wirst das schon hinkriegen, Bronski.‹ Und ich kriege es
hin. Und später sagt die Frau: ›Er war zweiundvierzig Stunden am Tag ein Perverser.‹«

»Sie haben dich also ausgenutzt«, murmelte ich.

»Ja. Aber ich habe es so gewollt. Ich brauche das Geld. Ich
habe vier Kinder, zwei haben Krebs, Blutkrebs. In Polen gibt
es nicht diese guten Medikamente. Ich kaufe Medikamente.
Schwarz für viel, viel Geld.«

Zuweilen wirken Geständnisse so trivial, dass es schwierig ist, sie jemandem zu verkaufen. Bronski war da reingerutscht. Die Herren hatten gewusst, was mit seinen Kindern
war, und sie hatten es ausgenutzt, die frommen, christlichen
Kaufleute.

»Was war mit Sven?«, fragte Bronski überraschend nach
einigen Sekunden. »Selbstmord?«

»Ich weiß es nicht. Vielleicht werden wir es nie wissen.«

»Weißt du, wer der Mörder ist?«

Ich überlegte, ehe ich antwortete: »Du wirst es rechtzeitig
erfahren.«

Jetzt kam das Tatütata der Ambulanz näher, begleitet von
dem helleren Horn der Polizei. Wir gingen zurück zu den
anderen. Schminck und der Bruder von Bronski lagen dicht
nebeneinander auf einer Decke. Der Pole rauchte eine Selbstgedrehte.

»Tut mir Leid«, sagte Bronski zu Schminck. »Habe ich
Fehler gemacht.«

Schminck antwortete nicht.

»Er meint das ernst«, sagte ich.

Schminck lächelte ein wenig, es wirkte wie eine kleine
Hoffnung.

ZWÖLFTES KAPITEL

Der Zwischenfall nagelte uns zwei Stunden am alten,
abgebrannten Forsthaus in Bongard fest. Die beiden Streifenpolizisten, die als Erste aufgetaucht waren, machten

Bekanntschaft mit einer echten Lebenskrise, als Rodenstock bedächtig zu Protokoll gab, er habe durchaus den Eindruck gehabt, als sei alles ganz friedlich verlaufen.

»Friedlich?« Die Stimme des Polizisten war nahe der Hysterie. »Da hat einer einen Oberschenkelschuss, der Zweite sieht aus, als wäre er ein paar Mal gegen mein Garagentor gelaufen, und Sie sagen ›friedlich‹?«

»Na ja«, entgegnete Rodenstock, »es hätte doch alles viel schlimmer kommen können.«

»Man muss auch erst mal abklären, ob hier überhaupt so etwas wie eine kriminelle Handlung stattgefunden hat«, ergänzte ich.

»Wie bitte?«, fragte der Zweite und erweckte den Eindruck, als durchlebe er einen Albtraum.

»Ich habe gehört, dass Herr Schminck es sich noch mal überlegen will, ob er überhaupt Anzeige erstattet. Das ist der, der ein paar Mal gegen Ihr Garagentor gelaufen ist«, erklärte ich.

»Aha. Und der mit dem Schuss im Oberschenkel hat wahrscheinlich nur mal seine eigene Wasserpistole ausprobiert, wie?«

»Tja«, meldete Bronski sich schüchtern. »Ich habe mich eben geirrt.«

»Was haben Sie? Und wer sind Sie überhaupt?«

In dieser Tonart ging es längere Zeit weiter, und ehe so etwas wie ein Protokoll zustande kam, waren die Beamten völlig entnervt und der Rest der Anwesenden sehr erheitert. Das Protokoll entsprach der Stimmung: Kein Mensch konnte beim Nachlesen feststellen, dass irgendetwas Schlimmes passiert war. Der mit Abstand am häufigsten gebrauchte und treffendste Satz war: »Es ging alles sehr durcheinander, ich kann mich nicht mehr genau erinnern.«

Wir fuhren nach Hause, Rodenstock telefonierte mit Kischkewitz und sagte, was zu sagen war. Dann fragte er nach den Bankauskünften über Fiedlers Konten und hörte lange Zeit zu. Als er das Gespräch beendet hatte, erzählte er: »Es scheint wirklich so, als rufe Fiedler um Hilfe, man möge ihn um Himmels willen endlich verhaften … Er traf Natalie auf der Dauner Burg. Dann rannte er hinunter zur Kreissparkasse und hob zwölftausend Mark ab. Er rannte wieder zurück und gab Natalie das Geld. Dann haben sie die Dauner Burg verlassen, getrennt natürlich. Aber irgendwie muss Fiedler wieder an seine zwölftausend Mark gekommen sein. Denn am nächsten Tag hat er gegen Mittag zwölftausend Mark auf sein Konto bei der Volksbank eingezahlt. Mit anderen Worten: Er muss Natalie an dem Tag ein zweites Mal getroffen haben.«

»Klar, er hat sie getötet.«

»So nicht!«, wehrte Rodenstock ab. »Das ist zu einfach, das nimmt dir kein Staatsanwalt ab. Es ist ein starkes Indiz, mehr nicht.«

»Aber was willst du noch herausfinden?«

»Das weiß ich noch nicht«, murmelte er. »Werde jetzt nicht ungeduldig, Baumeister.«

Irgendwann trennten wir uns, um unsere Betten aufzusuchen, und ich war gerade in einem höchst erfreulichen Traum, in dem ich Ladislaw Bronski krumm und schief prügelte, als Vera mich an der Schulter rüttelte und flüsterte: »Guten Morgen, Baumeister, freust du dich ein bisschen?«

Ich antwortete: »Worüber soll ich mich denn freuen?«

»Na ja, darüber, dass ich wieder da bin. Es ist drei Uhr nachts und der Film war abartig schlecht. Es ging um einen jungen Mann, der eines Morgens harmlos zur Arbeit geht und in der U-Bahn ein Mädchen trifft. Die beiden haben sich noch nie gesehen, und als es dann …«

Ich wurde erst wieder wach, als Emma mich sanft stupste und flötete: »Baumeister, es ist so weit: Bescherung!«

»Wie bitte?« Ich tastete rechts neben mir, Vera war nicht da. Dann erkannte ich Emma. »Was denn für eine Bescherung?«

»Wir haben ihn.«

»Wen?«

»Fiedler.«

Jetzt drang etwas bis an meine Schaltzentrale vor. »Ja, und?«

»Es gibt ein Treffen mit Fiedler. In einer Stunde. In seinem Haus.« Dann ging sie hinaus und zwang mich so, aus dem

Bett zu steigen. Frauen sind durchaus nicht immer eine amüsante Erfindung.

Ich rasierte mich nicht, putzte nur flüchtig die Zähne und tauchte dann in meiner Küche auf, um zu erfahren, welche Kraft die Welt gedreht hatte. »Wer war das Genie?«

»Emma!«, sagte Vera.

»Ich nicht allein, Rodenstock auch.« Emma lächelte. »Pass auf: Gehen wir mal davon aus, dass Fiedler es nicht aushalten konnte, Natalie zu verlieren. Er hasste sie, aber er liebte sie auch. Ohne sie, dachte er wohl, ginge sein Leben nicht weiter. Was für Möglichkeiten hatte er, als er erfuhr, dass sie nach Los Angeles fliegen wollte? Im äußersten Fall wollte er auch dorthin fliegen, denke ich. Er kann einen Flug übers Internet buchen, wie Schminck das für Natalie getan hat. Er kann auch in ein Reisebüro gehen. Auf jeden Fall muss die Lufthansa, bei der Schminck für Natalie gebucht hat, ja die Passagierliste haben. Und siehe da: Zwei Tage vor Natalies Tod hatte Fiedler ein Ticket für dieselbe Maschine nach Los Angeles gekauft. Wir wissen, was passierte, wir können uns das Zwischenspiel sparen. Am Tag nach Natalies Tod stornierte Fiedler den Flug. Und zwar stornierte er den Flug über seinen Computer morgens um vier Uhr. Er brauchte den Flug nicht mehr, er wusste, Natalie wird nie wieder ein Flugzeug besteigen. Verstehst du das, Baumeister?«

»Wie bitte? O ja, sehr. Und wie geht es jetzt weiter?«

Rodenstock antwortete: »Wir haben Kischkewitz gebeten zwei von uns mitzunehmen, wenn er Fiedler holt. Ich geh mit und du, Baumeister. Wir haben ganz fair gelost, das Los fiel auf uns beide. Natürlich sind die Frauen jetzt sauer, aber Glück ist eben Glück. Wir sind um vierzehn Uhr mit Fiedler verabredet. Ich weiß nicht, ob er etwas ahnt, ich habe nur gesagt, dass wir noch einmal seine Hilfe brauchen.«

»Was ist mit seiner Frau?«, fragte ich.

»Die schicken wir aus dem Haus, die muss das nicht mit ansehen. Ziehst du dir bitte vorher noch ein neues Hemd an Baumeister?«

»Was? O ja, natürlich. Ich rasiere mich sogar noch, wie immer an hohen Festtagen.«

Wenig später fuhren wir und Vera versäumte es nicht, zum Abschied zu betonen, sie würde uns ein erstklassiges Abendessen kochen. »Und ich besorge Champagner«, versprach Emma.

»Komisch«, knurrte Rodenstock unterwegs. »Ich bin noch nicht einmal erleichtert darüber, dass wir ihn haben. Mein Gefühl sagt mir, da geht noch etwas schief.«

»Nicht doch«, sagte ich. »Hör auf zu unken.«

Kischkewitz saß in seinem Pracht-BMW vor dem Haus und lächelte milde. »Dann wollen wir mal.« Er schleppte eine schwere Aktentasche mit sich.

Fiedler stand in der Haustür und wirkte gut gelaunt. »Ach, Sie auch, Herr Kischkewitz. Herzlich willkommen.«

Es ging in die Wohnlandschaft an einer offenen Küchentür vorbei. »Wollen die Herren einen Kaffee?«, fragte Svenja Fiedler.

»Danke, nein«, sagte Kischkewitz freundlich. »Mein Kreislauf besteht nur noch aus dem Zeug. Ein Wasser vielleicht.«

»Dann Wasser für alle«, bestimmte sie fröhlich.

»Herr Fiedler«, sagte Kischkewitz aufgeräumt, »haben Sie etwas dagegen, wenn ich ein Tonband mitlaufen lasse?«

»Nicht im Geringsten«, antwortete der Lehrer zuvorkommend. »Sind Sie denn weitergekommen?«

»Kann man sagen«, nickte Rodenstock, »glücklicherweise.« Er setzte sich und stand gleich wieder auf, weil Svenja Fiedler mit einem Tablett hereinkam, auf dem Gläser und Wasserflaschen standen.

»Frau Fiedler«, sagte Rodenstock freundlich, »das ist sehr nett von Ihnen. Aber dürfte ich Sie nun bitten, einen Spaziergang oder so etwas zu machen? Wir wollen in Details einsteigen und da ist es nicht üblich, dass Unbeteiligte dabei sind. Wenn Sie verstehen, was ich meine.«

Das war herb, das war massiv und direkt, das war peinlich.

Svenja Fiedler erstarrte eine Sekunde und quirlte dann überaus freundlich: »Aber selbstverständlich!«

»Du kannst doch mit dem Hund gehen, meine Liebe«, sagte Fiedler. Er wurde sarkastisch: »Wir haben zwar keinen Hund, aber das macht ja nichts.«

Sie sah ihn einen Augenblick lang an und es war Misstrauen in ihren Augen und so etwas wie Verachtung. »Was glauben Sie, wie lange werden Sie brauchen?«

»Vielleicht eine Stunde«, sagte Kischkewitz leichthin.

Sie machte die Tür hinter sich zu und wenig später hörten wir die Haustür ins Schloss fallen.

Kischkewitz fummelte an dem kleinen Tonbandgerät herum, setzte sich, sagte zur Probe »Eins, zwei, drei« und nickte dann. »Gut so. Tja, Herr Fiedler, wir haben jetzt gewissermaßen das Ende der Fahnenstange erreicht. Ich denke, das ist Ihnen klar, nicht?«

Fiedler blickte auf die Tischplatte. »Ja.« Sein Gesicht war vollkommen unbewegt, ein wenig blasser als sonst, seine Hände waren ruhig.

»Sind Sie erleichtert?«, fragte Rodenstock.

»Erleichtert? Ja, nein, das weiß ich nicht. Ja, ich bin erleichtert.«

Es war eine Weile still, ehe Rodenstock, der alte Fuchs den Eröffnungszug machte: »Herr Fiedler, bevor wir hier beginnen, uns um Einzelheiten zu bemühen, möchte ich ganz für mich privat etwas fragen, weil es mich quält. Haben Sie gar nicht bemerkt, dass Natalies Genick gebrochen war?«

Fiedler atmete etwas hastiger. »Nein, das habe ich nicht gemerkt, das stimmt.«

»Und wo ist es passiert?«

»Auf der Straße hinter Kelberg. Ich sagte ihr, wir würden jetzt zur Jagdhütte fahren. Sie begann zu schreien und auf mich einzuprügeln. Und dabei ist es passiert, sie ist mit dem Kopf auf das Lenkrad geschlagen und war sofort besinnungslos. Das heißt, ich habe gedacht, sie wäre besinnungslos.« Sein Mund zuckte. »Sie war schon tot. Das hab ich erst gemerkt, als ich sie in den Wald gelegt habe.«

»Und warum der Schuss?«, fragte Rodenstock weiter.

»Das war in mir drin. Der Befehl steckte mir im Hirn: Du musst sie töten. Ehe sie alles kaputtmacht, dich und deine ganze Familie, musst du sie töten.«

»Und warum haben Sie sie ganz ausgezogen?«

Er überlegte eine Weile. »Weil ich sie noch einmal sehen wollte. Ich wollte sie noch einmal sehen, wie sie wirklich war.«

»Und dieser Schmuck im Bauchnabel?« Rodenstock wirkte wie ein freundlicher, alter Arzt.

»Den hasste ich, den habe ich immer gehasst. Den fand ich so protzig.«

Irgendwo im Haus tickte eine Uhr.

»Wollen Sie erzählen, Herr Fiedler?«, fragte Kischkewitz zurückhaltend.

»Ja, gut. Ich werde es versuchen. Kann sein, dass ich nicht alles auf die Reihe kriege. Zu viele Dinge sind immer gleichzeitig passiert.« Er lächelte plötzlich. »Haben Sie etwas dagegen, wenn ich eine Havanna rauche?«

»O nein, bitte sehr«, sagte Kischkewitz. »Selbstverständlich.«

»Sie auch?«, fragte Fiedler Rodenstock.

»Das wäre gut«, nickte der. »Das gefällt mir.«

Ich stopfte mir eine Crown aus der 200er-Reihe von Winslow, Kischkewitz zog einen Stumpen von irgendwo hervor, Rodenstock bekam eine Havanna und einen Abschneider gereicht, den er dann an Fiedler zurückgab. Die Zigarren waren von der Marke Montecristo – endlich wusste ich, wie man das schreibt.

Wir saßen im Nu im blauen Dunst und Kischkewitz' Stimme war richtig gemütlich, als er sagte: »Wenn es recht ist, werden wir Sie zunächst nicht unterbrechen. Selbstverständlich biete ich Ihnen an, Ihren Rechtsbeistand herbeizurufen. Wir möchten keinen ungebührlichen Druck ausüben.«

Das war eine gefährliche Klippe und Fiedler wusste das, wie unschwer auf seinem Gesicht abzulesen war. »Nein, nein, das geht schon in Ordnung«, befand er. »Gutes Kraut, man darf sie nur nicht heißrauchen.« Er atmete ein paar Mal tief durch. »Vor etwa zwei Jahren fing alles an, also ein Jahr, bevor die Klasse Abitur machte. Das Gefühl kam nicht ruckartig, es kam eher so herbeigeschlichen. Zu Anfang war Natalie nur in meinen Träumen. Natürlich, ich kannte sie schon lange, seit Jahren. Sie war hübsch, eigentlich sogar schön. Ich begann, von ihr zu träumen. Die Träume waren erotischer Natur. Ich schlief mit Natalie, sie war in meinen Vorstellungen sehr hungrig und sehr offen. Nun ja, sie erfüllte jeden meiner Wünsche, ehe ich ihn aussprach. Ich wusste, dass sie was mit Sven Hardbeck hatte, dass sie mit ihm schlief. Jeder wusste das und sie selbst machte ja auch nie einen Hehl daraus. Aber das war eben eine Pennälerliebe und ich war mir sicher, dass das vorbeigehen würde. Endlich war es vorbei und eigentlich wusste auch das jeder. Zur gleichen Zeit hatte Natalie damit begonnen, sich selbst zugrunde zu richten. Eigentlich war das die Schuld der Mutter, die Natalie anhielt, sich wie eine Nutte zu verkaufen. Ich wurde schier verrückt, ich habe sie ein paar Mal gewarnt und ihr gesagt, sie würde sich auf dem direkten Ritt in die Hölle befinden. Aber sie lachte nur und sagte: ›Du willst doch nur, dass ich mit dir ins Bett steige!‹ Wenn wir allein waren, duzte sie mich.«

»Ich möchte Sie trotzdem eben mal unterbrechen«, bat ich. »Wie schafften Sie das, Ihre Gefühle vor den anderen zu verbergen? Das ist doch vor Jugendlichen schlicht unmöglich.«

»Anfangs hatte ich Schwierigkeiten damit«, gab er zu. »Aber dann entwickelte ich eine sichere Masche. Ich erlebte ja dauernd wieder, dass sich Leute in Natalie verknallten. Und diesen Leuten gegenüber wurde ich spöttisch und ironisch. Das gab mir den Anschein von Distanz, von einer Distanz, die ich niemals hatte. Wenn zum Beispiel die vier Musketiere sie verteidigten, nachdem Natalie irgendetwas Unmögliches gesagt hatte, bemerkte ich: ›Oh, die Herren Kavaliere!‹ Und wenn sich Leute wie mein junger Kollege Lampert ernsthaft verliebten, konnte ich ihnen gut mit Rat und Tat zur Seite stehen, weil Rat und Tat eigentlich mir selbst galten.« Fiedler schwieg einen Augenblick, sammelte sich.

»Haben Sie je mit ihr geschlafen?«, fragte Kischkewitz.

»Nein, das habe ich nicht, das ließ sie nicht zu. Sie war eine unglaubliche Spötterin.« Sein Mund mahlte, sein Gesicht verzog sich, er begann unvermittelt zu weinen. »Einmal auf einer Klassenfahrt glaubte ich, nun beginne der Himmel, die Seligkeit. Wir hatten ein Quartier außerhalb der Stadt. Und abends hatte die Klasse freien Ausgang. Natalie kam als Letzte zurück, es war schon wieder hell. Sie hatte ein Einzelzimmer und ich begegnete ihr auf dem Flur, als sie im Bademantel zum Bad ging. Sie sagte, sie müsste mir was erzählen, und zog mich in ihr Zimmer. Sie legte sich nackt auf ihr Bett, nahm meine Hand und legte sie sich auf den Bauch. Sie sagte, sie habe unbedingt einen Engländer ausprobieren wollen. Aber es sei richtig furchtbar gewesen, weil der Kerl total versagt habe. Während sie das alles erzählte, rieb sie ihren Bauch mit meiner Hand. Und dann, von einer Sekunde zu anderen, schob sie meine Hand weg, lachte und sagte: ›Du bist ein armer Irrer und du wirst immer ein armer Irrer bleiben.‹ Nein, ich habe nie mit ihr geschlafen. Ich erlebte, wie sie immer weiter in den Abgrund rutschte. Einmal sagte sie mir: ›Wenn Männer mich kaufen, dann kriegen sie zwanzig Quadratzentimeter, nicht mehr – aber auf die kriegen sie Garantie.‹ Sie redete immer häufiger von Geld, bis sie nur noch von Geld sprach. Ich wusste, dass alles, was ich dachte und tat und mir vorstellte, vollkommen aussichtslos war. Aber es gab eben auch immer wieder Momente, in denen ich glaubte, ich könnte sie für mich gewinnen. Kurz darauf fing sie wieder an zu lachen und ihren Spott kübelweise über mir auszugießen. Es wurde immer böser, es wurde verrückter, wahrscheinlich wurde ich verrückt. Ich dachte, es würde aufhören, wenn sie das Abi hätte und die Schule verließ. Stattdessen wurde es schlimmer. Ich konnte nicht ohne sie leben, ich versuchte sie zu sehen, und ich weiß, ich machte mich dabei lächerlich. Ich sah zu, wie sie mit diesem Polen schlief, ich sah auch zu, wie sie mit diesem Schminck schlief. Es war entsetzlich.« Er weinte intensiver, das Schluchzen erschütterte ihn.

»Was geschah an dem Tag, an dem Sie sie töteten?«, fragte Kischkewitz, nachdem er die Kassette umgedreht hatte.

»Ich … es ist so, dass ich Lücken habe. An alles kann ich mich nicht mehr erinnern … Wir trafen uns auf der Dauner

Burg. Sie wollte, dass ich ihr das Auto abkaufte. Ich war einverstanden, besorgte das Bargeld. Sie sagte, sie würde in zwei Tagen verschwunden sein und dass ich dann meine Ruhe haben würde. Ich hatte schon vorher ein Ticket für dieselbe Maschine wie sie nach Los Angeles gekauft. Mir war alles gleichgültig, meine Frau, meine Kinder, dies Haus. Ich wollte mit ihr zusammen sein, sonst gar nichts. Und ich hasste sie. Sie hatte alles in mir zerstört, was es gab. Sie hatte meinen Verstand geraubt, sie war mein Engel und gleichzeitig mein Todesengel. Ich verfolgte sie. Sie fuhr erst zu Schminck, dann zu Becker nach Maria Laach. Dort stellte ich sie und flehte sie an, hier zu bleiben oder mich mitzunehmen … Wahrscheinlich wollte sie mich beruhigen, wahrscheinlich dachte sie, sie könnte mich später loswerden oder so. Jedenfalls stieg sie in mein Auto, freiwillig. Als ich sie fragte, wohin ich fahren sollte, antwortete sie: ›Zur Hütte, wohin denn sonst?‹ Wir sprachen kaum, bis sie auf mich einprügelte, weil sie wohl spürte, dass ich vollkommen verzweifelt war, und ihr das Angst machte. Ich weiß nicht genau, wie es passieren konnte, dass ihr Genick brach, ich weiß nur, es war ein furchtbares Geräusch.« Jetzt konnte er sich gar nicht mehr beherrschen, er legte den Kopf auf die Tischplatte und seine Hände schlugen mörderisch laut immer wieder auf die glatte Fläche.

Wir rührten uns nicht.

Plötzlich sagte Kischkewitz erstickt: »Nein!« Dann schrie er »Nein!« und versuchte aufzustehen.

Es war zu spät. Svenja Fiedler war in der Tür erschienen, glitt heran und richtete einen Revolver auf den Kopf ihres Mannes. Dann schoss sie zweimal und ließ den Revolver auf die Tischplatte fallen. Sie fummelte etwas aus ihrer Strickjacke und warf es neben den Revolver.

Es war der Brillant.

Svenja Fiedler war schneeweiß im Gesicht und ihr Mund wirkte wie eine riesige Wunde.

»Natalies Sachen sind in einem Abfallkarton im Keller. Da war auch der Revolver«, sagte sie ohne jede Betonung. Sie starrte auf den Kopf ihres Mannes, der zerschmettert auf der

284

Tischplatte lag. »Als er das letzte Mal mit mir schlief, und das war vor einem halben Jahr, nannte er mich Nati, sechs Mal Nati.« Sie sah Kischkewitz an. »Ich habe das Haus gar nicht verlassen. Ich habe Ihnen zugehört. Legen Sie mir jetzt Handschellen an?«

Krimis von Jacques Berndorf

Eifel-Blues
ISBN 3-89425-442-4
Der erste Eifel-Krimi mit Siggi Baumeister
Drei Tote neben einem scharf bewachten Bundeswehrdepot

Eifel-Gold
ISBN 3-89425-035-6
Der zweite Eifel-Krimi mit Siggi Baumeister
Riesengeldraub in der Eifel: 18,6 Millionen sind weg. Wer war's?

Eifel-Filz
ISBN 3-89425-048-8
Der dritte Eifel-Krimi mit Siggi Baumeister
Totes Golferpärchen. Das Mordwerkzeug: Armbrust. Das Motiv?

Eifel-Schnee
ISBN 3-89425-062-3
Der vierte Eifel-Krimi mit Siggi Baumeister
Sehnsüchte, Träume und Betäubungen junger Leute.

Eifel-Feuer
ISBN 3-89425-069-0
Der fünfte Eifel-Krimi mit Siggi Baumeister
Wer hat den General in seinem Landhaus liquidiert?

Eifel-Rallye
ISBN 3-89425-201-4
Der sechste Eifel-Krimi mit Siggi Baumeister
Auf dem Ring und drumherum wird ein großes Rad gedreht.

Eifel-Jagd
ISBN 3-89425-217-0
Der siebte Eifel-Krimi mit Siggi Baumeister
Ein Hirsch aus der Eifel kann teurer sein als ein Menschenleben.

Eifel-Sturm
ISBN 3-89425-227-8
Der achte Eifel-Krimi mit Siggi Baumeister
Tote träumen von der sanften Windenergie.

Eifel-Müll
ISBN 3-89425-245-6
Der neunte Eifel-Krimi mit Siggi Baumeister
Müllprofit und Liebe machen Menschen mörderisch.

Krimis von Horst Eckert

Die Zwillingsfalle
ISBN 3-89425-238-3 DM 18,80
Ein sechsfacher Mord in der Sauna eines Fitnesscenters
bringt nicht nur die umstrittene Sokoleiterin Ela Bach
ins Schwitzen. Auch die Kommissare Köster und Zander
kochen ihr eigenes Süppchen.

Finstere Seelen
ISBN 3-89425-218-9 DM 19,80
Ist der ›Kannibale‹ nach 11 Jahren wieder aktiv
geworden? Gibt es einen Trittbrettfahrer? Ein komplexer
Fall voller Emotionen für die Mordermittler vom KK 11.

Aufgeputscht
ISBN 3-89425-078-X DM 19,80
Marlowe-Preis 1998 der dt. Chandler-Gesellschaft
Drei Kommissare - ein Wettlauf um Karriere und Geld,
drei Fälle, die zu einem einzigen verschmelzen, erzählt
auf die harte amerikanische Art.

Bittere Delikatessen
ISBN 3-89425-059-3 DM 16,80
Feinkostkönig Fabian wird niedergestochen; die Bluttat
ist für die Medien ein gefundenes Fressen. Kommissar
Engel gerät unter Druck - getrieben von Publicitysucht,
gefordert vom Chef, angefeindet von Kollegen,
angezogen von einer schönen Verdächtigen.

Annas Erbe
ISBN 3-89425-053-4 DM 16,80
»Eine spannende, geheimnisumwitterte Geschichte, ...
bitterböse Quasi-Enthüllungen über Filz, Korruption und
Sittenpolizei, ein bißchen Liebe - und eine gekonnte
Schreibe. ... ein vielversprechendes Debüt.« (Überblick)

Internationale Kriminalromane

Sandrone Dazieri: **Ein Gorilla zu viel**
Deutsche Erstausgabe, aus dem Italienischen von Barbara Neeb
ISBN 3-89425-503-X

Eigentlich sollte der ›Gorilla‹ dafür sorgen, dass die 17-jährige Tochter des Mailänder Industriellen und ihre Punkerfreunde nicht die Gartenparty der Familie stören. Aber das Mädchen verschwindet und wird am nächsten Tag ermordet aufgefunden. Die Ermittlungen führen in die Unterwelt Mailands.

Kirsten Holst: **Du sollst nicht töten!**
Deutsche Erstausgabe, aus dem Dänischen von Paul Berf
ISBN 3-89425-501-3

Drei Morde an jungen Mädchen beunruhigen Jütland. Die Polizei tappt im Dunkeln. Dann wird auch noch der Pastor auf dem Friedhof erschlagen. Ein komplizierter Fall, den die dänische Queen of Crime den LeserInnen elegant präsentiert.

Susan Kelly: **Tod im Steinkreis**
Deutsche Erstausgabe, aus dem Englischen von Inge Wehrmann
ISBN 3-89425-502-1

Roma und Hippies kommen zum Mittsommerjahrmarkt ins englische Hungerford. Als am alten Steinkreis ein 6-jähriges Mädchen mit gebrochenem Genick gefunden wird, muss Superintendent Gregory Summers gegen die Medien und den Mob kämpfen.

Felix Thijssen: **Cleopatra**
Deutsche Erstausgabe, aus dem Niederländischen von Stefanie Schäfer
ISBN 3-89425-504-8

Amsterdam: Unter dem Tennisplatz eines ehemaligen Ministers wird ein Skelett gefunden. Privatdetektiv Max Winter dringt bei seinen Ermittlungen in die arrogante Welt der Mächtigen ein, die glauben, sich alles erlauben zu können, Mord inklusive. – *Ausgezeichnet als bester niederländischer Kriminalroman 1999!*

Jacques Vettier: **In eigener Sache**
Deutsche Erstausgabe, aus dem Französischen von Christel Kauder
ISBN 3-89425-500-5

Carole Ménani, Untersuchungsrichterin in Nizza, würde zu gerne den schändlichen Überfall auf sie vergessen, aber ein Unbekannter verfolgt sie weiter. Sie stößt auf einen nicht aufgeklärten Mord, und eine Kette von rätselhaften Verbrechen begleitet ihre neuen Ermittlungen in dem alten Fall.